許永璋先生說

蒋晓光　编

凤凰出版社

图书在版编目（CIP）数据

许永璋先生说诗 / 蒋晓光编. -- 南京：凤凰出版社，2018.10
ISBN 978-7-5506-2832-8

Ⅰ. ①许… Ⅱ. ①蒋… Ⅲ. ①古典诗歌－诗歌研究－中国 Ⅳ. ①I207.22

中国版本图书馆CIP数据核字(2018)第225492号

书　　　名	许永璋先生说诗
编　　　者	蒋晓光
责 任 编 辑	樊　昕　朱　尧
出 版 发 行	凤凰出版社(原江苏古籍出版社)
	发行部电话 025-83223462
出 版 社 地 址	南京市中央路165号,邮编:210009
出 版 社 网 址	http://www.fhcbs.com
照　　　排	南京凯建图文制作有限公司
印　　　刷	江苏凤凰通达印刷有限公司
	南京市六合区冶山镇,邮编:211523
开　　　本	880×1230毫米　1/32
印　　　张	13.5
字　　　数	291千字
版　　　次	2018年10月第1版　2018年10月第1次印刷
标 准 书 号	ISBN 978-7-5506-2832-8
定　　　价	68.00元

(本书凡印装错误可向承印厂调换,电话:025-57572508)

目 录

诗人·教师·学者(代序) / 1
前言 / 1

诗词备课笔记 / 1
杜诗新话 / 63
唐代律诗研究五题 / 241
读唐诗偶笔(十则) / 265

附录 / 291
    从军乐古诗选 / 293
    一炉诗钞 / 313

后记 / 411

诗人·教师·学者
（代序）

许 结

"桃李根蟠心地血，江山命托性天诗。"这是先父题乡先贤李光炯《晦庐遗稿》诗中的一联，如果回顾父亲的人生历程，我感受最深的恰是他歌咏的那种托性江山的诗情与凝聚生命的桃李心血。在我的眼中，父亲天生是一个诗人，毕生追求做一位好教师，而不经意成为闻名遐迩的学者。

父亲许永璋，字允臧，号我我主人，安徽桐城南乡（今枞阳县）人。他的祖父许商彝（希白）为前清举人，曾与吴汝纶同席授教于莲池书院，父亲6岁即从其习句读辞章之学，7岁读唐诗，即钟情杜诗，曾作《读杜子美集》云："万卷书撑腹，一枝笔有神。相逢诗世界，千载益情亲。"父亲十余岁时，祖父母、父母相继殂谢，他既无兄弟，又无姊妹，伶仃孤苦，在乡就读于宏实小学两年，即负笈远游，先后在贵池中学、芜湖圣雅阁中学、无锡国专读书。在国专学习期间，父亲习经于唐文治先生，知为学之道在有我与无我之间，既要有我学、我习、我悦之情，又当重毋意、毋必、毋固、毋我之训，出入诸家，方能豁然贯通。复从陈石遗先生学诗，知唐宋之界，非人为之界，乃行其所不得行，止其所不得止，于是沉潜诗学，上溯风骚，下逮明清，渐得其朕，深明独创与依存之关系。

1936年国专毕业，父亲归皖从事国文教育，先任桐城中学等学校文史教员，旋受聘安徽师范学院教职，开始了他漫长的教学生涯。他寄情课堂,爱护学生,每授一课,每解一词,皆精思熟虑,一丝不苟,而尽其所能,传授于人。任教未久,父亲就因幼时孤苦,少长奔波,积劳成疾,患上严重肺病,咯血讲堂,学生为之大恸,父亲却淡然待之,曰:"教师教死于讲堂,是男儿得意收场。"适逢时局维艰,抗战军兴,国破家残(有两女死于抗战期间),父亲是诗人,他珍爱学术,挚爱国家,使他不能自扼于沉寂的书斋,所以他最初的撰述,就是反映抗战的诗集,一是自撰诗《抗建新咏》(1945年出版),一是编古诗《从军乐》(1944年出版)。因时之变,父亲诗法老杜,得雄劲沉郁之风;而其诗学研究,亦由诗骚汉魏六朝凝收于唐于杜,在"生命存亡等毫末,但求国保不求活"(《长江行》)的深层忧患中,以诗人的热情与坚忍完成了百余万字的《杜诗集评》和《杜诗新话》,惜初稿毁于战火,每念及此,父亲喟叹不已。

抗战胜利,大乱甫定,父亲于1947年举家迁居南京,任教于安徽中学(后合并为南京第六中学)。在繁忙的教学中,他拾掇旧稿,更制新篇,遗憾的是在1947年到1957年的十年间,仅有一部小稿《诗词备课笔记》(上海新知识出版社1957年版)问世,其它手稿因接踵而来的政治风波,禁置匣中。1957年"反右"风起,父亲以赤诚与鲠直,首当其冲,他的教学生涯中断达22年之久。这期间,父亲在劳动改造中开山炸石,砸断腿骨,留下终身残疾,母亲亦忧忿逝去,遭此政治与人生的双重打击,"何堪"之情,唯寄于诗,其悼亡诗134韵的五古《花神篇》与丰阕《望江南》之《三断集》(断弦、断腿、断肠),留下了那惨烈人生的记忆。60年代初,父亲残身病体却焚膏继晷,完成了百万字巨帙《中华民族正气歌》,惜未及出版,又遭遇"文革",旧稿新作,尽毁于"浩劫"。

1978年的春季,是中国政治驱寒还暖的季节,父亲与诸多受尽磨难的知识分子一起,迎来了他们"迟暮"的春天。正是这一年,父亲受聘南京大学,先后开设了"大学语文"、"古典诗词格律"、"杜诗选讲"等课程。在"杜诗选讲"的课程上,父亲潜心研究,建构起

"分合勾连串讲"、"启发争鸣质疑"和"鼓励创作,亲身体验诗中三昧"的系列教学方法,引起了学生的共鸣,使古老的诗歌艺术焕发出新的光彩。1980年,父亲获得南京大学优秀教学质量奖一等奖。1987年,他的杜诗讲稿经整理结集为《杜诗名篇新析》,由南京大学出版社出版;1991年台湾天工书局重印此书,引起海外学者的关注与反响。1988年以后,父亲退休居家,始重新汇总研习心得,相继出版《老子诗学宇宙》(黄山书社1992年版)、《许永璋唐诗论文选》(南京出版社1993年版)、《古史诗鍼注析》(上海古籍出版社1994年版)等论著多种。1990年,江苏省政府聘父亲为江苏省文史研究馆馆员,同时还兼任纽约四海诗社顾问、桐城诗词学会名誉会长等学术兼职。

父亲的学术成就,主要在唐诗研究领域,于中也可看到其学术个性。首先,父亲治唐诗,明示出一条从实践到理论的过程。我国以辉煌的诗学矗立于世界文学之林,而先哲对诗学的理解,自《虞书》"诗言志"始,即无不抚循时代之脉搏、人类生命之律动。父亲的诗歌创作和研究,正是于先哲对"诗"的理解中,汲取那种"诗有天机,待时而发,触物而成"(谢榛《四溟诗话》卷二)的最直切的生命意识和最超越的哲理精神,而显其丰神意韵的。读父亲对诗歌现象的个案研究,均由诗歌的感性认知上升于诗学之理性高度。他的治诗经历,总体上有三个层次:一是通读诗人编年体诗集,选其优者,摹仿揣测,先取其形,后得其神;他不仅对杜诗如此,即如清编《全唐诗》,也是逐一仿作,积稿成堆(均毁于战乱)。二是进行诗集的整理、笺注工作,如完成后被毁的《杜诗集评》《中华民族正气歌》等。三是在前此基础上进行理论研究,其发表的论著可观其略。缘此,父亲的唐诗研究不仅以自己的诗心遥禽前贤,以体悟诗灵妙趣,而且善于从唐人的诗歌创作中发现其诗论精义,以避免由理论到理论,由概念到概念的皮相貌取。其次,以作品印证理论,于作品中提摄理论,是父亲受旧学真传而扬古绝学的一贯主张。

中国诗美之创造,寓象而超象,以聪慧活泼自然允帖见长,以通方空灵化物融心取胜,父亲以诗人的气质治诗学,正能静虑凝心,"目击其物,使以心击之,深穿其境"(遍照金刚《文镜秘府论·治文意》)。比如他在《略评钱注杜诗》文中对杜公《朱凤行》特殊寓意与价值的发掘,直与钱谦益《洗兵马》笺意、胡小石《北征》小笺后先辉映,并受到当时日本文部省关于"唐诗研究现状"报告的高度关注。其三,父亲的唐诗研究,杜诗研究比重最大,这固然与个人之专精有关,但从杜诗在唐诗之卓绝地位来看,含化"杜诗艺术",阐扬"杜诗精神",以集大成之杜诗为主干,羽翼百家,综会探寻,发微阐幽,恰是其提挈唐诗之纲领,贯通唐诗之脉络的一种方法。于是一则从杜诗之沉郁风格入手,兼及"李翰林之飘逸"、"孟襄阳之清雅"、"王右丞之精致"、"储光羲之真率"、"王昌龄之声俊"、"高适、岑参之悲壮"、"李颀、常建之超凡"(高棅《唐诗品汇·总叙》),组成"盛唐"气象,上下勾合,汇为整体;二则通过"诗体"研究展示唐诗之流变、成就,攫住"唐律"精华,由经及纬,远绍旁搜,自成系统。

在我的记忆中,父亲一生与诗为伴,尤其是在平凡的生活中,他总是用诗的灵性激发我们乐观向上的精神。我记得幼时,全家菜金只有两毛钱,青菜与豆腐卤就是餐桌上的主菜。面对日复一日的青菜,我们常食不下咽,父亲却作诗云"一样菜,两碗装,茎炒干丝叶做汤",以诗灵启迪我们的心灵,在不经意中将艰难困苦的生计转换为安贫乐道的愉悦。父亲的诗教,伴随着我们的成长,我们每犯错误,父亲则以诗鉴戒,我们每有成绩,父亲给予的奖励就是诗。长兄执教兰州高校,编著教材《桥渡设计》,书成之日父亲有诗赞曰:"江淮河汉任纵横,桥渡精心设计成。桃李薪传无尽火,一年一度出金城。"二兄擅长篆刻艺术,曾被日本《朝日新闻》称为"篆刻巨匠",父亲感而有诗:"成名宿愿果成名,陟彼高冈望远程。艺术精微穿溟滓,试将心镜照飞旌。"小兄第一部著作《杜诗学发微》问世,父亲题诗云:"杜密从何觅,杜诗学发微。千秋撑瘦骨,一卷耀春晖。今古成知己,江山共研几。姑苏曾夜话,此愿已无违。"我于上世纪八十年代末登南京大学讲坛,父亲感于家庭前后四代从教,作诗勉励:"讲席生涯四代传,而今气象更新鲜。春风苏皖连齐鲁,不钓虚名种福田。"父亲人生的坎坷,缘于诗人的诚挚,他的情怀,充溢着诗的纯真,他以诗教我们为人治学,去追寻那"不钓虚名种福田"的人生真谛。

学棣蒋晓光教授治赋有成,兼好诗学,以为退藏于密,可修身养性,放弥六合,则教化人伦,其读先父诗作与诗论,契合心志,于是搜残补缺,手编是集,以为课生之资,并飨读者。我韪其意且感其情,故叙先父学述大略,以为引言。

戊戌仲春许结于南京秦淮河畔

前　言

　　许永璋先生,桐城(今属枞阳)人,生于1915年,晚年受匡亚明校长之邀讲学南大,他的到来,为上世纪八十年代的南京大学注入了一股鲜活的力量,在课堂上说诗论词,吸引了一大批青年学子,不仅教室里时常一座难求,围绕在他身边,学诗、作诗者也蔚然成风,后来编撰《许永璋诗集初编笺注》《许永璋诗集续编笺注》的褚宝增先生就是数学系的学生,曾受业于许永璋先生的课堂。许永璋先生一生著述颇丰,虽曾散乱、佚失,而至晚年讲学南大期间,随着治学环境的稳定,在将大量精力投入教学的同时,撰写、出版了数量甚为可观的学术著作,已广为学界所知。然而较为遗憾的是,先生的部分著作却由于客观原因,较少为学界所了解。一曰《诗词备课笔记》,是书应出版社邀请撰写,于1957年由新知识出版社(今上海教育出版社)出版、发行,后未再版,至今已不易寻觅;二曰《杜诗新话》,曾于1994—1998年间在《杜甫研究学刊》发表7篇62则,另有19则仍以手稿形式保存而未发表,全书十余万字,至今未能以全帙流传于世。

　　2017年1月,中共中央办公厅、国务院办公厅联合印发《关于实施中华优秀传统文化传承发展工程的意见》,提出了"到2025年,中华优秀传统文化传承发展体系基本形成"的目标。我们将《诗词备课笔记》《杜诗新话》整理后交由凤凰出版社出版,命名为《许永璋先生说诗》,有三个目的:一是更全面展示许永璋先生的学术成就；二是为祖国优秀传统文化的传承尽一份力；三是为新时代语文教育提供一些参考。

一、许永璋先生其人

先生出身桐城黄华许方氏，一门书香，祖父许商彝（希白公）曾在保定的莲池书院任教，与同属桐城的吴汝纶交好。先生少时在芜湖圣雅阁中学求学，这是一间教会学校，得益于教会学校的培养，精通外语，对于彼时流行的西学并不陌生，之后入读无锡国专，又得到了极好的旧学训练。此后曾在安徽、江苏大、中学校任教，是当时教坛的名师。先生在政治上同情进步青年，利用自己在教育界的影响，多次保护从事政治运动的学生。解放后在中学任教，乡人兼旧雨的马茂元先生曾拟邀请他移砚上海师范学院（今上海师大）。很长一个时期，先生受到不公正对待，返乡居住。十一届三中全会后，得以恢复待遇，返回南京。此时正值匡亚明校长重掌南京大学，先生上书直陈高等教育之方略，受到匡校长的重视，并聘请先生至南大讲学，于是就有了文章开头的盛况。先生享寿九十，于2005年辞世，是"二十世纪桐城派"最后一批离世的"老先生"。

1997年5月，时任共青团中央书记处第一书记的李克强总理在《安徽日报》上发表了一篇题为《追忆李诚先生》的文章。青年时代的李克强问学于李诚，因读《古文观止》而为李诚先生称之为"村书"，"他后来开了一篇书单给我，有《昭明文选》《古文辞类纂》《经史百家杂钞》等，这固然有明显的'桐城派'的色彩"，诚然，李诚先生正是桐城派学人。一般认为，桐城派作为一个文派而存在，但事实上，桐城派并不只是一个文学派别，诸如方苞、姚鼐、曾国藩、吴汝纶、马其昶等本身也是当时第一流的学者，能以学术研究名世，这是毋庸置疑的；再者，随着近代大学制度的确立，桐城派文人秉承过去主讲书院的惯例，纷纷讲学各大学间，清末管学大臣张百熙曾推荐吴汝纶任京师大学堂总教习，民国间，姚永朴曾在北京大学任教，等等不一而足，因此桐城派的影响也不仅仅只在清代就结束了。

比较有意思的是，汪曾祺曾回忆幼时跟随韦子廉读书，"他教我们古文，全是桐城派。……这几十篇桐城派古文，对我的文章的洗练，打下了比较坚实的基础"（《我的创作生涯》），在学习中，老师也曾打趣："阁下之几何，乃桐城派几何。"可见桐城派的影响在现代文学领域也是存在的。严格说，桐城派是一个兼擅学问与词章的文人群体，那么何谓"二十世纪桐城派"呢？第一，与过去一样，组成人员并不囿于籍贯隶属桐城，但以桐城籍居多；第二，他们是桐城学脉的延续，但不限于一隅，于西学、旧学、词章各领域均取得卓越的成就；第三，他们在解放前完成现代教育，并在1949年后仍从事学术活动。桐城籍的诸如朱光潜（1897—1986）、方孝岳（1897—1973）、方东美（1899—1977）、范希衡（1906—1971）、许永璋（1915—2005）、马茂元（1918—1989）、方管（1922—2009）等，桐城籍之外的如李诚（贵池人，1906—1977）、吴孟复（庐江人，1919—1995）等，当然，其阵容应不止于此。总的来说，"二十世纪桐城派"仿佛不是一个严格意义上的文派、学派，但因为有着千丝万缕的联系，诚然又是清代桐城派在近代以后的延续与辉煌，至少，二十世纪桐城学人群体是值得重视的，应花大力气去研究。

许永璋先生一生事功具见于许结先生所撰《诗囚》（凤凰出版社2009年版）一书。上文之所以不避辞费，是为了介绍许永璋先生所处的时代环境。先生晚年笔耕不辍，一直从事古典文学的研究，矢志祖国传统文化的传承而不改变，成为新时期绵延桐城文学与学术的代表人物。许永璋先生在当代创造了桐城学术的一个高峰，他的子女中有许总、许结两位从事古典文学研究的专家，许总先生的唐宋诗研究、许结先生的辞赋学研究均可堪称领袖群伦、独树一帜,在海内外产生重大影响。《诗囚》一书记录了许永璋先生在艰难岁月里哺育子女的经过,以诗为教,苦中作乐,在糠秕学术的年代使家学得以承传,春风化雨之后,终于大放光明。这不仅是一个家庭、家族的骄傲,更是桐城学术与中国学术的荣光。

二、《诗词备课笔记》:古典诗词教学的垂范

《诗词备课笔记》全称应为《初级中学课本文学第一、二、三册·诗词备课笔记》。二十世纪上半叶,大学与中学教师受到同等尊重,许多大学教师曾有在中学教书的经历。许永璋先生所处的年代仍能承其余绪,且有专门的《文学》课本用以教学,说明了文学类课程的重要。许永璋先生因其在古典文学领域的造诣,受到苏、沪一带教育界的敬重,因此受邀撰写了《诗词备课笔记》一书。今所见《诗词备课笔记》只包含了一、二、三册中的诗词,实际上作者已撰写了其余部分诗词的解读,因故未能出版,而原稿亦已丢失。

现存的《诗词备课笔记》仍然有其重要的价值,对于今天的古典诗词教学颇有启示。

首先,求真的学术勇气。作者多次指出《教学大纲》(草案)或《教学参考书》的不足,如杜甫的《绝句》(两个黄鹂鸣翠柳),作者认为,"《大纲》(草案)和《教学参考书》都把这首诗当作单纯写景,把后两句解释成诗人对国土广阔、长江雄伟的赞颂,这样解释是不够全面的,没有把诗人当时的实际情绪加以考虑,而是孤立地就诗解诗",再如白居易《望江南》,"《教学参考书》中把'山寺'句和'郡亭'句拆开为两件事是不够好的,我认为这两句是回忆一次夜游……从文学的角度上看,作为一件事,是比较典型些,也比较美丽些",作者能够深入诗词内部细细品味作品的内涵,他所提出的意见,对

于作品的解读无疑是更为妥帖的。

其次,求索的学术精神。虽然只是一部教辅性质的著作,但作者极其注重考索细节问题,与其"求真"的态度一脉相承。如李白《望庐山瀑布》,作者专门讨论:"诗人看瀑布是站在山下,还是站在香炉峰上呢?"并解释说,"这个问题为什么值得研究呢?因为诗是讲意境的,如果没有把立足点搞清楚,那么从立足点所产生的意境就无法领会",作者经过分析,认为李白是站在山下的;再如杜甫《茅屋为秋风所破歌》"南村群童欺我老无力,忍能对面为盗贼"一句,"这两句诗,从来解诗者都把它当作肯定的语气,认为是诗人受到群童的欺侮而感到难堪。这样解释,是不了解诗人的大胸襟。……因此只有把'忍能对面为盗贼'这句改为疑问语气,空挑一笔,才能把诗人在国家风雨飘摇之际的曲折复杂的感情表达出来。照我个人理解:《文学》课本上这句诗下打的逗号,应该改为问号才合适",这里只是涉及一个标点符号的问题。看似都是小的问题,正因为作者有着上下求索的精神,才使诗意更为显豁、明白。

第三,对教学方法的讲究。作者希望教师是学者型的,但他又非常明确一点:教师应内化于心,而不可强加于学生。如对王之涣《登鹳雀楼》,强调"唐人作诗,非常重视题目,后两句突出点题,既生动形象,又余味无穷。这样解释,才符合唐人作诗的特点,也才合乎五绝的风格",关注"制题"显然是一个不小的学术问题,对于理解作品极为有益,但作者后来又指出,"唐人作诗,极端重视题目这一特点,也必须注意,否则,对诗人的表现方法就掌握不住。以上这些,教师必须掌握,但暂时不能教给学生以免分散注意力",这是将学术研究与具体的教学区分开来。在进行《诗经》教学时,作者认为学生较难理解反复重叠、一唱再唱来加深情感的方式,建议"教师除领导学生反复诵读外,还要联系学生的生活实际,以引导他们领会作品里的思想感情",特别加注说,"如:现代歌曲中歌词重叠的作用,以及母亲和老师对孩子们叮咛嘱咐的情意,这些是学生所能理解的",把非常细小的生活经验融入课堂教学,以期提高教学效率。此类教学方法的直接提出,在著作中非常普遍。

清代桐城派文人常以擅长教学闻名,主讲各大书院,这也是桐城派得以绵延数百年的原因,成为了历史上存在时间最长的文学流派。姚鼐在《述庵文钞序》中说,"余尝论学问之事有三端焉,曰:义理也,考证也,文章也",主张三者融合无间,这也成为了桐城派散文的重要理论,即世所称义理、考据、词章合一。不惟作文,于教学亦然,许永璋先生深谙其理,他当时虽然只是一名中学教师,但却能从教学出发,本着求真务实的原则,认真钻研教材,提出许多十分中肯的意见,不仅有益于古典诗词的教学,实际上也对如何做好一名语文教师,进而更好地传播祖国文化提出了要求。

三、《杜诗新话》:自由自在的学术范式

《杜诗新话》渊深隽永,但释义简明,适合不同知识程度者阅读。《游龙门奉先寺》是《杜诗新话》第一篇,作者开篇指出《新话》之纲领,如同《毛诗序》系于《关雎》篇:"论诗之要,在于先入其境。入其境而玩索之,出其境而品评之,则必能搔着痒处,而免遭隔靴之讥。作诗忌境隔,评诗忌隔境。原诗本隔而强之使通;或原诗不隔,而解之使隔,皆解诗之大病。"先生本是杰出的诗人,因此能从自己作诗的体验出发,找到一条行之有效的解诗方法,以追求"诗境"为旨归,以"不隔"为原则,同他数十年前《诗词备课笔记》中提出的"诗是讲意境的"精神一致。

先生是桐城学人,深于文章之法,运用于诗歌的解读之中,对于发掘杜甫的文学成就起到了至关重要的作用,此为《杜诗新话》的一大特色。秦观云"杜子美长于歌诗,而无韵者几不可读",历代学者对《观公孙大娘弟子舞剑器行》用散体写成的诗序评价不高,

但先生认为,"诗人运用诗的语言,以简驭繁;创造诗的境界,曲折见意",先将诗序按内容分为四个部分,逐层、逐字解说大义,之后指出"最能全面深刻理解诗序的,要推桐城方东树",沿方氏《昭昧詹言》所示,以推求"诗境"为目标,并明确了解读这篇序言的三个原则,强调"神妙的作品,是相通而不相隔",认为《诗序》之特色是"序中显境,断处传神",接着将全诗分为四个层次加以品评,实际上是以文章法来解诗,从而达成了诗意显豁、诗境鲜明的目标。

总的来说,作为一部完整的杜诗学著作,是书有以下几个特点值得肯定:

明于"义法",运用了独特的撰著结构和研究范式。古人著书最讲"义例",实已涵括全书之匠心。《杜诗新话》共选诗81篇(组),显然在结构上是受到《老子》的影响。许结、许永璋先生曾合著《老子诗学宇宙》一书(黄山书社1992年版),是书贡献有二:第一,首次系统地将《老子》81篇五千言作为文学作品来对待,对之进行了深入、新颖地研究;第二,以"诗学宇宙"为题,系统勾勒《老子》一书的理论价值,展示了作者博大的学术胸襟和勇于建设中国特色文学理论体系的勇气。缘此,《杜诗新话》以81为数,远宗《老子》,又有自成范式之期待。宋元以降,直至明清,有所谓"五百家注韩,千家注杜"的说法,研究杜诗之成果真可谓汗牛充栋,注释、评点、选本等各种方式应有尽有。与《杜诗新话》之结构精心设置相对应的,是在具体撰写上的安排。《小序》云:"拙作系取少陵之诗而和其韵以评其诗,且缀论说于诗后。是作也,既异于诗话之芜杂,亦殊于绝句论诗之成套。"作者是严格地步韵评诗,再加以论说,与传统的诗话和论诗诗区分开来,坚持独抒己见的原则,"余之解杜,仅书一得之愚,不敢自矜其是,更不俗强人同己"。桐城方苞论文首重"义法",81之数已契合于"言有序",若在当代学术语境之下来论"言有物",摈弃过去程式化的格套,在解读上推陈出新,贡献"一得之愚",是其必然的追求。

以"心律"说"诗律",实践"主情"的说诗方法。"心律"本是一个现代词语,作者在解诗中多次用到,如《白帝城最高楼》"此诗系拗律,正是杜公此时的心律反映"、《咏怀古迹五首》(其二)"'晚节渐于诗律细'的圣手之所以使音节不谐,乃欲拗中取峭,以表露其不平之心律",杜甫娴熟诗律,且富于变化,能够随着情感的起伏而使用不同的格律,实际上是让"诗律"为"心律"服务,《杜诗新话》始终将诗人放在第一位,从诗人的情感出发解读诗作,再如说《宾至》"(前引朱瀚评语)此仅就篇章结构而言,而未知心律寓于诗律之中;次联、腹联,皆愤激之语",实则已跳出诗律来评诗。总体上讲,作者十分重视诗人的情感,这一点在步韵和诗中有集中体现。《琴台》原诗曰:"茂陵多病后,尚爱卓文君。酒肆人间世,琴台日暮云。野花留宝靥,蔓草见罗裙。归凤求凰意,寥寥不复闻。"仇兆鳌注引黄生曰:"此诗低徊想像,若美之不容口者,其实讥世俗之好德不如好色耳。"和诗却对司马相如与卓文君的爱情加以歌颂:"茂陵天纵后,自有卓文君。昔日琴台雨,当年酒肆云。琼楼连玉宇,宝靥曳罗裙。四海求凰意,凤声千载闻。"并特别指出,"黄评腐气太甚,与仇注同出一辙。好色与好德之极致,均为大雅,《关雎》列国风之首,指向甚明。孔子曾以好德与好色并列,若两好均臻其极,固未可有所抑扬",不因"好德"来否定"好色",并将两者之极致并称为"大雅",且无可轩轾,只能说作者将人的情感放在了第一位,至德之人何尝不是至情、至性之人!

在简洁的行文中,拈出大的诗学问题,给读者以极大启发。如在简单讲解《江涨》一诗后,作者笔锋一转,挑出"关于佳句之形成以及佳句在佳篇中之建构关系"一问题来加以论述。首论佳句在五言长短律中的异同:简明指出佳句在"五言八句短律之中,仅能起点化作用",详论"鸿篇钜制中之佳句,则不仅可助排比铺陈之功,且可成意匠经营之境",并以《秋日夔府咏怀一百韵》为例,点出佳句带来的八重境界,然后特别指出:"以上诸境界,皆产生于意匠惨淡经营之中,错综于排比铺陈关键之内,撑起气势,荡漾情韵,构成长律之整体,可见佳句寄托于长律之中,实与短律殊致。"再论佳句在五七律中分布的异同:"惊人佳句,往往见于五律之中,七律中则未之突现,其故维何?"在分析诗歌发展历史之后指出,"七言律创始于唐,成熟于杜,杜之七律名篇如《蜀相》《咏怀古迹》《登高》《秋兴》等,均造极之作,然不能从中撮取一联以惊人。盖七律主气势,故有篇而无句;五律主情韵,故篇中每有灵犀之发光点"。篇、句之关系是中国诗学中的大问题,而杜甫恰又以"为人性僻耽佳句"为世人所知,作者在论杜之中解决这一问题无疑是非常具有意义的。又如《南征》诗,作者指出,"此诗在抒发政治与生活上的痛苦,尚能为人理解;而其在诗论上的重要性,却素为人所忽视。……从未有人注意到《南征》是其诗论的组成部分,更未有人意识到此为诗论的立论基点",可见《南征》一诗的重要,"此诗系杜公生命与诗歌创作均即将结束之前所发出的不平之鸣,应是最全面、最真实的反思结果。因此,我们研究杜公诗论,必须从此基点出发,重新认识,重新作出判断",这一点对于研究杜诗是极为重要的。

以上仅从大的方向来论,实际上,《杜诗新话》精彩纷呈,新见迭出,常能新人耳目,且能读出作者在撰写时的自由自在之感。认识这部书的价值,要从作者的写作心态入手。据其自序,《杜诗新话》草创甚早,遭乱被毁,今所见文字皆晚年所撰。形式自由、观点明确、爱憎分明、勇于立论,不和稀泥,无乡愿之弊,没有任何功利性的牵绊,有此故可保证《杜诗新话》能在当代杜诗学著作中占据极其重要的地位。《杜诗新话》既是一部选本,又以和诗、评说作为研究,选本的理论价值与和诗的文学价值也是不可估量的,值得读者重视。

《诗词备课笔记》包括诗、词两体,词是诗的变体,又称"诗余"。《许永璋先生说诗》一书以《诗词备课笔记》《杜诗新话》为主体,另有《唐代律诗研究五题》《读唐诗偶笔》(十则)两篇短章选入,其中对许浑在律诗发展史上重要地位的论述,以及高度评价杨贵妃的诗歌成就等,均显得弥足珍贵。为更好地理解许永璋先生的诗学思想,附录了先生抗战期间编撰用于鼓舞士气的《从军乐古诗选》,以及晚年自选诗集《一炉诗钞》。《许永璋先生说诗》一书的整理,必能进一步完整认识许永璋先生以及二十世纪桐城学术的成就。

诗词备课笔记

唐诗十首①

一、登鹳雀楼

王之涣

白日依山尽,黄河入海流。欲穷千里目,更上一层楼。

  王之涣,玄宗时代的诗人,与高适、王昌龄为诗友,在当时就享有诗名。研究这首诗,首先要了解鹳雀楼的情况。鹳雀楼在蒲州(今山西永济县)。蒲州地势高峻,鹳雀楼就耸立在蒲城上,楼有三层,前瞻中条,下瞰大河。

  "白日依山尽,黄河入海流",是写楼前的景象。诗人是在傍晚的时候登楼游览的。一到楼前,便接触到祖国山河磅礴雄浑的气象。"白日依山尽"是写太阳靠近西山,"依"字把"日"和"山"紧密地联系起来,使人有一种亲切的感觉。句尾用一"尽"字,和"依"字配合起来,使人清楚地看出太阳逐渐西下的过程:"白日"是未"依山"之日,至"依山"时则变成红日,从"依"到"尽",则"红日"又逐渐被山遮蔽,而反射出满天彩霞。这就画出了"无数夕阳山"的美丽

---

① 原书目录在题后注曰:初中文学课本第一册第七课。

图景。"黄河入海流"是诗人在远眺西山的同时俯瞰大河所写出来的景象。黄河这一段的水势,是自北而南又折向东去,所以波涛更加汹涌澎湃。这样的河面,遥映着未"依山"的"白日"和已"依山"的"红日"所反射的彩霞。河光山色,蔚为奇观。"河入海"和"日依山"同样给人亲切的感觉。"流"和"尽"联系起来,表示日向西而尽,水向东而流,涵浑汪洋,使人深切感受到祖国河山壮丽辽阔。

"欲穷千里目,更上一层楼",这两句着重写"登楼"。诗人欣赏了楼前景色,引起了浓厚的兴趣,希望能看到夕阳山外的山,河水东归的海,所以继续登上最高的一层楼。"欲穷千里目",表现诗人对河山的热爱和伟大的气魄;"更上一层楼",画出诗人登楼的身影,和登楼后极目四顾的姿态,这两句和上两句联系起来,真是气象万千。正如《初级中学文学教学大纲》(草案)(以下简称《大纲》草案)上所指出的,这首诗描写祖国河山的辽阔广大,表现诗人登高远望时的豁朗心情。后两句,有人认为是诗人写出体会:"表示要使眼界更宽,能看到更广阔的范围,这就必须再上一层楼。"我认为这样理解不够妥当。唐人作诗,非常重视题目,后两句突出点题,既生动形象,又余味无穷。这样解释,才符合唐人作诗的特点,也才合乎五绝的风格。

二、塞下曲

卢　纶

月黑雁飞高,单于夜遁逃。欲将轻骑逐,大雪满弓刀。

卢纶,德宗时代的诗人。德宗很爱他的诗才,每有所作,就叫他作和。与吉中孚、韩翃、钱起、司空曙、苗发、崔洞、耿湋、夏侯审、李端齐名,号称"大历十才子"。死后,文宗爱他的诗,派人到他家搜出五百篇。

卢纶的《塞下曲》是被选在乐府诗里,一共四首,是写边防将士从"发令"到"凯旋"的完整的战斗过程,这里选的是第三首。

"月黑雁飞高",这句有两种解释。一说是边塞秋夜的景色:月亮给乌云遮住,显示一种阴森的景象,连鸿雁也飞得很高;"月黑"又是下文"大雪"的伏笔。另一种说法,就是写出战争激烈的情况:由于战争激烈,尘土冲天,把月光遮住,月亮变黑了,雁也吓得不敢低飞。经过这样激烈的战争才把单于打败。我认为解释这句诗,应该和下文联系起来看。从"欲将轻骑逐"来看,可见边帅是得到"单于夜遁逃"的消息之后,才用轻骑追逐的。这就证实了单于并不是在激烈战争时逃走的。因此,第二种说法就不如第一种说法圆妥。

"单于夜遁逃",是写出敌人的狼狈,以衬托卫国将士的英勇。"夜"字是承接上句的阴森景象的。这种景象,是从单于的眼里反映出来的。单于在战败之后,风声鹤唳,草木皆兵,看到"月黑",听到"雁声",更是胆战心惊,所以不得不乘机逃遁。

第三、第四两句,写将士追逐敌人的情况。"欲将轻骑逐",是写将士一听到单于夜遁,就继续用轻骑追逐。"将"作"用"解,"欲"在这里应作"继续"解(《说文》徐注:欲者,贪欲。欲之言续也,贪而不已),如作"要"或"想"解(课本注作"要"字解),则变成缓慢的语气,不合诗中的情调。"大雪满弓刀",是写轻骑追逐的飞速。将士追逐敌人的起点,是"月黑"的天气,可能要下雪。但还有鸿雁高飞,显然没有下雪。将士的弓刀上所以积满了大雪,是因为穷追敌人,深入北地,如入无人之境,弓不需挽,刀不需挥,所以雪满。这表现了将士如何豪迈的气概!

三、九月九日忆山东兄弟

王　维

独在异乡为异客,每逢佳节倍思亲。
遥知兄弟登高处,遍插茱萸少一人。

王维,字摩诘,唐代人,原籍太原,后迁河东。九岁能作文章。开元初,举进士第一,官给事中。安禄山陷京师,他曾被拘,服药装哑。后以凝碧池诗为肃宗所谅解,做尚书右丞。他能诗、善画,又精书法,在当时享有盛名,时人称他的诗是"诗中有画,画中有诗"。

这首诗是他十七岁时作的。

"独在异乡为异客",这句写"忆"的原因。诗一开头就用一"独"字,接连又用两个"异"字,刻画出了孤零零的身影,透露出"思亲"的感情,为下句作准备。"每逢佳节倍思亲",这句正式写"忆"。"佳节"暗点题目上的"九月九日";"思亲"暗点题目上的"忆山东兄弟";"每逢"和"倍"表明思念之切。

后两句是进一步写"忆",表现"异客""思亲"的深厚感情。"遥知"是"异客"的"忆";"兄弟"是所思念的亲人;"登高"和"插茱萸"是想像兄弟在九月九日这一天的活动情况;"少一人"是"兄弟"的"忆"。双方都在"忆",就加深了"忆"的感情深度。结尾用"一人"和开头的"独"遥遥相对,把自己的感觉和兄弟的感觉汇合起来,显示出真挚的感情。这两句写得非常灵巧而深刻。"遥知"二字,妙想天开,下面转入奇境,不说自己在思念兄弟,而说兄弟在思念自己,情景交融,缠绵婉转,具见艺术手腕。

四、从军行

王昌龄

秦时明月汉时关,万里长征人未还。
但使龙城飞将在,不教胡马度阴山。

王昌龄,唐代江宁人,字少伯,开元年间为秘书郎。开元、天宝间享有盛名。晚年因不矜细行,贬龙标尉。世乱还乡,为刺史闾丘晓所杀。有集五卷,其诗绪密而思清,时称王江宁。

王昌龄的这首诗的题目又名《出塞》,选在乐府诗里。

讲这首诗,先要研究三个问题:1.这时唐帝国对外战争不断失败,又加之边将贪暴,边防松弛,外患日益严重,人民被迫参军,牺牲惨重。诗人为国家、为人民担忧而作此诗;2.诗中所说的"汉",是借"汉"来讽刺"唐"。唐诗里常常有这种用法。如白居易的《长恨歌》,以"汉皇"讽明皇;3."龙城飞将",《文学》课本第一册第四十页注解为汉朝名将李广。但《史记·卫青传》云"元光五年,青为车骑将军,击匈奴,出上谷……至茏城(《汉书》作"龙城")……斩首虏数百……"足见"龙城"、"飞将"是两回事,"龙城"是指卫青,"飞将"是指李广,他两人都是汉武帝时打败匈奴的名将。诗人借以讽刺唐朝边将的无能,给人民带来灾难。这样解释,于诗意并无影响。

"秦时明月汉时关,万里长征人未还",这两句是写戍卒守边的痛苦遭遇。从秦到汉,无日不征兵守关,一轮明月,永远照着一代又一代的万里长征的守关人。虽然明月还是高挂在边塞的上空,而戍卒并没有回来。他们的遭遇,明月还是照得清清楚楚的。这是多么凄凉的景象!十四个字把历代征戍之苦刻画尽致,表现了诗人对戍卒的无限同情。

"但使龙城飞将在,不教胡马度阴山",这两句是渴望良将守边的心情。为什么"万里长征人未还"？这是因为边将无能,不能抗敌御侮。于是诗人想到：如果都像镇守右北平的李广和直逼龙城的卫青那样的名将防卫边疆,那么外寇就不敢度过阴山（古代中国与北方外族的分界处）来侵犯了。诗人对古代名将的思慕,正所以讽刺当时边将的贪暴无能。

《大纲》(草案)上指出"这首诗表现了诗人忧国忧民的思想感情"是对的。但有人把通篇都当作戍卒的口吻,似乎牵强。

五、望庐山瀑布

李　白

日照香炉生紫烟,遥看瀑布挂前川。
飞流直下三千尺,疑是银河落九天。

李白(701—762),字太白,唐代西蜀绵州（今四川漳明县）人。少年通诗书,喜纵横术,击剑为任侠。二十五岁起出蜀漫游,顺江东下。《早发白帝城》这首诗,就是这时作的。天宝初到长安,贺知章言于玄宗,有诏供奉翰林,不久,遭到小人高力士等的排挤。安禄山反,玄宗奔蜀,玄宗第十六子永王璘节度东南图独立,迫使李白充当僚佐。及璘败,白坐系浔阳狱,长流夜郎,中途遇赦,折回浔阳。《望庐山瀑布》就是这时候写的。他的诗篇豪放自然,有"诗仙"之称,与杜甫为诗友,并称李、杜。

讲这首诗,先要明确一个问题：诗人看瀑布是站在山下,还是站在香炉峰上呢？《初级中学课本文学第一册教学参考书》(以下简称《教学参考书》)上认为诗人是站在香炉峰上远望瀑布的,并引

《望庐山瀑布》的第一首五古作证。我认为这两首诗虽然共一个题目，但不一定是一次写的，可能是后人编排的错误。从"日照香炉生紫烟"和"江月还照空"这两句诗来看，可以肯定不是一次写的。再从诗的内容来看，如果这两首诗同是站在香炉峰上望瀑布，那第二首的七绝便和五古里的"西登香炉峰，南见瀑布水。挂流三百丈，喷壑数十里。欻如飞电来，隐若白虹起。初惊河汉落，半洒云天里"这几句雷同，又有什么价值呢？正因为一是早上从山下往上看，一是晚上从山上往下看，所以才各有妙趣。"日照香炉生紫烟"是远景，与"西登香炉峰"大不相同；"遥看瀑布挂前川"，是写远而高的景象，与"南见瀑布水"不同；"飞流"是仰视的感觉，"挂流"是俯视的感觉，"落九天"和"半洒云天里"，在程度上有很大的不同。我想，只要把两首诗玩味一下，便会认为这首七绝是诗人从山下看瀑布的。这个问题为什么值得研究呢？因为诗是讲意境的，如果没有把立足点搞清楚，那么从立足点所产生的意境就无法领会。

第一句是写先看到香炉峰，以引出第二句看到瀑布。《庐山记》："东南有香炉峰，游气笼其上，氤氲若香烟。又南北有瀑布十余处，香炉峰与双剑峰在瀑布之旁，水源在山顶，人未有穷源者。"从这段话里可以看出：香炉峰与瀑布的关系是非常密切的，从山下看，一看到香炉峰，就看到了瀑布，所以诗人从香炉峰写起：鲜红的朝阳映带着苍翠的香炉峰，正如诗人在《庐山谣》里所说的"翠影红霞映朝日"，山峰上的云气就呈现着紫色。这种奇光异彩，美化了诗人所要写的瀑布。高挂的长河，飞流着翠影红霞，真是奇景。第二句的"遥看"是和第一句共用的，因为这一句是主体，所以放在第二句。"挂前川"是指瀑布挂在前面好像一条通天的长河。"川"，《说文》："贯穿通流水也。"课本上把"前川"解作"前面"，似乎欠妥，不能表达那瀑布奔流的声势。

第三、第四句是接着第二句用夸张比喻的手法，写出瀑布奔腾倾泻的声音，喷珠溅玉的状态和晶莹高洁的形象。把这景象描写得如此壮丽,只有那个"咳唾落九天,随风下珠玉"的诗仙才有可能的。从这里也表现出了诗人热爱祖国河山的深厚的感情,否则,也难得写出如此有力的诗篇。

六、早发白帝城

李 白

朝辞白帝彩云间,千里江陵一日还。
两岸猿声啼不住,轻舟已过万重山。

讲这首诗先要了解两个问题:1.三峡情况:"自三峡七百里中,两岸连山,略无阙处……有时朝发白帝,暮到江陵。其间千二百里,虽乘奔御风,不以疾也……常有高猿长啸,属引凄异,空谷传响,哀转久绝。"(《水经注》卷三十四)从这一段话里可以看出三峡的特点是山多、水急并有猿啼;2.诗人作诗的心情。这是诗人初次出峡时作的,在这之前,他一直局处巴蜀,一旦远游,见此奇景,自然万分高兴,发出豪迈的歌声。

这首诗第一句写早晨从白帝城出发,全面点题;第二句写明暮宿的地点,就是"早发"的结果,也就完整地写出这值得纪念的一天的行程;第三、第四两句又回过头来突出地写这一天江行的感觉。这四句诗自成两组:一、二两句为一组,是用"辞"和"还"联系起来的;三、四两句为一组,是用"不住"和"已过"联系起来的。四句有一共同特点:句句有景,句句表情。第一句以鲜妍灿烂的山城晨景,创造出喜悦的气氛;第二句是暗写景物,为下两句留地步,因为千里行程该有多少景物从眼前掠过,只是舟行迅速,无法辨清而已。在"千里"和"一日"、"轻舟"和"万重山"的对照中,在"两岸猿声"和"空谷传响"的交响曲中,我们好像看到傲然一世的诗人乘着一叶扁舟从银河飞下。

这首诗,诗人是以粗大的笔触,表现奇境中的奇景和自己愉快的心情。

七、绝句

杜 甫

两个黄鹂鸣翠柳,一行白鹭上青天。
窗含西岭千秋雪,门泊东吴万里船。

杜甫的生平,初中课本文学第三册的第四课介绍很详细,可以参考。

分析这首诗,首先要搞清两个问题:

1. 诗人草堂的位置:根据诗人"西岭纡村北"(《遣闷奉呈严公二十韵》)、"万里桥西一草堂"(《狂夫》)的诗句,可知诗人草堂的北面能看到终年积雪的岷山山脉,东面就是"万里桥",此桥是专为吴人而设,凡从江苏一带到成都来的船都停泊在这里;

2. 诗人在写这首诗时的情绪:诗人在 759 年的岁末到达成都。他刚到成都就这样说:"但逢新人民,未卜见故乡。大江东流去,游子日月长。"后来在《恨别》里又这样说:"洛城一别三千里,胡骑长驱五六年。草木变衰行剑外,兵戈阻绝老江边。思家步月清宵立,忆弟看云白日眠。闻道河阳近乘胜,司徒急为破幽燕!"足见他虽脱离了兵戈扰攘、动荡不安的世界,得到暂时的安定,但从未放弃过顺江东下的念头,草堂周围的纤花弱鸟也维系不住他那像脱缰之马一般的心情。这首诗是《绝句》四首之一,是诗人在 764 的春天从阆州再回成都后作的。这时诗人的情绪究竟怎样呢?《绝句四首》的第一首后两句是这样的:"梅熟许同朱老吃,松高拟对阮生论。"原注:"朱阮剑外相知。"紧接着《绝句四首》,又有《绝句三首》,第一首是这样的:"闻道巴山里,春船正好行。都将百年兴,一望九江城。"从这些诗句里,很明显地看出诗人这时不仅有出峡的念头,而且有出峡的打算。

搞清楚了以上这两个问题,特别是第二个问题,才能很透彻地分析这首诗。

这首诗,四句话,四个景,前两句着重写景,后两句即景生情。这四个景都是诗人从室内写的,以鸟鸣引起,以窗口作镜头,拍照出草堂远近的美丽景色,表现出超人的艺术手腕。诗人在室内听到鸟鸣,向窗外一看,才知道是两个黄鹂在翠柳丛中鸣叫;正在这时,一行白鹭往上飞,飞向碧空远处。这一飞就把诗人的视线引向更远的地方,正好是青天无云,所以一眼就能看到绵亘的雪山(西岭)。上两句的"黄鹂"和"翠柳"、"白鹭"和"青天",互相映衬,构成了一幅色彩鲜艳的图画,又加上黄鹂的声音和白鹭的动态,当然会引起诗人的兴致勃然。但第三句的雪景和上两句的景色极不调和,因此也引起了诗人心里的矛盾,从热烈愉快的心情,不觉又转到冷落枯寂的境地,这在他的处境,是很自然的。这时诗人不能再向远方看下去了,很忧虑自己的凄凉身世也像雪山那样长期下去,所以把视线收回到草堂附近,就看到门前停泊着从万里而来的东吴船只。诗人一看到这些船只,心里又活动起来,他想:这些船只既然能从万里而来,如果乘它顺流而下,自然就可以"即从巴峡穿巫峡,便下襄阳向洛阳"了。四句四景,忽近忽远,忽动忽静,变化很快,诗人的感情也随着景物的变化而发生急剧的变化,忽而愉快,忽而冷寂,忽而又活跃起来,咫尺万里,变化莫测。这正反映出诗人此时此地的思想情绪。

从以上分析,可以得出这样结论:这首诗是诗人描写草堂远近美丽的自然景色,因而引起顺江东下的遐想。《大纲》(草案)和《教学参考书》都把这首诗当作单纯写景,把后两句解释成诗人对国土广阔、长江雄伟的赞颂,这样解释是不够全面的,没有把诗人当时的实际情绪加以考虑,而是孤立地就诗解诗。这两句诗和李白的"孤帆远影碧空尽,惟见长江天际流"很相似,李白当时的情绪是送别,是通过浩浩荡荡的长江表现一往情深;杜甫当时的情绪是想出峡,在这两句诗里的确使人有国土广阔和长江雄伟的感觉,但这正与诗人的本意相映衬,而不是单纯写景。

八、山行

杜 牧

远山寒上石径斜,白云生处有人家。
停车坐爱枫林晚,霜叶红于二月花。

杜牧,字牧之,唐代万年人,名史学家杜佑的孙子。文宗时的进士,历任州刺史等职,最后做中书舍人。为人刚直,敢议论大事,指陈利病。后因无人援助,闷闷而死。有《樊川集》,诗情豪迈绮丽,人号"小杜",以别于杜甫。

这首诗头两句是写远景。"远上寒山"四字点明"山行",而"寒山"又点明山行的时令和气象,表示深秋时节,山中已有寒意,为下文写秋景作准备。"石径斜"点明"山行"的道路,山行是不容易找到道路的,诗人从山下看到了石径斜通,自然很高兴。"白云生处"点明山高,而这里"有人家",不禁引起行人的羡慕。

后两句写近景。诗人通过斜斜的石径远上寒山,忽见一片枫林,便把车子停下来欣赏。"枫林"是秋山的特色,经霜的红叶,映带着依山的夕阳,在诗人的眼里认为比春花还红艳,如此,也顾不得赶路,只得停车。这里需要注意的是,"晚"字意味着夕阳西照,否则,暮霭沉沉,就显不出"霜叶红于二月花"的美丽景象。

这首诗用"上"和"停"两个字逗出情景，一上一停，正是山行的特点。由于"上"，才看到"石径"、"白云"和"人家"，由于"停"，才画出枫林秋晚图。诗人爱好自然的心情，也就表现在这些景色里。

九、夜雨寄北

李商隐

君问归期未有期，巴山夜雨涨秋池。
何当共剪西窗烛，却话巴山夜雨时。

李商隐，字义山，又号玉溪生，唐代怀州（今河南沁阳）人。文宗时进士，累官工部员外郎。诗与温庭筠齐名，多感时伤事之作。王安石谓唐人能学老杜而得其藩篱者，惟商隐一人。后人称李商隐和杜牧为"小李杜"。宋杨忆等摹拟其诗，作《西昆唱酬集》，遂称"西昆体"。

这首诗是诗人写给妻子的。

第一句写寄诗的原因，因为"问归期"，所以要回答，但回答的是"未有期"，这就引起诗人思归的感情，也就更显得寄诗的迫切。

第二句写夜雨，也就是写寄诗时的情况。"巴山"点明自己作客的地点，也就是点明"寄北"。"夜雨涨秋池"，是当时的情况，但也表现出诗人思归的情绪。作客思归，人之常情，加上"问归期"而"未有期"，本已挑动了思归的感情，正好又逢秋夜雨，更是情不自禁，心中也泛起了情波。这句是寓情于景，非常含蓄。

后两句奇思妙笔，突然转入另一境界，诗人正在夜雨思归的时候，想象出将来团聚的欢乐，反衬出别离的痛苦。这两句如果去掉"何当"二字，好像看到他们久别重逢的情景，有了"何当"二字，就引起读者若即若离似真似梦的想象，这正是运笔灵妙之处。"西窗"二字,具见深情。它表示诗人常常想到闺中的西窗,也表示闺中人常常凭着"西窗"望"巴山",迢迢万里的相思,集中地表现在"西窗"上。"却话"二字,也非常有力量。本来"巴山夜雨时"是痛苦的,加上"却话"二字,就变成欢乐的了。"巴山夜雨"四字重出,反而感到情景逼真。这就是"却话"二字的作用。

诗人运用了奇思妙笔,表现出他思念妻子的深厚感情。

十、社日

王 驾

鹅湖山下稻粱肥,豚栅鸡栖半掩扉。
桑柘影斜春社散,家家扶得醉人归。

王驾,字大用,唐代河中(今山西永济县)人。昭宗时进士,做过礼部员外郎,同司空图、郑谷为诗友。

第一句写江南农村丰年景象。"鹅湖山"是点明地方,"稻粱肥"是点明这个地方的特点。这句为下文"春社"作好了准备。因为"春社"是向神祈求丰年,而"稻粱肥"正是丰年的景象,这就增加了农民对"春社"的喜悦。

第二句写农家安乐的生活,"豚栅鸡栖"是生活比较富裕的表现,若是"禾生陇亩无东西"的农村,哪里会到处看到猪栏和鸡窝呢?"半掩扉"是指人们出去不远,门户半掩半开,表现和平安定的气象,人们究竟到哪里去了呢?答案在第三句,足见"半掩扉"三字是引起下文的。

第三、第四句写农民的欢愉情绪。"桑柘影斜"是写天色将晚的景象,正是春社散的时候,足见农民在"社日"这天,是尽欢而散的。诗人不说天色将晚,而说"桑柘影斜",不说农民参加"春社",

而说"春社散",这给人更形象、更完整的概念。"家家扶得醉人归",写出农民尽欢而散的形象。我们把这句和上句联起来,就不难想象到,日光斜照的时候,树影参差和人影跟跄的状态。这就画出农民欢度社日的图景,也表现了诗人为农民即将丰收而感到快乐的心情。

唐朝末年,因外寇入侵和军阀混战,黄河流域备受灾殃,长江以南虽然也是割据的局面,但各地方的统治者大多注意保境安民,以维持其统治,所以人民就比较能安居乐业。诗人身受战争的灾难,到了江南,看到丰年景象,自然感到无限欣慰。

以上十首唐诗,都是绝句,教师必须了解绝句的来源、特点和风格,才能融会贯通,熟练地掌握教材,运用教材,把学生引入诗的境界中。

绝句创始于唐,也就在唐代登峰造极,它是从律诗演变出来的。《杜少陵集详注》中引范梈语,云:"绝句者,截句也。或前对,或后对,或前后皆对,或前后皆不对,总是截律之四句,是虽正变不齐,而首尾布置,亦有四句为起承转合,未尝不同条而共贯也。"(见卷一,第二十五页)这十首绝句只有两种类型,王之涣的《登鹳雀楼》和杜甫的《绝句》是前后都对的,其余的八首都是前后皆不对的。这十首诗的前两首是"五绝",后八首是"七绝",它们的风格是不相同的:"五绝"浑厚含蓄,"七绝"空灵飘逸。但在作法上它们又有一个共同的特点:头两句勾画轮廓,后两句画龙点睛。当然,各个诗人和各首诗都各有其风格和特点,这不过是一般的规律而已。同时唐人作诗,极端重视题目这一特点,也必须注意,否则,对诗人的表现方法就掌握不住。以上这些,教师必须掌握,但暂时不能教给学生以免分散注意力。

进行课堂教学时要注意以下几件事:1. 介绍作者应力求简明扼要,使学生了解简单的文学史的知识,引起他们的兴趣,以导入新课;2.联系学生对古代诗歌已有的知识,初一学生在小学六年级时,曾读过李白的《静夜思》和《赠汪伦》等五、七绝,适当联系,既可以巩固学生的已学过的知识,又可以引起学生学习新课的积极性;3.串讲时应运用诗中的鲜明景象,启发学生把他们导入诗的境界;4.重视反复朗诵,并可用朗诵唱片(王之涣的《登鹳雀楼》,李白的《望庐山瀑布》、《早发白帝城》和杜甫的《绝句》都有唱片),也可用吟诵方法。当然最好能按四声谱进行朗诵或吟诵。如《早发白帝城》第二句"千里江陵一日还"的"还"字,只能读"ㄏㄨㄢ"协第一句的"间"和第四句的"山",决不能读"ㄏㄞ"音;《山行》第一句"远上寒山石径斜"的"斜"字,也只能读"ㄒㄧㄚ",不能读成"ㄙㄩㄝ"。另外我们今天读的阳平字通常是古诗中的入声字,吟诵时应特别注意。

  本课共用五课时,最好每课时完成两首绝句的教学任务。每个课时作如下的具体安排,才比较恰当:

  第一课时讲《登鹳雀楼》和《塞下曲》两首。这两首诗可以联系起来讲,前者描写祖国山河的辽阔广大,表现诗人登高望远时的豁朗心情;后者表现卫国将士雪夜破敌的豪迈气概。祖国有这样辽阔广大的河山,很需要有英勇豪迈的将士来保卫。心情的豁朗和气概的豪迈是很和谐的,因此讲这两首诗,可以一气呵成,不需要转换气氛。《九月九日忆山东兄弟》可与《夜雨寄北》合为一课时,表现怀念亲人的感情;《望庐山瀑布》与《早发白帝城》这两首诗也比较调和,自可作一课时;《从军行》和《绝句》两诗的基本情绪有相近之处,也可以合起来讲;《山行》和《社日》两首的时令和景色有联系,诗人的心情也有一致之处。这样安排,可以使在讲解诗的艺术时能更完整些,感染力可能会更强些。或者这十首绝句作如下的安排也可:把《登鹳雀楼》和《望庐山瀑布》作为一课时,因为这两首诗都是描写祖国河山的辽阔雄伟,联起来讲,可以使同学更加感到祖国的可爱。《从军行》和《塞下曲》同是咏战争的诗,也可以排在一课时内,使同学们一方面认识到古时征戍给人民带来的痛苦,另一方面也可从此了解到人民对反侵略的正义战争还是热情拥护的,《从军行》的后两句就透露了人民渴望良将出现,痛击侵略者的心理,而《塞下曲》更明白地歌颂了卫国将士长驱残敌的不朽功绩,这充分说明了人民爱憎分明的态度。《绝句》和《早发白帝城》也发生有机的联系。前者反映了诗人(杜甫)渴望乘"万里船"出峡的心理,后者刻画了诗人(李白)乘轻舟、过万重山,渡过三峡时的愉快情景,而且这两首诗的写景都有独到之处,因此在一课时内讲是比较合适的。另外《九月九日忆山东兄弟》和《夜雨寄北》,《山行》和《社日》各作一课时也恰当。以上这两种安排的方法,都为了力求内容的连贯,气氛的一致,情绪的调和,也就是说,尽量使同学容易接受课文。教师在备课时,可依据这个原则,酌量采用。否则如果依据课文顺序来讲,那么《九月九日忆山东兄弟》与《从军行》,《夜雨寄北》和《社日》气氛都是互不调和的,这一点应该重视。

讲诗应扣紧着力的字眼。讲《登鹳雀楼》这首诗,先应抓住"山"、"日"、"河"、"海",把辽阔广大的境界描绘出来,再抓"楼"字,作为联系上述四字的中心枢纽来讲,把学生带到登高望远的境界,那么心情自然豁朗起来。讲《塞下曲》应抓住"飞"、"逃"、"逐"三字,把战场景象和将士豪迈气概生动地描绘出来。《九月九日忆山东兄弟》这首诗,是以"独在"、"每逢"、"遥知"、"遍插"等词把思亲的感情流露出来。《夜雨寄北》全诗的情绪,都由"问"字产生出来,"何当"和上一首的"遥知"一样,都是诗中想象境界的枢纽,应该重视。《望庐山瀑布》的情景,均由"遥看"二字产生,所以诗人望瀑布时的立足点应该重视。《早发白帝城》是从一"辞"一"还"中生出情景,而情景交融又是通过"轻舟"表现出来的。另外李白诗中的数目字,表现情景的作用很大,也不可忽视。《从军行》中的"月"、"关"、"人"三字联系起来,构成了征戍惨象,"但使"和"不教"二虚词,跌宕出诗人忧国忧民的思想感情。《绝句》四句四景,通过

"鸣"、"上"、"含"、"泊"四个动词,表现出诗人曲折复杂的感情。《山行》是由"上"和"停"二字生出境界。《社日》是由"稻粱"、"豚栅"、"鸡栖"、"桑柘"、"醉人"等词,构成了农村中的丰收图景。诗中着力的字眼抓住了,串讲时自然脉络分明,主题突出。

讲诗还应该注意联系学生的思想实际。如讲《塞下曲》可适当联系学生所热爱的解放军的英勇善战的事迹;讲《九月九日忆山东兄弟》《夜雨寄北》可联系他们对亲人的感情;但在这里教师特别需要注意培养学生健康的感情,不可忽略。讲《社日》可联系解放后农村的丰收景象;其它有关描写景物的部分,也可联系,但不可联系太多,更需注意不要为联系而联系,以致牵强附会。

讲授这一课时,可以使用下列几种教具:1.用《中华大地图》指出黄河入海的形势和唐代边疆情况(讲《登鹳雀楼》和《塞下曲》二诗用);2.庐山风景图(《望庐山瀑布》);3.三峡形势图(《早发白帝城》);4.杜甫草堂图(《绝句》)。

词四首①

忆江南(二首)

白居易

　　江南好,风景旧曾谙:日出江花红胜火,春来江水绿如蓝。能不忆江南?
　　江南忆,最忆是杭州:山寺月中寻桂子,郡亭枕上看潮头。何日更重游?

　　白居易的生平《教学参考书》已有介绍,可参考。
　　《忆江南》是词牌,原名叫《望江南》,始自朱崖李太尉(德裕)镇浙日,为亡妓谢秋娘所撰,所以又名《谢秋娘》。自从白居易作《忆江南》三首,本调因又名《忆江南》。这里只选两首,内容和词牌的字面意义相同。以下《鹧鸪天》、《西江月》、《浣溪沙》均与内容无关,仅系词牌而已。
　　第一首开头提出"江南好"三字,总括地对江南的赞美,并透漏出"忆"的消息。"风景旧曾谙"充实了"好"的内容,引出了江南美

---

① 原书目录在题后注曰:初中文学课本第二册第八课。

景,并进一步逼出"忆"字。"日出"二字抓住长江这个鲜明标志,描写江水江花,以表现江南春景的特征。这两句写景,是交织在一起的。"日出"和"春来"是两句共有的,上句暗含有"春"字,下句暗含有"日"字。春天的早晨,一轮红日照射着盛开的江花,和新涨的江水,使"红胜火"的花光和"绿如蓝"的水色相互辉映,构成一幅五色相宣动人的画面。这样江南好风景,自然会引起未曾到过江南的人的向往,何况是"风景旧曾谙"的诗人呢?所以诗人在结尾时提出"能不忆江南"这个问题,让人们很自然地回答出"忆江南",借以点题。

　　第二首以"江南忆"开头,是和第一首结句"能不忆江南"紧密联系的。把"忆"字放在"江南"之后,表示着重在"忆"。"最忆是杭州",是把"忆"的范围缩小到杭州这一个地方。诗人为什么特别提出杭州呢?因为杭州的风景优美,在江南是有代表性的;诗人又曾做过杭州刺史,所以特别怀念杭州。"山寺"二句,诗人描写自己在杭州时寻桂、看潮的趣事,这正是杭州秋景的特色。"山寺"是点明寻桂的地点,"月中"是点明寻桂的时间,"桂子"就是桂花,山寺里的桂花和一轮皎月都是静景,诗人用一"寻"字,就把桂风迎面送香气、山月随人到寺门的境界刻画出来了。桂子飘香的时节,正是钱塘江潮涨的时候。诗人在欣赏山寺桂花以后,又到江边看潮。"郡亭"就是看潮亭,地势很高,登亭可以看到奔腾的潮水。这时高空明月,亭下潮头,波光月色,呈现奇观。"枕上看"是诗人寻桂疲劳后躺在亭上看潮,这表现了诗人当时闲逸和陶醉的心情。"潮头"本来是动景,诗人却在"枕上看",这是动中有静,和上句静中有动的境界配合起来而构成一幅有山、有水、有寺、有亭、有花、有月的夜游图。这样的美景,当然会引起诗人的怀念。结句"何日更重游",正表现他对杭州的深厚的感情。《教学参考书》中把"山寺"句和"郡亭"句拆开为两件事是不够好的,我认为这两句是回忆一次夜游,因为下句如不共有上句的"月"字,那下句就黯淡无光了。诗词的句法,因受字数的限制,往往两句共有某一个字,有时甚至某一个字为全首所共有。如苏轼的《念奴娇》(赤壁怀古)结尾的"月"字,即为全首所共有。且诗人在杭州刺史任内,又何止两件事值得回忆呢?从文学的角度上看,作为一件事,是比较典型些,也比较美丽些。

这两首词各有特点,第一首是泛写江南春日美景,从"好"写到"忆";第二首是专写杭州秋夜奇景,着重写"忆",两首紧密联系在一起,不仅描写了美丽的江南风景,也显示了诗人对祖国大自然的热爱。诗人为什么那样热爱江南风景呢?这就要联系他的生活。他做过苏州、杭州刺史,很爱护人民,人民也很爱他,所以他北归后,时常引起对江南的怀念。

鹧鸪天

辛弃疾

陌上柔桑破嫩芽,东邻蚕种已生些。
平冈细草鸣黄犊,斜日寒林点暮鸦。

山远近,路横斜,青旗沽酒有人家。
城中桃李愁风雨,春在溪头荠菜花。

这首词描写江南农村春天的景色,表现对农村的新生气象的欣慰和爱惜的感情。上阕写景,四句三景:"陌上柔桑破嫩芽"是一景,写田埂上桑树的新枝已经冒出嫩芽;"东邻蚕种已生些"是拿邻家蚕种蠕蠕欲动来衬托桑树的生长。"平冈细草鸣黄犊"是一景,写平坦的山岗上长满了青青的嫩草,很多小黄牛在那里吃草欢叫。"桑"和"蚕"是密切联系的,"草"和"犊"是密切联系的,这四者联系在一起,很突出地表现了农村春天的景色。而"柔"、"嫩"、"细"这几个形容词和"破"、"生"、"鸣"这几个动词都是显露出新生的气象。以上三句景色非常调和,使人有一种欣欣向荣之感。"斜日寒林点暮鸦"是一景,写傍晚景色。这句值得研究,它和上三句的景色很不调和,"斜"、"寒"、"暮"这三个形容词使人有一种凄凉暗淡之感。诗人为什么要这样写呢?他对农村的新生气象表示无限欣慰,但想到日暮途穷的南宋统治阶级不觉神伤,所以一边写欣欣向荣的气象,一边又涂上黯淡的色彩。

下阕是即景生情,诗人为"斜日寒林点暮鸦"的景色所触动,看看远近的山和纵横交错的路,都笼罩在苍茫的暮色里,大有"日暮乡关何处是"之感。所以一看到路旁挂着青旗卖酒的人家,就去借酒浇愁了。他看到小溪旁的荠菜花,开得正旺盛,因而联想到城里的桃花、李花经不起风雨的情况。"春在溪头"表现青春力量在农村,"荠菜花"比喻平凡的人,也就是农民。这两句是诗人讽刺统治阶级的苟且偷生,没有生气,赞美人民抗敌御侮的坚强意志和潜在力量。

我认为这样讲法,上下阕就一气呵成,基本上也符合《大纲》(草案)的要求。如果"斜日寒林点暮鸦"也作为美丽春景来讲,"城中桃李愁风雨"、"春在溪头荠菜花"就毫无根据了。

西江月(夜行黄沙道中)

辛弃疾

明月别枝惊鹊,清风半夜鸣蝉。
稻花香里说丰年,听取蛙声一片。

七八个星天外,两三点雨山前。

旧时茅店社林边，路转溪头忽见。

辛弃疾的生平，《教学参考书》中有简介，这里不再赘述。

这首词描写江南农村夏天的夜景。词人在词牌《西江月》下有"夜行黄沙道中"的标题，可见词里所写的景色是他在田野中夜行时的所见所闻。

"明月别枝惊鹊"是词人看到乌鹊忽然飞起而觉察到月移影动的境界。在这里，夜的静穆和人的闲适，都细致地表现了出来。"清风半夜鸣蝉"是半夜里清风一阵阵地吹着，又加上乌鹊惊飞，蝉也惊动得叫起来了。"稻花香里说丰年"这句是承接上句的"清风"，又和下句"听取蛙声一片"倒装。"清风"徐来，词人闻到了"稻花香"，又听到了稻田里一片蛙声，彷佛在"说丰年"。词人在月白风清的良夜，看到了鹊飞，听到了蝉和蛙的鸣叫，闻到了稻花香，他是多么愉快啊！

"七八个星天外"和"雨三点雨山前"，写出夜更深了，天气有些变化。只看到远处天边稀疏的几颗星，可见当空已经抹上了微云，所以山前面飘下来几点雨。这把夏季气候的特点很自然地表现出来。"旧时茅店社林边"和"路转溪头忽见"也是倒装句。词人看到天气变了，急忙赶路寻找休息的地方，他转过"溪头"，来到了"社林边"，忽然出现了"茅店"，原来这家茅店是他从前住过的。这时词人的心情，该又增添多少愉快。

这首词的上阕，是词人一边走，一边欣赏夜景，非常闲适；下阕因天气变化，表现有些匆忙，但上、下阕的基本情调同是喜悦的，显示了词人对祖国江南农村景色的热爱。

以上四首词，是初中文学课本第二册里的第八课。学生虽然读过"唐诗十首"，但对"词"还是陌生的。而词的意境又比诗更加细腻曲折，如何把初一的小同学带到词的境界里，使他们能欣赏词

的完整艺术,的确在教学上需要仔细考虑。我认为要注意以下几点:

1. 认真指导学生预习,重点帮助对江南风景和农村情况比较熟悉的同学,使他们的已有知识和课文中的情节联系起来,并通过他们启发其他同学;2. 介绍作者,必须紧密结合课文内容,使学生了解诗人只有热爱祖国、热爱人民,才会产生对祖国大好河山的美感,才会有可能对农村景色发生深厚感情;3. 串讲课文时,首先要重视内在联系。如《忆江南》第一首的"好"、"谙"、"忆"三字联系起来,就构成这首词的情调。其次要重视词句的着力点。如"月中寻"、"枕上看"刻画出"静中有动"、"动中有静"的境界;"明月别枝惊鹊"一句刻画出"月移影动"的境界。这样才能引导学生欣赏完美的词的艺术;4. 重视范读,以词的情韵感染学生。

吟诵时,应掌握词的格律:1. 韵:本词开始用韵处,如《忆江南》的"谙"、"州",《鹧鸪天》的"芽",《西江月》的"蝉"等字都是。2. 叶:与上用之韵同属一部者。如《忆江南》的"蓝"、"南"、"头"、"游",《鹧鸪天》的"些"、"鸦"、"斜"、"家"、"花",《西江月》的"年"、"片"、"前"、"边"、"见"等字。教师读到叶韵的字时,应该读得更清楚,停顿较长,给听者一种和谐之感。3. 换:上句押仄,至此换平,或上句押平,至此换仄者。如《西江月》的"片"、"见",均系换仄韵,读到这些地方,应该注意声调的抑扬。4. 阕:一曲告终而稍息者叫阕。单调只有一阕,双调有两阕。上述三课,《忆江南》是单调,《鹧鸪天》和《西江月》都是双调,双调读完上阕时,应有较长的停顿。5. 对句:字数相同之两对偶句。如《忆江南》的"山寺月中寻桂子,郡亭枕上看潮头",《西江月》的"明月别枝惊鹊,清风半夜鸣蝉"、"七八个星天外,雨三点雨山前"等。读到对句,声调要舒徐对称。6. 平仄:词中平仄有定律,平止一途,仄兼上、去、入三声。"平声"要读得长,"入声"要读得短。最要注意的是"上声"和"去声","上声"舒徐和软,其腔低;"去声"激厉劲远,其腔高,高低协调,方能抑扬有致。词为倚声之学,吟诵极为重要。

本课共用两课时。白词一课时,辛词一课时。白词是静静回忆的境界,辛词是行进中欣赏景物的境界,词中虽同用"江花"、"江水"、"山桂"、"江潮"、"柔桑"、"细草"、"稻花"、"蛙声"等特征性的景物表现心境,但情调是不相同的,前者是甜蜜的回忆,后者是眼前的感受。这一点必须区别开来,才能领会词境的深处。另外,白词产生于词的创始时期,语言声调都很质朴,虽已定调,基本上还是诗的趣味;辛词产生于词的黄金时代,音韵格律,均至纯熟境地。因此,吟诵辛词更应注意腔调。

讲双调词,还应注意上阕和下阕的有机联系。

本课课文除收词四首外尚有王磐的《朝天子》曲两首,散曲虽也为诗歌一类,但因为本书的备课范围只限于古典诗、词,所以没有收入散曲,特在此加以说明。

诗经三篇①

一、木瓜

投我以木瓜,
报之以琼琚。
匪报也,
永以为好也!

投我以木桃,
报之以琼瑶。
匪报也,
永以为好也!

投我以木李,
报之以琼玖。
匪报也,
永以为好也!

---

① 原书目录在题后注曰:初中文学课本第三册第一课。

《木瓜》这篇诗,是歌唱真挚纯朴的爱情,通过互相馈赠,表现青年男女的热烈追求。"木瓜"、"木桃"、"木李"都是果实,都是极平凡的物品,"琼琚"、"琼瑶"、"琼玖"都是身上所佩戴的玉器,都是极珍贵的物品,彼方赠以极平凡的果实,而此方确报以极珍贵的玉器,这就表示他们的赠答,很不寻常,而是具有深心。每章的后两句很明确地说明了这个问题:他们的赠答,是为了永远相爱。从这样的赠答中,我们可以看出他们的爱情如何强烈!《木瓜》虽然极其平凡,但在情人眼里,是和"琼琚"一样珍贵,所以解下身上的佩玉来报答对方。"琼琚"是从身上解下来的,表现多么亲切;"琼琚"洁白坚硬,以此为报,这表示多么纯洁而坚贞的爱情啊!

　　《参考书》上认为:"全首诗用男子的口吻来说他所爱的女子赠送他木瓜、木桃、木李,他用佩玉来报答。"我认为从诗中看不出这一点。

　　《参考书》上认为这首诗表现"友情",这是从"投赠"来看的。请教师教学时掌握。

二、采葛

彼采葛兮,
一日不见,
如三月兮!

彼采萧兮,
一日不见,
如三秋兮!

彼采艾兮,

一日不见，
如三岁兮！

　　这篇诗是表现真挚热诚的恋爱。《木瓜》是写青年男女互相追求；这诗写男子怀念所爱的女子。"采葛"、"采萧"、"采艾"是古代妇女所做的事，这里很明显地看出，被怀念的是女子。"彼采葛兮"是男子怀念他所爱的那个女子正在劳动的情景。"一日不见，如三月兮"，表示男子深切的怀念和焦急的盼望。通常的人，彼此一天不见面，并算不了什么，但是有情人却把一天当作三个月过，足见真挚热诚。

　　这首诗分三章，随着岁月的推移，怀念的感情也逐步加深。"采葛"是秋天的事；"采萧"是春天的事（有些地方的习俗，三月三日采蒿做饼吃）；"采艾"是夏天的事。这个男子从头年秋天起就热恋那个女子了，那时他一天不和那个采葛的人儿见面就像过了三个月；一年过去了，又到了温暖醉人的春天，姑娘在田野中采萧了，这时他们的感情已经更加亲密，因此使他有一天不见面，就像过了九个月这样久的感觉；春去夏来，一眨眼又要到丰收的秋天了，他们去年培养的爱情果实也该成熟了，所以他热爱姑娘的心情更迫切、更激烈，一天见不着她，就像过了长长的三年。

　　姑娘为什么值得这个男子这样热烈的爱恋呢？因为她是一个特别出色的劳动者，"采葛"、"采萧"、"采艾"就是她生活中光辉的、不可分割的组成部分，这个男子一闭眼就会忆起她在劳动中的美妙姿态，舞蹈般的身影，无怪乎他要痴心地感到："一日不见，如三秋兮。"我认为这样讲，更能表现真挚的爱情。这首诗，《参考书》上也把它当作表现"友情"。请教师教学时掌握。

三、君子于役

君子于役，
不知其期，
曷至哉？
鸡栖于埘，
日之夕矣，
羊牛下来。
君子于役，
如之何勿思！

君子于役，
不日不月，
曷其有佸？
鸡栖于桀，
日之夕矣，
羊牛下括。
君子于役，
苟无饥渴！

  这篇诗写农村妇女对长期在外服役的丈夫的怀念，揭露了旧社会统治阶级的徭役给人民的痛苦。第一章前三句是正面提出问题，也就是农家的妇女为丈夫长期服役向统治者发出愤怒的呼声。下三句写农村黄昏时的景象。鸡已进了窝，牛羊也从山上回来，要是往日，这时候她丈夫正是从田地里回家，可是现在呢？却看不见丈夫，这就使她触景生情，更加怀念，所以后两句直说出："君子于役,如之何勿思!"后两句和前三句对照一下,就表现她的爱(丈夫)之深,恨(统治者)之切。第二章的前六句和第一章的前六句重复。最后两句:"君子于役,苟无饥渴!"表现她无可奈何的心情。她日日月月地盼丈夫回来,终于不见回来,不得已只好希望他在外不受饥渴。这表现她的深厚感情和无限痛苦。从这里我们可以看出,古代农民在残酷的统治者的压迫下家庭离散的悲剧。

这三篇诗的句式基本上都是重复的,这正是民歌的特点。但它们又各有特点,《木瓜》三章,句式完全重复,每章有两个不同的字;《采葛》三章在重复中,每章也有两个不同的字,这不仅为了押韵,并表明事物和季节的变化;《君子于役》二章,前六句重复,而《君子于役》一句,又重复了四次,从这里可以看出《诗经》的语言丰富,音韵谐美,表现手法的多样化。

讲授《诗经》要注意两个方面:

1.《诗经》里的优美诗歌,生动地反映了当时的社会现实的各个方面,教师在教本课所选《诗经》部分时,必须作较深刻的钻研,反复体会,才能通过艺术形象,引导学生认识古代的社会生活。

2.《诗经》里的诗,都是可以歌唱的,有很多篇句式重复,音乐性特别强。通过反复重叠,一唱再唱,使所描写的事物和所表现的思想感情逐渐加深,这方面学生是很难体会的。教师除领导学生反复诵读外,还要联系学生的生活实际(如:现代歌曲中歌词重叠的作用,以及母亲和老师对孩子们叮咛嘱咐的情意,这些是学生所能理解的),以引导他们领会作品里的思想感情。

本课共用两课时,《木瓜》和《采葛》作一课时,《君子于役》作一课时。《木瓜》和《采葛》都是歌唱爱情的诗,初二的小同学是不够了解的,教师讲课时应注意强调真挚纯朴的感情的可贵。《君子于役》是揭露封建社会徭役给予人民的痛苦。同学在初一《历史》上学过,应适当联系,使他们在已有知识的基础上,通过艺术形象,进一步认识古代劳动人民的痛苦生活,从而热爱今天新社会的幸福生活。

《诗经》是我国最早的一部诗歌总集,两千多年来,我国不少杰出的诗人继承和发展了《诗经》的现实主义传统。同学们已经读过一些唐宋诗词,现在把唐宋诗词和《诗经》的关系交代出来,帮助同学们理解中国现实主义文学传统之悠久,是很必要的。在这个基础上,同学学习《诗经》的兴趣会更加浓厚,也就容易接受有关文学史的知识。介绍《诗经》这步工作,最好放在第二课时讲完课文以后,这样可使同学对所讲的三篇诗加以回味,并得到巩固。

《诗经》本可以歌唱,但乐谱失传,现在只能作一般地朗诵,朗诵时要感情充沛,不过不能按平仄声去读,因为《诗经》产生于沈约的《四声谱》之前。

杜甫诗四首①

一、石壕吏

　　暮投石壕村,有吏夜捉人。老翁逾墙走,老妇出看门。吏呼一何怒,妇啼一何苦!
　　听妇前致词:"三男邺城戍。一男附书至,二男新战死。存者且偷生,死者长已矣!室中更无人,惟有乳下孙。有孙母未去,出入无完裙。老妪力虽衰,请从吏夜归。急应河阳役,犹得备晨炊。"
　　夜久语声绝,如闻泣幽咽。天明登前途,独与老翁别。

这首诗共分三节。
第一节写差吏到石壕村捉人及其横暴凶残的情况。
"暮投石壕村",这开头一句就充满了离乱的气息。以杜甫当时的身份地位,可以受官府招待,至少可以寄宿驿馆,其所以"暮投石壕村",实因途中骚乱,无处可依,不得不这样做。这句写出事件发生的地点,也正是点明题上"石壕"二字。作者对于投宿的情景,

---

① 原书目录在题后注曰:初中文学课本第三册第三课。

并不加以描写，立即进入本篇所要描写的事件的叙述，也就是着手在题目的"吏"字上做文章。"有吏夜捉人"，是差吏在夜间乘其不备，任意捉人。这句里的"夜"字，点明事件发生的时间，并表明时间的顺序已由"暮"而进入"夜"，更揭露当时政治的黑暗和残暴。正当敌人大举入侵的时候，统治阶级还派差吏黑夜抓人，这种暴政多么令人憎恨。"老翁逾墙走"，大约是老翁听到敲门声，立即爬墙逃走。差吏捉人，竟吓得老翁逃走，足见壮丁抓完了，连老翁也在被抓之列，其战争给人民的灾难可知。再说老翁一听到声音就逃走，可见乱抓人已是常事，差吏凶暴，不仅使人望而生畏，而且使人闻风而逃，民不聊生已达到这样地步。"老妇出看门"，是老妇为了掩护丈夫逃走，就出去守门，一面探听外面情况，一面好应付差吏。在这两个句子中间，表现出这对老夫妇分头应付急变，惊惶失措的神态。"吏呼一何怒"，这时差吏已经闯进门来，大声咆哮，但却听不出语言，诗人对此十分愤慨，在诗人眼里，这些差吏简直是一群豺狼。这句话，就是对差吏厉声的呵斥。"妇啼一何苦"是老妇在差吏凶暴声势的震恐下，在逼迫要壮丁的情况下，她的悲哀，已不是语言所能表达的，因此只听到痛苦的哭声，诗人对此是十分同情的。在有的版本中"老妇出看门"作"老妇出门看"，这样与上句一起就成了两个整齐的对句。照我看这节连用两对对句作结，更显得杜诗沉郁顿挫的特色。

第二节写老妇诉述一家苦痛及其被迫捐躯。

"听妇前致词"，"听"是诗人听，"前致词"是老妇上前去向差吏诉述以下这番话。"听"字显示出诗人对这件事的关切和注视着这件事的发展。这里诗人没有把自己明写出参加这个场面，只是暗写。本诗除一头一尾外，好像诗人都未出场，事实上通过一个"听"字把他那种关切、注视的神情有力地表现出来。一个"听"贯注下面十四句，何等力量！这种独特的表现方法，使诗的内容更加深刻化。"三男邺城戍。一男附书至，二男新战死。"是老妇强忍着热泪向差吏说明:她的三个儿子都已经去防守邺城,其中一个儿子捎信回来,说其他两个儿子最近在战争中牺牲了。差吏是来抓丁的,因此,老妇首先针对这一点来说。这三句表明这个母亲已经把三个儿子都献给反抗外族侵略的战争,并且两个儿子已经战死,这个母亲是应该受人尊敬的,但还受差吏的欺凌,这就揭露了当时政治黑暗和差吏的残暴。"存者且偷生,死者长已矣!""存者"指一男,"死者"指"二男",这两句是母亲悲伤两个儿子的战死,感到活着的一个儿子,也只是活一天算一天,说不定什么时候会发生不测。这两句照行文的顺序,应该是:"死者长已矣,存者且偷生。"把它倒过来,不仅是韵的问题,而是把老妇缠绵悱恻的哀情表现出来,使人读诗至此,不觉黯然泪下。

"室中更无人,惟有乳下孙。""无人"是指没有男丁,老妇已向差吏说明她家男丁都已上前线,家中再没有男丁,只有一个吃奶的小孙子了。事实上她家的男丁除小孙子以外,还有一个逾墙而走的"老翁"。"惟有"二字,十分干脆,正所以掩护老翁。"老妇出看门",也正是为了这一点。"有孙母未去,出入无完裙。"老妇刚一提到小孙子,紧接着说出孙母,还是为了掩护老翁。"孙母"是死男之妻,所以未离家而去,是因为有吃奶的孩子,但生活是够苦的了,连一条完整的裙子都没有。可见战争给人民带来了多大的灾难。

"老妪力虽衰,请从吏夜归",老妇觉得自己虽然气力已经衰退,但却主动地要求跟随差吏连夜同去。她为什么要提出这样的要求呢?这里反映了两个问题:一是老妇已经把家里的人一一点出,如果差吏不再逼着要人,她也不会提出这样的要求;一是老妇为了脱免自己的丈夫,但又怕媳妇被抓走,小孙子无人抚养,所以只得牺牲自己了。这就反映了老妇的善良,进一步揭露差吏的凶恶。"急应河阳役,犹得备晨炊",是老妇要求快把她带到河阳去服役,还可以帮助战士们做早饭。"急应"二字,不仅反映老妇当时紧张的心理状态,同时也反映当时唐军在邺城溃败后河阳的紧急情势,所以统治阶级就要派遣差吏黑夜捉人了。杜诗是诗史,正表现在这些地方。"犹得"和上面的"虽衰"相呼应,表现了老妇在暴政的胁迫下去效命的痛苦心情。

这节专写老妇痛苦陈词,其中可分为三层:"三男邺城戍……死者长已矣!"为一层,写老妇的三个儿子服役的惨痛;"室中更无人……出入无完裙"为一层,写老妇一家生活的穷困;"老妪力虽衰……犹得备晨炊"为一层,写老妪被迫捐躯。这三层是一层比一层深入:献出了三男,又逼得老翁逾墙,最后老妇自己还不得不捐躯,足见暴政虐民到如何地步。老妇究竟被抓走没有呢?在这节里还看不出来。有人把"请从吏夜归"解释为"当晚就把一个老妇抓走",很不妥当。老妇虽然是当天晚上被抓走的,但这句不能这样讲。

第三节写老妇被抓走后的凄凉情景。

"夜久语声绝,如闻泣幽咽。"这是前面的"吏呼"、"妇啼"、"致词"等场面结束后,顿时呈现出幽寂凄惨的情景。这首诗一共三个"夜"字,第一个"夜"字表现在夜里有人捉人;第二个"夜"字表现在夜里有人被人捉;第三个"夜"字表现捉人的人把被捉的人捉走了,已是夜深之夜。这三个夜字联系起来,表现这事件的发生与结束,全是在黑夜里。黑夜里发生的悲剧,暗示出黑暗的政治给人民造成的痛苦。夜久语声才断绝,足见差吏凌逼老妇的时间是相当长的,同时也使人看出老妇真的被差吏抓走了。这件事多么惨痛!所以诗人在寂静中好像听到幽微的啜泣声。"如闻"并非真的听见幽咽的哭声,乃是和"白水暮东流,青山犹哭声"一样的境界,比真听见哭声更深刻一层。这是诗人从自己的感觉中写出,正是伟大诗人的人民感情的表现。"天明登前途,独与老翁别。"这是诗人第二天天明时离开了石壕村,向前途走去,碰到老翁而与之作别。这就把第一节"老翁逾墙走"交代清楚了。"天明"和前面的"暮"、"夜"同是表明诗人从投宿到启程以及亲眼看到所发生的悲剧的时间的顺序。"登"和"投"前后呼应,画出诗人一来一去的身影。"独与老翁别"的"独"字,饱含着血和泪,这一家的悲惨遭遇和诗人热爱人民的感情,都集中地表现出来。

这首诗是通过老妇人一家的悲惨遭遇,和她被抓去应役这事件的描写,揭露了封建统治阶级的残暴,以及战争的残酷。

这首诗是诗人的杰作《三吏》、《三别》中的一首,《三吏》、《三别》这六首诗自成一组,是公元759年诗人在离开洛阳回到华州的路上,亲见当时征兵的惨状后写成。这些诗不仅表现了作者对当时民族斗争的看法,同时也反映了民族斗争中的阶级矛盾。诗人眼见民族危机,所以歌颂和号召人民参加民族自卫战争;同时又看到统治阶级就在国家民族危亡的时候,仍残暴地压迫剥削人民,所以又忍不住对统治阶级的罪行予以无情的揭露。这种曲折复杂的感情,正是伟大诗人在那样历史时期爱国、爱人民的具体表现。所以,研究《石壕吏》这一首诗,必须和其它五首诗同时研究,才能全面的看清楚当时的历史情况和诗人的思想面貌。

二、茅屋为秋风所破歌

八月秋高风怒号,卷我屋上三重茅。茅飞渡江洒江郊,高者挂罥长林梢,下者飘转沉塘坳。

南村群童欺我老无力,忍能对面为盗贼?公然抱茅入竹去,唇焦口燥呼不得;归来倚杖自叹息。

俄顷风定云墨色,秋天漠漠向昏黑。布衾多年冷似铁,娇儿恶卧踏里裂。床头屋漏无干处,雨脚如麻未断绝。自经丧乱少睡眠,长夜沾湿何由彻!

安得广厦千万间,大庇天下寒士俱欢颜!风雨不动安如山。呜呼!何时眼前突兀见此屋,吾庐独破受冻死亦足!

这首诗共分四节。

第一节写狂风吹破茅屋的情况。"八月秋高风怒号","八月秋高"是写八月的天气高朗,紧接着"风怒号",是写忽然刮起大风。这一句里呈现两种极不调和的气象,表现事出仓卒,无法提防,这就暗含着破屋的因素。诗一开头,就来势汹汹,使人好像听到咆哮的风声,感到猛烈的风势。

"卷我屋上三重茅","卷"是风的动作,"三重"显示风的力量,只有那怒号的风,才能卷起屋上的三重茅草。"我"字在这里很重要,表示这次风灾首当其冲的便是诗人自己,并暗示出诗人亲眼看着大风把茅草一层一层又一层地卷起来的焦灼心情。

"茅飞渡江洒江郊",这句连用三个动词,把茅草被风卷走的势态描绘出来:"飞"是高飞,"渡"是横渡,"洒"是乱洒。连用两个"江"字,第一个表明茅飞的距离,第二个表明茅洒的地点。茅草本身并没有这三种动作,而所以如此,正是由于风的力量。

"高者挂罥长林梢,下者飘转沉塘坳","高者"是高飞的茅,"下者"是洒下的茅,"林梢"、"塘坳"不仅表示茅草"挂罥"、"飘转"的地点,而且鲜明地衬托出"高"和"下"。"长"、"沉"这两个动词,和"挂罥"、"飘转"两个动词,各为连动关系,但更重要的作用是加强语气:"长"表示茅草挂在林梢,挂得很紧,好像长上去的一样;"沉"表示茅草在空中飘转而逐渐下沉之势。

以上四句,都是从"风怒号"发出。写茅草被风卷走的态势,正所以表现风势猛烈。

第二节写群童抱茅,引起诗人的感叹。"南村群童欺我老无力,忍能对面为盗贼?""南村"二字,表明这群孩子和诗人平时是相识的,"童"和"老"一对照,就表示这件事是不足计较的,因此"欺"字就只表现出孩子们顽皮的态度。既是小孩子顽皮,为什么接着第二句要那样大发牢骚呢?这是诗人借题发挥,骂那些公开压榨勒索人民的贫官污吏,使人意识到国危家破是那些"盗贼"所造成的,诗人曾有"盗贼本王臣"的诗句,更可证实这一点。因此这两句诗应该这样理解:诗人草堂上的茅草被狂风卷掉了,无知无识的南村群童却赶来凑热闹,看到诗人正在仓惶失措,就想动手抱茅,所以诗人说:"顽皮的孩子们欺负我年老多病,想抱我的茅草,难道他们竟忍心像那些贪官污吏一样对面做盗贼吗?"这两句诗,从来解诗者都把它当作肯定的语气,认为是诗人受到群童的欺侮而感到难堪。这样解释,是不了解诗人的伟大胸襟。诗人曾自比稷契,诗人曾想剖心沥血来哺育凤雏(中兴的征兆),诗人曾做到"堂前扑枣任西邻",难道对南村群童顽皮抱茅的小事而便加以为盗为贼的罪名吗?显然诗人的感情不是那样狭隘。因此只有把"忍能对面为盗贼"这句改为疑问语气,空挑一笔,才能把诗人在国家风雨飘摇之际的曲折复杂的感情表达出来。照我个人理解,《文学》课本上这句诗下打的逗号,应该改为问号才合适。

"公然抱茅入竹去,唇焦口燥呼不得。"这些顽皮的孩子们竟公开地抱着茅草钻到竹林中去,诗人跟着后面叫喊,嘴叫干了也叫不出来。"公然"是接上句的"对面",转入"抱茅",把问题缩小,把语气冲淡;接着又用"入竹去",显然不是"为盗贼",而是顽皮。"唇焦口燥呼不得",也只是诗人对这些孩子的顽皮表示无可奈何。这些地方,都表现诗人的心地宽厚和对孩子们的慈爱。

"归来倚杖自叹息","归来"是回到已被风吹破了的茅屋里,"倚杖"正表明"老无力","自叹息"是表现诗人的悲凉的复杂的感情。从表面上看,好像接着上句"呼不得"之后,只得回来扶着拐杖叹息;事实上诗人从屋破想到国破,自己和广大人民的悲惨遭遇,都包含在这凄凉的叹息声中。这节特别用一单句作结,情致黯然。

第三节是诗人感伤夜雨侵迫的痛苦。

"俄顷风定云墨色,秋天漠漠向昏黑。""俄顷"是点明诗人回到破屋之后的时间顺序,同时也表明气候在急剧变化;"风定"和"云墨色"正表示气候变化;"风定"是将雨的现象,"云墨色"是雨的现象。"秋天"是指秋日的天空,"漠漠"是形容风定后寂静无声的天空,"向昏黑"是写天气由黄昏进入黑夜,也正表明天黑了,又要下雨,无处可往,只得住在破屋里。这两句形成一种黯淡的气氛,烘托出诗人的凄凉心情。

"布衾多年冷似铁,娇儿恶卧踏里裂。"多年的旧布被,本来就硬而且冷,又加上小儿子不会睡觉把被里子蹬破了,这当然睡不安了,为下文"少睡眠"作好准备。从这两句诗里,诗人流露出对娇儿的爱怜,对自己痛苦生活的伤感。

"床头屋漏无干处,雨脚如麻未断绝。"写秋风破屋,接着又是秋雨逼人,弄得屋无干处,床头沾湿;在无可奈何中盼望雨停,而雨点偏密如麻不得断绝,这就引起诗人烦腻不安的情绪,更加睡不着了。这两句是回过来写屋破,集中地表现夜雨侵迫的苦痛,在"少睡眠"这一方面,又比上两句的意思逼进一层。

"自经丧乱少睡眠,是夜沾湿何由彻?"这两句是诗人写出受夜雨侵迫的伤感。因为夜雨侵迫睡不着,所以就联想到战乱中历尽了颠沛流离的生活,身体衰老,贫病交加,失眠是常事,这不过是许多次中的一次。越睡不着越想,越想越睡不着,又加上遍体沾着湿衣湿被,就觉得夜特别长,怎么能度过这痛苦的长夜呢? 在长夜不眠中,很自然地由现在想到过去,由自己想到别人,这就为下一节创造了条件。

第四节是诗人写出自己的理想和希望。

"安得广厦千万间,大庇天下寒士俱欢颜,风雨不动安如山?"这三句是诗人从个人苦难中推想到天下的穷人,希望他们得到安乐的环境。"安得",并不是真能得到,而只是一种假想的希望,这两个字一直贯穿下三句。"厦"字附加"广"和"千万间",以及"寒士"附加"天下",又在"庇"字上附加"大"字,当然是表现诗人的宏大理想和宽广的胸怀,但也暗示天下穷人之多,不是几间茅屋所能庇盖的。"寒士"应作"穷人"解,诗人在很久以前就有"朱门酒肉臭,路有冻死骨"的诗句,足见诗人的感情早就不局限于"士"的阶层了。后来白居易的"安得万里裘,盖裹周四垠,稳暖皆如我,天下无寒人",可作此诗的注解。"俱欢颜"的"俱"字,正表现诗人崇高的人民感情;"欢颜"是反衬着人们当前的苦脸,"风雨"二字含义很广,不仅表示诗人希望受风雨侵迫的人们得到安居的广厦,而且表示诗人希望风雨飘摇的国家能够像山一样的安定下来,使人们都能过着快乐的生活。这是诗人在苦难生活体验中产生出来的理想和希望,代表着广大人民的要求。

"呜呼!何时眼前突兀见此屋,吾庐独破受冻死亦足。"这是诗人舍已为人的伟大胸怀,也正是自比稷契,剖心沥血哺育凤雏的伟大抱负。"呜呼",表示强烈的伤感,"何时"和"安得"相呼应,表示诗人美丽的理想和希望在当时是不可能实现的,所以诗人叹息说:"什么时候在人们的眼前高高竖起这千万间广厦呢?如果真有可能,只是我个人的屋子破了,自己冻死了,也感到满足。"最后一句和"安得"三句相对照,特别是"独"和"俱"更鲜明地显示出诗人先进的思想和进步的人生观。

这首诗是诗人描写自己的茅屋被秋风吹破的苦况,并提出使天下穷人获得安乐生活的理想和希望。

这首诗大约作于公元七六〇年以后,那时中原还没有恢复,关中闹着严重的灾荒,诗人结束了十年长安、四年流徙的生活后,刚来成都得到一个安身的处所,但无情的暴风雨忽然打破了他暂时的安定,使他联系到现实生活,所以在无眠的长夜中唱出时代的悲歌,唱出自己的苦况,唱出广大人民的心声。

三、客至

舍南舍北皆春水,但见群鸥日日来。

　　　　　花径不曾缘客扫，蓬门今始为君开。
　　　　　盘飧市远无兼味，樽酒家贫只旧醅。
　　　　　肯与邻翁相对饮，隔篱呼取尽余杯。

　　这首诗共分两节。
　　第一节写客至的情景。
　　"舍南舍北皆春水"，了解这句诗，先要了解诗人成都草堂的环境，根据诗人常常歌咏的："浣花溪水水西头"、"结庐锦水边"、"万里桥西宅，百花潭北庄"……这些诗句，可知诗人的草堂临近锦江，东边是浣花溪，南边是百花潭。草堂的周围既是有江、有溪、又有潭，到春天的时候，自然是一片春水潆洄。"舍南舍北"是指住宅的周围，不必把地方看得太固定；"皆春水"是直接写宅边春水潆洄，间接写鸥鸟之多，为下句作准备，同时也暗示周围隔水，客来不易。
　　"但见群鸥日日来"，正因为宅边春水潆洄，所以许多鸥鸟天天来到；"但见"作"只见"解，天天只看见许多鸥鸟来，足见没有客人来到这个冷落的村庄。这里也反映诗人的生活得到暂时的安定，心情闲适，与那些官僚们很少接近。
　　"花径不曾缘客扫"，"花径"是指落满了花的小路，落花满路不曾扫掉，是因为没有客人来。上两句"暗示"没有客人来，这句却"点明"没有客人来，为第四句作充分准备。三句作三次跌宕，层层逼题，逐步明朗，使第四句点题，更加鲜明有力。
　　"蓬门今始为君开"，这句点明题目"客至"。因为客人来了，才开柴门接待。这个客人是谁呢？诗人原注："喜崔明府相过。"诗人的母亲姓崔，明府可能是他舅父。"蓬门"大约是草堂的正门，今天才为客人开门，足见平时是"门虽设而常关"的；开正门（至少是平时不常开的门）迎客，也所以表示敬意。冷落的荒村，忽有客来，划破了幽居的寂静，大有空谷足音之喜。
　　第二节写待客的情景。

"盘飧市远无兼味,樽酒家贫只旧醅。"这两句是一组,写准备酒菜,招待客人。既然客人来了,就得准备招待客人的菜,但距离市场很远,一时办不到较多的、有味的菜;招待客人,必须有酒,但因家里很穷,没有好酒,所以杯子里只有未漉的陈酒。这两句主要是写家贫没有好东西待客。没有好酒好肴,都是家贫的原因,"市远"也是事实,但只有贫家才有这种困难。这种朴素的描写,表现了真率的感情。

"肯与邻翁相对饮,隔篱呼取尽余杯。"这两句是一组,写陪客尽欢。"邻翁"是邻居的老农民,是在诗人和崔明府吃酒吃得要完的时候喊来陪客的人。可能这位老翁耕作才回来,诗人在篱笆旁边看到了,就喊他来同饮一杯。从这里可以看出诗人平日和邻翁相处,感情融洽,不分彼此。正因为如此,所以崔明府也不摆什么官架子,原意和邻翁对饮,饮尽剩余的酒。这两句反映出一时宾主欢愉的情绪。

这首诗作于草堂既成之后。诗人这时生活较闲适,但也很寂寞,所以在诗中一面描写草堂春景,一面表现客至而喜悦的感情。诗以鸥鸟引端,以邻翁陪结,情景交融,使读者如身临其境。

四、春夜喜雨

好雨知时节,当春乃发生。随风潜入夜,润物细无声。
野径云俱黑,江船火独明。晓看红湿处,花重锦官城。

这首诗共分三节。

第一节写好雨发生。

"好雨知时节,当春乃发生。"这两句点明"春雨"。先不说"春雨"而说"好雨",是暗含题上的喜字;"知"字绝妙,赋与雨以知觉。

雨能知道季节，一到春天便发生，无怪其为"好雨"。"发生"二字双关，一是雨的发生，一是因雨而万物发生。

第二节写春夜雨景。

"随风潜入夜，润物细无声。"这两句是一组，点明"夜雨"，"潜入"、"细润"正状好雨发生。这时雨不仅有了知觉，而且有了动作，它能随着风暗暗地在夜里发生起来，并能细细地滋润万物，所以说是好雨，也暗含着"喜"的意思。

"野径云俱黑，江船火独明。"这两句是一组，写雨中夜景。诗人因感到和风带来的细雨，于是喜而出外去看：初一出去，看不见路；抬头一看，则满天黑云；再向远处一看，只有江船上的火发出光亮。正因为"云俱黑"，所以才显得"火独明"；"火独明"也正是反衬"云俱黑"。十个字写得入神，正是喜的表现。

第三节突出地写出喜悦的感情。

"晓看红湿处，花重锦官城。"这两句是诗人在欣赏雨中夜景后的一种想象。他看到雨中夜景的美妙，很自然地就会想到雨后晓景的艳丽。"红湿"是好雨润开了的鲜花和鲜花沾湿了好雨的状态；"花重"是经雨红湿，花枝好像很沉重的样子，这正是雨后晓景。诗人用"晓"字反衬"夜"字，表示在夜里就急于想看这样的晓景，正是喜悦的感情。"锦官城"就是成都，因江山明丽，错杂如锦而得名（见《杜诗详注》卷九《蜀相》注）。这样的锦绣江山，经此好雨，百花齐放，则更加可喜。这十个字把"春夜喜雨"四个字统统表现出来，而"喜"字表现得更突出、更鲜明。文学课本上把"晓看"句解释成"第二天天亮的时候，看那红红的湿润的一片"，这好像是"春晓赏花"，而非"春夜喜雨"了。

这首诗是诗人描写春夜雨景和他的喜悦心情。从诗的结尾看，诗人不仅是对自然景物的喜爱，同时也是对祖国江山的赞颂。

这首诗，是诗人在成都草堂一段安适生活中写的。这时他写了不少歌颂大自然的诗，在这些诗中要以这首诗的艺术性较高。

如通首没有明写喜字而喜气洋溢,正是妙处。清人纪晓岚作诗虽不顶高明,但评诗顶严格,也确有独到处,他对这首诗的评价是:"此是名篇,通体精妙,后半尤有神。随风二句虽细润,中晚人刻意或及之;后四句传神之笔,则非余子所可到"(引自《瀛奎律髓》卷十七"晴雨类")。这几句话可作研究和欣赏这首诗的参考。

这四首诗除《石壕吏》是诗人从洛阳到华州时写的以外,其余三首和前面的《绝句》一首,都是在成都草堂写的。《客至》和《春夜喜雨》是草堂既成之后生活比较安适时写的;《茅屋为秋风所破歌》是草堂受风雨侵袭时写的;《绝句》是从阆州再回成都时写的。讲授时应按课本上的顺序;备课时,应按写作时间先后进行研究,才能有系统地了解诗人的生活状况、当时的社会面貌以及诗人创作的发展情况。

研究杜诗必须注意下面两点:

1. 杜诗是诗史,这说明他的诗能真实地反映当时的社会面貌。研究杜诗必须先熟悉开元、天宝间的历史,才能深刻地体会伟大作品的人民性和现实主义精神。如研究《石壕吏》就必须了解当时广大人民在兵役的重压下和战争的纷乱中家破人亡流离失所的惨痛的事实,才能了解典型环境中的典型人物的社会意义。

2. 杜诗除具备唐诗的一般特点以外,它的规模最大,格律最严,变化最多,它有着高度的思想性和艺术性的统一。所以研究杜诗,必须反复玩索,逐字推敲,才能有所领会。诗人自己曾说"读书破万卷,下笔如有神"、"晚岁渐于诗律细"、"语不惊人死不休",可知,他作诗是那样认真严肃,我们研究他的诗,哪能采取轻率的态度呢?

备课时如能做好以上两项工作,那么到课堂教学时就能较好地介绍时代背景,能较生动地讲解课文,从而保证艺术形象的完整。

另外,最好也要掌握这四首诗体裁的特点。《石壕吏》是五言古诗,《茅屋为秋风所破歌》是七言古诗,《春夜喜雨》是五言律诗,《客至》是七言律诗。所谓"律诗",是唐代创制的"近体诗";所谓"古诗",是对律体而言。古诗无论五古、七古,都是沿袭古代体制,五言律体,肇始于齐梁,而极盛于唐;七言律体则是由五言律体变化而来。它们的作法和风格都各有特点:"五古"和"七古"音韵都没有严格的规定,可以一韵到底,也可以两句一转韵。在句法上,"五古"必须通篇都是五字一句;七古就不一定:有通篇都是七字一句的,也有长短句错杂的。在风格上,大体是这样的:"五古"含蓄蕴藉,着重神情,"七古"挥叙铺洒,着重气势。"五律"和"七律"都是篇有定句,句有定字,字有定声,韵脚也是固定的,并且中四句规定要对仗。但"五律"婉约,下字较细嫩,"七律"豪放,下字较粗实。以上这些仅略述大概,教师了解这些,可以帮助深入课文,掌握课文的特点。

讲这课以前,要复习一下第一册上所讲过的杜甫的《绝句》,并要求同学简述杜甫生平(仅限于教师以前所介绍过的那些内容)。最好把第四课提到第三课之前讲授,使同学在全面了解杜甫之后,再学习他的诗篇,那就更容易接受,也更感到亲切些。

本课共用五课时,四首诗各用一课时。《石壕吏》和《茅屋为秋风所破歌》两首诗篇幅较长,每首用一课时串讲,时间很紧凑,不可能复习巩固,所以讲完这两首诗以后,要用一课时进行回讲、朗诵。《客至》和《春夜喜雨》各用一课时,时间比较充裕,串讲以后,可以领着同学反复吟诵,达到当堂背诵的程度,最好能让同学当堂背诵。

讲《石壕吏》以前,可以让同学请问他们的家长,了解关于旧社会兵役给予人民的苦难,从而理解这首诗的伟大社会意义。串讲时应抓住那个典型的家庭作全面细致的分析。衬出当时的政治黑暗,培养同学爱憎分明的感情。

讲《茅屋为秋风所破歌》，应着重以诗人同情人民疾苦，希望人民生活改善的人道主义精神感染同学，但对"南村群童欺我老无力，忍能对面为盗贼"两句，应妥为解释（可参看本备课笔记中课文分析），和后面的感情联系起来。若依旧说，不特和后面的感情抵触，且与同学们自己的感情抵触，年幼的学生将不谅解诗人对儿童的态度。别认为这只是一个标点的问题，确是一点也不能含糊的。

讲《客至》要抓住三层跌宕的手法，表现诗人的心情，并培养同学对人真挚和坦率的性格。另外"皆"和"但"，"不曾"和"今始"，这几个虚词相互呼应传神，不可忽视。

讲《春夜喜雨》，应把待人的喜悦心情充分地表现出求，最后两句是喜悦达到了顶点，教师们可参照本笔记的课文分析那样解释，这样可能更有感染力，更可能培养同学热爱生活的情感。

白居易诗三首①

一、观刈麦

田家少闲月,五月人倍忙。夜来南风起,小麦覆陇黄。妇姑荷箪食,童稚携壶浆,相随饷田去,丁壮在南冈。足蒸暑土气,背灼炎天光,力尽不知热,但惜夏日长。复有贫妇人,抱子在其旁,右手秉遗穗,左臂悬敝筐。听其相顾言,闻者为悲伤。家田输税尽,拾此充饥肠。今我何功德,曾不事农桑,吏禄三百石,岁晏有余粮。念此私自愧,尽日不能忘。

这首诗白氏自注:"时为盩厔县尉。"这是《白氏长庆集》中最早一首描写农民生活的诗,从这首诗里可以看出他怎样同情农民的遭遇,清楚地反映了当时农民在苛捐杂税压榨下惨痛的现实生活。

开头四句,概括地写出五月农村的情况。"少闲月"和"人倍忙"表现农民终年辛苦;"夜来南风起,小麦覆陇黄",这两句画出了五月农村的鲜明景象,使人好像看到了田野间金黄色的麦浪;同时

---

① 原书目录在题后注曰:初中文学课本第三册第五课。

也表现农民又要加倍忙碌,以引起下文。

"妇姑荷箪食"以下八句,写农民在收麦期间的辛勤劳动。"妇姑荷箪食,童稚携壶浆",是衬托"丁壮在南冈"的忙碌,也就是所谓"人倍忙"。"足蒸暑土气,背灼炎天光",画出农民弯着腰刈麦的形象,表现农民的辛苦。"力尽不知热,但惜夏日长",表现农民热爱劳动的高贵品质。

"复有贫妇人"以下八句,写拾穗妇人的悲惨生活。前四句画出她们贫穷的形状,后四句指出她们贫穷拾穗的原因。可怜她们左臂上挂着破筹筐,并且抱着孩子,跟在刈麦人的身旁,用右手拾着掉在地上的麦穗,准备拿它来充饥。这是多么悲惨的生活。她们为什么会这样呢?这是因为"家田输税尽"。"听其相顾言,闻者为悲伤",是诗人和正在刈麦的农民听到拾穗的妇人们相顾而谈的话语而感到悲伤。拾穗的妇人,当日也是终年辛勤劳动,也曾有"小麦覆陇黄"的日子,只因为"家田输税尽",所以不得不"拾此充饥肠"了。正在刈麦的农民,和她们的命运并没有什么不同,只是时间问题罢了。他们了解,今天刈麦,又知能过几时就要亲自去拾穗呢?所以诗人和农民一同发出伤感。

最后六句,是诗人对自己不劳而食的官吏生活的不安。前四句反映当时官吏无功于人民,而他们的奢侈生活费用正是人民的血汗;结尾二句,集中地表现诗人同情人民的深厚感情。这正是诗人伟大的地方。

二、卖炭翁

卖炭翁,伐薪烧炭南山中。满面尘灰烟火色,两鬓苍苍十指黑。卖炭得钱何所营?身上衣裳口中食。可怜身上衣正单,心忧炭贱愿天寒。夜来城外一尺雪,晓驾炭车辗冰辙。牛困人饥日已高,市南门外泥中歇。

翩翩两骑来是谁？黄衣使者白衫儿。手把文书口称敕,回车叱牛牵向北。一车炭重千余斤,宫使驱将惜不得。半匹红绡一丈绫,系向牛头充炭直。

这首诗是白居易《新乐府》里的一首。白氏自注:"苦宫市也。"宫市是贞元末年最为病民之政,白氏以亲闻目睹之事,播之乐府,自更生动。

讲这首诗之前,先要把宫市病民的情况搞清楚,才能更好地理解课文。《资治通鉴·唐纪五十一》所载:"先是宫中市外间物,令官吏主之,随给其直。比岁以宦者为使,谓之宫市。抑买人物稍不如本估。其后不复行文书,置白望(胡注:白望者,言使人于市中左右望,白取其物,不还本价也。)数百人于两市,及要闹坊曲,阅人所卖物,但称宫市,则敛手付与,真伪不复可辩,无敢问所从来。及论价之高下者,率用直百钱物,买人直数千物。多以红紫染故衣败缯,尺寸裂而给之。仍索进奉门户及脚价钱(胡注:门户者,言进奉所经由门户皆有费用;脚价谓就人负荷进奉物入内有雇脚之费。)人将物诣市,至有空手而归者。名为宫市,其实夺之。商贾有良货,皆深匿之。每敕使出,虽沽浆卖饼者,皆撤业闭门。尝有农夫以驴负柴,宦者称宫市取之,与绢数尺,又就索门户,仍邀驴送柴至内。农夫啼泣,以所得绢与之,不肯受,曰:'须得尔驴。'农夫曰:'我有父母妻子,待此然后食,今以柴与汝,不取直而归,汝尚不肯,我有死而已。'遂驱宦者。街吏擒以闻。诏黜此宦者,赐农夫绢十匹,然宫市亦不为之改。谏官御史数谏不听。建封入朝,具奏之,上颇嘉纳,以问户部侍郎判度支苏弁,弁希宦者意,对曰:'京师游手万家,无土著生业,仰宫市取给。'上信之,故凡言宫市者皆不听。"(见中华书局影印本,下册,第1616页。)从这一段记载里可以看出宫市给人民的痛苦极为深重。白氏所咏之《卖炭翁》,仅无数遭难人民中的一个。

这首诗前十二句,写卖炭翁辛苦、贫困和在大雪后驾车卖炭的情况,后八句写老翁横遭掠夺的不幸遭遇。

"卖炭翁,伐薪烧炭南山中",这两句点明他的职业及所住的地点。"满面尘灰烟火色,两鬓苍苍十指黑",这两句画出善良的老农民长期辛苦劳动的形象,引起人们无限的同情。"卖炭得钱何所营,身上衣裳口中食",这两句写老翁一生辛苦,只是为了穿衣吃饭,可见谋生之难。"可怜身上衣正单,心忧炭贱愿天寒",这两句出老翁的贫困生活和矛盾心理。一生辛苦,为了衣食,可怜只落得"衣正单",而"衣正单"却偏偏"愿天寒",这种矛盾心理正表现穷人生活的痛苦。"夜来城外一尺雪,晓驾炭车辗冰辙",这两句写老翁的"天寒"愿望达到了,顾不得"衣单",就抓紧机会去卖炭,"夜"和"晓"一对照,表现老翁的焦急心情,虽然冰雪载途,也阻止不住他的炭车前进。"牛困人饥日已高,市南门外泥中歇",这两句画出老翁困顿的状态。"炭车"在"一尺雪"中转动,自然十分困难,所以日高的时候才到了市南门外。"牛困人饥"不仅表现当时的困顿状态,并且和上面的"衣正单"联系起来,表现老翁的贫困生活。使人更完整地了解老翁一生辛苦,所求的"身上衣裳口中食"原来只是这样的情况。

"翩翩两骑来是谁?黄衣使者白衫儿",这两句描写掠夺者——宦官仗势凌人的气焰。"手把文书口称敕,回车叱牛牵向北",这两句写掠夺者借宫市的名义进行掠夺,而卖炭翁正好首当其冲。当人们一发现两个骑马的人穿着"黄衣白衫"的时候,自然都"撇业闭门",纷纷逃避。这时老翁当然也在掉转车头准备逃回"南山",可是"牛困人饥",又加上泥泞满路,所以被掠夺者抓住,迫使转车向北。"回车"句,有的书上是这样解释的:"唐代长安城市建置,市在南而宫在北,故曰向北。"如果照这样解释,意义不明,也不符合诗中情节。老翁家住"南山",到达市南门外,车头本来就

"向北",掠夺者把它拉到皇宫,是不需要回车的。照我上面那样解释,才能把人民逃避宫市和掠夺者掠夺的情景表现出来。根据前面引的《资治通鉴》中的一段,仔细考虑一下是应该这样解释的:"一车炭重千余斤,宫使驱将惜不得",这两句写老翁被掠夺的痛苦。这千斤炭,是老翁辛勤劳动的成果,忍饥受冻把它运出来卖,竟无缘无故被掠夺,一切希望都落了空,他怎么能不痛惜呢?"惜不得"三字包含了多少血和泪。"一车炭重千余斤",这一句文学课本上把它分作两句,并去掉"重"字,当然这是有根据的。但是这首诗是乐府诗,要音韵和谐。这里变成"一车炭,千余斤",那"斤"字就与下文的音韵不谐。照乐府诗的规律:中间换句必须换韵,如李白的《将进酒》中"岑夫子,丹邱生,将进酒,杯莫停","生"字转韵,例子太多,不必多举。且七言诗中间插入三言句,很少见过连三句才押韵。如照课本上把"一车炭重千余斤"的七言句分为"一车炭,千余斤",两个三言句,也未尝不可,但须快读,缩短音节的距离,以便与上下协调。"半匹红绡一丈绫,系向牛头充炭直",这两句揭露掠夺者的罪行,同时也表现人民的反抗。千余斤的炭,只用"半匹红绡一丈绫"那点无用的废物作炭直,这是多么残酷的掠夺啊!"系向牛头"是掠夺者硬把那些废物拴在牛头上,这当然是在老翁拒绝之后,所表现的无耻行为。

《卖炭翁》和《观刈麦》两首诗,同是反映封建社会劳动人民的痛苦生活,谴责封建统治阶级剥削和掠夺劳动人民的罪行。《观刈麦》是写出农民受租税剥削的痛苦;《卖炭翁》是写出人民受官市掠夺的痛苦,二首联系起来,更明显地表现在封建社会残酷统治下人民的悲惨命运。

三、有木名凌霄

　　有木名凌霄,擢秀非孤标。偶依一株树,遂抽百尺条。托根附树身,开花寄树梢。自谓得其势,无因有动摇。
　　一旦树摧倒,独立暂飘摇;疾风从东起,吹折不终朝;朝为拂云花,暮为委地樵。
　　寄言立身者,勿学柔弱苗!

这首诗是白居易讽喻诗《有木八首》里的一首,白氏自序:"又见附离权势随之复亡者,其初皆有动人之才,足以惑众媚主,莫不合于始而败于终也。"

这首诗描述"凌霄"依附他树朝荣夕枯的命运,讽刺不图自立的人。

开头八句写"凌霄"依附他树滋长繁荣得势的姿态。这八句,句句有讽。"非孤标"三字把"凌霄"的特性概括地表现出来。正因为"非孤标"所以"擢秀"便是"秀而不实","名凌霄"也只是空有凌霄之名;正因为"非孤标",所以只有在"依"、"附"、"寄"的情况下,才能"托根"、"抽条"和"开花"。这种情况是非常可怜的,但它却"自谓得其势,无因有动摇",这正表现"非孤标"的特性。"自谓"二字,讽意甚深,其实那种所谓得势,瞬息即将动摇。这是从反面引起下文。

"一旦树摧倒"六句,写"凌霄"朝荣夕枯的悲惨命运。这六句也是表现"非孤标"的特性。大树一倒,他便飘摇起来;"疾风"一起,它便很快被吹折。"朝为拂云花,暮为委地樵",这两句集中地表现朝荣夕枯的可怜相,也就是集中地表现"非孤标"的特性。"一旦"六句和"偶依"六句,同时从"非孤标"三字发挥;"偶依"六句着重写"朝荣","一旦"六句着重写"夕枯",但彼此又互相紧密联系着。"非孤标"三字不仅贯串它以下的十二句,而且为结语早作好了准备。

末二句正面点出诗的寓意。劝告那些随人左右的人,应该力图自立,语重心长,这正表现诗人的正直忠厚。

唐穆宗时,李德裕与李宗闵、牛僧孺有隙,各立朋党,互相竞争,前后约四十年。当时有不少人左右摇摆,毫无气节,所以诗人作诗讽刺。同时诗人也赞扬一些立身坚定的人。《有木诗八首》中有这样一首:"有木名丹桂,四时香馥馥。花团夜雪明,叶翦春云绿。风影清似水,霜枝冷如玉,独占小山幽,不容凡鸟宿。匠人爱芳直,裁截为夏屋,干细力未成,用之君自速。重任虽大过,直心终不曲,纵非梁栋材,犹胜寻常木。""丹桂"和"凌霄",正好成鲜明的对比,从这里很清楚地看出诗人对社会的态度和自己的品质。

白诗"多触景生情,因事起意。眼前景,口头语,自能沁人心脾,耐人咀嚼"(见《瓯北诗话》)。研究白诗,当然比研究杜诗容易,可是也应该以研究杜诗的方法来研究白诗。因为白居易非常崇拜杜甫,在现实主义诗歌的优良传统上,他是杜甫的直接继承者。白居易在他写的《与元九书》中所说"文章合为时而著,歌诗合为事而作",这正是杜甫的创作道路。他不仅走杜甫的创作道路,甚至有些诗句都模仿杜甫。如"安得万里裘,盖裹周四垠,稳暖皆如我,天下无寒人",显然是模仿杜甫的"安得广厦千万间,大庇天下寒士俱欢颜,风雨不动安如山"。当然,白诗平易近人的风格,自能独树一帜。

课堂教学时,可在帮助学生认真预习的基础上,让他们试讲,然后教师再重点分析,引导学生深入理解课文。这样可以培养学生独立思考,训练语言,并能引起他们学习古典文学的兴趣,从而加强学习古典文学的信心。

这三首诗的体裁:《观刈麦》和《有木名凌霄》是五古,《卖炭翁》

是七古。"五古"和"七古"在《杜甫诗四首》里已经谈过,这里不再重复。

本课共用四课时。作者介绍应用一课时(根据《大纲》草案的重点),三首诗各用一课时。

本课开始时,应复习第二册上的《忆江南》二首,并要求同学简述白居易的生平,然后再系统地介绍作者,使同学对这位伟大的现实主义诗人有较全面的认识,并热爱他所遗留下来的宝贵诗篇。

分析《观刈麦》时应突出广大农民辛勤劳动的形象和拾穗妇人悲惨的形象,使同学认识到农民在旧社会里生活的痛苦,同时也使同学知道只有解放后在中国共产党的领导下,经过土改走向农业合作化的道路,中国农民才从贫穷落后走上了幸福富裕的道路。通过作者在本诗中所表现的对自己不劳而食的生活的不安,培养同学热爱劳动的感情。讲这课的前后、可利用假日进行农村访问,给同学一些感性知识。

分析《卖炭翁》应突出地把卖炭老翁和黄衣使者这两种正、反面人物形象,作鲜明对比,加强同学对剥削者的痛恨,对劳动人民的同情,从而对劳动人民亲手创造的劳动果实更加热爱。也要使同学认识到,只有解放了的中国,人民当家作主,永远推翻了反动统治以后,卖炭翁这个悲剧才永远不会重演。

分析《有木名凌霄》要鼓励同学做茅盾在《白杨礼赞》里面所歌颂的那些象征着朴质、坚强、力求上进的白杨树,切勿做朝荣夕枯象"凌霄"之类的柔弱苗。也就是要培养学生具有独立思考、独立工作和独立生活的能力,克服依赖思想,使之成为坚强的社会主义劳动者和保卫者。这里可以适当地结合同学们日常生活事例进行教育,但要特别注意防止脱离实际、脱离政治孤立解诗、牵强附会加以联系的偏向,以免使学生错误理解本诗内容以致导致个人主义和孤高自傲的情绪。

苏轼词二首①

一、西江月（并序）

　　顷在黄州，春夜行蕲水中，过酒家，饮酒醉。乘月至一溪桥上，解鞍曲肱，醉卧少休。及觉已晓。乱山攒拥，流水锵然，疑非尘世也。书此语桥柱上。

　　　　照野弥弥浅浪，
　　　　横空隐隐层霄。
　　　　障泥未解玉骢骄，
　　　　我欲醉眠芳草。

　　　　可惜一溪风月，
　　　　莫教踏碎琼瑶。
　　　　解鞍欹枕绿杨桥，
　　　　杜宇一声春晓。

　　这首词描写月夜野景，表现诗人对自然景色的喜爱。

---

① 原书目录在题后注曰：初中文学课本第三册第七课。

上阕是诗人醉后"乘月至一溪桥上",欣赏郊野夜景的。头二句暗写风月。"照野"是月光普照郊野,"弥弥"是月光充盈的样子(文学课本上解作水流着的样子,没有抓紧"月"字,似乎不妥),"浅浪"是溪水的微波。所以产生微波,是由于有"风";所以看见微波,是由于有"月"。"横空"是皎月经天,"隐隐层霄"是空中隐约地飘着一层层的薄云,这里也暗含着微风。这两句写出月白风清,引人入胜。接着"障泥未解"的"玉骢"已显出活跃的神气,无怪乎诗人要"醉眠芳草"了。"玉骢"是诗人用来陪衬自己的;"醉眠"语意双关,有诗人酒醉后又被风月陶醉之意。

下阕写诗人陶醉的心情。"可惜一溪风月"紧接着上面"我欲醉眠芳草",鲜明地点出风月,这句为上阕画龙点睛,是下阕的基本情绪。因为风月可爱,所以不忍让他的游伴"玉骢"踏碎小溪中美玉般的明月;因为风月可爱,所以诗人就在绿杨桥上解鞍欹枕而卧,直到"不知东方之既白"。"莫教踏碎琼瑶"是要接上阕的"玉骢骄"。当时"玉骢"好像也和诗人的心情一样为大好风月而感到愉快,但它却跳跳蹦蹦,不像诗人准备醉眠,所以诗人在欣赏出神的时候,生怕它不懂事跳下小溪,踏碎水中美玉般的明月。课本上对这句的注解,很不明确。"解鞍欹枕绿杨桥"是遥接上阕的"醉眠","解鞍"和"障泥未解"表明诗人"醉眠"先后的深情及时间顺序;"欹枕"画出诗人"醉眠"的状态;"绿杨桥"点明"醉眠"的地点。这就增加美丽的气氛和鲜艳的色彩。原来诗人站在杨柳桥上,看着蔚蓝色的天空高挂一轮明月,远处有几缕微云,近处有盈盈微浪,波光月色,芳草绿杨,依稀掩映,闪烁交辉,这是多么令人陶醉的环境啊!无怪乎人醉玉骢骄。"杜宇一声春晓",这句写得有声有色。本来诗人准备解鞍桥上,"醉卧少休",哪知心情陶醉,物我都忘,要不是"杜宇一声",还不知道天晓呢!这就集中表现了诗人对自然景色的喜爱。"春晓"二字,一面点明时令,美化前面所写的景物;另一面突然变换境界,把人从夜景陶醉中,带来欣赏"乱山攒拥,流水锵然"的晓景。从这里我们也好像看见诗人由"醉如玉山将颓",变为"醒若孤松独立"傲然一世的俊逸丰姿。

二、浣溪沙

簌簌衣巾落枣花,
村南村北响缫车,
牛衣古柳卖黄瓜。

酒困路长惟欲睡,
日高人渴漫思茶,
敲门试问野人家。

这首词描写乡村景象,表现诗人对自然景色和农村生活的喜爱。这是诗人酒后散步,欣赏农村景象,因此,这首词是闲适纡徐的情调,了解这一点,才好研究它。

上阕写农村春末夏初的风光,"枣花"是点明时令,"枣花"和"衣巾"本来是"风马牛不相及"的,诗人用"簌簌"和"落"联系起来,就画出枣花纷纷下落的状态和诗人酒后慢步穿过枣树林时的神情。正因为慢步,所以"村南村北"的"缫车"声听得分明,"古柳"下穿着"牛衣""卖黄瓜"的人也看得分明。"缫车"、"黄瓜"不仅点明时令,而且通过这些典型事例,画出农村的生活面貌。另外,"卖黄瓜"的"卖"字的另一方面是"买"字,虽然没有写出来,我们是可以意识到的。这就是说,诗人走到古柳树下,酒后口渴,遇到农民挑黄瓜,自然就要买些来解渴。不说买,只说卖,正是含蓄的地方。这样也就隐隐地画出了古柳下卖瓜人和啖瓜人的情态,也就和下阕的"人渴思茶"发生了联系。

下阕写诗人自己的感受。前两句集中地画出酒后散步的形象。上阕是间接写,这里是直接写。在程度上也有所不同:上阕是开始散步,这里已是"路长"了、"日高"了,所以"酒困"、"欲睡"、"人渴"、"思茶"。"敲门试问野人家"画出诗人敲门求茶的动态,也表现诗人接近农民的感情。和上阕联系起来,就更完整地看出诗人对农村的景色和生活的喜爱。

研究苏轼词,要注意以下两点:

1. 苏轼是词体的解放者。他的词充分表现个性,横放杰出,在词坛上放出异样的光芒。因此,研究他的词,必须认真研究写作时代和他当时的心情,否则就会和那些言之无物的词混淆起来。如研究《西江月》这首词,先了解了他谪贬黄州时抑郁不平的心情,才能深刻地理解词中那傲然一世的神态,否则,"醉眠芳草"有什么可取的呢?

2. 苏词的境界是相当深广的,他用一个字都要它起最大的作用。秦观曾以自己很得意的句子"小楼连苑横空,下窥玉毂雕鞍骤"向东坡先生请教,东坡却讥笑道:"十三字仅说得一人骑马楼前过。"足见他在写作上的认真态度。这一点,不能忽视。当然,他也有漫不经意,信手写来的句子,如《哨遍》"云出无心,鸟倦知还,本非有意";《醉翁操》"荷篑过山前,曰有心哉此贤",以及《江城子》"老夫聊发少年狂,左牵黄,右擎苍"等,确实直率无味,但这些在他的作品中里毕竟是少数。

本课共用二课时,每首词一课时,第一课时开始可根据《参考书》上的材料简介作者,然后再串讲《西江月》;第二课时在串讲《浣溪沙》以后,可反复吟诵,使同学们熟练地掌握这两首词。

串讲《西江月》应抓住"醉眠"、"风月"这两个关键,贯穿全词的景色,表现出诗人政治生活苦闷和自然境遇陶醉的矛盾心理的特征(详见课文分析)。这首词风格豪放,教师备课时应玩索诗人在此同一时期的代表作《念奴娇》(赤壁怀古)的情调,进一步掌握苏词的特点。

串讲《浣溪沙》时，应注意诗人所选择的"枣花"、"缲车"、"牛衣"、"古柳"、"黄瓜"等富于特征性景物和人物，来表现农村生活景象；同时应注意诗人出色地运用形容词和动词来表现人物的神态，"衣巾"和"枣花"是通过形容词"簌簌"和动词"落"联系起来的；动词"响"字把"缲车"声传遍"村南村北"；动词"卖"字把"牛衣"、"古柳"和"黄瓜"联系起来；"困"和"长"形容"酒"和"路"的程度，突出"睡"字；"高"和"渴"形容"日"和"人"的状况，突出"茶"字，动词"敲"和"问"描绘出敲门讨茶的形态和声音，从这里可以看出讲诗词是要逐字逐句推敲的。研究这点时，希望参照上面的课文分析。

《浣溪沙》是诗人于元丰元年（公元一〇七八年）徐州石潭谢雨道上作的，一共五首，这里选的是第四首。这一组词，诗人对农民各色各样的劳动和麦收以后的赛神饮酒等场面，尽情地予以歌颂，这是可贵的；特别是诗人在谢雨归来口渴时，随意敲开农民的门讨茶吃，更显得作者与农民之间亲密无间。《浣溪沙》的最后一首，他提出了归农的愿望，并把自己算作农民中的一个，这在当时更有一定的进步意义。这些情况提出来，可以感染同学，激起他热爱农村、热爱农民的感情。

为了完整地了解诗人当时的心情，特将《浣溪沙》的另外四首抄出，供教师们备课时参考。

附录

其一

照日深红暖见鱼，连村绿暗晚藏乌，黄童白叟聚睢盱。　麋鹿逢人虽未惯，猿猱闻鼓不须呼，归家说与采桑姑。

其二

旋抹红妆看使君,三三五五棘篱门,相排踏破蒨罗裙。　老幼扶携收麦社,乌鸢翔舞赛神村,道逢醉叟卧黄昏。

其三

麻叶层层檾叶光,谁家煮茧一村香?隔篱娇语络丝娘。　垂白杖藜抬醉眼,捋青捣麨软饥肠,问言豆叶几时黄?

其五

软草平莎过雨新,轻沙走马路无尘,何时收拾耦耕身?　日暖桑麻光似泼,风来蒿艾气如薰,使君元是此中人。

杜诗新话

小 序

《杜诗新话》,为余长期读杜之随笔。每遇杜集名篇,自以为为前人所误解者,或众说纷纭莫衷一是者,辄抒己见,且歌而咏之。日就月将,积稿数十万言,尽毁于浩劫,良自痛惜。兹搜索枯肠,重为笔录,冀添桑榆之乐。余之解杜,仅书一得之愚,不敢自矜其是,更不俗强人同己。

余自幼好吟诗,尤好作诗以论诗。窃以论诗绝句,肇自少陵,遗山、渔洋继之,遂成风气。诗话之制,杂论古今,渊源肸蚃,亦相沿成习。拙作系取少陵之诗而和其韵以评其诗,且缀论说于诗后。是作也,既异于诗话之芜杂,亦殊于绝句论诗之成套,因名之曰《杜诗新话》。

一、游龙门奉先寺

已从招提游,更宿招提境。阴壑生虚籁,月林散清影。
天窥象纬逼,云卧衣裳冷。欲觉闻晨钟,令人发深省。

和诗:

论诗千万端,先入诗之境。幽栖空色相,冥想浮形影。

天虚籁自虚,云冷衣亦冷。试听一声钟,纷纭当可省。

论诗之要,在于先入其境。入其境而玩索之,出其境而品评之,则必能搔着痒处,而免遭隔靴之讥。作诗忌境隔,评诗忌隔境。原诗本隔而强之使通;或原诗不隔,而解之使隔,皆解诗之大病。

杜诗《游龙门奉先寺》之诗境,揭示甚明。诗以"游"字导入,进而"宿"于其境。中两联皆摹写宿中之境,乃冥搜而得之,而又皆为静景。用"生"、"散"、"窥"、"卧"四动词,逗出静中之动,乃加深静中之静,此正是"招提"特有之境。诗人初宿此境,神与境化,形随景释,于"虚籁"生于"阴壑"、"清影"散于"月林"之时,而进入无我之境。至窥天而觉象纬之逼,卧云而觉衣裳之冷,此虽写山寺高寒,实已返回有我之境。此中"窥"、"卧"二动词极得力,表示境界转换;"生"、"散"二动词,表客观之象;"窥"、"卧"则示主观之意。结尾以"闻晨钟"而"发深省",盖有得于释氏之声闻缘觉而悟道心之微。王嗣奭所谓"勿浅视此深省语",信然。

作如是解,似觉贴切。而注家好奇,对诗中"天窥"竟至众说纷纭。其实古本原作"天窥",蔡兴宗依之于前,杨升庵从之于后,已无疑义,不料"天阙"、"天开"、"天阅"、"天阔"、"天关"等相继纷出,轻舍本原,妄生穿凿,乖谬诗旨,贻误后人。幸杨西河、施鸿保均是古本而非众说,且皆重视属对。而施氏更以古说谓此诗与《望岳》(岱宗夫如何)皆律体而用仄韵者。持此说以解此诗,颇能入其境而协其律。

杜公作诗,造境固能入神,而其用字之精,亦难以移易。《送蔡希鲁都尉还陇右》中"身轻一鸟过"之"过"字,不容以"疾"、"落"、"起"、"下"任何一字替代(《六一诗话》),此诗亦不容以"天阙"等代替"天窥"。且"窥"字不仅炼得熨帖,而且在造境上能传上下文之神。若用实地"天阙",则板滞毫无生气。袁简斋所谓"考据不可与论诗"(《随园诗话》),盖为论诗之拘泥者而发。

此诗系杜公早期作品(黄鹤谓为开元二十四年后游东都时作),其佛学造诣即如此精深,固由其万卷撑腹,亦由其天资绝伦。初入招提,诗心通于禅境,但觉"无边色相,圆满光明"(《华严经》),故所作诗"超以象外,得其环中"(司空图《二十四诗品》),岂可昧于空灵之妙,而斤斤求之于一事一物之间?

二、望岳

岱宗夫如何?齐鲁青未了。造化钟神秀,阴阳割昏晓。荡胸生曾云,决眥入归鸟。会当凌绝顶,一览众山小。

和诗:

诗中实或虚,一览便了了。试上后园山,反顾岱宗晓。齐鲁割阴阳,胸眥接云鸟。写意与神游,岳麓见何小!

此诗系杜公青年时期游山东时所作,是一篇写实之纪游诗。历来注家皆以为"神游"或"写意",致使此诗长期被误解。"神游"说代表为王嗣奭,王云:"荡胸句,状襟怀之浩荡;决眥句,状眼界之空阔;公身在岳麓而神游岳顶,所云'一览众山小'者,已冥搜而得之矣,非必再登绝顶也。"如照此说法,以在岳麓之身,遭泰山压顶之势,如何接触到"造化钟神秀"之景,"阴阳割昏晓"之奇?"曾云"如何能"荡胸"?"归鸟"如何能"入眥"?似乎王先生已识其说难通,于是以"神游"自圆其说,使人无从窥测,亦无以致诘。继"神游"说而为"写意"说者为仇兆鳌,仇云:"此望东岳而作也。诗用四层写意:首联,远望之色;次联,近望之势;三联,细望之景;末联,极望之情。上六实叙,下二虚摹。""写意"说与'神游'说本属一脉相承,所不同者,仇氏承认诗中有六句"实叙"。此中即透露出解说上之矛盾:既为"实叙",则此"实"从何得之而加以"叙"之?可见诗中之"实",被强行纳入于"神"、"意"之中。

名诗遭误解,殊觉可惜。究其原因,不外乎下列二端:

一、惑于诗题之结构:杜集中共有三首《望岳》诗,过华山与衡山时,确系遥望(诗中言之甚明);对于泰山,则是登临而望。注家不加细察,将此三诗同等看待,铸成大错。殊不知《望岳》诗题,可以是岳麓遥望,亦可以是登岳而望。杜诗《上牛头寺》,同时又有《望牛头寺》。《杜臆》在《望牛头寺》题下注云:"题必有误,'望'字当在'寺'下。"仇注:"既上寺而有望也。"杜诗《上兜率寺》同时又有《望兜率寺》。《杜臆》在《望兜率寺》题下注云:"此亦指寺前望见者。"仇注:"既上寺而又望也。"于此可见,仇氏全部承认《望牛头寺》与《望兜率寺》,是登寺而望。王氏先对《望牛头寺》仍强调"题必有误";对《望兜率寺》,亦不得不承认"此亦寺前望见者"。据此,《望岳》诗题与此诗题结构完全相同,固可作"登岳而望"解,不必效《杜臆》强将"望"字置于"岳"字之下。再观杜公在《又上后园山脚》中回忆往事云:"我昔游山东,忆戏东岳阳。穷秋立日观,矫首望八荒。"更能证实杜公于开元末年曾登泰山日观峰。然除此《望岳》外,别无他诗纪此壮游,而此《望岳》中,皆实写泰山胜境,是"穷秋立日观",舍此诗谁属?且其时杜公正裘马轻狂放荡于齐赵之间,焉有至泰山而不登临之理?

二、惑于末联之虚摹:杜公当时只登日观峰,而未登"绝顶",故于游兴方酣,而众鸟归山天色将暮时,只得作"凌绝顶"之预期。至于"绝顶",尚须考明。《唐六典》:"泰山周一百六十里,高四十余里,群峰得名者甚多,而丈人峰在山顶,特立群峰之表。"据此,则泰山绝顶为丈人峰,而非日观峰(今之泰山游览图以玉皇顶为绝顶,或即古之所谓丈人峰)。当时杜公虽登日观,然兴犹未尽,故仍欲凌丈人而一览。注家不加深究,以实写作虚摹,良可慨惜。尤须说明者,杜公创作态度十分谨严,诗中之"实写"与"虚摹",不须思索,便可一目了然。如《凤凰台》,开头两句"亭亭凤凰台,北对西康州",是实写;"安得万丈梯,为君上上头"以下,全是虚摹,而以"安得"二字以分虚实。杜诗中此种情况,所在多有:"安得壮士挽天河,净洗兵甲长不用"(《洗兵马》)、"安得广厦千万间,大庇天下寒士俱欢颜"(《茅屋为秋风所破歌》)等,正标志现实主义诗风之特有现象。

明乎此,而后始可以言诗。

诗分四层临摹,山之神秀,人之胸臆,尽在此四十字之中。首联,写渴望登山之情与登山远望之景。第一句以设问句领起全诗,表达意中遥想与眼中实况。第二句写出汪洋山色,衬托出雄峻山势与空阔眼界。一片"青"色,铺洒齐鲁两国之境而犹"未了",非岱宗山色而何?非登高远眺,安能生出如此雄阔而完美之境界?若仅"身在岳麓",如何能俯视齐鲁?次联,写登临日观所见奇景。以"钟神秀"概括山之胜境;以"割昏晓"表现山之特有景色,突出"神秀"之进入化境。徐增云:"山后为阴,日光不到,故易昏;山前为阳,日光先临,故易晓。"朱鹤龄云:"泰山东隅有日观峰,鸡鸣时见日出长三丈,即'割昏晓'之义。"此皆可证实地点、时间与景象之关系——惟有在日观峰上观日出时方能欣赏到此种奇景。特别是"钟"、"割"二字入神:使人如入神秀荟萃处,如临阴阳分界点。且"阴阳割昏晓",正承第二句"齐鲁"生发出来——"泰山之阳则鲁,其阴则齐"(《史记·货殖传》)——进一步描绘山之形胜。三联,写山中气象特征与向晚情景。第五句与第二句配合,表现岱宗气象万千:先是万里晴空,看出"齐鲁青未了",忽而云气横生,摇荡胸魄。此亦"钟神秀"又一具体表现。同时托出登山时之神态与感受,用具体意象回答首句"夫如何"。第六句,寓情于景。既补足上文之实写,构成一幅绝妙之"泰山览胜图";又巧逗下文之虚摹。"决眥",即所谓"矫首望八荒"。上句"生"字,将"胸"与"曾云"连接起来,固能起描绘诗人步步升登之作用,而此句"入"字将"眥"与"归鸟"连在一起,更能起定向作用:鸟从山外归山之身影,映入游人之"眥",则游人必立足于山上;如游人立足于山麓,则视线与归鸟之影同一方向,"入"字便无着落。末联,承上文以虚摹作结。游目骋怀,兴致正浓,而归鸟催人,只僻作预期之一览。笔调超脱纵态,压倒一切,不仅显示游览名山之雄姿,而且暗示俯视一代之气魄。此处"会当"二字极重要,划清实写与虚摹之界限,使人一见便知诗人游览之情状。

全诗从"望"字生出境界,在上六句实写中暗寓"望"字,而以"青"、"钟"、"割"、"生"、"入"五字传出神态;在末二句虚摹中却以一"览"字明点"望"字,把"望"升到更高境界,倒贯上文,使望中景象,既着实,又空灵。

此诗,历代注家皆忽视"登岳而望"之实景,强构"向岳而望"之虚象。以之解诗,龃龉难入。惟刘辰翁评云:"荡胸句,不必可解,登高意豁,自见其趣。"约略透出此中真消息。

三、登兖州城楼

东郡趋庭日,南楼纵目初。浮云连海岱,平野入青徐。
孤嶂秦碑在,荒城鲁殿余。从来多古意,临眺独踌躇。

和诗:

丧母趋庭日,孝思溯厥初。登楼凌海岱,纵目卷青徐。
邹峄残碑在,灵光劫火余。立身何日事,怀古意踌躇。

此诗盖作于开元十四年。张𫄧注:"考公作此诗时,年甫十五。"以《壮游》诗"往昔十四五,出游翰墨场"证之,张注较可信。

此诗注家多着眼于第二句"南楼纵目初",仇注:"公至兖州省侍而咏南楼也。通首皆登楼所见,'海岱'、'青徐'属远景,故以'纵目'二字起之;'秦碑'、'鲁殿'属近景,故以'临眺'二字结之。"此翁忽略"东郡趋庭"。如此轻重倒置,则首句仅有点明城楼所在及引出次句之作用。其实"趋庭"二字,是本诗核心。杜至兖州,主要是省亲(其父闲时为兖州司马),在趋庭聆训之余,偶登南楼,纵目远望:海岱之跌宕连绵,青徐之平开辽阔,自易引发奋进有为之壮志;转瞬临眺:秦碑之冷落于孤嶂,鲁殿之残破于荒城,尤易触动千古兴衰之忧思。此种思绪与趋庭感情一结合,"奉儒守官,未坠素业"(《近雕赋表》)之后裔,自必想到立身显亲,非泛泛登临眺览之作。

首联用偷春格(释惠洪云:"破题已引韵的对,谓之偷春格,言如梅花偷春色而先开也。")撑开登楼视野,览物兴怀,孝思益切。因思《孝经·开宗明义》云:"夫孝,德之本也,教之所由生也。……立身行道,扬名于后世,以显父母,孝之终也。"又思汉代诗人处于盛世,尚感叹于"盛衰各有时,立身苦不早"(《文选·古诗十九首》之十一),一时立身行道、扬名显亲之念,涌上心头。然如何实现此一愿望,则不免怀古而踌躇。下三联即是此种心情含蓄发挥,儒家孝亲思想亦得以完满体现。杜氏之孝道,有其光辉传统,杜甫叔父并为报父仇而得孝童之美称,人称甫为孝童之犹子,甫引以为荣。且其幼小丧母,故趋庭之日,孝思尤笃。

此诗应参读乃祖审言《登襄阳城楼》:"旅客三秋至,层城四望开。楚山横地出,汉水接天回。冠盖非新里,章华即旧台。习池风景异,归路满尘埃。"以察其家学渊源。再与其晚年《登岳阳楼》诗合读,以观其时代、身世、诗风之变化。

四、房兵曹胡马

> 胡马大宛名,锋棱瘦骨成。竹批双耳峻,风入四蹄轻。
> 所向无空阔,真堪托死生。骁腾有如此,万里可横行。

和诗：

> 责实以循名,骁腾神马成。崎岖万里路,跷捷一身轻。
> 英气锋前发,奇功足下生。诗人工咏物,壮志与同行。

此诗据黄鹤注："当在开元二十八、九年间。"是诗人青年裘马轻狂时之作品,故气盛意锐,所向无前。他早年即有"自谓颇挺出,立登要路津"(《奉赠韦左丞丈二十二韵》)之抱负,作此诗时,盖借马以自况。

首句从马之产地庄重提出神马之名,次句写神马之骨相,三、四句细写马相,使神马愈显神骏,下四句写马之德才,使马之形神更加丰满。从字里行间,不难窥见诗人之作意。

马之形象,既如此完美呈现出来,而实象之外,尚有一虚象在。所谓"无空阔"、"托死生"、"万里横行"等才德之施展,必有所待而后成。这在第六句中透露出此一消息："托死生。"必有一人物与之相托,而后始有可能出现檀溪一跃之奇功。因此,末句虽然是说马"万里可横行",但马背上却隐然虚现一御者之形象。御者是谁？黄生谓："归结房君,此作者诗法。"此是从"诗法"角度,归结房君完题；此中确亦有勉励房君御此良马为国立功之意；若再深透一层,其中又隐寓着诗人影子。诗人既以德才兼备之神马自喻,自欲背负可以致之为尧舜之君,横行万里,扫除妖孽,再淳风俗。

大凡主观之诗人,其所作诗,诗中往往有我,故能真切感人。

五、画鹰

素练风霜起,苍鹰画作殊。㧐身思狡兔,侧目似愁胡。
绦镟光堪擿,轩楹势可呼。何当击凡鸟,毛血洒平芜。

和诗:

风霜凌素练,作势古今殊。威寄平林兔,神凝侧目胡。
蕴真邀主顾,蓄锐待人呼。咏画开先史,丹心照碧芜。

此诗亦作于"放荡齐赵"时,曾有"呼鹰皂枥林,逐兽云雪冈。射飞曾纵鞚,引臂落鹙鸧"之狩猎经历,故笔下之鹰马均能入妙,此写画鹰,尤见神功。

此诗艺术特色,是从静中摄取动因以促其静,使画中静物复归本原之动。"起"字是一篇诗眼:"风霜"入于"素练",是"起"之作用;下文"㧐身"、"侧目"、"光堪擿"、"势可呼"、"击凡鸟"、"洒平芜",无不作用于"起"。"殊"与"起"相互配合:"起"是动之于内;"殊"是形之于外。突然起风霜于素练,已殊;"㧐身"、"侧目",欲"擒狡兔于平原"(孙楚《鹰赋》),尤殊;"光堪擿"、"势可呼",是"殊"之升华;"击凡鸟"、"洒平芜",是"殊"之神化。

赵汸注:"末联兼有疾恶意。"正中诗人情怀。仇兆鳌评云:"每咏一物,必以全副精神入之,故老笔苍劲中,时见灵气飞舞。"道出杜之咏物诗特色。吴汝纶云:"咏鹰咏马,皆此公独擅。"(高步瀛《唐宋诗举要》卷四《画鹰》注引)沈德潜云:"唐以前未见题画诗,开此体者老杜也。其法全在不粘画上发论。如题画马画鹰,必说到真马真鹰,复从真马真鹰开出议论,后人可以为式。"(《说诗晬语》卷下四八)杜公之所以于此独擅,且为后世树之楷式,实由于胸中有物,故物供驱使,而与主人同一意向,主人亦借此以发其胸中之蕴。

六、饮中八仙歌

知章骑马似乘船,眼花落井水底眠。
汝阳三斗始朝天,道逢麹车口流涎,恨不移封向酒泉。
左相日兴费万钱,饮如长鲸吸百川,衔杯乐圣称世贤。
宗之潇洒美少年,举觞白眼望青天,皎如玉树临风前。
苏晋长斋绣佛前,醉中往往爱逃禅。
李白一斗诗百篇,长安市上酒家眠。天子呼来不上船,自称臣是酒中仙。
张旭三杯草圣传,脱帽露顶王公前,挥毫落纸如云烟。
焦遂五斗方卓然,高谈雄辨惊四筵。

和诗:

八仙飘渡酒浮船,随波逐浪醉里眠。
仙人自以酒为天,九天飞洒口中涎,落地成酒洒成泉。
长鲸一吸不用钱,诗人开怀汇百川,清浊谁分圣与贤。
此中啸傲不计年,醉履平地地如天,玉山颓倒酒杯前。
何妨持酒斋佛前,达人无不爱逃禅。
诗肠一斗发诗篇,醉时作诗醒时眠,从来不上天子船,诗酒交欢便是仙。
傲骨仙风百代传,八仙皆醉气无前,八仙皆醒嘘云烟。

是天是帝总胡然,至今犹话昔时筵。

饮中八仙,是写天宝时期诗人群体,非同时同席而饮者。按史:苏晋开元二十二年(734)已殁,贺知章天宝三载(744)、李适之天宝五载(746)、李琎天宝九载(750)均先后谢世,不能同席而饮甚明。蔡兴宗《年谱》将此诗列在天宝五载,恐不能确指为某年,应是天宝年间,杜公在长安时追忆之作,将此一时期失意诗人之嗜酒者,串成一体,融入一篇,各明其特性,共现其时代风貌:诗人怀才不遇,纵酒狂歌以泄其愤,可见其时国势就衰,开元盛世邈难再得。然佯狂见容,亦可窥其政治开朗,与魏武、隋炀之虐杀才士迥然不同。

诗中八人,皆能诗,嗜酒,善醉,且皆狂放而带仙气,此其共性;然亦各有其个性(细察原诗自知。拙著《杜诗名篇新析》对此释之甚详)。可以说八人皆醉,亦可说八人皆醒。而醉中之醒,故能识时;醒中之醉,故能玩世。杜公与八人同醒,亦与八人共醉,既具有八人之共性,而个性亦渗透于其间。王嗣奭云:"此系创格,前无所因,后人不能学。描写八公都带仙气,而或两句三句四句,如云在晴空,舒卷自如,亦诗中之仙也。"此评可识得此歌之妙趣。

此篇人各一节,或短或长,章法似不整饬,昔人已作妥帖解说。仇注:"此诗参差多寡,句数不齐,但首尾中腰,各用两句,前后或三或四,间错成文,极变化而有条理。"蔡絛云:"此歌眠字、天字再押,前字三押,古未见此体。"唐汝询云:"柏梁诗,人各说一句,八仙歌,人各论一章,特变其体耳,重韵何害?"三说均能成立,愚谓:此盖从形式上表现"是曰既醉,不知其秩"(《诗·小雅·宾之初筵》)之醉态。

七、冬日洛城北谒玄元皇帝庙

配极玄都閟,凭高禁御长。守桃严具礼,掌节镇非常。
碧瓦初寒外,金茎一气旁。山河扶绣户,日月近雕梁。
仙李盘根大,猗兰奕叶光。世家遗旧史,道德付今王。
画手看前辈,吴生远擅场。森罗移地轴,妙绝动宫墙。
五圣联龙衮,千官列雁行。冕旒俱秀发,旌旆尽飞扬。
翠柏深留景,红梨迥得霜。风筝吹玉柱,露井冻银床。
身退卑周室,经传拱汉皇。谷神如不死,养拙更何乡。

和诗:

玄都藏奥远,诗国引情长。排律开新域,流形主故常。
七龄凤翩上,百韵虎牙旁。坟典原承古,风骚递入梁。
斯篇宏老学,精诣发奇光。尚友邀英哲,系心在盛王。
愁摧九折臂,吟擅万年场。屈贾劘余垒,曹刘短后墙。
名声昭八表,字泪染千行。岂止兰苕秀,犹呈鲸浪扬。
垂髫耽漱玉,搔首讶盈霜。早起星临户,更深月过床。
自能融物象,底事羡羲皇。李杜真神圣,芳邻锦水乡。
(注:李杜,指李耳与杜甫。锦水乡,指青羊宫与杜甫草堂均邻锦江之旁。)

  此诗系五言排律。大凡排律,多指五言而言;七排创自杜甫,唐代作者甚罕,聊备一格。杜为排律圣手,其五排有一二七首,七排仅八首。关于五排之祖,胡应麟谓为阴铿之《安乐宫》,然该诗仅十句,尚未完成五排定式(五排系三个以上音节单元构成,即最短者必须十二句),差堪肇始,未足奠基。至李世民之《三台言志》,始达二十二句,虽起结偶有失粘,然中十四句皆属对精工,音节尽谐,较之阴生,实为继承中一大发展(详拙文《论李世民诗在唐诗中的奠基作用》,香港《抖擞》1983年53期)。迨杜审言之《和李大夫嗣真奉使河东》,竟长达四十韵,而为极其成熟之排律,成为一时独步,杜甫所谓"吾祖诗冠古",即指此诗之成就。杜甫绳其祖武,缵世民之余绪,惨淡经营,恢宏初唐律体之成规,创百韵长律,树百代楷模。

此诗,通篇写谒玄元庙之情景。首八句,写庙制高华与庙祀尊严。对于尊老子为祖之微意,自寓其中。"仙李"四句,明点奉老君为圣祖及其传承关系。"画手"四句,写吴道子壁画之"妙绝动宫墙",渲染庙内庄重而灵动之气氛,并以所画之"五圣图"衬托玄元皇帝,充实起处"守祧"、"掌节"之内容。

"翠柏"四句,补足题上冬日谒庙时之景象,以增强肃穆氛围。唐人对诗题十分重视,除《古风》、《感遇》等类似无题诗而外,凡命题之诗,对题文均字字扣紧。"身退"四句,表示对老子之崇仰与向往,颇似史迁《孔子世家赞》结尾"高山景行"之意。

此篇在思想内容方面,则是杜甫崇老思想之反映;在艺术造境方面,确系五排短篇之上乘。胡应麟云:"杜《谒玄元皇帝庙》十四韵,雄丽奇伟,势欲飞动,可与吴生画手,并绝古今。"可谓知音。此篇可与《秋日夔府咏怀一百韵》参读,以观其排比铺陈规模之发展,而领会其妙境。

此诗内含美刺,诸家之论多有出入:

钱谦益谓全篇皆属讽刺;毛先舒则谓全属颂扬,并痛诋谦益;仇兆鳌谓仅结处含讽意,并引毛先舒语以责钱;杨伦与仇论基本相同,亦引毛先舒语诋谦益,并谓此论(指毛先舒语)可一空前说;浦起龙谓纯属颂体,细绎之,亦似含讽。诸家之说,皆未得诗人本旨。杜公剖心沥血为诗,自非无病呻吟者可比。他对老学之崇敬,与儒、释同，而于老氏之身退而周衰，经传而汉治，尤兴时会之感。杜公与老氏同处衰世，又皆不为时用，相怜之情极深。不料老氏之身后，贵为皇帝，道德真经，一传于汉皇，又宏扬于今王，而己于当世，徒抱挺出之才，龃龉难入，未来之希望，亦全为"寂寞身后事"，故于老氏之身后显扬，至为欣幸，谒庙颂扬，自是真情流露。惟于归真返朴之老子，强加非份之荣宠，明皇注《道德经》，亦未必真知道德之意，均寄以微词，意在"致君尧舜上，再使风俗淳"，决非客观之美刺而置时代、身世之真情实感于度外。明此要义，则诗旨自显，诸家之争自弭。

八、丽人行

三月三日天气新，长安水边多丽人。
态浓意远淑且真，肌理细腻骨肉匀。
绣罗衣裳照暮春，蹙金孔雀银麒麟。
头上何所有？翠微䒌叶垂鬓唇。
背后何所见？珠压腰衱稳称身。
就中云幕椒房亲，赐名大国虢与秦。
紫驼之峰出翠釜，水精之盘行素鳞。
犀箸厌饫久未下，鸾刀缕切空纷纶。
黄门飞鞚不动尘，御厨络绎送八珍。
箫管哀吟感鬼神，宾从杂遝实要津。
后来鞍马何逡巡，当轩下马入锦茵。
杨花雪落覆白蘋，青鸟飞去衔红巾。
炙手可热势绝伦，慎莫近前丞相嗔！

和诗：

读罢新诗意向新,如见曲江众丽人。
是谁意态淑且真,是谁肌骨腻而匀。
闪烁衣裳绣暮春,金孔雀错银麒麟。
头上翠欲滴,耀眼光波流鬓唇。
背后珠错落,正称便嬛绰约身。
中有妖冶椒房亲,雄狐狎暱虢与秦。
饕餮涎下溢翠釜,淫荡风靡起潜鳞。
少陵临水彷徨望,顿欲避世治钓纶。
繁华到底尽成尘,声色厌饫何足珍。
空怀书卷笔如神,便便大腹据要津。
矫首问天复逡巡,呕沥心血洒锦茵。
正是晴光转绿蘋,江天俯仰一沾巾。
新乐新声感群伦,几人心喜几人嚬。

此诗系乐府诗创体。齐梁以来诗人,模拟汉魏乐府,往往食古不化,失其命题本意。惟杜公之《兵车行》、《丽人行》、《哀江头》、《悲陈陶》、《悲青坂》、《无家别》等篇,皆因时事,自出己意立题,不蹈前人陈迹,成为"即事名篇"之新制,为唐代新乐府之先导,奠现实主义之宏基。

此诗先泛写曲江游春丽人,以"多"字见意。次用"就中"二字将范围缩小到"椒房亲",标出讽刺的主要对象。再缩小便点名虢与秦,从众丽人中剔出。"态浓意远淑且真",包体貌与德行而言,是丽人的最高标准,秦虢何足以当此?末刺杨国忠之骄奢淫佚。"鞍马逡巡,见拥护填街、按辔徐行之象。当轩下马,见意气洋洋,旁若无人之状"(仇注)。"杨花"、"青鸟",钱《笺》谓"寓讽于杨氏"。末二句,朱注:"国忠与虢国为从兄妹,不避雄狐之刺(《诗·齐风·南山》:'南山崔崔,雄狐绥绥。'诗序谓刺齐襄公以国君而淫其妹文姜),故有近前丞相嗔之语,盖微词也。"钱、朱之说皆当。不然,本篇专写丽人而以国忠殿后,似属不伦;只有在刺虢秦华侈之后,再刺国忠丑行,方能揭示其兄妹之淫乱本质,且与全文连贯:首为泛写丽人,统赞其德貌;二为剔出丽人中之妖冶邪恶如虢秦者以讽之;末以"雄狐之刺"刺国忠。暗示骄淫大吏,实为亵渎丽人之祸首。如此疏解,通篇之脉络自明,主旨亦显。

古诗中摹写美人形象之作甚多,各运其法,各极其妙。《诗·卫风·硕人》:"手如柔荑,肤如凝脂,领如蝤蛴,齿如瓠犀,螓首蛾眉,巧笑倩兮,美目盼兮。"是直接摹写法。汉乐府《陌上桑》:"行者见罗敷,下担捋髭须。少年见罗敷,脱帽著帩头。耕者忘其犁,锄者忘其锄。来归相怨怒,但坐观罗敷。"是间接摹写法。李白之《清平调》则以虚写实;白居易之《长恨歌》,乃以实写虚;此篇既继承传统,又兼太白、乐天之长,虚实相生,尤见变化。

九、贫交行

翻手作云覆手雨,纷纷轻薄何须数。
君不见管鲍贫时交,此道今人弃如土。

和诗:

罗雀门前空旧雨,玉堂窈窕倩谁数?
君不闻富贵弃贫交,何损皇天与后土!

鹤注:"此必公献赋后,久寓京华,故人莫有念之者,故有此作。"梁氏编在天宝十一载。

杜公初入仕途,即含残羹冷炙之悲辛,世道之无情也如是。然杜公此时阅历尚浅,但知今人弃管鲍贫交如粪土,而不知贫时交情至一方富贵时即遭弃绝。此种滋味,杜公至"苦摇求食尾,常曝报恩腮"(《秋日荆南述怀三十韵》)时,体察始深。特表而出之,以明入世难,阅世不易。

此种短歌行,亦别具特色。仇注引《杜臆》:"作行止此四句,语短而恨长,亦唐人所绝少者。"

十、虢国夫人

虢国夫人承主恩,平明上马入宫门。
却嫌脂粉涴颜色,淡扫蛾眉朝至尊。

和诗:

论到诸杨孕怨恩,由来祸福总无门。
千秋笔下明珠色,万种源头溯至尊。

朱注:"此诗见草堂逸诗,亦见张祜集,《万首唐人绝句》、《三体诗》、《唐诗品汇》均作张祜。"仇注:"祜乃中唐人,去天宝已久,若作追忆虢国之词,亦当微带乱后事,诗意全不及之,还是讽刺现在,应属少陵作也。"仇注甚是,颇符诗意。

注家多谓此诗讽刺诸杨浊乱宫闱。其实,祸乱之源,皆在明皇一人之身,诗中之"承主恩"、"入宫门"、"朝至尊",均意在明皇。其所以标明虢国,特有重色倾国、朝政不纲而愤,更为红颜委地而惜。《哀江头》,颇含回护贵妃之意。《丽人行》,直刺国忠,而国忠之骄横,乃明皇之纵容。诸篇用意甚显,可与此诗互证。

十一、月夜

今夜鄜州月,闺中只独看。遥怜小儿女,未解忆长安。
香雾云鬟湿,清辉玉臂寒。何时倚虚幌,双照泪痕干。

和诗:

对面飞来月,云鬟玉臂看。驰神忘困厄,属意在危安。
妻子心旌动,关山雁阵寒。明年双照日,未必泪能干。

此诗系陷贼中作。观诗中"清辉玉臂寒",是秋夜情景,诗当作于至德元载(756)秋。

公陷长安,见月思鄜州之妻子,却从鄜州月写起,正如浦起龙所谓"心已驰神于彼,诗从对面飞来"。此乃运用反照法,使闺中独看之月,反照长安独看之人。接下以"遥怜"二字射入小儿女身上,情流直注,强化思念之苦。"香雾云鬟"一联,乃公遥感所得凄清之境。其相忆之切,相爱之深,自见于言外。此处之"云鬟"、"玉臂",笼以香雾,映以清辉,花颜沾湿,雪肤生寒,何等轻盈窈窕!洪迈评朱庆馀《闺意》云:"细味此章,元不谈量女之容貌,而其华艳韶好,体态温柔,风流蕴藉,非第一人不足当也。"移此品评此联,尤觉贴切。不料此等好诗,尚遭讥诮。刘克庄《后村诗话》:"故人陈伯霆读《北征》诗,戏云:'子美善谑,如粉黛忽解包,狼藉画眉阔,虽妻子亦不恕。'余云:'公知其一耳。《月夜》诗云"香雾云鬟湿,清辉玉臂寒",则闺中之发肤,云浓玉洁可见。'"此皆误解。殊不知,语愈丽而情愈悲,此正是不可及处。

结尾幻想出来日团聚之欢,以慰今日别离之苦。仇注:"前说今夜月,为独看写意。末说来时月,以双照慰心。"又云:"末又想到聚首时,对月舒愁之状,词旨婉切,见此老钟情之至。"语极精当,颇能包举诗意。

此是五言律诗,为胡应麟所激赏,认为是五律仄起高古之典型。

此诗构思深邃,运笔奇警。先从对方写起,深化离愁别恨。着一"独"字,在月华流照中,显现出鄜州之"独"与长安之"独"。而贼中之"独"与闺中之"独"遥遥相对,不仅加深离愁别恨,而且深刻反映出当时妻离子散之社会现实。末又从现实中开拓出去,想象未来,着一"双"字,表现诗人美好愿望。此正与人民之思想感情相一致:骨肉之情,家国之感,尽在其中。

十二、春望

国破山河在,城春草木深。感时花溅泪,恨别鸟惊心。
烽火连三月,家书抵万金。白头搔更短,浑欲不胜簪。

和诗:

踟蹰搔首望,草木共愁深。花鸟依违意,山河破碎心。
音书隔烽火,一字值千金。白发萧萧下,无缨岂用簪。
(注:颈联用"当句对"格。)

此诗当作于至德二载(757)三月,诗人仍陷落在沦陷之长安,是在"春日潜行曲江曲"时观察形势、窥测敌情、冀图逃脱,故诗中充满忧乱伤春之情。

此是杜集名篇,注家多赞颂之词,惟于末联集中表现爱国思家之情却皆误解。仇兆鳌引赵汸注:"发白更短,愁乱思家所致。"只解释表象,正突出消极一面,其积极之本质一面却被掩盖。若依此说,则诗之结尾,气象衰飒,无复振兴之势。问题在于忽略一个"搔"字。"搔首"出于《诗·邶风·静女》:"静女其姝,俟我於城隅。爱而不见,搔首踟蹰。"此写一男子与美女约会不见之焦灼等待心情,是一种心理活动所产生之搔首动作。人每遇到难题而又无法解决正急切思考时,往往有此现象。此正表现杜公此时求脱身之计之思维表象。白发更短而不胜簪,皆由于"搔"。一个"搔"字,把诗中情绪连贯起来,使全诗振作,诗人之爱国形象更跃然在目。

十三、对雪

战哭多新鬼,愁吟独老翁。乱云低薄暮,急雪舞回风。
瓢弃樽无绿,炉存火似红。数州消息断,愁坐正书空。

和诗:

霏霏飘霰急,枯坐少陵翁。新哭陈陶鬼,深怀宰辅风。
冰霜心共洁,山海血流红。咄咄何须记?书空总是空。

《杜臆》:"此闻房琯陈陶之败而作。曰'愁吟',曰'愁坐',正以愁思之极,不觉其复也。初伤军败,既愁吟又不闻后来消息,尤可愁也。琯贤相,天下望其有为,今乃败衄,故书空以为怪事。"此对诗之疏解甚贴切,惟于"书空"解释,不应单指房琯一边。公于房琯陈陶之败,深明大义。琯之出战,乃由肃宗之猜忌及中人之作祟,始及于败;然琯之疏于战阵之道,亦难辞其咎。故公与琯虽至交,于其"四万义军同日死"之战败惨象亦不稍恕。尽管如此,但从客观推究,自应归罪肃宗,蒙叟(钱谦益)《洗兵马》笺中言之甚详,无庸赘述。

题是"对雪",似为对雪感怀之作;战哭愁吟,正处难堪之境,又对此暮云急雪,愁思重叠,而樽空炉冷,无以排遣,惟书空而已。黄生注:"他诗前景后情,此独外虚中实,变格也。"道出此诗特有格局。

十四、自京窜至凤翔喜达行在所三首

其一

西忆岐阳信,无人遂却回。眼穿当落日,心死著寒灰。茂树行相引,连山望忽开。所亲惊老瘦,辛苦贼中来。

其二

愁思胡笳夕,凄凉汉苑春。生还今日事,间道暂时人。司隶章初睹,南阳气已新。喜心翻倒极,呜咽泪沾巾。

其三

死去凭谁报,归来始自怜。犹瞻太白雪,喜遇武功天。影静千官里,心苏七校前。今朝汉社稷,新数中兴年。

和诗:

其一

岐阳音信绝,一日几肠回。形已同枯木,心犹若死灰。冰霜惟自励,襟抱向谁开?奔窜关山险,麻鞋脱贼来。

其二

遥瞻太白雪,已沐武功春。影入千官列,身成百炼人。
宪章犹似昔,气象顿更新。痛定谁知痛,泪流自满巾。

其三

青袍真自足,白首倩谁怜?伤乱惟思治,戴盆岂望天。
点班官扇侧,满志圣颜前。今日中兴象,欢愉不计年。
(旧注:公自京窜至凤翔,在至德二年夏四月。)

此杜公民族大节彪炳千秋之诗篇。公陷长安,含辛茹苦,时时窥测敌情,伺机逃脱,视生命如草芥,励节操之坚贞,正如太宗诗云:"疾风知劲草,板荡识诚臣。"如此诚臣,仅授拾遗,后又屡加贬谪,放逐殊方,肃宗之不仁,实已造极。然就杜公而言,亦乏知人之明。孔子所谓"鸟则择木,木岂能择鸟"(《左传·哀公十一年》)?杜公已知肃宗灵武擅立之不孝,且忌其父之贤臣,择此种人而事之,其不智亦甚。此求全责备之说,而于杜公之大节,无损毫芒。

十五、月

天上秋期近,人间月影清。入河蟾不没,捣药兔长生。
只益丹心苦,能添白发明。干戈知满地,休照国西营。

和诗:

寄收窥物象,况是月华清。兔捣蟾蜍喜,阳消阴气生。
丹心徒自苦,白发向谁明?妇寺交荧萤,归军星散营。

(借杜句)

诗云"秋期近",当作于至德二载七月。

此杜公托物咏怀之作。《杜臆》:"公凡单咏一物,必有所比。此诗为肃宗作。天运初回,新君登极,将有太平之望,秋期近而月影清也。然嬖倖已为荧惑,贵妃方败,复有良娣,入河而蟾不没也。林甫、国忠弄权于前,辅国、朝恩又继于后,捣药之兔长生也。所以只益丹心之苦,徒增白发之明。今干戈满地,月当无所不照,休得止照国西之营,谓此营士便能戡乱而可以无忧也。时官军营于长安之西,鱼朝恩为观军容使,而李、郭等以六十万兵溃于相州,当在此时,公盖有深虑焉。"王氏此评,除以贵妃与良娣并提欠妥外,余皆精当。

十六、行次昭陵

旧俗疲庸主,群雄问独夫。
谶归龙凤质,威定虎狼都。
天属尊《尧典》,神功协《禹谟》。
风云随绝足,日月继高衢。
文物多师古,朝廷半老儒。
直词宁戮辱,贤路不崎岖。
往者灾犹降,苍生喘未苏。
指麾安率土,荡涤抚洪炉。
壮士悲陵邑,幽人拜鼎湖。
玉衣晨自举,铁马汗常趋。
松柏瞻虚殿,尘沙立暝途。
寂寥开国日,流恨满山隅。

和诗：

> 经乱思明主，历朝尽独夫。
> 偷生还北地，忍泪过西都。
> 行次瞻陵寝，低回仰典谟。
> 戎衣驱丑类，文沼耀云衢。
> 德配兼尧舜，道开汇释儒。
> 犯颜邀宠异，立业岂崎岖？
> 贞观承平久，生灵气息苏。
> 一朝遭大逆，万象浇洪炉。
> 无复庄周梦，难期范蠡湖。
> 纵然天步窘，未许小臣趋。
> 妇寺专朝柄，荆榛薄路途。
> 寂寥流恨日，谁肯反三隅！

仇注：《草堂诗笺》序于《北征》诗后，良是。盖省家鄜州，道经此也。《北征》作于至德二载九月，诗当作于北征途中。

黄生曰："此章分两段，前六韵言太宗创业垂统之事，后六韵言目前天下未安，因有太宗不作之恨耳。"又曰："昭陵之武功文德，只六韵述尽，可谓巨笔如杠。《尧典》、《禹谟》之句，叙继统事，尤见大力斡旋。"又曰："唐仲言云：明皇任杨、李乱政，故有灾犹降、喘未苏之叹，因思向者之安抚而不可得，是以向山隅而流恨。旧作隋末之乱者非。"仇按：此说甚是。盖从"文物"四句读下，便见今日之朝廷，事事与之相反。开元之治，媲美贞观者，今已扫地。有志之士，皆为当路沮抑而不得进，安得不望昭陵而兴悲乎？

上述诸评均当，惟杜公此时心事，极为复杂，尽忠朝廷，疏救房琯，竟以获罪，故次昭陵而兴感："直词宁戮辱，贤路不崎岖。"正道出今昔之异。无论昔日之盛，或今日之衰，皆引发对太宗之怀思。

《登慈恩寺塔》之"回首叫虞舜,苍梧云正愁"、《朱凤行》幻想出舜之精灵,无不以太宗为国运昌盛之象征。诗之结尾"流恨",盖欲使己之无穷之恨流入他人之心,使之举一而反三,国是其庶几乎!

十七、送郑十八虔贬台州司户伤其临老陷贼之故阙为面别情见于诗

郑公樗散鬓成丝,酒后常称老画师。
万里伤心严谴日,百年垂死中兴时。
苍惶已就长途往,邂逅无端出饯迟。
便与先生应永诀,九重泉路尽交期。

和诗:

广文内疚鬓梦丝,三绝才华未足师。
服药伴喑低咏后,朝天露肘拾遗时。
公私出处难为别,功过分明故饯迟。
交已忘形伤永诀,绵绵此恨靡穷期。

《通鉴》:至德二载十二月,陷贼官六等定罪,三等流贬。虔在次三等,故止贬台州。

杜公与郑广文系忘形尔汝之交,然于其严谴之日,特阙为面别,仅赠之以诗,此杜公立身大节之不苟处,惜注家多未解其用心之微。

顾宸云:"供奉之从永王璘,司户之污禄山伪命,皆文人败名事,使硁硁自好者处此,割席绝交,不知作几许反覆矣。少陵当二公贬谪时,深悲极痛,至欲与同生死,古人不以成败论人,不以急难

负友,其交谊真可泣鬼神。"顾氏将李白与郑虔等量齐观,殊为失察,白为宫廷内部夺权之牺牲品,如何能与亏节降胡者比?其于杜公之心事及其处世之分寸,全然不知,如此评诗,奈何!奈何!

十八、奉和贾至舍人早朝大明宫

　　五夜漏声催晓箭,九重春色醉仙桃。
　　旌旗日暖龙蛇动,宫殿风微燕雀高。
　　朝罢香烟携满袖,诗成珠玉在挥毫。
　　欲知世掌丝纶美,池上于今有凤毛。

和诗:

　　灵武谋成真受禅,深宫沉湎醉仙桃。
　　更新除旧贤良远,附凤攀龙燕雀高。
　　妇寺恩荣超泰岱,江山残破等秋毫。
　　伤心人忝朝班末,霜雪先期集鬓毛。

此乾元元年春在谏省作。

此题贾至初唱,杜公与王维、岑参均有和章。论家惯以四人之诗评量其优劣,皆未得其真谛。陆时雍云:"七律,摩诘与少陵争驰。杜好虚摹,吞吐含情,神行象外;王用实写,神色冥会,意妙言前。二者孰可轩轾!"此从作法上着眼。周敬评岑参诗云:"皇、紫假对。星、露二字实诗眼,通篇心灵脉融语秀,作廊庙古衣冠法物,令人对之,魂肃神敛,不特《早朝》诸什,此为首唱,即举唐七律,取为压卷,何让。"此从庄丽典重着眼。朱瀚云:"作诗须知宾主,前半撮略宾意,后半重发主意,始见精神。王、岑宾太详,主太略,岑掉尾犹有力,王则迂缓不振矣。必如此诗(指杜诗),方见格律。此从布局格律着眼。诸说皆未得其要,更未发杜公之微。杜公此时心事:既欲献赤忱于朝廷,又痛至尊之惑于妇寺,冰炭煎胸,早朝时自有难言之隐。第四句"宫殿风微燕雀高",稍加玩味,即知有微意在。《孔丛子·论势》:"燕雀处屋,子母相哺,煦煦焉相乐也,自以为安矣;灶突炎上,栋宇将焚,燕雀颜色不变,不知祸之将及己也。"《史记·陈涉世家》:"嗟乎!燕雀安知鸿鹄之志哉!"观此即可知杜公以燕雀对龙蛇之用意:忧国势之危,痛妇寺之祸。注家多谓此联系写实景,实属大谬。杜公在"云移雉尾开宫扇,日绕龙鳞识圣颜"之庄严环境中,如何有闲情窥见燕雀之高飞?"伤心人别有怀抱",见旌旗之动,颇有中兴气象;感燕雀之高,恐其危及国运。杜公在《洗兵马》中云"攀龙附凤势莫当,天下尽化为侯王",与"宫殿风微燕雀高"同一构想,同一指向。忽乎此,即无以解此诗。

十九、春宿左省

花隐掖垣暮,啾啾栖鸟过。星临万户动,月傍九霄多。
不寝听金钥,因风想玉珂。明朝有封事,数问夜如何。

和诗:

啾啾惊入暮,日影掖垣过。金殿阴虹绕,银河月色多。
小臣焚谏草,大辂竞鸣珂。长夜苍茫里,抚膺唤奈何!

此诗杜公为左拾遗居左省时作。

论者多赞此诗富丽精整,未有窥其微意者。愚谓此诗应与《宣政殿退朝晚出左掖》、《紫宸殿退朝口号》、《晚出左掖》、《题省中壁》

合观,则可知其微意所在。

黄生评《紫宸殿退朝口号》云:"此诗首尾并具典故,疑借此二事托讽也。宫人引驾,虽属旧制,然大廷临御,万国观瞻,岂容此辈接迹。而时主因循不改,于朝仪为已衰矣。至如宰相虽尊,实与群臣比肩而事主,退朝会送,此何礼乎?此诗所以志讽,人但取其浓丽工整,不知具文见意,春秋之法在焉。徒云诗史,浅之乎窥公矣。"此评极是,《左省》诸作,均可以"志讽"二字衡之。《题省中壁》中云"腐儒衰晚谬通籍,退食迟回违寸心",讽意甚明。仇注:"杜公夔州七律有间用拗体者,王右仲谓皆失意遣怀之作,今观《题壁》一章,亦用此体,在将去谏院之前,知王说良是。"

《春宿左省》,虽非拗体,然亦寓讽之作。"暮"字,即有美人迟暮之感。"月傍九霄多",寓朝中阴盛之象。"不寝"句,言己虽忠勤为国,奈执政者之昏庸何?"因风"而"想玉珂",用意甚深。《旧唐书·舆服志》:五品以上有珂伞。凡车之制,三品以上,珂九子;四品,七子;五品,三子;六品以下,去幰及珂。公年四十六始拜左拾遗,为从八品,故想玉珂而伤感。末二句,尽其在我,无力顾及其他。

二十、至德二载甫自京金光门出间道归凤翔乾元初从左拾遗移华州掾与亲故别因出此门有悲往事

此道昔归顺,西郊胡正繁。至今犹破胆,应有未招魂。
近侍归京邑,移官岂至尊。无才日衰老,驻马望千门。

和诗:

须臾成顺逆,人事总纷繁。脱贼犹余骨,归朝竟丧魂。

昔疑冠冕贵,今觉布衣尊。偶念商臣事,回眸望剑门。

鹤注:"此诗当作于乾元元年六月。"

此杜公最痛心之作。昔出金光门,脱贼归朝;今出金光门,移官放逐,已破之胆犹破,未招之魂难招,伤心之事,莫此为甚。全诗皆愤慨语,"移官岂至尊",一个"岂"字,含多少热泪!顾宸谓"'移官岂至尊',不敢归怨于君也",大谬。师氏谓"'驻马望千门',盖恋君不忍去也",亦谬。仇注:"此公再出国门而有感也。"庶乎近之。

杜之忠君,乃欲致君尧舜,而非忠于独夫,后之解杜者,多为独夫回护,而强杜以从己,杜诗之精髓,夫复何存!

二十一、观兵

北庭送壮士,貔虎数尤多。精锐旧无敌,边隅今若何。
妖氛拥白马,元帅待雕戈。莫守邺城下,斩鲸辽海波。

和诗:

大军无统制,貔虎数空多。神器伊谁宰?国魂唤奈何。
朝网隳妇寺,京邑满干戈。苦忆开元盛,伤心叹逝波。

乾元元年九月,命朔方节度使郭子仪、淮西鲁炅、镇西北庭李嗣业等七节度,将兵二十万讨安庆绪。李光弼、王思礼助之,号九节度。十一月围邺城,次年正月嗣业卒于军中。三月,史思明救邺,官军大败。

朱鹤龄云:"是时李光弼与诸将议:思明得魏州而按兵不动,此欲以精锐掩吾不备也。请与朔方兵同逼思明于魏州,彼惩嘉山之败,必不敢轻出。旷日引久,则邺城必拔矣。鱼朝恩不可而止。"

邺城之役,乃克敌制胜、转危为安之机,大军云集,名将会聚,何至军无统帅?乃以一寺人为观军容使,且以彼之一言决战机,何荒唐至此!所以然者,皆源于灵武政变。杜公身受其害,故于观兵之际感慨特深。

二十二、天末怀李白

凉风起天末,君子意如何?鸿雁几时到,江湖秋水多。
文章憎命达,魑魅喜人过。应共冤魂语,投诗赠汨罗。

和诗:

仙圣文章在,蚍蜉可奈何?诗风门户别,秋被友情多。
囹圄为谁设,忠良竟此过。低回千载上,无处不张罗!

白于至德二载坐永王璘事而谪夜郎,杜公在秦州怀之而作。上四对景怀人,下四悲其文章不遇,反遭放逐,冤过汨罗。屈子怀沙,自贻伊戚;太白放逐,乃不白之冤;李亨夺其父位,猜忌其弟及父之贤臣,白与甫皆受株连而蒙其害,故诗中感慨特深。

"文章憎命达",为千古文人鸣不平;"魑魅喜人过",揭示历代统治者嫉贤妒能之凶恶本相。此种诗笔,力重万钧,诚足以"惊风雨"而"泣鬼神"。

二十三、宿赞公房

杖锡何来此,秋风已飒然。雨荒深院菊,霜倒半池莲。
放逐宁违性,虚空不离禅。相逢成夜宿,陇月向人圆。

和诗:

豺虎逢人噬,元凶竟亦然。那堪篱外菊,共倒霜边莲。
漂泊能无杖,曲全赖有禅。故交零落日,一宿月还圆。

诗当作于乾元二年晚秋客秦州时。偶逢赞公,共悲沦落,同是天涯,故有此曲致情怀之作。

杜公与房琯为布衣交,及琯罢相,上疏抗争,几遭不测,从此龃龉流落。赞公亦房相之客,时被谪秦州。

李亨既夺父位,复逼父致死,更迫害父之贤臣,竟罗织而至于方外,其酷虐甚于豺虎,杜公于诗中委婉见意,殆不欲明言遭祸。

二十四、即事

闻道花门破,和亲事却非。人怜汉公主,生得渡河归。
秋思抛云髻,腰支剩宝衣。群凶犹索战,回首意多违。

和诗:

忍听昭君怨,乾元事益非。上皇幽至死,幼女嫁还归。

辱国伤劈面,借兵只剩衣。夫人心苟正,何至此乖违!

史载:乾元二年三月,回纥从郭子仪战于相州城下,不利,奔西京。四月,可汗死,其牙官都督等,欲以宁国公主殉葬,公主以中国礼拒之,然犹依回纥法劈面大哭,终以无子得归。诗之首联"闻道花门破,和亲事却非",直斥其决策之谬,至于丧权辱国。前有"留花门"之戒,后有"意多违"之伤,爱国之情欲溢。

肃宗既幽死其父,又摧残其幼女,如此忍人,自无不忍人之心,焉有不忍人之政,故终其世国无宁日,民无安居。

二十五、天河

常时任显晦,秋至辄分明。纵被微云掩,终能永夜清。
含星动双阙,伴月落边城。牛女年年渡,何曾风浪生。

和诗:

天河映潢潦,清浊自分明。纵是风云恶,宁污冰雪清?
洁身流远塞,回首隔皇城。托物聊言志,行吟寄此生。

鹤注:"此当是乾元二年七月在秦州作,故有'伴月落边城'之句。"

杜公遭放逐客秦州,曾有《秦州杂诗二十首》,山川城郭之异,土地风气所宜,尽在其中,诚所谓"杜陵诗卷是图经"。此外尚多托物寓讽之作,如《天河》、《初月》,皆暗写题意,特有所指;更有咏物寄意诸篇,为咏物诗开辟神境。钟惺云:"少陵如《苦竹》、《蒹葭》、《胡马》、《病马》、《鸂鶒》、《孤雁》、《促织》、《萤火》、《归燕》、《归雁》、

《鹦鹉》、《白小》、《猿》、《鸡》、《麂》诸诗,于诸物有赞美者,有悲悯者,有痛惜者,有慰藉者,有嗔怪者,有嘲笑者,有劝戒者,有计议者,有用我语诘问者,有代彼语对答者,蠢者灵,细者巨,恒者奇,嘿者辩,咏物至此,神佛圣贤帝王豪杰具此,难着手矣。"钟氏之评,得杜公咏物诗之神髓,特有转录,以明杜公秦州诗蕴涵之富,寄寓之深,且为"晚节渐于诗律细"之开端。兹仅和评《天河》一首,以示杜公此一时段诗歌创作在"吾道属艰难"(《空囊》)之窘境中放射出异彩。

二十六、青阳峡

塞外苦厌山,南行道弥恶。冈峦相经亘,云水气参错。
林迥硖角来,天窄壁面削。溪西五里石,奋怒向我落。
仰看日车侧,俯恐坤轴弱。魑魅啸有风,霜霰浩漠漠。
昨忆逾陇坂,高秋视吴岳。东笑莲华卑,北知崆峒薄。
超然侔壮观,已谓殷寥廓。突兀犹趁人,及兹叹冥漠。

和诗:

李杜笔下姿,山川时险恶。超象入环中,仙圣互磨错。
黄河水挂天,青阳壁如削。奋怒磎西石,欲飞向人落。
石势碍日车,坤轴承载弱。阴惨雪霜寒,长空入荒漠。
青莲梦中鸡,少陵脚底岳。一实或一虚,何须分厚薄?
景象俱传神,双星照寥廓。即兹悟法门,自能穷苾蒭。

此亦杜公发秦州入蜀纪行之作。凡此诸诗,皆别开一格。韩子苍云:"子美《秦州纪行》诸诗,笔力变化,当与太史公诸赞方驾,学者宜常讽诵之。"江盈科《雪涛诗评》云:"少陵秦州以后诗,突兀宏肆,迥异昔作。非有意换格,蜀中山水,自是挺特奇崛,独能景象传神,使人读之,山川历落,居然在眼。"韩、江之评皆当,惟《青阳峡》在诸篇之中尤见奇特,险恶之境,真令人魂悸魄动。人但知青莲笔下多奇险山水,殊不知少陵亦多此类之诗。既知其同,应知其异:青莲之"黄河之水天上来,奔流到海不复回""半壁见海日,空中闻天鸡"系得之于想像之中,或折射其梦中之境;少陵所写之山川,皆脚踏实地之景象,特入传神之笔始见奇耳。二公之山水诗,一虚一实,各有千秋。

二十七、酬高使君相赠

古寺僧牢落,空房客寓居。故人供禄米,邻舍与园蔬。
双树容听法,三车肯载书。草《玄》吾岂敢,赋或似相如。

和诗:

初入浣花寺,禅房客寄居。故人与邻舍,禄米共园蔬。
静听双林法,浑忘万卷书。一时欲超脱,尘网竟何如?

鹤注:"公初到成都,寓居浣花溪寺。时高适为彭州刺史,以诗寄赠,而公酬以此诗也。"

杜公初入成都,即托寺寄居,此固欲藉此净地以洗尘氛,然其与佛结缘,盖自幼至老,未尝离绝:青年时期《游龙门奉先寺》之"欲觉闻晨钟,令人发深省"、中年时期《上兜率寺》之"白牛车远近,且欲上慈航"、晚年《夔府咏怀一百韵》之"身许双峰寺,门求七祖禅",可见其信佛之深,老而弥笃。惟许身稷契,哀我黎民,眷恋妻孥,未能割爱,以故终身漂泊于尘网之中,而不能自我解脱。

二十八、堂成

背郭堂成荫白茅,缘江路熟俯青郊。
桤林碍日吟风叶,笼竹和烟滴露梢。
暂止飞乌将数子,频来语燕定新巢。
旁人错比扬雄宅,懒惰无心作《解嘲》。

和诗:

避地偷生苟结茅,无何风雨洒江郊。
身依锦水兵尘外,心共笼烟竹露梢。
且喜暂栖乌率子,更欣频引燕来巢。
为农去国凭谁问,堂构营成适自嘲。

杜公于乾元二年十二月至成都,明年卜居成都西郭浣花溪。此诗黄鹤编在上元元年。

人每谓杜公卜居浣花后,江村自适,颇有"奉微躯以宴息"(谢灵运《山居赋》)、"淡浩然其何求"(陆云《逸民赋》)之意。其实,表面上暂时平静,总难掩心曲波澜,即使"暂止飞乌"、"频来语燕",亦难与诗人心态相表里。此种情实,《为农》中已约略吐露:"锦里烟尘外",明言避乱于远离烟尘之地;"卜宅从兹老,为农去国赊",隐诉无故放逐之深恨;"远惭勾漏令,不得问丹砂",曲言暂避烽火,聊得小憩,不得与葛洪之仙隐相比,亦含讽意。再看《茅屋为秋风所破歌》,连暂时平静亦被打破,可见破茅与结茅,同属无可奈何。

研究杜公此等诗,应由表及里,此诗末句"《解嘲》",即已示其内蕴。可见杜公作诗,往往亦如兵家之"好整以暇",但见其暇,失之远甚。周珽云:"少陵入蜀诸篇,绝脂粉以坚其骨,贱丰神以实其髓,破绳格以活其肢,首首摘幽撷奥,出鬼入神,诗运之变,至此极盛矣。"道出杜公入蜀后心态之变,产生诗运之变,故于此等诗不可简易从事,及其表而忽其里!

二十九、蜀相

丞相祠堂何处寻?锦官城外柏森森。
映阶碧草自春色,隔叶黄鹂空好音。
三顾频烦天下计,两朝开济老臣心。
出师未捷身先死,长使英雄泪满襟。

和诗:

直书丞相苦相寻,祠自荒凉柏自森。
正统名臣崇亮节,殊方逐客觅知音。
云霄万古鸾皇羽,涕泪三朝稷契心。
鱼水因缘空仰止,落花片片打尘襟。

此诗初至成都时作,约在上元元年。

仇注:"直书丞相,尊正统名臣也。朱子《纲目》大书丞相亮出师,先后同旨。"此正是杜公心意:尊蜀为正统,是因其复汉。当时胡汉战争激烈,正需复兴汉室,尊蜀即所以尊汉,尊汉即所以抗强胡而卫祖国。

杜公初至成都,即寻诸葛祠堂,可见其推服之诚。"寻"字是全诗脉络,一切思绪皆由此延伸而贯通。"柏"有特殊意义:一是孔明手植;二是人格象征。颔联,感物怀人;颈联,钦羡孔明与玄德之殊遇而自伤其所遇非人。尾联,痛孔明之勋业未成而身死,亦自感其"老臣心"所蕴藏之"天下计"竟无所用之。诗借孔明以自抒胸臆,故能感人至深:唐王叔文永贞革新失败后,宋宗泽抗金大志未酬临终前,皆曾吟诵此诗之尾联,可见爱国之心古今相通。

关于杨慎对此诗之评及仇兆鳌之按语,须加辨析:

杨慎云:"正德戊寅,于武侯祠见壁间有诗云:'剑江春水绿沄沄,五丈原头日又曛。旧业未能归后主,大星先已落前军。南阳祠宇空秋草,西蜀关山隔暮云。正统不妨传万古,莫将成败论三分。'此诗始终皆武侯事,虽子美或未过之,惜不知其姓氏耳。"

仇按:"杜诗先祠庙而后吊古,此诗先吊古而后祠庙。其云春水,当指出师之时;又云秋草,乃后人谒祠之日。结用'万古'、'三分',亦本杜咏怀诸葛诗。但杜以虚对实,此则以实对虚,尤为斟酌耳。此诗升庵缺其姓名,后阅《七修类稿》,载戴天锡集句,知是元人吴漳作也。"

杨氏以吴漳之诗颉颃杜之《蜀相》,殊属不伦,吴诗句句皆武侯事,滞泥太甚,工巧有余,深化不足。吴诗全系摹拟杜诗而成,谓为"尤为斟酌",实欠斟酌。浦起龙云:"后来武侯庙诗,名作林立,然必枚举一事为句。始信此诗统体浑成,尽空作者。"此评足正杨、仇之谬。

三十、有客

患气经时久,临江卜宅新。喧卑方避俗,疏快颇宜人。
有客过茅宇,呼儿正葛巾。自锄稀菜甲,小摘为情亲。

和诗:

时艰思静定,诗淡自清新。达意浑忘我,输心岂为人?
客来添气象,病久正衣巾。但觉吟边惬,稀锄菜甲亲。

此诗,鹤注编在上元元年草堂作。

此杜公贫病索居,真情自然流泻之作。杜公之人品与诗品,全在一个"真"字。《陪李北海宴历下亭》中云"蕴真惬所遇"、《赠王二十四侍御契四十韵》中云:"由来意气合,直取性情真。浪迹同生死,无心耻贱贫。"可作此诗注解。此中真趣,评论家或得失,须为正定:

陆时雍《诗镜》云:"宋人尊杜为诗中之圣,字型句蒦,莫敢轻拟,如'自锄稀菜甲,小摘为情亲',特小小结作语。'不知西阁意,肯别定留人',意更浅浅,而何一时推赞之盛耶?"

赵汸云:"此诗自一句顺说至八句,不事对偶,而未尝无对偶;不用故实,而自可为故实。散淡率真之态,偶尔成章,而厌世避喧,少求易足之意,自在言外,所以为不可及也。"

赵评得此诗之真谛,陆评失之远甚。大凡评论大家之诗,必须通观全局,决不可寻章摘句信口抑扬。

三十一、宾至

幽栖地僻经过少,老病人扶再拜难。
岂有文章惊海内,漫劳车马驻江干。
竟日淹留佳客坐,百年粗粝腐儒餐。
不嫌野外无供给,乘兴还来看药栏。

和诗:

茅宇岂期车马驻,病贫益觉送迎难。
白头空有文章誉,彩笔何曾气象干。
淹留道义欣同好,拂戾情怀喜共餐。
常恨人间知已少,江天抵掌一凭栏。

此诗亦作于上元元年。

此诗与上章《有客》诗题互错,依草堂本彼此改正。

杜公作此诗时,虽处于幽僻之草堂,表面平静闲逸,内心却起伏波澜。仇注:"直叙情事而不及于景,此七律独创之体,不拘唐人成格矣。"此就体格而言,其实心情亦寄寓其中。仇只知"此诗五、六失粘",而不知此正是心情拂戾而故为拗峭者。入蜀以后,多有此种体。

朱瀚云:"一主一宾,对仗成篇,而错综照应,极结构之法。起语郑重,次联谦谨,腹联真率,结语殷勤。如聆其謦咳,如见其仪型。较之香山诸作,直觉高曾规矩,肃肃雍雍也。"此仅就篇章结构而言,而未知心律寓于诗律之中:次联、腹联,皆愤激之语,"谦谨"、"真率",乃表象耳。

杜公在"支离东北风尘际,飘泊西南天地间"之时势强压下,迫使心律之变;而诗律之变,此诗乃其肇端。

三十二、南邻

锦里先生乌角巾,园收芋栗未全贫。
惯看宾客儿童喜,得食阶除鸟雀驯。
秋水才深四五尺,野航恰受两三人。
白沙翠竹江村暮,相送柴门月色新。

和诗：

> 头上无巾羡葛巾，全贫喜接未全贫。
> 支离东北尘犹满，漂泊西南意易驯。
> 况有樽残娱近客，尤欣重道慰愁人。
> 且将心事深藏密，来往江干景色新。

《过南邻朱山人水亭》，蔡氏编在广德二年复归成都时，仇氏"附在《南邻》后，以类相从"。顾宸云："南邻，朱山人也。"证之《绝句》"梅熟许同朱老吃"，顾说甚是。

杜公此时，境遇益窘，"厚禄故人书断绝，恒饥稚子色凄凉"（《狂夫》），故于"未全贫"之南邻，犹"数追随"其"残樽"。

杜公避地成都，每以江村之美景或趣事掩饰其内心隐痛；此更引高人雅士相往还以消遣其胸中之积闷。"看君多道气，从此数追随"，即透出此中消息。罗大经云："自昔闲居野外者，必有同道同志之士相与往还。"此语虽未中的，然亦庶乎近之。

三十三、奉简高三十五使君

> 当代论才子，如公复几人？骅骝开道路，鹰隼出风尘。
> 行色秋将晚，交情老更亲。天涯喜相见，披豁对吾真。

和诗：

> 言才须避势，论世在知人。无路钦开路，埋尘羡出尘。
> 交情悲冷暖，禄米见疏亲。邈矣云泥隔，天涯面目真。

仇注:"高由彭州刺蜀州,公时在蜀。"《年谱》云:上元元年,间常至蜀州之青城新津。公与适应于此时相见。

此诗从表相看,全是赞颂之词。若加细察,不难窥见其深衷隐痛。此前《寄高三十五书记》中之"美名人不及,佳句法如何",尚寓规劝之意;此则颂扬备至,无复亲切之感。首二句"当代论才子,如公复几人",非谓适之诗才无人能及,而即如《旧唐书·高适传》所云"有唐以来,诗人之达者,惟适而已"。"开道路",暗寓"失路"之悲;"出风尘",隐含"尘网"之叹。"秋将晚",叹美人迟暮;"老更亲",忧禄米渐疏。末联,言天涯相逢,益见面目之真。盖公此时漂泊天涯,生计日窘;而适正边陲得意,禄米反疏。所以如此,乃由于政见相左,使文字交情因宫廷变故而云泥隔绝:适因切谏玄宗以诸王分镇,正中肃宗意,由是通达;甫因疏救房琯,而被列为上皇旧臣一边,由是日益沦落。富贵弃贫交,本属司空见惯,涉及政争,则尤见酷烈。大诗人中亦难免俗,故杜公不忍明言,以反笔寓隐微之痛。

三十四、卜居

浣花溪水水西头,主人为卜林塘幽。
已知出郭少尘事,更有澄江销客愁。
无数蜻蜓齐上下,一双鸂鶒对沉浮。
东行万里堪乘兴,须向山阴入小舟。

和诗:

卜宅浣花古渡头,林塘幽处觅心幽。
诚知郭外千般静,谁识人间万种愁。

无识蜻蜓争天下，有情鹨鹈对沉浮。
东行还起当年兴，从此乾坤一小舟。

此亦杜公初至成都之作。

此诗注家多未深解。颜廷榘云："出郭远俗，澄江散怀，此幽居自得之趣。蜻蜓上下，鹨鹈沉浮，此幽居物情之适。"此皮相之论。"林塘幽"，为胸襟烦忧之反照；"少尘事"，希望摆脱征尘与兵尘；因"澄江"而"销客愁"，客愁之深可想，"忧端齐终南，澒洞不可掇"（《至京赴奉先县咏怀五百字》），与此同一境界。蜻蜓上下、鹨鹈沉浮，亦有所感而发，非单纯摹写物态。末联，放开笔势，追忆当年吴越漫游之豪兴，反衬今日之放逐生涯。

至于自称为"主人"，注家亦多论证，然皆支离而无意绪。试观"寂寞天宝后，园庐但蒿藜。我里百余家，世乱各东西。存者无消息，死者为尘泥"（《无家别》）。本是主人，而不得为主人；避地他乡，本非主人而自称为主人，主客之颠倒，有无家室之错迕，正是当时世局及诗人心境之反映。

"须向山阴入小舟"，本是对昔游之追忆与向往，然竟无由实现，而成"老病一孤舟"之诗谶，良可慨已。

杜公初至成都，诗作颇多，皆外呈闲适而内伏波澜，此诗颇有代表性，注家每于枝节处吹求，殊不足取。

三十五、和裴迪登蜀州东亭送客逢早梅相忆见寄

东阁官梅动诗兴，还如何逊在扬州。
此时对雪遥相忆，送客逢春可自由。
幸不折来伤岁暮，若为看去乱乡愁。

江边一树垂垂发,朝夕催人自白头。

和诗:

物情人意原相引,谁递寒心到蜀州?
大块文章从此始,阳春烟景溯来由。
常吟每觉粘皮骨,健笔方能脱闷愁。
梅咏古今称第一,摽梅空自占鳌头。

仇注:"此公往蜀州时。"黄鹤云:"《九域志》:蜀州至成都才百里,宜公与裴频有和寄。"黄说甚是,非必杜公亲往蜀州,始有此和寄。

此诗妙在虚中着笔,以虚写实,使实物摇漾于虚相之中,别饶逸趣。上四句,答裴迪诗意。"东阁"、"官梅",皆百里外之实,"何逊"、"扬州",乃古代之事,"对雪"、"送客"、"逢春",亦裴迪之事,于杜公皆为虚。下四句,对时感怀,虽皆虚写,然无不联系裴迪之实况。颈联,一擒一纵,将岁暮之伤、乡愁之乱,卷之使退藏于密。末联,收到眼前,倒贯上文,虚实相生,意境恢诡,莫可端倪。杨德周云:"'幸不折来伤岁暮,若为看去动乡愁',必如此,方不堕咏物劫。"王世贞"以为古今咏梅第一",极具卓识。

三十六、春夜喜雨

好雨知时节,当春乃发生。随风潜入夜,润物细无声。
野径云俱黑,江船火独明。晓看红湿处,花重锦官城。

和诗:

移情成好雨,化育济民生。润物真无息,随风若有声。
地维全笼黑,天视总通明。耿耿穷年意,今宵快锦城。

此诗,黄鹤编在上元二年春,在成都作。

首联,点明春雨。先不说"春雨,"而说"好雨",暗含题上"喜雨"。"知"字绝妙,赋予雨以知觉与感情。"发生"二字双关,一是雨之发生;一是因雨而万物发生。中四句,写春夜雨景。"潜入"、"细润",状"好雨"不仅有知觉,而且有美好动作,暗含"喜"字,也正好表现成都春夜之特有景象。"云俱黑"、"火独明",互相映衬,状难状之景。通常写夜景,有月易工,无月难佳。此处运用以小衬大法,引出一点渔火,照亮漆黑夜空,何等神笔! 亦暗寓"喜"字。尾联,突现喜悦之情。从雨中夜景之美妙,联想到雨后晓景之艳丽,更加可喜,发出喜悦之光。杜公对此好雨如此喜悦,实为民生着想,正是稷契心怀之表现。

此诗既表现杜公之伟大人格,又表现其高妙之艺术特色。通首未写明"喜"字,而喜气洋溢,正是妙处。清人纪昀虽不以诗名,但评诗却极严格,也确有独到处。他对此诗评价是:"此是名篇,通体精妙,后半尤有神。'随风'二句虽细润,中晚人刻意或及之;后四句,传神之笔,则非余子所可到。"(引自《瀛奎律髓》卷十七"晴雨类")

三十七、绝句

两个黄鹂鸣翠柳,一行白鹭上青天。
窗含西岭千秋雪,门泊东吴万里船。

和诗:

平铺四景中连贯,穷叟春情窗外天。
断锦裂缯丝万缕,可能包裹上吴船?

此诗当作于广德二年春。

研究这首诗,首先要明确两个问题:

一、杜公草堂的位置。根据杜诗"西岭纡村北"(《遣闷奉呈严公二十韵》)、"万里桥西一草堂"的诗句,可知杜公草堂北面能看到终年积雪的岷山山脉,东面是万里桥,此桥专为吴人而设,凡自吴而来的船舶,皆停泊于此。

二、杜公写此诗的情绪。杜公于乾元二年岁末到达成都。他初到时就这样说:"但逢新人民,未卜见故乡。大江东流去,游子日月长。"(《成都府》)后来在《恨别》中又表白了他虽摆脱了兵戈扰攘、动荡不安的世界,得到暂时的安定,但从未放弃过顺江东下的念头,草堂周围的花鸟,也冲淡不了他的故园之思。这首诗是《绝句四首》之三,是杜公于广德二年春从阆州再回成都后作的,这时情绪究竟怎样呢?《绝句四首》的第一首末二句是这样的:"梅熟许同朱老吃,松高拟对阮生论。"原注:"朱阮剑外相知。"紧接《绝句四首》,又有《绝句三首》,第一首:"闻道巴山水,春船正好行。都将百年兴,一望九江城。"从这些诗句里,很明显看出杜公此时不仅有出峡的念头,而且有出峡的打算。

明确以上两个问题,特别是第二个问题,才能透彻地认识这首诗的内涵。

这首诗,四句话,四个景,前两句着重写景,后两句即景生情。这四个景都是从诗人室内写出的:以鸟鸣引起,以窗口作镜头,拍摄出草堂远近的美妙图景,表现出超人的艺术手腕。诗人在室内听到鸟鸣,向窗外一看,才知道是两个黄鹂在翠柳丛中鸣叫;正在这时,一行白鹭往上飞,飞向碧空远处。这一飞就把诗人的视线引向远方,正好晴空万里,一眼就看到绵亘的雪山(西岭)。上两句的

"黄鹂"与"翠柳"、"白鹭"与"青天",互相映衬,构成了一幅色彩明艳的图景,又加上黄鹂的鸣声与白鹭的飞势,当然会引起诗人的兴致勃然。但第三句的雪景与上两句景象极不调和,因而也触及诗人心理上的矛盾:先是热烈愉快的心情,不觉突然转入冷落枯寂的境地。这在诗人的处境,是很自然的。这时诗人不能再向远方看下去了,很担忧自己的凄凉处境也象雪山那样长期而顽固地冻结,所以把视线又收回到草堂附近。就在这一瞬间,看到了门前停泊着从万里而来的东吴船舶。顿时心理又活跃起来:这些船舶既能从万里而来,如果乘它顺流而下,自然就可以"即从巴峡穿巫峡,便向襄阳向洛阳"了。四句四景,忽近忽远,忽动忽静,变化迅速,诗人的感情也随着景物的变化而发生急遽的变化:忽而愉快,忽而冷寂,忽而又活跃起来,咫尺万里,神奇莫测。这里的写景,是为了抒情,全诗是景,情在景中。倘割裂情景,便失作诗之本意。

从以上分析,可以得出这样结论:杜公在此特定环境中,作四个富有特征的片断的特写,以表现其复杂情怀及其出峡东下的遐想。有些注家把此诗当作单纯写景,固属非是;但也有人把后二句解释成:诗人对国土辽阔、长江雄伟的赞颂。这样解释,脱离了诗的本身,不够全面,没有考虑到诗人当时的真情实感,只是孤立地就诗解诗,所以诗的内部联系全被忽略了。这两句诗与李白的"孤帆远影碧空尽,惟见长江天际流"(《黄鹤楼送孟浩然之广陵》)颇相似,李白当时是送别,是通过浩浩荡荡的长江表现一往情深,而非专写长江使人有浩荡之感。这两句诗,的确使人有国土辽阔、长江雄伟的感觉,但这正与诗人的本意相生发,而非单纯写景。

这是首七言绝句,对起对结,在杜集中颇有代表性。杜之七绝共一○七首,而属对者四十七首,其中散起对结者三十三首,如《戏为六绝句》"或看翡翠兰苕上,未掣鲸鱼碧海中"等;对起散结者四首,如《江南逢李龟年》"岐王宅里寻常见,崔九堂前几度闻"等;对起对结者十首,此诗最足以代表。即以此诗而论,结构奇特,在盛唐七绝中别开生面,然却引起诗论家之非议。杨慎云:"绝句四句皆对,少陵'两个黄鹂鸣翠柳'是也。然不相连属,即是律中四句耳。"胡应麟云:"杜以律为绝,如'窗含西岭千秋雪,门泊东吴万里船'等句,本七律壮语,而以为绝句,则断锦裂缯类也。"杨、胡之论,所见甚浅,不理解杜之独创性。杜非不能为"朝辞白帝"、"渭城朝雨"、"奉帚平明"、"黄河远上"之类的七绝,特不愿步他人之后尘,而戛戛独造。以律为绝,正是独创的尝试,也是对浮靡流滑之诗风的矫正。论者昧于明断暗续之理,诋为"不相连属",或"断锦裂缯"。殊不知"断锦裂缯"中之万缕千丝,本相连属,而断之,裂之,成其新制,此杜之七绝之所以独放异彩。

附录:戏为六绝句

其一

庾信文章老更成,凌云健笔意纵横。
今人嗤点流传赋,不觉前贤畏后生。

其二

王杨卢骆当时体,轻薄为文哂未休。
尔曹身与名俱灭,不废江河万古流。

其三

纵使卢王操翰墨,劣于汉魏近风骚。
龙文虎脊皆君驭,历块过都见尔曹。

其四

才力应难跨数公,凡今谁是出群雄。
或看翡翠兰苕上,未掣鲸鱼碧海中。

其五

不薄今人爱古人,清词丽句必为邻。
窃攀屈宋宜方驾,恐与齐梁作后尘。

其六

未及前贤更勿疑,递相祖述复先谁?
别裁伪体亲风雅,转益多师是汝师!

和诗:

其一

独向齐梁取老成,春华秋实玉山横。
流传赋动江关意,飘泊西南证此生。

其二

少陵最重当时体,泥古因循事便休。
滚滚长河从不息,溯源万派总由流。

其三

汉魏光前气骨高,卢王差可近风骚。
是谁识得诗人意,笺自虞山出众曹。

其四

兰苕翡翠数群公,掣海摩天百代雄。
漫道前言真是戏,精微诗论此篇中。

其五

古人曾亦是今人,胙虿相承必有邻。
气盛自劖千载垒,文衰宁步六朝尘?

其六

存真裁伪复何疑,祖述先谁欲问谁?
玉振金声寥亮处,多师还拜杜陵师。

此诗,约作于宝应元年。

杜公在六绝句中表示自己对文学批评与创作之意见,主要在于反对当时"嗤点前人、轻薄为文"之倾向,并指出"递相祖述、转益多师"之正确方向。

第一首,推美庾信,以矫正后生之妄加嗤点。首先提出"老更成"三字,表明杜公对庾信文章从绮艳清新中独取其"老成"者,为轻薄后生对症下药。后生引古非今,自高声价,连文章冠绝梁代的庾信,也被嗤点为词赋罪人,其他更可想见。所以杜公突出庾信文章的笔势高峻、意境阔大的品格,以正是非。"不觉前贤畏后生",为前贤称屈,使后生知警,语意跌宕讽刺,故诗题命为"戏"。杜诗中用"戏"作诗题共十二处,皆外谐而内庄,所谓"嬉笑之音,过于痛哭"。

第二首,赞扬"四杰",正告后生。"四杰"较庾信之时代更近,嗤点自必更多,所以杜公提出"当时体",以肯定"四杰"之成就;提出"轻薄为文",以斥责后生剽窃古人、诽谤近人之通病。"轻薄为文",是后生嗤点前贤之病根,与"老更成"、"当时体"正好是鲜明的对照。庾信、"四杰"因能继承文学传统而有所创造,所以一能老而成格,一能形成当时体制,卒能江河万古。"轻薄为文",则不知如何继承,如何创造,更不知文章体格,此诽谤之所由生。将见身名俱灭，无损于前贤。上首以反言警醒，这首则以正言点破。

　　第三首，承第二首推论文学渊源。上二句，指出"四杰"之"当时体"虽能流传不朽，但只能近于风骚，而尚劣于汉魏。也就是说，汉魏继承风骚并发扬光大，形成"蓬莱文章建安骨"之盛况，而"四杰"虽然也上溯风骚，但仅能成就"当时体"，未能达到文学发展的时代高度。这里特意重申"四杰"，是启迪后进应由近及远，沿流溯源，方可有成。下二句，言今人如能善于摄取前代的文学精华，融会贯通，自能上薄风骚，下该"四杰"，蔚为大观。如乘马者得龙文虎脊而善驭之，则过都历块，一往无前。这是明示古为今用的方向，并对后生寄以厚望。上抑下扬，极有分寸。

　　第四首，总前三首，评论当时诗坛。上二句，叹凡今尚无跨越庾信、四杰之"出群雄"。这里有两层寓意：一指后生才力不及数公，而反轻薄嗤点，多见其不自量；一是杜公隐然自负，大有"当今之世，舍我其谁"之概。下二句，指当时小景清裁，清词丽句之作品，间或有之，但磅礴汪洋、千汇万状之雄篇，尚未出现。这就概括地描绘出当时诗坛之面貌，并暗示盛唐诗歌之繁荣景象正在形成。"未掣"是临渊结网之势，是将掣、已掣之前奏。此种豪壮语言，只能出自杜公之口；此种雄奇气魄，也只有杜诗足以当之。

　　第五首，承上首指出今人对待古人应持的正确态度。第一句，"不薄"二字一顿，"今人爱古人"五字连续。"今人"，即嗤点前贤者；"古人"，即风骚汉魏。这句是杜公不鄙薄今人之爱慕古人，言外之意，却指出慕远遗近之非。第二句之"清词丽句"，与上首之"翡翠兰苕"以及第三首之"近风骚"，同出一脉。言凡今之"翡翠兰苕"与庾信、四杰之"清词丽句"，都是层递以进而与风骚相近。也就是说，各时代之作品必前后邻近而相衔接，才符合文学发展规律。但是在文学发展中，有继承与创造两个方面："清词丽句"，是属于继承范畴，所以古今大体相近；国风一变而为《离骚》，《离骚》一变而为汉魏风骨，庾信之"老成"，"四杰"之"当时体"，都是属于创造范畴,所以各成其面貌。杜公既赞成"清词丽句必为邻"之规律,又不满足于"或看翡翠兰苕上"之现状,正是继承与创造之辩证关系。下二句,强调在继承的同时,要力求创造。"窃攀"是继承,"方驾"是创造。这就是说,由流溯源,上攀屈宋,但必须跳脱其窠臼而与之并驾齐驱,方能超越齐梁,卓然成家。反之,若徒好高骛远,鄙薄齐梁,将必作齐梁后尘而至身名俱灭。杜公在继承方面,不弃前人涓滴之长,虽于齐梁,亦有所取:他不仅赞美庾信之清新、老成,而且"颇学阴何苦用心";他在创造方面,不仅"恐与齐梁作后尘",而且"气劘屈贾垒,目短曹刘墙"。正因为他正确地掌握文学发展之客观规律,并充分发挥主观能动作用,所以能成为承先启后的划时代之大诗人。这是杜公从创作实践中提出这样精辟理论,以晓喻后生。

　　第六首,总束上五首,勖勉后生虚心取益。第一句,道破后生之隐衷。后生诋毁前贤,以高自夸诩,其实自知不如,故意装腔作势,以饰其短。杜公针对此种病态心理,首先肯定其"未及前贤",再劝其"勿疑",意在鼓励其进取。第二句,重申由流溯源之重要。"递相祖述",一脉渊源,固无所谓后先;若舍近求远,慕古非今,便违反了"递相祖述"之规律。下二句,指出继承文学传统之方法。在"递相祖述"之过程中,必须明辨真伪,祖述真风骚,真汉魏,以及齐梁"四杰"之精华,裁汰违反发展规律之"伪体",如汉以后之四言诗,魏晋以后之仿骚体,齐梁之宫体诗,则宜裁汰,不宜祖述。如此,则能上亲风雅,在去伪存真之前提下,前人皆可为师。只有转益多师以为己师,不局限于一家,方能扩大眼界,采摘众长,以求大成。这首诗,虽是勖勉后生,但也是夫子自道。杜公正是祖述风雅,出入百家,始底于成。元稹赞杜诗云:"余读诗至杜子美而知大小之有总萃焉。……盖所谓上薄风骚,下该沈宋,言夺苏李,气吞曹刘,掩颜谢之孤高,杂徐庾之流丽,尽得古今之体势,而兼文人之所独专矣。"这段评语与此六诗相印证,可见杜公在继承上艰苦卓绝之精神,在创造上特立独行之气魄。

这六首诗,是杜集中专门论诗之作,开以诗论诗之先声。后来元好问、王士禛之论诗绝句,皆本源于此。在诗之立意方面,有两种说法:一谓通论古今人之诗;一谓杜公因遭时人谤伤,寓言以自况,借庾信、"四杰"以发意。其实此二者兼而有之,警喻时人,必然论及今古。从诗之论点及其论证所涉及之范围来看,可以断言是因时而作的。唐朝前期文坛,出现两种偏向:一是复古派,他们主张"非三代两汉之书不敢读",他们对齐梁则完全采取否定态度,认为"齐梁及陈隋,众作等蝉噪"(这些话虽然都出自韩愈,但这种主张不自韩愈始);一是非今派,他们主张沿袭齐梁,轻视当代之王杨卢骆,讥杨好用古人姓名为"点鬼簿",讥骆好用数目作对为"算博士",甚至对李白、杜甫也进行谤伤。这两派实质上都是"厚古薄今",都是文学发展中的逆流。杜公为了扭转这种错综复杂的逆流,特作此六绝句,讽喻那些顽固与轻薄之徒。并提出自己的正确看法。他的看法,可归纳为两点:一、文学是有渊源的,是发展的:诗中的"纵使卢王操翰墨,劣于汉魏近风骚",标揭出风骚是文学源头,展示出超越风骚的汉魏与接近风骚的"四杰"之文学发展轨迹。这种卓见,是空前的,是合乎科学的。但这种见解,却被注家所曲解:"'劣于'二字,另读。'汉魏近风骚',连续。"(仇注)这就是说,四杰劣于汉魏之近于风骚。如果依照此说,则祖国之文学发展,就变成每况愈下了。幸而钱谦益解为:劣于汉魏而近于风骚。尽管这一解释遭到不少人反对,但却符合杜诗原意,且与文学发展规律及其实际情况相吻合。杜公提出这种看法,表明他要以四杰之"当时体"为基点,由流溯源,发展时代之新诗风。二、对于古代文学作品,必须去伪存真,虚心取益,特别要立足现代,放眼未来,采取古代之精粹,以培育承先启后之新苗。这充分表明杜公创作路线之先进性,而其长期艰苦创作,正实践这条路线。

这是七言绝句。有人谓七绝源于民歌,是对的。但是,唐代律化后的绝句,是发展在律诗之后的。范梈云:"绝句者,截句也,或前对,或后对,或前后皆对,或前后皆不对,总是截律之四句。"

绝句虽截律而成,但作法不同于律。杨载云:"绝句之法,要婉曲回环,删芜就简,句绝而意不绝,多以三句为主,四句发之。"

杜公之绝句,多为入蜀以后作,入蜀以前,现存仅有《赠李白》(秋来相顾尚飘蓬)一首。关于评价问题,有抑有扬,而抑者居多。兹各举两例以明之:

胡应麟云:"盛唐长五言绝,不长七言绝者,孟浩然也。长七言绝,不长五言绝者,高达夫也。五七言各极其工者太白,五七言俱无所解者少陵也。"

沈德潜《唐诗别裁》,杜之绝句概不入录,谓"少唱叹之音"。

以上二说,是以绝句之常规衡量杜之绝句,故格格不入。

叶燮云:"杜七绝轮囷奇矫,不可名状。在杜集中另是一格,宋人大概学之。宋人七绝,大约学杜十六七,学李商隐十三四。"

宋湘云:"人皆议少陵绝句为短,余以少陵自不肯为人之所长。"

叶燮道出了杜七绝之实际价值;宋湘则达出了少陵心事。少陵从不愿步他人后尘,故七绝也超越常规而独树一帜。

三十八、江亭

坦腹江亭暖,长吟野望时。水流心不竞,云在意俱迟。
寂寂春将晚,欣欣物自私。故林归未得,排闷强裁诗。

和诗:

穷寒趋暖日,野望怆怀时。心逆浮云竞,意期逝水迟。

江山宁有待？箧笥已无私。极目归何处？乾坤寄此诗。

杜公依旧次，当作于上元二年。

杜公作此诗时之心情，观第二句"长吟野望时"及尾联"故林归未得，排闷强裁诗"，即知其与乃祖"愁思逢春不当春"（《春日京中有怀》）同一意绪。再观其《野望》："西山白雪三城戍，南浦清江万里桥。海内风尘诸弟隔，天涯涕泪一身遥。惟将迟暮供衰病，未有涓埃答圣朝。跨马出郊时极目，不堪人事日萧条。"更可见其"风尘涕泪"之感，"人事萧条"之叹。注家多凭空论议，或从诗艺品评，忽略诗之基调，难与言诗。王嗣奭云："'水流''云在'一联，景与心融，神与景会，居然有道之言。盖当闲适时道机自露，非公说不得如此通透，更觉'云淡风轻'，无此深趣。"此评未见中肯。得道者道机随时流露，非必当闲适时，且杜公此时，人闲而心未尝闲，更未尝适。张九成云："陶渊明云：'云无心以出岫，鸟倦飞而知还。'杜子美云：'水流心不竞，云在意俱迟。'若渊明与子美相易其语，则识者必谓子美不及渊明矣。观'云无心'、'鸟倦飞'，则知其本意。至于水流而心不竞，云在而意俱迟，则与物初无间断，气更混沦，难轻议也。"单从艺术表现着眼，此评自确。惟子美与渊明非同道人，子美评渊明云："陶潜避俗翁，未必能达道。"（《遣兴》）"避俗翁"与"穷年忧黎元"之"杜陵野老"，岂可同日而语！

三十九、徐步

整履步青芜，荒庭日欲晡。芹泥随燕觜，蕊粉上蜂须。
把酒从衣湿，吟诗信杖扶。敢论才见忌，实有醉如愚。

和诗：

庭荒任秽芜,懒起日将晡。归燕芹泥觜,游蜂蕊粉须。
文章空自负,社稷倩谁扶?惟醉刘伶酒,成全老氏愚。

黄鹤从旧次在上元二年春作。

此诗与同时所作之《独酌》,皆杜公书愤之作。从表象上看,察物入微:蜂粘落絮,蚁上枯梨,燕觜芹泥,蜂须蕊粉,皆穷搜于眼底,细写于笔端,似乎是心情宁静,处境优闲之戏作。其实杜公以挺出之才,自以为立登要津,乃遭放逐,漂泊西南,心之忧矣,曷其有极!此时只得将放弥六合之宏图,卷之而退藏于密,故诗之表面,似极平静,而心灵深处,却波澜起伏。首联,闲懒之状毕现。起而闲步,尚须"整履",可见闲卧之时多;起步荒庭,青芜满地,且日已将晡,懒散可想。杜公失意后,常见习性之懒:"阿翁懒惰久"(《示从孙济》)、"懒心似江水"(《西阁二首》)、"懒慢无堪不出村"(《绝句漫兴九首之五》)等共用二十五个"懒"字。颔联,天地之大,惟燕觜之芹泥与蜂须之蕊粉,其他皆无足注目者,可以想见。颈联,把酒而从衣湿,痛饮之状;吟诗而信杖扶,已无心于诗,本来杜公"遣兴莫过诗"(《可惜》),现已无兴可遣,诗亦可以不吟。尾联,明示作意:才既见忌,惟有痛饮刘伶之酒,成全老氏之愚。

诗之脉络分明,作意亦极明朗,注家多摘句以求其巧,舍其大而求其细,皆不可取。惟《杜臆》云:"'整履'亦不虚下,盖闲懒卧时多也。三四徐步所见;五六徐步所为;束语徐步时所感。不怨而怨,怨而不怨。"此评,庶乎近之。

四十、石镜

蜀王将此镜,送死置空山。冥寞怜香骨,提携近玉颜。
众妃无复叹,千骑亦虚还。独有伤心石,埋轮月宇间。

和诗：

真心铭石镜，恩爱永如山。纵有狂风雨，难凋金玉颜。
阴阳虽远隔，魂魄若知还。但愿情长久，绵延天地间。

此诗黄鹤编在上元二年。

杜公借神话传说以寓意。《华阳国志》："成都有丈夫化为女子，美而艳，盖山精也。蜀王纳为妃，无几物故。蜀王遣五丁之武都，担土作冢，盖地数亩，高七丈，上有石镜表其门，今成都北角武担是也。"镜置空山，为怜香骨，且照玉颜，留此伤心之石，长映月宇之间。如此钟爱，坚如金石，犹窙寐言，永矢弗谖。诗人颂之，盖有意讥讽历代帝王之蹂躏爱情，摧残女性。仇注："两诗（此诗与下《琴台》），讥古人之好色也。一则死后犹怜，一则病中尚爱，当时眷恋若此；岂知美人黄土，镜前无色，台畔无声，则痴情皆属幻相矣。"此评大谬。好色虽逊于好德，然忠贞之爱，亦应属于好德范畴。"死后犹怜"，岂不愈于色衰爱弛？"病中尚爱"，岂不愈于暮楚朝秦？

四十一、琴台

茂陵多病后，尚爱卓文君。酒肆人间世，琴台日暮云。
野花留宝靥，蔓草见罗裙。归凤求凰意，寥寥不复闻。

和诗：

茂陵天纵后，自有卓文君。昔日琴台雨，当年酒肆云。
琼楼连玉宇，宝靥曳罗裙。四海求凰意，凤声千载闻。

此亦编在上元二年,与《石镜》为同时作品。

《史记》:"司马相如,蜀郡成都人,字长卿,以赀为郎,因病免归,而家贫。时卓王孙有女新寡,好音,相如以琴心挑之。文君夜亡奔相如,与俱之临邛。尽卖其车骑,买一酒舍酤酒,而令文君当垆,相如自涤器于市中。"从这段故事,可知相如与文君之爱,涉情海之茫茫,通琴心于一点,故其坚于金石,历久弥坚,虽相如一度动摇,然终为《白头吟》所感,保其坚贞,堪称典范。

仇注引黄生曰:"作此题者,有两种语。轻薄之士,慕其风流。道学之儒,讥其淫佚。慕者徒骋艳词,讥者动多腐句,均去风雅远矣。此诗低徊想像,若美之不容口者,其实讥世俗之好德不如好色耳。清词丽句,攀屈宋而轶齐梁,岂后世文士老儒所能望其后尘哉。"黄评腐气太甚,与仇注同出一辙。好色与好德之极致,均为大雅,《关雎》列国风之首,指向甚明。孔子曾以好德与好色并列,若两好均臻其极,固未可有所抑扬。

四十二、江上值水如海势聊短述

为人性僻耽佳句,语不惊人死不休。
老去诗篇浑漫兴,春来花鸟莫深愁。
新添水槛供垂钓,故着浮槎替入舟。
焉得思如陶谢手,令渠述作与同游。

和诗:

清水芙蓉迎晓日,自然自在自休休。
奇情迸涌乾坤动,佳句吟成鬼魅愁。
老去含和忘著手,春来值海泛虚舟。

风流陶谢邈神笔,指点山川物外游。

此诗依旧编,亦作于上元二年。

杜公作此诗,欲以明其作诗态度:性耽佳句,语必惊人。陆士衡《文赋》所谓"立片言以居要,乃一篇之警策",亦即诗文必有惊人语,始能竦动世人,传之不朽。杜公盖亦本此意。仇兆鳌引吴论:"江上值水势如海,公见此奇景,偶无奇句,故不能长吟,聊为短述耳。题意在下三字,故通篇皆作自谦之词。"仇氏自注云:"此一时拙于诗思而作也。少年刻意求工,老则诗境渐熟,但随意付与,不须对花鸟而苦吟愁思矣。槛外浮槎,代作钓舟,此水势之盛也。才非陶谢,无此述作,聊为短述而已。"仇氏承吴见思《杜诗论文》之说,妄加评述,全非杜公本意。杜公好为惊人佳句,是少年刻意工、积极进取之写作态度;老境成熟,运笔自如,指挥若定,非无奇句,亦非不能长吟。末二句,赞扬陶谢语能惊人,而出以妙造自然,所以可贵,绝非叹己非陶谢之才,无此述作。杜公之所以推崇陶谢,固由于其"转益多师"之谦德,然陶谢之诗,确亦由千锤百炼而进入自然天成之境:渊明之"采菊东篱下,悠然见南山"、大谢之"池塘生春草,园柳变鸣禽"、小谢之"余霞散成绮,澄江静如练",皆为"清水出芙蓉,天然去雕饰"之上品。杜公之创作道路,亦复如此,故于其工于诗而进入神于诗之时,思得陶谢之手述作同游。

"老去诗篇浑漫兴","漫兴",黄鹤本及赵次公注皆作"漫与",仇注从之,且引王荆公与苏东坡诗作证,并云"上联有'句'字,次联又用'兴'字,不宜叠见去声"。以王、苏诗证杜,欠妥;叠用去声,未见不宜:试观《和裴迪登蜀州东亭送客逢早梅相忆见寄》之首联第一句"兴"与颔联第一句"忆",皆为去声,即可证仇注之非。如作"与",则与末句之"与"字重。且杜公此时多"漫成"、"漫兴"之作,自以"漫兴"为佳。况"漫兴"对"深愁"亦较工切。

四十三、江涨

江发蛮夷涨,山添雨雪流。大声吹地转,高浪蹴天浮。
鱼鳖为人得,蛟龙不自谋。轻帆好去便,吾道付沧洲。

和诗:

江涨蛮夷势,山扶恶焰流。涛声摧柱轴,民命任沉浮。
水族全无托,朝纲孰作谋。道衰何处是,诗卷寄沧洲。

此亦上元二年之作。

仇注:"雨降雪融,江涨之由。地转天浮,江涨之势。鱼龙失所,江涨所驱。轻帆浮海,江涨有感也。"此仅扣紧题目略作解说,未明作意,失之于浅。《杜臆》:"此时必有羌戎猾夏,或奸宄窃发,因感江涨而起兴,故结有'轻帆好去'之语,非咏江涨也。"此评甚确切,诗之首句,即已揭示蜀水之源,皆出蛮夷地,江涨水盛,蛮夷每藉以作乱。咏江涨,实感时之作,故语意深沉。

关于佳句之形成以及佳句在佳篇中之建构关系,仇注仅撮佳句略加品评:"次联句意警拔,全在吹、蹴两字,下得奇隽。"其实,此联承首联作势,为下两联开道。如《登岳阳楼》之颔联"吴楚东南坼,乾坤日夜浮",在全诗起承上启下作用;如无此联,则首联之"洞庭水"无以开拓;颈联之"孤舟"、尾联之"涕泗流",亦无舒卷之势。

杜公自云"为人性僻耽佳句,语不惊人死不休",故集中佳句特多,特别在成都期间,诗中佳句尤夥,盖此时生活较为安定,能察入细微。如"仰蜂粘落絮,行蚁上枯梨"(《独酌》)、"芹泥随燕觜,花蕊上蜂须"(《徐步》)、"细雨鱼儿出,微风燕子斜"(《水槛遣心二首》其一)等。然此等佳句,皆局束于五言八句短律之中,仅能起点化作用。至于鸿篇钜制中之佳句,则不仅可助排比铺陈之功,且可成意匠经营之境。试观《秋日夔府咏怀奉寄郑监李宾客一百韵》:

1. 妙境:"峡束沧江起,岩排古树圆",一束一起,一排一圆,峡中之山水特征自见,不仅入妙,而且入神。

2. 豪壮:"拂云霾楚气,朝海蹴吴天",此联雄盖一世,较之"吴楚东南坼,乾坤日夜浮",声势气象,皆胜过一筹。

3. 奇创:"煮井为盐速,烧畲度地偏",与"白波吹粉壁,青嶂插雕梁"同为奇笔,一实一虚,各造其极。

4. 骇愕:"有时惊叠嶂,何处觅平川",虚实相映:惊实有之叠嶂,览虚幻之平川,骇愕之情,难以名状。

5. 幽野:"鸂鶒双双舞,猕猴垒垒悬",以山猴水鸟之动态,衬出旷野中之幽静,较"鸟鸣山更幽",更多一种姿态。

6. 细密:"碧萝长似带,锦石小如钱",与"圆荷浮小叶,细麦落轻花",同为色彩相宣,细密润贴之笔。

7. 圆畅:"春草何曾歇,寒花亦可怜",与"岸花飞送客,樯燕语留人",同是韵圆情畅,风致俊逸。

8. 冷隽:"猎人吹戍火,野店引山泉",写夔州之风土人情,历历如画,冷隽之中见厚实。

以上诸境界,皆产生于意匠惨淡经营之中,错综于排比铺陈关键之内,撑起气势,荡漾情韵,构成长律之整体,可见佳句寄托于长律之中,实与短律殊致。

这里尚有一问题,需要明确:惊人佳句,往往见于五律之中,七律中则未之突现,其故维何?

1. 五言成熟于两汉,至六朝锻炼成律,至唐精益求精,佳句遂盛。杜公语求惊人,故其五律中佳句尤多。

2. 七言律创始于唐,成熟于杜,杜之七律名篇如《蜀相》、《咏怀古迹》、《登高》、《秋兴》等,均造极之作,然不能从中撮取一联以惊人。盖七律主气势,故有篇而无句;五律主情韵,故篇中每有灵犀之发光点。胡应麟云:"四言简质,句短而调未舒;七言浮靡,文繁而声易杂。折繁简之衷,居文质之要,盖莫尚于五言。故三代而下,两汉以还,文人艺士,平生精力,咸萃斯道……杜五言律,自开元独步至今;七言,则国初入室分庭者往往不乏。然就杜论,七言亦微减五言。"(《诗薮》)胡氏之论,极为精到,颇有助于理解五、七言律之发展、运用及造诣之概况,从而汲取其精髓。明乎此,则上述两问题自能迎刃而解。

四十四、绝句

江边踏青罢,回首见旌旗。风起春城暮,高楼鼓角悲。

和诗:

孤臣万里外,魂梦警旌旗。春草今年绿,满目以生悲。

赵次公谓:"江边踏青,乃成都事,盖因前诗有'草见踏青'句也。"仇注依赵氏编在宝应元年春成都诗内。仇云:"此春日伤乱之作。是年西山有吐蕃之警,故云'旌旗'、'鼓角'。"

高棅云:"五言绝句,作自古也。汉魏乐府古词,则有《白头吟》、《出塞曲》、《桃叶歌》、《欢问歌》、《长干曲》、《团扇郎》等篇。下及六代,述作渐繁。唐初工之者众,四杰尤多,宋之问、韦承庆之流,相与继出,可谓盛矣。开元后,独李白、王维,尤胜诸人。次则李国辅、孟浩然可以并驾。若储光羲、王昌龄、裴迪、崔颢、高适等数篇,辞简而意长,与前数公实相羽翼。中唐虽声律稍变,而作者接迹之盛,过于天宝。元和以后,不可得矣。"高氏畅论五言绝句之源流及各阶段之大家，自无异议；惟未提及杜公，盖以杜公之绝句，素为论家之所轻，特别是五绝，更无人提及，此皆昧于杜公之诗风，囿于绝句作法之陈套所致。刘熙载《艺概·诗概》云："杜诗高、大、深俱不可及：吐弃到人所不能吐弃，为高；涵茹到人所不能涵茹，为大；曲折到人所不能曲折，为深。"可见杜公为诗，无论题之大小，事之繁简，皆全神贯注，全力以赴，且不愿步他人后尘。故杜之绝句，皆非唐人作法，乃杜之独创。如以律为绝，虽遭人非议，然卒光耀千古。七绝如"两个黄鹂鸣翠柳"，五绝如《八阵图》"功盖三分国，名成八阵图。江流石不转，遗恨失吞吴"，其高、大、深，实前无古人，后无来学。

四十五、野人送朱樱

西蜀樱桃也自红，野人相赠满筠笼。
数回细写愁仍破，万颗匀圆讶许同。
忆昨赐沾门下省，退朝擎出大明宫。
金盘玉箸无消息，此日尝新任转蓬。

和诗：

朝野樱桃一样红，而今细认满筠笼。
圆匀物态虽相拟，真伪情怀总不同。
直谏纵流西蜀国，忠魂长绕大明宫。
涓埃未答伤迟暮，谁惜孤飞万里蓬！

仇注：此当是上元、宝应间成都作。
此诗尚有两个注释先须加以明确：

1. "野人",当指邻居田父,意甚亲昵,决无轻视之意。《论语·雍也》:"质胜文则野,文胜质则史。"可见"野"即朴质之意。白居易《拜表回闲院》:"晨兴拜表称朝士,晚出游山作野人。"可见野人即闲人。杜公曾自称"少陵野老",据此,"野人"应作朴质村人解。

2. "细写":《杜臆》:"细写,谓来札,野人作书,郑重烦絮,亦其常态,然读之而愁仍旧破。"此解甚谬。《礼·曲礼》:"器之溉者不写,其余皆写。"注:"写者,传己器中乃食之也。"杜确用此典,即将野人所赠满筠笼之樱桃传之己之容器之中。

杜公作此诗时,政治生涯业已断绝,漂泊万里,前路渺茫,而犹眷恋于"君恩",其忠或可及也,其拙("老大意转拙")实不可及也。然此诗之以小见大、即今思昔,于筠笼中见苍狗浮云之变化,诚大家之风。

此诗尚涉及三大家樱桃诗之品评问题。

王维《敕赐百官樱桃》:"芙蓉阙下会千官,紫禁朱樱出上兰。才是寝园春荐后,非关御苑鸟衔残。归鞍竞带青丝笼,中使频倾赤玉盘。饱食不须防内热,太官还有蔗浆寒。"

韩愈《和水部张员外宣政衙赐百官樱桃诗》:"汉家旧种明光殿,炎帝还书本草经。岂似满朝承雨露,共看传赐出青冥。香随翠笼擎初重,色照银盘写未停。食罢自知无所报,空然惭汗满皇扃。"

范温《潜溪诗眼》云:"老杜《樱桃》诗上四句,如禅家所谓信手拈来,头头是道者,直书目前所见,平易委曲,得人心所同然。但他人艰难,不能发耳。下四句,其感兴皆出于自然,故终篇语皆遒丽。韩退之有《谢赐樱桃》诗,盖学杜作,然搜求事迹,排比对偶,其言出于勉强,所以相去远甚。"

胡应麟云:"退之《谢樱桃》诗,五六句颇与摩诘相似,然王诗浑然,终胜退之。"

钟惺云:"王诗典而致,在三四句尤见本事。"

薛雪《一瓢诗话》云:"《敕赐百官樱桃》,当时赋诗纪恩者不一,独摩诘三四两句,人所忽而不言者,而独言之。是天理人心之砥柱,不似他人一味铺张盛事,夸耀君恩而已。"

据诸家评杜、王、韩之樱桃诗,则杜为上品,王为中品,韩则沦为下品,殊欠公允。杜、王、韩各有千秋,难以轩轾。杜固高矣,王亦尽美,韩以文为诗,独树一帜,正如韩氏自云:"横空盘硬语,妥贴力排奡。"(《荐士》)如此大手笔,固未可以他人之格调范之。

四十六、严公厅宴同咏蜀道画图

日临公馆静,画满地图雄。剑阁星桥北,松州雪岭东。
华夷山不断,吴蜀水相通。兴与烟霞会,清樽幸不空。

和诗:

图开巴国势,诗笔更奇雄。剑阁移令北,松州转向东。
烟霞随指会,吴蜀倩江通。厅宴丹青里,似空若不空。

鹤注:此宝应元年成都作。

仇注:"首句,严公厅。次句,蜀道图。中四,图画之景,烟霞亦图中所见者。乘兴而酌,末点宴字。剑阁在星桥之北,松州则雪岭居东。山自西南而来,水向东方而去。西蜀地形,如在指掌。"此评,就诗题而论,甚为惬当,画图与厅宴均解释清晰备至。然画自无言,赖诗以明之。所谓"西蜀地形,如在指掌",皆诗之功用。此正可见杜公诗笔之雄奇,咫尺千里,变化莫测。

关于此诗句法,仇注云:"当时四杰之诗,盛传于世,杜亦每用其句法。如卢照邻'地道巴陵北,天山弱水东',骆宾王'紫塞流沙北,黄图灞水东'。此'剑阁星桥北,松州雪岭东'所自来也。"此正可证杜公"王杨卢骆当时体……不废江河万古流"(《戏为六绝句》)之诗论思想。

四十七、闻官军收河南河北

剑外忽传收蓟北,初闻涕泪满衣裳。
却看妻子愁何在,漫卷诗书喜欲狂。
白首放歌须纵酒,青春作伴好还乡。
即从巴峡穿巫峡,便下襄阳向洛阳。

和诗:

漂泊西南自东北,征尘涕泪杂衣裳。
初闻失地归华夏,亟欲高歌学楚狂。
志士悠悠悲去国,烝黎耿耿痛离乡。
倘容共补金瓯缺,老拙何心望洛阳。

此诗作于广德元年正月,时杜避乱梓州。

《唐书》:"宝应元年冬十月,仆固怀恩等屡破史朝义兵,进克东京,其将薛嵩以相、卫等州降,张志忠以恒、赵等州降,李怀仙以幽州降。"近十年的安史之乱,至此始告结束。时杜公正因西川兵马使徐知道叛乱,避居梓州(四川三台县),闻此捷报,于惊喜中写出了平生第一快诗,表达了渴望太平、急欲还乡的心情。这种激情,是在爱国主义思想深处迸发出来的,所以感人至深。

首句,是全诗中惟一叙事句,其余七句全是抒情,故篇中事少而情多。"剑外",是诗人客居之地。"忽传"二字具有神力,联系万里迢遥之"剑外"与"蓟北",并引出下文惊喜欲绝之思绪。

次句,承上句反跌一笔,振起全诗之势。"初闻",上接"忽传",下贯"却看"、"漫卷"、"即从"、"便下",一泻万里。"涕泪满衣裳",是"初闻"时之表情,喜极涕零之情态逼真。杜公常带泪写喜,是真性情的流露。

三、四句,在形式上是转折,在意义上是承上句着重点明"喜欲狂"。"却看妻子",是由涕下而转为愁消,为"喜欲狂"作准备;"漫卷诗书",是破愁而喜之动作,正表现"喜欲狂"的神态。"却看"、"漫卷"与"忽传"、"初闻",一气流注,皆为表现"喜欲狂"。"却看妻子"与"漫卷诗书",作携眷整装之势,暗逗下文"还乡"。

五句,承上句更推进一层。正由于"喜欲狂",故于"漫卷诗书"之后,仍须"放歌纵酒"。这句"白首",注家多作"白日",谓"喜极,则即在白日,亦须放歌而纵酒"。如此解释,未始不可,但总觉不甚贴切。兹依仇注作"白首",则能表现出"白头搔更短,浑欲不胜簪"的老诗人,一面顾盼妻子,一面收卷诗书,一面又纵酒高歌的神情。如与下句"青春"相对照,仿佛"白首"顿时回返了"青春",更是喜到极点。

六句,上下引脉:上承"妻子",横贯四、五、七、八等四句。此句语意双关:一是趁青春时节,与妻子作伴还乡;一是风和景明,能助行色。白首还乡,邀青春作伴,增强了美感,也正表现还乡的喜悦。

末二句,承"还乡"幻想出顺江东下直达故乡的境界:字字似实,字字是虚,虚以显实,实则忘虚,此乃诗之神境。当诗人一想到"还乡",眼前立即展现出归途中四个必经之地(两峡,出川必由之地;襄阳,祖居之地;洛阳,田园所在地),一直快数,以两峡两阳作跌宕,并以"即从"、"便下"、"穿"、"向"等词急转直下,表示出峡情急,归心似箭,也正是"喜欲狂"的感情作用。诗人为什么如此兴高采烈?他身受安史之乱的灾难,颠沛流离,无时无刻不想念故乡。他初到成都,便写了一首《恨别》:"洛城一别三千里,胡骑长驱五六年。草木变衰行剑外,兵戈阻绝老江边。思家步月清宵立,忆弟看云白日眠。闻道河阳近乘胜,司徒急为破幽燕。"一旦愿望实现,很自然地情不自禁而至于狂喜。更重要的是,诗人这种愿望与感情,包含着强烈的时代感,与饱经战祸的民情是息息相通的,故此诗一直为人所喜爱,不知扣动了多少离人的心弦。古人思归怀乡之作,所在多有,未有如此诗感人之深。

此诗素为人所称颂,评价亦高,顾宸云:"杜诗之妙,有以命意胜者,有以篇法胜者,有以俚质胜者,有以仓卒造状胜者。此诗之忽传、初闻、却看、漫卷、即从、便下,于仓卒间写出欲歌欲哭之状,使人千载如见。"此评最足以表明此诗之艺术特色。

这是一首七言律诗,在一首律诗中忌用三个以上的地名或人名,避免堆砌。此诗却用六地名,而无堆砌之感,乃因"忽传"等六个动词推动前进,故一往无前,毫不沾滞。陈子昂《度荆门望楚》前四句:"遥遥去巫峡,望望下章台。巴国山川尽,荆门烟雾开。"纪昀评云:"连用四地名,不觉堆垛,得力在以'度'字、'望'字分出次第,使境界有虚有实,有远有近,故虽排而不板。"持此评以观此诗,更有所得。朱瀚赞此诗云:"地名凡六见,宾主虚实,累累如贯珠,真善于将多者。"可见大手笔能游刃于绳墨之中,放浪于畦径之外。

此诗在遣词配声上尚有两特点:1. 用高音与长音显示地理形势:七句两"峡"字上声高音;八句作两"阳",平声长音,以示从高峡出发,直达中原,给人以陂陀迢递、坦荡明快的声美享受。2. 用深沉音调暗示内心深处的苦痛。诗人如果出峡,是自西向东,本该说"即从巫峡穿巴峡",此处却将巫、巴次序颠倒,乃配声使然。七言诗第三字往往轻轻带过。第六字要纡回荡漾,故将开口呼的'巴'(麻韵)移上,将合口呼的'巫'(虞韵)移下,表示在喜跃时,仍于声韵中透出沉郁之风。此与"喜心翻倒极,呜咽泪沾巾"(《喜达行在所》)之情调极相似。

四十八、远游

贱子何人记,迷方着处家。竹风连野色,江沫拥春沙。
种药扶衰病,吟诗解叹嗟。似闻胡骑走,失喜问京华。

和诗:

沉沦谁复问,流落久无家。风竹萧骚意,江潮聚散沙。
扶衰宁药饵?避世莫咨嗟。胡骑乾坤满,谬悠混岁华。

  此诗与《闻官军收河南河北》均为广德元年春作品,诗之情调可互相印证。
  仇注:"'何人记',言旧交已疏。'着处家',谓行踪无定。风竹江沙,自况飘摇流荡。即景寓情,善于变化。传言未确,故云似闻。不觉失喜,犹云失声失笑。"顾宸注:"着一失字,从前之揣摩忧虑,当日之惊疑踊跃,种种如画。"
  仇、顾之注均甚当,惟于首尾两联之丰富内涵,却轻轻带过,对杜公作诗本旨未加阐明,殊为可惜。首联自称"贱子",可见在"豪俊何人在,文章扫地无"(《哭台州郑司户苏少监》)的时代,诗圣地位之低贱可知;"何人记",故交之疏淡可叹;稷契挺出之才,竟无故被放逐于万里之外,能不令人发指!能不令有正义感之志士同声痛哭!"迷方着处家",漂泊之情可悯!尾联,刺朝廷外不能御侮,内不能修明政治,致使安史乱后,一蹶不振。"似闻"二字讽意甚深,对朝廷之驱走胡骑表示怀疑。"失喜"二字,诚如仇氏所云"犹云失喜失笑",如再深入,即知"喜"字中含有多少悲痛!"问京华"三字,是全诗结穴处:安史叛乱为何发生?平乱中军事政治为何败坏？在国破家亡之危局中，忠良为何屡遭贬黜，邪慝之气焰日张？这一问，将大唐帝国之所以由盛而衰的种种原因揭示无遗。这一问，直可方驾屈子《天问》而与之同昭千古！

四十九、有感五首

其一

将帅蒙恩泽，兵戈有岁年。至今劳圣主，何以报皇天。
白骨新交战，云台旧拓边。乘槎断消息，无处觅张骞。

和诗：

其一

金革成私产，强梁不计年。权倾忘有主，盆覆已无天。
民命诚如芥，寇氛即弃边。丧师频辱国，何以对张骞。

仇注："叹节镇不能御寇。"当时藩镇跋扈，拥兵自营其巢穴，寇来无力抵御，致使李之芳使吐蕃被留，大损国威。此与《诸将五首》中所谓"独使至尊忧社稷，诸君何以答升平"同一指意。

其二

幽蓟余蛇豕，乾坤尚虎狼。诸侯春不贡，使者日相望。
慎勿吞青海，无劳问越裳。大君先息战，归马华山阳。

和诗：

其二

开元全盛世,今日走群狼。职贡无人理,蛮夷引领望。
退朝谁补衮,欲涉孰褰裳?息战催归马,皇天挂夕阳。

钱笺:"是时史朝义下诸降将,奄有幽魏之地,骄恣不贡。代宗懦弱,不能致讨。此诗云'慎勿吞青海,无劳问越裳',安有节镇之近不修职贡,而顾能从事远略者乎?盖叹之也。息战归马,谓其不复能用兵,而婉词以讥之也。"

仇注:"广德元年,史朝义既诛,河北诸将皆降,分帅河北,唐世藩镇之祸,实自此始。诗言息战归马,盖欲收镇兵以实关内。时子仪在京,可为统领。一以销北顾之忧,一以备西侵之患。此最当时大计,惟此计不行,而后有吐蕃之陷京,怀恩之犯阙,不胜纷纷多事矣。"

仇氏承钱氏之笺略加阐述,使当时形势,如示诸掌,杜公之诗旨,亦因以昭明。

其三

洛下舟车入,天中贡赋均。日闻红粟腐,寒待翠华春。
莫取金汤固,长令宇宙新。不过行俭德,盗贼本王臣。

和诗:

其三

追溯治平道,国家应可均。何期仓报腐,久觉岁无春。
时日民祈丧,王纲梦未新。盗竽忘俭德,贪昧岂群臣。

仇注："此章,叹都洛之非计。议者谓帝幸东都,其地舟车咸集,贡赋道均,且传仓多积粟,春待驾临,此特进言者之侈谈耳。岂知国家欲固金汤而新宇宙,实不系乎此。若能行俭德以爱人,则盗贼本吾王臣耳,何必为此迁都之役耶?"

顾宸注："是年天兴圣节,诸道节度使,献金饰器用,珍玩骏马,共值缗钱二十四万。常衮上言请却之,不听。代宗渐有奢侈之志,故以俭德规之。"

仇、顾所注,能明杜公诗旨。杜公此时身受迫害,逐渐清醒,其忠君思想,已由感性崇奉,进入理性感悟。

其四

丹桂风霜急,青梧日夜凋。由来强干地,未有不臣朝。
授钺亲贤往,卑宫制诏遥。终依古封建,岂独听箫韶。

和诗:

其四

王室遭凌轹,宗藩欲丧凋。地犹当日地,朝异昔时朝。
亲见贤臣黜,深悲圣代遥。痴心贪肉味,安肯日闻韶?

仇注："此章讽朝廷建宗藩以慑叛臣。"

钱笺："初房琯建分镇讨贼之议。诏曰:'令元子北略朔方,命诸王分守重镇。'诏下,远近相庆,咸思效忠于复兴。禄山抚膺曰:'吾不得天下矣。'肃宗即位,恶,贬之。用其诸子统师,然皆不出京师,遥制而已。宗藩削弱,藩镇不臣。公追叹朝廷不用琯议,失强干弱枝之义。"

卢元昌云："公是年,为阆州《进论巴蜀安危表》一则曰:'愿陛下度长计大,速以亲贤出镇。'再则曰:'必以亲贤委之节钺,此古维城磐石之义。'终曰:'臣特望以亲贤为总戎者,意在根固流长,国家万代之利。'与此诗相表里。"

综上诸笺注,可见杜公不在其位尚谋其政,其赤忱真朗如日月,昭示千秋。

其五

胡灭人还乱,兵残将自疑。登坛名绝假,报主尔何迟。
领郡辄无色,之官皆有词。愿闻哀痛诏,端拱问疮痍。

和诗:

其五

举世还纷乱,拥兵互妒疑。总戎皆坐使,赴国任淹迟。
贪墨浑无迹,欺蒙各有词。冥顽蚕贼势,何处问疮痍?

钱笺:"李肇《国史补》:开元以前,有事于外,则命使臣,否则止。自置八节度、十采访,始有坐而为使。其后名号益广,大抵生于置兵,盛于专利,普于衔命。于是为使则重,为官则轻。故天宝末,佩印有至四十者。大历中,请俸有至千贯者。宦官内外,悉属之使。旧为权臣所管,州县所理,今属中人者有之。此诗云:'登坛名绝假。'谓诸将兼官太多,所谓坐而为使也。'领郡辄无色',州郡皆权臣所管,不能自达,故曰无色也。'之官皆有词',所谓为使则重,为官则轻也。"《送陵州路使君》诗云:"王室比多难,高官多武臣。"与此正相发明。

《杜臆》:"诗人尚风,其弊也,烟云花草,凑砌成篇,核其归存,恍无定处。杜诗宗雅颂,比兴少而赋多。如此五首,皆赋也,即用比兴,意有所主,总归于赋。故情景不一,而变化无穷,一时感触,而千载长新。"又云:"读此五诗,皆救世之硕画,报主之赤心,自许稷契,真非虚语,而皮相者谓公志大才疏,良可悲矣。"

黄生云:"七律之《诸将》,责人臣也。五律之《有感》,讽人君也。然此虽讽人君,未尝不责其臣,以强圉国事,败坏至此,皆人臣之罪也。公平日谆谆论社稷忧时事者,大指尽此五首。"又云:"此五首,在公平生为大抱负,即全集之大本领。"

杜公之大抱负、大本领,通贯全集之中,举凡有关国计民生,事无巨细,无不悉心体察,放声歌咏,冀能上达天听,下安群黎。此五诗直讽人君,与前期之婉谏,在思想上形成飞跃,既是形势使然,亦杜公之先进思想有不能自遏而放射出万丈光焰。"愿闻哀痛诏,端拱问疮痍",直指至尊。盖欲正其心而诚其意,直至国治而天下平。

五十、上兜率寺

兜率知名寺,真如会法堂。江山有巴蜀,栋宇自齐梁。
庾信哀虽久,周颙好不忘。白牛车远近,且欲上慈航。

和诗:

偶游兜率寺,胸次顿堂堂。落日翔孤鹜,惊涛过独梁。
哀时虽历久,好道自难忘。大白牛车在,正期慧海航。

鹤注:寺在梓州,当是广德元年作。

杜公此诗与开元年间之《游龙门奉先寺》,同为参悟禅机、沉潜佛境之作。杜公奉佛,大致可分三阶段:1. 青年时期,闻晨钟而发深省;2. 成都时期,会真如欲上慈航;3. 夔州时期,"身许双峰寺,门求七祖禅"。杜公崇佛,乃逐步加深,然亦有所保留,"未能割妻子,卜宅近前村",故许双峰而未入。其于儒道,亦复如此,故能会通三教,成一代宗师。

叶梦得云:"诗人以一字为工,世固知之,惟变化开合,出奇无穷,殆不可以形迹捕诘。如'江山有巴蜀,栋宇自齐梁',则其远近数千里,上下数百年,尽在'有'、'自'两字间,而吞吐山川之气,俯仰今古之怀,皆见于言外也。"评此联最当,而颈联之"庾信"、"周颛",一哀时,一信佛,皆此诗之关键,亦不可忽。

五十一、别房太尉墓

他乡复行役,驻马别孤坟。近泪无干土,低空有断云。
对棋陪谢傅,把剑觅徐君。唯见林花落,莺啼送客闻。

和诗:

漂泊还遭乱,况临太尉坟。寒风吹老泪,冥想逐残云。
良策惊元逆,明心感"圣君"。弹琴诚小技,重德后人闻。

钱笺:"(房琯)以乾元元年贬邠州刺史,上元元年为汉州刺史,宝应三年拜刑部尚书,在路遇疾,广德元年八月,卒于阆州僧舍。"

钱氏又笺:"《困学纪闻》:'司空图《房太尉诗》曰:"物望倾心久,凶渠破胆频。"'注谓:禄山初见分镇诏书,抚膺叹曰:'吾不得天下矣。'建议遣诸王为都统节度,而贺兰进明逸于肃宗。晋以琅琊立江左,宋以康王建中兴,以表圣之言观之,可谓善谋矣。"

钱氏又笺:"李德裕《游房太尉西池诗》注:'房公以好琴闻于海内。'公此诗以谢傅围棋为比,盖为房公解嘲也。"

《国史补》:"宰相自张曲江之后,称房太尉、李梁公为重德。"

杜公此诗,充分体现其与房公交谊之深:原为布衣之交,后又在政治上同一意向,同遭迫害,也同时深刻认识到"圣君"之"英明",致使大唐帝国江河日下。故于房公墓前流泪特多,伤感特深。

五十二、春归

苔径临江竹,茅檐覆地花。别来频甲子,归到忽春华。
倚杖看孤石,倾壶就浅沙。远鸥浮水静,轻燕受风斜。
世路虽多梗,吾生亦有涯。此身醒复醉,乘兴即为家。

和诗:

归来频甲子,荒径映檐花。倚杖寻踪影,搔头感岁华。
填膺余乱石,涉世若惊沙。怅怅春难驻,匆匆日又斜。
荆榛横世路,鸥鹭共生涯。但愿长沉醉,颓然便是家。

鹤注:此广德二年季春归成都时作。

仇注:"此章上八句,下四句。上八句,春归景物。花竹之间,春华如故,是堂前近景。沙石之外,鸥燕悠然,是溪前远景。下一'静'字,使'远'、'浮'二字有神。下一'斜'字,使'轻'、'受'二字有致。每句三字为眼。下四句,归后感怀。生涯无几,故聊托醉乡;乘兴为家,则路梗且付不问,此有随寓而安之意。"

仇氏将写景与感怀分开解说,殊非杜公本意。其实写景无一非感怀:首联,有三径就荒之意;颔联,有时光流逝之慨;颈联,孤石、浅沙,实身世之写照。倚杖、倾壶,实借酒以浇愁;尾联,羡鸥燕之生机,自伤枯寂。

仇氏评后四句感怀有"随寓而安之意",殊感肤浅:普天之下,兵戈扰攘,老病漂泊,随何而寓?更何以得安?"乘兴为家",乃买醉自昏,销无家之苦。

《萤雪丛说》:"老杜诗酷爱'受'字,如'修竹不受暑'、'轻燕受风斜'、'吹面受和风'、'野航恰受两三人',自得之妙,不一而足。东坡尤爱'轻燕受风斜'句,以为燕迎风低飞,乍前乍后,却非'受'字不能形容。"

杨德周云:"'微风燕子斜'正与此句同看,咏之不尽,味之有余。"

以上诸评,皆拈取佳句加以品味,所评精当,固难赞一词。惟佳句与诗之主体乃相得益彰:有从正面衬托诗旨:"大声吹地转,高浪蹴天浮",使江涨之势更加汹涌澎湃。有从反面微显诗旨:"轻燕"一联,即以鸥燕之动静自如,反衬诗人内心之窘迫。此亦论诗之要,未可片面从事。

五十三、登楼

花近高楼伤客心,万方多难此登临。
锦江春色来天地,玉垒浮云变古今。
北极朝廷终不改,西山寇盗莫相侵。
可怜后主还祠庙,日暮聊为《梁父吟》。

和诗:

万方多难客惊心,八面繁华底事临。
锦水鉴裁成与败,浮云变幻昔犹今。

朝纲错讵何时正？寇盗兵戎肆意侵。
黄皓朝朝昏后主，世人空叹武侯吟。

鹤注：此广德二年春初归成都之作。

此诗乃杜集中伤春名作。登楼骋目，触景兴怀，以赋、比、兴兼用手法，使当时复杂的形势与个人抑郁的情怀都充分地表现出来。

首联，破空而来，令人惊骇。细心玩索，始能于反常的情理中理解杜公伟大的爱国、愤世襟抱。系登楼之作，"花近高楼"，正可使"客心"愉悦，而着一"伤"字，则可知此"客"必非寻常之客；其"心"必为受创之心。读到第二句，始知其伤心原不在"花"，而在于"万方多难"，而近楼之处，偏偏百花盛开，愁人见花，益增愁思。此以艳景托出哀情，更觉哀艳动人。此与"感时花溅泪"、"细柳新蒲为谁绿"，同一意境，而哀艳过之。此联以赋而兴写登楼所见所怀，点明题目，意愤而情宽，急来以缓受，为下文留宽宏余地，不似王粲《登楼赋》"登兹楼以四望兮，聊暇日以销忧"起得直质，少回旋之势。

颔联，承首联"花近高楼"与"万方多难"，以锦江春色与天地俱来兴起"朝廷不改"，以"玉垒浮云"与古今俱变兴起"寇盗相侵"。诗人此时仰观玉垒，俯察锦江，翘首北望，引领西瞻，俯仰顾盼，万箭攒心，爱国思潮，风起云涌。因念多难兴邦，又转忧为喜：我北极朝廷，如锦江春色，万古常新；彼西山寇盗，如玉垒浮云，一瞬即灭。此一名联，素为人所赞叹：王嗣奭谓为"气笼宇宙，可称奇杰"；叶梦得《石林诗话》谓为"气象雄浑，句中有力，而纡徐不失言外之意"。其所以如此，正如韩愈所谓"想当施手时，巨刃摩天扬"（《调张籍》）。"锦江春色"，本极明丽，缀以"来天地"，则不仅扩大了空间，而且示人以高明博厚的永恒感；"玉垒浮云"，本是起灭无常，缀以"变古今"，虽然延伸了时间，但总示人以白云苍狗的短暂感。如此对照，则我之永恒，寇之短暂的言外之意自见。

颈联,以当前的实事补足上联,虚实交错相映,充实而有光辉。"北极"即北辰。《论语·为政》:"为政以德,譬如北辰,居其所,而众星拱之。"以天象喻朝廷之尊严及国祚之巩固。"终不改",是屡改而至于"不改",亦幸而不改,能否终于不改?思绪绵密。"寇盗"寇以"西山",明指吐蕃。吐蕃屡为边患,广德年间,仅两月之内,既陷京师,又陷松、维、保三州,可谓屡次"相侵"。"莫相侵",是已经相侵,而以朝廷不改晓喻其莫再相侵,然亦难保其不侵。虑患深远。此联语虽平正,意极曲折。虽以"终"、"莫"二字斡旋见意,但首联伤心之故,总不轻易道破,作逐层透露,至结尾始尽发之。此因积愤太深,不如此捭阖跌宕,不足以尽情宣泄。

尾联,诗旨所在。万方多难,正需济时之才,而己之挺出,却横遭放逐,故登楼远望,不胜故国之悲。近眺锦城,恨刘禅之有庙;蜀中多事,思诸葛之奇才。此用蜀后主以比代宗,因代宗之任程元振、鱼朝恩,犹刘禅之信黄皓。《通鉴》:"吐蕃入寇,边将告急,程元振皆不以闻。"又:"郭子仪使判官中书舍人王延昌入奏,请益兵,程元振遏之。"鱼朝恩祸国尤甚,潼关、陈陶之败,皆其促战所致,且屡欲陷害元勋郭子仪。中人如此作祟,以代宗比刘禅,实不为过。末句"日暮聊为《梁父吟》",用意深微:"日暮",喻己之衰老,亦暗寓国势颓败。"梁父吟",伤时无诸葛。刘禅虽属昏庸,有一诸葛,黄皓即不敢自肆;今之贤臣如李泌、子仪辈皆被抑制不得展其才略,一任宦官骄横,天下事夫复何言!"聊为",贴到自身,亦即以诸葛自比。金圣叹云:"'日暮'字,伤心之极。年迫衰暮,于蜀无所损益,但把武侯《梁父吟》聊为吟之,未知北极朝廷曾知有此老否?"以意逆志,正是登楼伤心之故。

纪昀评此诗云:"何等气象!何等寄托!如此种诗,如日月终古常见而光景常新。"此就其整体艺术而言;若再就"登楼"这一体裁的诗赋略加考察其源流,则知其既继承并发展王粲的《登楼赋》,又对后人以极大的启迪。许浑《咸阳城东楼》之"一上高楼万里愁,蒹葭杨柳似汀洲",明显地摹拟此诗之首联;李商隐《安定城楼》之"迢递高城百尺楼,绿杨枝外尽汀洲",《筹笔驿》之"他年锦里经祠庙,梁父吟成恨有余",更见其从形式到内容全面继承的轨迹。许印芳评《筹笔驿》云:"沉郁顿挫,意境宽然有余,义山学杜,此真得其骨髓矣。"即此,亦可见杜公之残膏剩馥沾丐后人之一斑。

五十四、绝句二首

其一

迟日江山丽,春风花草香。泥融飞燕子,沙暖睡鸳鸯。

其二

江碧鸟逾白,山青花欲燃。今春看又过,何日是归年。

和诗:

其一

谁说儿童语?真情发异香。何须分散对,佳偶赞鸳鸯。

其二

江山花映鸟,明丽若犀燃。独立苍茫处,蓬飞不计年。

鹤注:此亦广德二年成都作。
仇注:"此诗皆对语,似律诗中幅,何以见起承转合?曰:江山丽而花草生香,从气化说向物情,此即一起一承也。下从花草说到飞禽,便是转折处,而鸳燕却与江山相应,此又是收合法也。"

周甸注:"江山花鸟,着眼易过,身在他乡,归去无期,所触皆成愁思矣。前首全属咏景,此则对景言情。前是截五律中四,此则截五律下四。"

罗大经《鹤林玉露》云:"杜诗'迟日江山丽'四句,或谓此与儿童之属对何异。余曰:不。上二句,见两间无非生意。下二句,见万物莫不适情。于此而涵泳之,体认之,岂不足感发吾心之真乐乎。大抵古人好诗,在人如何看,在人把做如何用,如'水流心不竞,云在意俱迟'等,……只把做景物看亦可,把做道理看,其中亦尽有可玩索处。"

以上诸说,皆足以解脱杜公于"五、七言绝俱无所解"及"断锦裂缯"(胡应麟语)之诬。杜公精于诗律,往往于绝句中用律句撑起气势,以矫柔靡之弊。其实在五、七言古诗中,亦往往如是:"朝扣富儿门,暮随肥马尘"(《奉赠韦左丞丈二十二韵》)、"菊垂今秋花,石戴古车辙"(《北征》)、"野亭春还杂花远,渔翁暝踏孤舟立"(《奉先刘少府新画山水障歌》)、"江风萧萧云拂地,山木惨惨天欲雨"(《发阆中》)等。古诗中偶然插入律联,便觉有盘空排奡之势。

作诗贵意境,句式乃意匠经营之产物。故有时句偶而意单,如"迟日江山丽,春风花草香",句虽偶而意只咏春景;亦有时句单而意偶,如"今春看又过,何日是归年",句只表现思归,意却与时事、地域等复杂问题缠在一起。素为人所称道的大家绝句,亦莫不如此:王维之"渭城朝雨"、李白之"朝辞白帝"、王昌龄之"奉帚平明"、王之涣之"黄河远上",皆句单而意偶。杜公之"锦城丝竹",亦所谓句单意偶之绝句正格,何独于以律为绝而特加指责!

五十五、除草

草有害于人,曾何生阻修。其毒甚蜂虿,其多弥道周。

清晨步前林,江色未散忧。芒刺在我眼,焉能待高秋。
霜露一沾凝,蕙叶亦难留。荷锄先童稚,日入仍讨求。
转致水中央,岂无双钓舟。顽根易滋蔓,敢使依旧丘。
自兹藩篱旷,更觉松竹幽。刈夷不可阙,疾恶信如仇。

和诗：

恶人据要津,恶草遍阻修。举世咸蒙毒,何由梦孔周。
急步入前林,锄恶以写忧。芒刺不在眼,似可安春秋。
恶草尚可除,朝蠹何淹留！大官张欲壑,小民任诛求。
当年鸱夷子,散发五湖舟。今兹求自保,难以栖林丘。
木欲出幽谷,谁知谷更幽。心虽别善恶,势难计恩仇。

朱氏编在元泰元年成都诗内。

仇注："首段八句,言毒草之害；次段八句,言欲亟除其根；后段四句,点寓言本意。"

张綖注："首段,言此草遍于道周,比恶人充满当路也。次段,喻屏去小人,有不与同中国意。柳子厚作《捕蛇者说》至篇末方说出'苛政猛于虎'一句,袭用此格也。"

申涵光曰："'芒刺在我眼,焉能待高秋',丰裁凛然,除奸当如鸷鸟击物,少迟则生变矣。调停之说,误身误国,所云'霜雪一沾凝,蕙草亦难留'也。'顽根易滋蔓,敢使依旧丘',去恶务尽,三致意焉。少陵一生,目睹小人之害,故痛如此,末只一句点破,正意多则反浅。"

"去恶务尽",乃传统之道德观。《左传·隐公元年》："不如早为之所,无使滋蔓；蔓,难图也。"《后汉书·东夷传》："逮永初多难,始入寇抄；桓灵失政,渐滋蔓焉。"唐自玄宗失政,肃宗昏暴,代宗庸懦,君子之道日消。小人之道日长,国势倾颓,奸邪横厉,杜公此时,固欲芟恶草而扶松竹,然其思想主流,仍欲致君尧舜。君果尧舜,则天下乂安;君为桀纣,孰能挽既倒之狂澜?此诗似是小文章,实乃一篇整饬朝纲之光辉谏草。

五十六、莫相疑行

男儿生无所成头皓白,牙齿欲落真可惜。
忆献三赋蓬莱宫,自怪一日声烜赫。
集贤学士如堵墙,观我落笔中书堂。
往时文彩动人主,此日饥寒趋路旁。
晚将末契托年少,当面输心背面笑。
寄谢悠悠世上儿,不争好恶莫相疑。

和诗:

挺出才高正当头未白,恰逢衰世殊可惜。
蓬莱宫里现昙花,乍使虚名空赫赫。
昏君奸臣隔高墙,墙外被斥尽堂堂。
几遭杀戮还远逐,空忆肥马暮尘旁。
晚趋幕府逢年少,不合时宜遭调笑。
寄语南村群小儿,屋破抱茅莫迟疑!

黄氏编在永泰元年。
仇注:"此诗为少年轻薄而作也。上六,暮景而追往事;下六,途穷而慨世情。"申涵光云:"起句,说得突兀悲怆。'自怪'句,从失意中忽作惊人语。'当面输心背面笑',视天下朋友皆胶漆,人情风俗可想见矣。"

卢元昌云:"输心文采,窃笑饥寒,此辈好恶无常,老翁漠然不与之争,彼亦何用相疑哉。末二句,盖开诚以示之也。"

黄生云:"公以白头趋幕,不免为同列少年所侮,故一则云:'晚将末契托年少,当面输心背面笑。'一则:'老翁慎莫怪少年,葛亮贵和书有篇。'"(《赤霄行》)合二作观之,显是幕中所赋。

以上诸评,均甚惬当。

胡夏客云:"'往时文采动人主,此日饥寒趋路旁',虽怀抱如斯,亦品地有失。凡诗,必说忧君忧国,太迂;但言愁饥愁寒,太卑。杜公不免有此二病。"

胡氏之评,殊失大体。杜公之忧君忧国,乃稷契本性;其愁饥愁寒,乃为民请命:杜公自云:"生常免租税,名不隶征伐,抚迹犹酸辛,平人固骚屑。默思失业徒,因念远戍卒。忧端齐终南,澒洞不可掇。"(《自京赴奉先县咏怀五百字》)可见杜公忧愁,皆集结于国计民生,特借己之窘困以发之。

五十七、禹庙

禹庙空山里,秋风落日斜。荒庭垂橘柚,古屋画龙蛇。云气嘘青壁,江声走白沙。早知乘四载,疏凿控三巴。

和诗:

禹功空有庙,秋老夕阳斜。古屋生荒草,危邦走蝮蛇。运筹思聚米,载道入流沙。谁记为鱼患,我来徒咏巴。

鹤注:夔州,本巴东郡,而忠乃析巴东之临江置。又渝州有巴县,此诗当是永泰元年秋在渝、忠间作。

仇注:"此赋忠州禹庙也,移动他处不得,只此四十字中,风景形胜,庙貌功德,无所不包。其局格谨严,而气象弘壮,读之意味无穷。宋延清《禹庙》诗用五排扬厉,而语带宽浮。秦少游《禹庙》诗用七律铺张,而词少精警。故曰:他诗虽大而小,杜诗虽小而大。"

仇氏之评,仅就诗艺而论,甚当。惟杜公作此诗主旨,在于:观禹庙之荒落,伤禹功之沦亡。天下滔滔,谁复有"民溺己溺"之怀!此诗与《蜀相》同一旨趣。

五十八、旅夜书怀

细草微风岸,危樯独夜舟。星垂平野阔,月涌大江流。
名岂文章著,官应老病休。飘飘何所似,天地一沙鸥。

和诗:

转徙伊胡底,飘摇不系舟。戎机劳北望,国运叹东流。
名固文章累,官因忠谏休。悬疣还附赘,无以计孤鸥。

鹤注:当是永泰元年去成都,舟下渝忠时作。

杜公自乾元二年(759)冬来蜀,至永泰元年,首尾凡七年。是时,高适、严武均先后谢世(高于永泰元年正月卒,严于是年四月卒)。杜公在蜀失所凭依,亦无故人分与禄米,故于五月离蜀东下。他在《去蜀》中云:"五载客蜀都,一年居梓州。如何关塞阻,转作潇湘游。"《宿青溪驿》中云:"漾舟千山内,日入泊枉渚。我生本飘飘,今复在何许?"这些,都是杜公此时漂泊生涯的写照,《旅夜书怀》,表现此时的生活感情,尤为突出,诗之艺术,亦迥异寻常。

这首五言律诗,分两层抒写:上四句,写旅夜景;下四句,写旅中怀。

首联,用偷春格对起,使自然之"岸"与漂泊之"舟",互相依傍,互相对照,使无所依靠之旅人,乘无所依靠之孤舟,入夜泊岸,浮泛的心灵,似乎得到片刻的安定。岸上的"细草微风",甚是轻适。但与舟中的"危樯独夜"一对照,立即产生不调和的气氛。"危樯",本是高耸的樯,但"危"字总给人一种不安之感,再与"独夜"相结合,自然会显出孤危之境。"独夜舟",是全诗之眼,首句作引衬;下六句,无不从此生出。

颔联,舟中所望远近之景。"星垂"句,写岸上远景;"月涌"句,写舟前近景。"星垂"觉平野空阔,"月涌"见江流浩荡。"星垂",是使之自上而下;"月涌",是使之自下而上。高天星月,在如神之笔的调遣下,跌宕生姿。这两句写大景,衬托"独夜舟",使独夜之舟愈独,则诗人之心境愈孤。黄生将此联与李白诗联评比:"太白诗'山随平野尽,江入大荒流',句法与此略同。然彼只说得江山,此野阔星垂,江流月涌,自是四事也。"此赞诗句含量之大。王湾《江南意》中之"潮平两岸阔,风正一帆悬",被殷璠誉为"诗人以来,少有此句",亦不若此联变化之大,笔力之雄。至其寓意深微,王诗尤为不逮。

颈联,书怀本意。胸怀经济,发为文章,未蒙重用,反遭贬谪,孤舟漂泊,流落遐荒,故于孤舟旅夜,发老病之哀鸣。此联书怀中之愤,黄生却谓"此无所归咎,抚躬自怪之语";仇注:"五属自谦,六乃自解。"均解得太迂。顾宸注:"名实因文章而著,官不为老病而休,故用岂、应二字,反言以见意,所云书怀也。"可谓知音。此联,是在"独夜舟"中引发出不平的思绪。在句法上,用"岂"、"应"二活字,斡旋于句中,使胸中积愤盘纡而出。上联是用"垂"、"涌"二健字撑柱于句中,扩展眼前景物,深化主题。于此,亦可见句法在表情达意上之功能。

尾联,对鸥自伤,且以鸥自比。鸥之飘飘,恰如舟之泛泛。此时,"一沙鸥"与"独夜舟"两物同化,加强了诗人身世的孤独感。这种孤独感,全用衬托法逐步加强:先以野阔、江涌,衬出夜舟之独;末以天地之大,衬出沙鸥之小。而沙鸥之小与夜舟之独,却构成了诗人目前与未来之生活境况:处今夜之孤舟,有岸可泊;叹来时之鸥鸟,何处可依? 这就从目前的孤独,想象到未来的空虚。诗人的"吾衰将焉托"(《遣怀》)、"吾道竟休之"(《秦州杂诗》)、"大哉乾坤内,吾道长悠悠"(《发秦州》)等情怀,在此处得到淋漓尽致的宣泄。此联运笔神速,意境雄阔,真所谓"意惬关飞动,篇终接混茫"(《寄彭州高三十五使君适虢州岑二十七长史参三十韵》)。

五十九、移居夔州作

伏枕云安县,迁居白帝城。春知催柳别,江与放船清。
农事闻人说,山光见鸟情。禹功饶断石,且就土微平。

和诗:

他乡流异县,展转入夔城。衣染征尘杂,诗成韵味清。
烽烟忧国泪,花鸟感时情。神笔惊神鬼,长吟磊块平。

黄鹤注:此大历元年春晚作。
仇注:"首二,记行踪。三四,承云安,言临去时景。五六,承白帝,言迁后景事。末言迁居之故。春知别意,江与清波,此从无情处看出有情。农事方兴,春已暮矣。鸟悦山光,春气暖也。多断石,谓云安以下。土微平,见夔州可居。"此注疏解清晰。
黄山谷云:"好作奇语,自是文章一病。但当以理为主,理得而词顺,文章自然出群拔萃。观子美到夔州后诗,退之自潮州还朝后文,皆不烦绳削而自合矣。"此评极中肯。杜公到夔以后诗,为成熟期,达到了"思飘云物外,律中鬼神惊"之境界,集诗学之大成,树百代之典范。

朱熹云:"人多说子美夔州诗好,此不可晓。夔州却说得郑重烦絮,不如他中前有一节好诗。今人只见鲁直说好,便都说好,矮人看场耳。"(《清邃阁论诗》)考亭固一代大儒,然不深于诗,其评诗不当,固无足深责。但亦有其内在原因:杜公居夔崇佛,每形诸吟咏,此类诗篇,自为奉儒辟佛者之所不取。持此种偏见者,尚不止朱氏一人。方东树在《昭昧詹言》中讥之为"学究头巾之智"、"以尺蠖绳蛟龙",倒也说得痛快。

陶开虞云:"杜五律偶有失检者,如《移居》诗云:'春知催柳别'、'农事闻人说','别'、'说'同韵。与王摩诘'新丰树里行人度'、'闻道甘泉能献赋','度'、'赋'同韵,皆犯上尾,学者不可不知。"八病之说,倡自沈隐侯,其于声律学之进展,固有其推动作用,然封锁诗灵,使之枯槁于模式之中,岂不可惜!故此说早为大诗人所不取。

六十、白帝城最高楼

城尖径仄旌旆愁,独立缥缈之飞楼。
峡坼云霾龙虎卧,江清日抱鼋鼍游。
扶桑西枝对断石,弱水东影随长流。
杖藜叹世者谁子,泣血迸空回白头。

和诗:

断石层层叠叠愁,孤客独立最高楼。

眼底龙虎鼋鼍势,国中狐兔狗狼游。
和亲浮沤幻西域,泣血迸空洒东流。
长歌叹世知何益,谁识苦心一白头?

鹤注:此亦大历元年作,题曰"最高楼",则非前所赋白帝城楼与白帝楼也。

韩廷延云:"云霾圻峡,山水盘拏,有似龙虎之卧。日抱清江,滩石波荡,恍如鼋鼍之游。乃登高临深,极形容疑似之状耳。"

朱注:"峡之高,可望扶桑西向。江之远,可接弱水东来。"

王嗣奭云:"此诗真惊人语,总是以忧世苦心发之,以自消其垒块者。……'泣血迸空',起于叹世,而'迸空'尤奇。"

黄生云:"'城尖径仄',与'花近高楼'寓慨一也。'花近高楼',以伤心而直陈其事。'城尖径仄',以泣血而微见其词。直陈其事,不失和平温厚之音。微见其词,翻成激楚悲壮之响。若以本集较之,'花近高楼',正声第一。'城尖径仄',变声第一。"

此诗正面象征杜公入夔后人生道路,同时也反照其创作境界。杜公之人生道路,愈走愈窄,正如"城尖径仄",独立无依;而其创作,则愈穷愈工,真是临"飞楼"而万象皆小。是时,国是日非,民生日窘,穷年之忧,欲济世而无力,且自身难保。况奸邪横行,回纥、吐蕃又时为边患,欲献策而无由,惟有"泣血迸空"、独立飞楼而已。

此诗系拗律,正是杜公此时的心律反映。

六十一、武侯庙

遗庙丹青落,空山草木长。犹闻辞后主,不复卧南阳。

和诗：

　　三顾联鱼水，千秋论短长。东征还北伐，西蜀忆南阳。

鹤注：此指夔州之庙，故云"空山草木长"，当是大历元年作。
朱注："此诗后二语，人无解者。武侯为昭烈驱驰，未见其忠，惟当后主昏庸，而尽瘁出师，不复有归卧南阳之意，此则云霄万古者耳。曰犹闻者，空山精爽，如或闻之也。"
　　亮之功业，非真能"伯仲之间见伊吕，指挥若定失萧曹"，其所以云霄万古，乃在于尊汉抗胡。胡自三国而后，为患至深，故人心仇胡而思汉，亮之策正符众心，故能彪炳千秋。
　　此诗四句皆对，是杜公五绝中典型，与其七绝"两个黄鹂鸣翠柳"同一结构，亦同为杜公以律为绝之特色。

六十二、江上

　　江上日多雨，萧萧荆楚秋。高风下木叶，永夜揽貂裘。
　　勋业频看镜，行藏独倚楼。时危思报主，衰谢不能休。

和诗：

　　江边穷老叟，日警楚荆秋。潜梦沾阴液，寒心怯敝裘。
　　龃龉慵对镜，孤独每登楼。兵革民劳止，伊谁未肯休？

顾注："诗言江上倚楼，此夔州西阁所作也。"
仇注："上四叙景，旅客悲秋之况。下四言情，旧臣忧国之怀。夜不眠以至曙，故对镜倚楼，看容色而计行藏。但以报主心切，虽衰年未肯自诿,此公之笃于忠爱也。"

黄生注:"勋业老尚无成,故频看镜。行藏抑郁谁语,故独倚楼。"

仇、黄疏解得要,能阐明诗旨。

黄生又云:"此诗后半所云,是本怀,是正说,其余自嗤自怪,自宽自释,皆即此意,而反覆变化以出之。诗以言志,才以抒词。志,不变者也。词,百变者也。才不能变,则其志亦不足观矣。此非志之罪也,才之罪也。于此叹杜公之才之足以副其志也。"此阐述志与才之关系,确为论诗之要,志大而才疏,则无以明其志。杜公怀稷契之志,运如神之笔,故虽坎壈终身,而其诗之光焰,永照后人,此才足以副其志之明证。《后汉书·孔融传》:"融负其高气,志在靖难,而才疏意广,迄无成功。"此才不足以副其志之过。

陈后山云:"真宗尝观子美诗'勋业频看镜,行藏独倚楼',谓甫之诗皆不逮此。此联之妙,在于虚实相生。"此种表现方法,在杜集中所在多有,《丽人行》一开头置丽人于水边,镜花水月之趣,即在眼前。此人所共认。谓"甫之诗皆不逮此",殊欠斟酌。真宗之评欠当,固无足责,后山附和之,甚失诗人之体量。

六十三、返照二首

楚王宫北正黄昏,白帝城西过雨痕。
返照入江翻石壁,归云拥树失山村。
衰年病肺惟高枕,绝塞愁时早闭门。
不可久留豺虎乱,南方实有未招魂。

和诗:

白帝城西阁渐昏,残阳犹照血余痕。
愁时欲遣求高枕,病肺难医叹远村。
卫国旌旗迷黑祲,食人豺虎尽朱门。
伤心飘荡三千里,何处能招已丧魂?

七律《返照》,《杜臆》谓:"诗作于西阁,阁临白帝城西,故见返照。"

仇注:"上四,雨后晚晴之景。下四,衰病乱离之感。雨痕初过,故日照江而石壁之影摇动。黄昏乍暝,故云拥树而山村之路遮迷。此时方欲高枕闭门,乃思及豺虎为乱,则兹地不堪久留矣。但恐惊散之旅魂,未必能招之北归耳。"

此诗以"返照"起兴,通过"返照"把杜公生命历程中的梦影残痕隐约地放映出来。

首联,写晚晴之景,暗点返照。楚王宫,在巫山县西北,日影西斜,故易黄昏;杜公所寓之西阁,正临白帝城西,无所翳蔽,凭高视下,故于云开日漏中犹见过雨之痕。此联突出返照中明暗两景,互相映衬,在残阳的反射下,隐示出内阴外阳易位反常之象。

颔联,写一俯仰间之景,明点返照。"返照入江",自上而下;"翻石壁",自下而上,呈现上下腾荡之象;"归云拥树",自远而近;"失山村",由近及远,呈现远近苍茫之象。此与上联,虽皆写景,然皆各有其深层意蕴:1. 楚王宫沉浸在黄昏之中,自易联想到"汉主离宫接露台,秦川一半夕阳开"(王维《和太常韦主簿五郎温泉寓目》)的盛况及"江头宫殿锁千门"(《哀江头》)的衰象,深有感于开元以来五十年间事。2. 以公孙述的白帝城衬出自己所居之西阁,尤易引起"公孙仍恃险,侯景未生擒"(《风疾舟中伏枕书怀》)的隐忧。3. 江翻石壁,隐喻蜀中兵乱无常,朝廷统治体系业已崩坏。《阆山歌》云"江动将崩未崩石",言石之将崩而犹未崩,此则石壁已为江涛冲翻(但取其虚相以喻意)。4. 云失山村,即寓"归路恐长迷"(《散愁》)之意。

颈联,因景生情,转写目前的生活状况。此联是以纵横相生法见意:1. 直下:因"衰年"而"病肺"而"高枕";居"绝塞"而"愁时"而"闭门"。2. 横生:"衰年"对"绝塞",可见朝政不仁;"病肺"对"愁时",可见致病之由;"惟高枕"对"早闭门",可见无可奈何之状。

尾联,承上联的"高枕"、"闭门",深化衰病愁时之苦,言高枕难疗衰病,闭门难御虎狼,此地不可久留,只得再图他适;惟长期飘泊,魂散难招。吐出了身世的苦楚,唱出了时代的悲歌。这里的"豺虎乱",是指预见杨子琳杀夔州别驾张忠而据其城之事(鹤注)。"实有未招魂",以宋玉招魂为虚,已之惊魂飘散难招是实,一虚一实,下千年之泪。黄生云:"年老、多病、感时、思归,集中不出此四意。而横说竖说、反说正说,无不曲尽其情。此诗四项俱见,至结语云云,尤足凄神戛魄。"

杜公流离以来,于其魂(心之精爽)之依附,极其关切。杜集中用"魂"字约四十次,而大都出现于晚期诗中。《寄高适》诗云"楚隔乾坤远,难招病客魂",知病魂之难越关山;《木皮岭》诗云"对此欲何适,默伤垂老魂",伤老魂之艰难远适;《东楼》诗云"但添征战骨,不返死生魂",悲生死魂之均无依托;《东屯月夜》诗云"天寒不成寐,无梦寄归魂",怅魂之无梦以寄;《冬深》诗云"易下杨朱泪,难招楚客魂",痛客魂之歧路难招。从以上数例,可知杜公已逐渐意识到其身之不返,魂之难归。而彻底认识其生涯之结局,则在"南方实有未招魂"一个"实"字上。一个"实"字,包含着对年老、多病、感时、思归等方面全面思考所得出的结论。

再看作于瀼西的《返照》:

返照开巫峡,寒空半有无。已低鱼复暗,不尽白盐孤。
荻岸如秋水,松门似画图。牛羊识僮仆,既夕应传呼。

和诗：

巫山返照后，万有入无无。猿啸谁能偶，江光自觉孤。
三分徒立国，八阵亦空图。毛羽云霄意，暌离不可呼。

此诗解析之最工致者，要推王嗣奭《杜臆》："巫峡最高，故返照能开之。'半有无'三字，总括上下。'鱼复'，浦名，低故先暗；'白盐'，山名，高故光不尽而孤出。荻岸茫然，如沉秋水；'松门'，峡名，如悬画图。此时牛羊下来，各识僮仆之声，而传呼则应也。中四句，半有半无各分，而尾句在有无之间，工致如此，真诗中之画。"此分析以求其状，仇兆鳌谓"宜合看以会其意"，仇说极当。试会其意以逆其志：杜公以挺出之才，怀经济之志，竟流落于萧森之巫峡，贫病交加，此种反常现象，偶于返照中透视其潜形，自必怅触情怀。因思统治集团之残酷，直如肃杀之寒空，使万物皆于有无幻化中消逝。又忆昔刘备入蜀，从孔明之言，始成鼎足三分之业；及其违孔明联吴大计而窥吴，卒致败逃鱼复，今已在荒烟夕照中低沉而暗淡；而自己却因忠谏而遭贬放，不禁望鱼复而怀孔明，对白盐之孤高而惶惑。眼前之荻岸茫如秋水，松门之映若画图，皆半有半无中幻化之象，人世沧桑，莫非如此。夕照将暝，牛羊下山，各识僮仆而应其传呼，安时处顺，自足怡情；我何人斯，竟成疣赘，返照迎人，益伤迟暮。

通过两首《返照》诗，已透视出杜公全部的深层的心迹，但仍须思考两个问题：

一、杜公魂之飘泊，将依谁而长存？

《庄子·齐物论》中云："罔两问景曰：'曩子行，今子止，曩子坐，今子起，何其无特操欤？'景曰：'吾有待而然者耶，吾所待又有所待而然者耶。'"罔两有待于景，犹景之有待于身。今杜公之魂有待于身，而身之飘泊将何所待？杜公深谙乘化归尽之理，知身之不能长保，故托魂于诗，于是"七龄思即壮"的幼艾魂、"放荡齐赵间"的轻狂魂、"词感帝王尊"的豪壮魂、"老病有孤舟"的飘泊魂，皆汇集于诗篇之中，"诗卷长留天地间"（《送孔巢父谢病归游江东兼呈李白》），魂亦依以永存。

二、如何化常无为常有？

杜公于返照中观察出寒空半有半无之象，体悟出人世间有无生灭之理及常有常无之道。他晚年已陷入"时危无消息"（《上后园山脚》）、"无以供日夕"（《驱竖子摘苍耳》）的境地，所以"无复云汉志"（《枯楠》）、"无以洗心胸"（《桔柏渡》）。他愤斥"皇天无老眼"（《闻惠子过东溪》），讽刺"君王无所惜"（《昔游》），惋惜"疮痍无血流"（《奉赠王信州鉴北归》）。他愤恨于人间的不平，提出"无贵贱不悲，无富贫亦足"（《写怀二首》）的常无主张，可见他对超形象、超感觉的本体——道的认识之透辟。他又从"谷神不死"体认到常无能生出相对待的常有，把诗提高到与道的密切关系："道消诗发兴"（《哭台州郑司户苏少监》）、"道为诗书重"（《哭长孙侍御》）。同时又于有的范畴内分辨善恶久暂："君侧有逸人"（《百舌》）、"天地有青蝇"（《寄刘峡州伯华使君四十韵》）、"荣华有是非"（《秋野五首》），是都属于恶的、短暂的。于是弃恶扬善，集立德、立功、立言三不朽于诗中，以期与日月争光。他的选择既定，便感到"苍茫兴有神"（《上韦左相二十韵》）、"诗应有神助"（《游修觉寺》）、"诗罢地有余"（《故右仆射相国张公九龄》）、"诗成觉有神"（《独酌成诗》）。前此，杜公为诗，大多出于爱好或作干禄之用；至此，则完全进入自觉阶段，尽管后期也写了不少干人之诗，但与干禄者绝不相同，乃欲藉他人资助以延长生命从事不朽的工作。他把作诗当作迫切任务，"采诗倦跋涉，载笔尚可记"（《题衡州县文宣王庙新学堂呈陆宰》）。杨德周云："此句隐然有文献之思，即诗史二字之始。"一语揭出了诗心。杜公进一步把诗与生活融成一体："愁极本凭诗遣兴"（《至后》）、"遣兴莫过诗"（《可惜》）、"不敢废诗篇"(《归》)、"老去诗篇浑漫兴"、"语不惊人死不休"(《江上值水如海势聊短述》)。他自知所作之诗之价值:"诗兴不无神"(《寄张十二山人彪三十韵》)、"诗成泣鬼神"(《寄李十二白二十韵》)、"思飘云物外,律中鬼神惊。毫发无遗憾,波澜独老成"(《敬赠郑谏议十韵》)。他感知自然景物都是为他提供诗材的:"江山如有待,花柳更无私"(《后游》)。杜公此时,诗即生活,诗即生命。

杜公悲剧性的人生,于返照中显现,于返照中幻灭,于返照中升华,如日月经天,江河行地。故他的人生悲剧,毁灭了他的人生,成就了他的诗篇。他的成就中包孕着多少悲愤!《南征》诗中云:"百年歌自苦,未见有知音。"真是肝肠断裂语。在他的肝肠寸断中,迸射出爱国爱民的热血,于万丈光焰中再现其诗魂。庄生所谓"其分也成也,其成也毁也。……唯达者知通为一"(《齐物论》),于杜公悲剧人生中得到充分的证实。老子云:"善建者不拔,善抱者不脱。"又云:"圣人抱一为天下式。"杜公在人生思考中,盖亦有得于老子玄通妙徼之旨,故其所建抱之诗篇,根深柢固,为万世楷模。

六十四、古柏行

孔明庙前有老柏,柯如青铜根如石。
霜皮溜雨四十围,黛色参天二千尺。
云来气接巫峡长,月出寒通雪山白。
君臣已与时际会,树木犹为人爱惜。
忆昨路绕锦亭东,先主武侯同閟宫。
崔嵬枝干郊原古,窈窕丹青户牖空。
落落盘踞虽得地,冥冥孤高多烈风。
扶持自是神明力,正直元因造化功。

大厦如倾要梁栋,万牛回首丘山重。
不露文章世已惊,未辞剪伐谁能送?
苦心岂免容蝼蚁,香叶终经宿鸾凤。
志士幽人莫怨嗟,古来材大难为用。

和诗：

追慕孔明爱庙柏,复汉忠贞坚于石。
国须匡正先除邪,意欲直寻姑枉尺。
萧森巫峡共情长,绵亘雪山透心白。
鱼水因缘旷代稀,君臣冰炭哲人惜。
忆昔西行来自东,杖曳紫气青羊宫。
卜居锦水征尘定,破屋狂飙卷地空。
姑与鹭鸥共栖止,空怀尧舜仰流风。
治乱难期今与古,忠奸谁定罪和功?
节棁宁殊梁或栋,鸿毛泰岱轻犹重。
自诩文章添障碍,争立朝堂枉迎送。
放声高歌笑蝼蚁,剖心沥血哺鸾凤。
大樗拥肿辞斧斤,安于无用全大用。

鹤注：此大历元年至夔州作。赵次公云："成都先主庙,武侯祠堂附焉。夔州先主庙、武侯庙各别。此诗云'孔明庙前有老柏',盖指夔州柏也。"

《杜臆》："成都、夔府各有孔明祠,祠前各有古柏。此夔祠之柏而并及成都,然非咏柏也。公平生极赞孔明,盖有窃比之思。孔明才大而不尽其用,公尝自比稷、契,才似孔明而人莫用之；故篇终而结以"材大难为用",此作诗本意,而发兴于柏耳。不然,庙前之柏,岂梁栋之需哉？"此评正中杜公心怀。杜公之所以念念不忘于孔明，实感于材之相似，而遭遇却异：一谐鱼水，一若冰炭。杜公身历三朝，仅明皇时声名曾炫耀于一瞬，立即为李林甫所沮。故于君臣际会，触感特深。杜公此时，仕途绝望，生计困顿，天下滔滔，无所适从。他早年即知为人所弃，《曲江对酒》云："纵酒已判人共弃，懒朝真与世相违"。然系心国运多艰，民生疾苦，又催动用世之心而怀孔明，特别有感于君臣之际遇。太史公《孔子世家赞》云："'高山仰止，景行行止'，虽不能至，然心向往之。"杜公此时心情，正是如此。已为人共弃，夫复何用？故咏古柏以寄慨，安于无用，以全其真。

此为仄韵之七言排律。杜公七排共八首，皆非上乘。此诗虽多仄韵，然排比甚工，意境深邃，气势雄阔，实为佳构，未始非有意为之，以标一格。

六十五、诸将五首

其一

汉朝陵墓对南山，胡虏千秋尚入关。
昨日玉鱼蒙葬地，早时金碗出人间。
见愁汗马西戎逼，曾闪朱旗北斗殷。
多少材官守泾渭，将军且莫破愁颜。

其二

韩公本意筑三城，拟绝天骄拔汉旌。
岂谓尽烦回纥马，翻然远救朔方兵。
胡来不觉潼关隘，龙起犹闻晋水清。
独使至尊忧社稷，诸君何以答升平。

其三

洛阳宫殿化为烽,休道秦关百二重。
沧海未全归禹贡,蓟门何处尽尧封。
朝廷衮职谁争补,天下军储不自供。
稍喜临边王相国,肯销金甲事春农。

其四

回首扶桑铜柱标,冥冥氛祲未全销。
越裳翡翠无消息,南海明珠久寂寥。
殊锡曾为大司马,总戎皆插侍中貂。
炎风朔雪天王地,只在忠良翊圣朝。

其五

锦江春色逐人来,巫峡清秋万壑哀。
正忆往时严仆射,共迎中使望乡台。
主恩前后三持节,军令分明数举杯。
西蜀地形天下险,安危须仗出群材。

和诗:

其一

朝廷遣镇卫河山,胡虏焉能便入关。
太息陈兵潜地下,应缘作恶在人间。
群黎疾苦谁能惜,大敌披猖土染殷。
坐使西戎坏京邑,将军球击正开颜。

其二

张公坚筑受降城,但见天骄拜汉旌。
借寇平胡宁善策,多奸祸国在佳兵。
潼关恃险为谁险,晋水澄清只自清。
社稷安危都不管,君臣坐待问君平。

其三

宝殿深宫化作烽,伤心关塞一重重。
何时禹贡皆来贡,孰料尧封竟滥封?
补衮乏人空命相,饷军无食孰能供?
差欣王相临边策,金甲销除略事农。

其四

是谁铜柱立高标,内外烽烟一夕销。
翡翠阻疆声寂寂,明珠隔海影寥寥。
清时自可来重译,衰世何须列八貂?
褒妲盈宫中使盛,忠良已尽剩空朝。

其五

将帅镇西倏去来,刀兵相接亦堪哀。
何如整暇严公阵,共享升平御史台。
政美蝉联三秉节,人和称颂一倾杯。
何须甄品分高下,满目庸才识异材。

仇注:公自永泰元年夏去蜀至云安,次年春,自云安至夔州。据末章云"巫峡清秋",当是大历元年秋至夔州作。其前二章乃追论去年事也。

姚鼐在《今体诗钞》中《诸将》的结尾批云:"此五诗蒙叟之笺皆当。"兹拟从钱笺以解析此五诗。

第一首,钱笺:"此诗指汉朝陵墓以喻唐也。宫阙陵墓,并对南山,有充奉屯卫之盛,而不能禁胡虏之入……禄山作逆,继以吐蕃,焚毁未已,有发掘之虞……所以告诫长安之诸将者如此。"

首联,言陵墓近对南山,而吐蕃竟入关发掘,责诸将之失职。"汉朝"引以比唐;"千秋",放宽时间,含蓄见意,不忍斥言。

颔联,言变乱倏忽。昨日玉鱼,才蒙葬地,早时金碗,已出人间。变乱如此急遽,且事出京畿,诸将守土之责何在?义正而词婉,冀以讽劝。广德元年,吐蕃已渡便桥,代宗仓卒不知所为,出奔陕州,官吏藏窜,六军逃散。于此即可见诸将荒怠之一斑。这里用"金碗"对"玉鱼",说者谓为用"茂陵玉碗出人间"语,为对"玉鱼",遂易为"金碗"。《杜诗博议》:"戴叔伦《赠徐山人》诗:'汉陵帝子黄金碗,晋代仙人白玉棺。'"可见"玉鱼"、"金碗",皆用西京故事,且与汉朝陵墓相应。

颈联,言长安屡遭寇劫。"愁汗马",指吐蕃入寇;"闪朱旗",谓焚宫烟焰。"西戎逼",写敌势凶猛;"北斗殷",写烟焰张天。"见愁"与"曾闪",作上下句转捩,把京都长安十年内先后陷落于东胡、西戎的惨痛史实联系起来,以明诸将之责无旁贷。这里"蒙"是覆地,对"出"字甚工;"汗马"赤血,对"朱旗"为暗对。

末联,紧接上联,指出寇患频仍,伤痕犹在,岂可破愁颜而苟安逸豫?永泰元年九月,郭子仪请遣诸道节度,各出兵屯要害。诸将犹击球为乐。诗盖针对此类事,连用两"愁"字,丁宁示戒!

第二首,钱笺:"劝勉河水诸将,不应无韩公之老谋,而以贼贻君父也。"

首联,赞韩公筑三城以绝寇患的功勋,反照诸将之庸怯不能御敌于国门之外。首句"本意"二字,本诗之眼,通照全诗:凡能绝天骄之拔汉旌,皆符"本意";否则,即与"本意"相乖。

颔联,写内外交困的矛盾情势。"尽烦回纥马",非韩公本意;然不如此,又不足以"远救朔方兵":至德二载,香积、新店之捷,以回纥收复两京;永泰元年,泾阳轻骑之盟,以回纥退吐蕃。子仪先后用兵,皆借助其力。此亦诸将之不能自卫,致引外力之来,以贻后患。"岂谓"、"翻然",正是惶惑不安的表情。

颈联,深有感于今昔。见今日之胡来,潼关失险;忆当年之龙起(指高祖起兵晋阳),国运方兴。"不觉",意谓自哥舒失守之后,潼关之险,与贼共之,故贼屡犯而无阻。"犹闻",盖示诸将今昔之势,勉其尽防守之责。

末联,捧出至尊,归咎诸将。国之多变,至尊独忧,则诸将之不能尽职之意,自在言外。末又谆谆告诫:诸君既不致力于升平,倘他年同庆升平之日,诸君何地自容?讽之亦所以勉之。收作诘问语,委曲见意。

第三首,钱笺:"此责朝廷之大臣出将者也。将相大臣,当安危重任,不思何以归职贡,复封疆,补衮职于朝廷,供军储于天下,如王缙者,不过募耕劝农,修承平有司之职业而已。曰稍喜者,盖深致不满之意,非褒词也。"

首联,追忆禄山之叛。两京沦陷,洛阳宫殿化为烽烬,秦关天险失所凭依。宫焚关失,是谁之咎?这就引起下文。

颔联,慨叹现状:"沧海",则诸番不贡;"蓟门",则安史犹存。承上联进一步追究责任。

颈联,有感于衮职与军储。相皆出将,衮职莫为之补;府兵制坏,军储无以自供。此责相之不能补衮,将之不能务农。国之败坏,将相之责。这里相已为将,故亦入诸将之列。杜公对此特别重视,尚有两层微意:相之出将,本非正则,盖惜房琯被迫出将之败;朝廷无人补衮,亦无人获罪,为己之补衮获罪而时怀隐痛。

末联,郑重提出王相国,加以品评,欲以示范。王之临边,固有亏于衮职,然犹能销金甲而事春农,究殊于既不补衮,又无视于军储之辈,故称"稍喜"。钱氏谓"稍喜"非褒词,极是。然亦非贬词,盖谓将相之才如王缙者,尚能差强人意。倘诸将皆能如此,则可供军储而略苏民困。

第四首,钱笺:"此深戒朝廷不当使中官出将也。……炎风朔雪,皆天王之地,只当精求忠良,以翊圣朝。安得偏信一二中人,据将帅之重任,自取溃愤乎!肃、代间,国势衰弱,不复再振,其根本胥在于此。斯岂非忠规切谏救世之针药欤?"

首联,言岭南未靖。开头以"回首"二字与上文结成整体:前三首述两京之事,皆翘首北顾,此则述南方之事,故以"回首"发端。杜公一回首之形象,而系心南北之赤忱亦随之表露。"铜柱标",明示汉界;而氛祲未销,则责在诸将。

颔联,言南中贡献久稀,此暗斥中官为将之害:杨思勖讨安南五溪,残酷好杀,致越裳不贡;吕太乙收珠南海,阻兵作乱,致明珠不来。"无消息"、"久寂寥",盖对此痛心疾首,不忍明言。

颈联,汉诸将之殊宠高官,而反败坏朝廷威信。膺殊锡而为大司马,获总戎而插侍中貂,意必为朝廷重臣,乃竟委以李辅国、鱼朝恩之徒。此等人成事不足,败事有余,托以重任,实同儿戏。此明斥中官为将之非。这里的"大司马"与"侍中貂"为假对,是真貂对假马,亦对仗中之一格。

末联,提出忠谏。"炎风朔雪",指国土寥廓。如越裳、南海、蓟门、沧海,莫非王土,而所以遍地烽烟,乃命将失人。倘尽得忠良辅翊,则贞观、开元盛世,必可重光。"只在忠良",旨在切谏,意谓宠信宦官,以为"忠良",而其叛国败事,层出不穷;残害忠良,尤为狠毒。重用如此"忠良",则忠良焉得不为之寒心!意极恳至,而词甚温厚。

第五首,钱笺:"此言蜀中将帅也。……蜀中大乱,杜鸿渐受命镇蜀,……惮旰(崔旰)雄武,反委以任,姑息养乱,日与从事置酒高会。其有愧于前镇多矣(前镇指严武)。……公身居蜀中,而风刺出镇之宗衮,故其诗旨远而词文如此。"

首联,写其春发成都、秋下夔州的情景。"锦江春色"与"巫峡清秋",以景色对比,表示环境的转移,而心境之转变亦暗寓其中。"万壑哀",以巫峡猿啼寄追怀严武的哀思,作下文的伏笔。

颔联,回首往事。"正忆",承"万壑哀","往时",承"锦江春色";"严仆射",乃卒后赠官,表明严公已殁。因忆严公知己,曾共同欢度"锦江春色",而今孤身漂泊,淹留巫峡,故万壑生哀。"共迎中使",是杜公在成都生活中最惬意事件,故不易忘怀。"望乡台",是迎中使的地点,但亦寓有乡情:中使自故乡而来,迎之于"望乡台"前,则故乡可望。这也是客中的欣慰。

颈联,追思严武之将略。"主恩",承"迎中使";"三持节",言朝廷倚重;"军令分明",言其胸怀韬略,军容整饬;"数举杯",言其治军虽严,而能好整以暇。此明赞严公镇蜀之勋业,亦见朝廷倚重之得人,与第四首正反相对照,以明主将实系一方之安危。

末联,委婉见意:惜镇蜀之继任无人。西蜀地险,外则吐蕃侵陵,内则群奸割据,安此危局,须仗"出群材"。谁是"出群材"?杜公在《赠左仆射郑国公严公武》诗中云:"公来雪山重,公去雪山轻。"作了回答。此暗赞严公为出群之材,以讽杜鸿渐之庸懦。

以上五诗,主要采取钱笺加以疏解,因钱笺能联各诗之内容为整体。明示:将不能安边勘乱,相不能补衮尽职,且以中官为将专横作乱,为祸国之源,而又归责于朝廷,正是杜公本意。

此五诗的章法,每首皆以地名起,而中以"回首"二字贯穿上下,连成脉络。收处皆含蓄示意,发人深思。第五首又为一格,仇注:"通首逐句递下,此流水格也。"

此诗尚有一大特色。陆时雍云:"《诸将》数首,皆以议论行诗。"以议论行诗,在杜集古诗中所在多有;而在律诗中畅发议论,较古诗为难,此亦杜公之创举,更为宋代律诗之先驱。

六十六、吹笛

吹笛秋山风月清,谁家巧作断肠声。
风飘律吕相和切,月傍关山几处明。
胡骑中宵堪北走,武陵一曲想南征。
故园杨柳今摇落,何得愁中却尽生。

和诗:

秋情笛韵倍凄清,肠断中宵不断声。
怕见关山常有月,偏教血泪相和明。
朝廷闻警先逃走,国库奇虚更暴征。
久隔故园何日见?依依杨柳梦中生。

仇注:"按诗云'胡骑中宵堪北走',当指吐蕃而言。《通鉴》:永泰元年,吐蕃与回纥入寇,子仪免胄释甲,投枪而进,回纥酋长皆下马罗拜,再成和约。吐蕃闻之,夜引兵遁去。即此事也。"又注:"此闻笛而有感也。上四摹景,下四写情。细疏之,三四分顶风月清,五六引证断肠声,末乃乡关之思,从笛声感触者。"

颜廷榘云:"律吕之调,于风前闻之,觉相和之切。关山之曲,于月下奏之,似几处皆明。此声之巧而感之深也。"

赵大纲云:"笛曲有《折杨柳》,故翻其意而结之。谓故园杨柳,至秋摇落,今何得复生而可折乎?盖设为怪叹之词,以深致思乡之感,此则公之断肠者也。"

陆时雍云:"结出故国关情,千条万绪,用巧而不见,乃为大家。"

郭濬云:"此诗句句凄远,咏物绝调。"

以上诸评,均甚精当。惟于小中见大,未加阐述,故未能于品评中见杜公之博大怀抱。闻笛一小事耳,而心通断肠之声,其气类相感可知。至"风飘律吕"、"月傍关山",则又关注于塞外征人生活。冀胡骑之北走,望王师之南征,实欲改变"胡骑长驱五六年"(《恨别》)与"南海明珠久寂寥"(《诸将五首》其四)之局面,使人民有居可安,有业可乐,己之故国,亦即在望。如此襟怀,非稷契而何?

闻笛而发为文章,人多推向子期之《思旧赋》,若与杜公之闻笛诗相较,奚啻天壤:向之《思旧赋》,为悼念亡友嵇康、吕安而作。一瞬间,向则攀附应征入洛,任散骑侍郎,转黄门侍郎、散骑常侍。思之思之,旧已无存。杜公时刻系心国运民生,固非向之可比;即以友情而论,向之于嵇、吕,乃一时感情之冲动,及官运通达,则弃若敝屣。杜公之于友,无不以诚,即以房琯而论,杜公为之疏救,己则获罪,而友情则至死不渝。

咏物诗,自古有之,凡所咏之物,无不有所寄托,杜集中咏物诗甚多,皆言近而旨远,以小而喻大,包罗万象,无所不有。真所谓涵浑汪洋,千汇万状,与其它各体之诗,同臻圣域。

六十七、月

四更山吐月,残夜水明楼。尘匣元开镜,风帘自上钩。
兔应疑鹤发,蟾亦恋貂裘。斟酌姮娥寡,天寒耐九秋。

和诗:

四更人不寐,永夜枕江楼。水月空灵镜,兔蟾寂寞钩。

何须悲鹤发,无复忆貂裘。脉脉素娥影,广寒几度秋。

梁氏编在大历二年。

仇注:"上四咏将尽之月,下则对月自怜也。'四更山吐月',乃二十四五之夜。月照水而光映于楼,故曰'水明楼'。月魄留痕,如匣边露镜,此承'吐月'。弯月挂簷,如钩上风簾,此承'明楼'。月色临头,恐兔疑白发。月影随身,如蟾恋裘暖。从月色下,写出衰老凄凉之况。姮娥独处而耐秋,亦同于己之孤寂矣。"

黄生云:"此诗写景精切,布格整密,运意又极玲珑,东坡但以'残夜水明楼'五字,称为绝唱,其比兴之深远,从来未经人道也。"

又云:"叠用镜钩、蟾兔、姮娥,他人且入目生厌矣,一经公笔,顾反耐思,由其命意深而出语秀也。"

黄生之评,颇有见地。惟对东坡独赏"残夜水明楼"为绝唱提出异议,认为不符合全诗比兴之深远,殊欠深虑。"残夜水明楼",确为绝唱,它以山吐之残月铺洒水面所折射之光,形成空灵之镜,照映孤楼、蟾宫之景象浮沉于若隐若现、若即若离之间,突现孤独凄清之虚境,以荡涤极度愁苦之心结。

六十八、宗武生日

小子何时见,高秋此日生。自从都邑语,已伴老夫名。
诗是吾家事,人传世上情。熟精《文选》理,休觅彩衣轻。
凋瘵筵初秩,欹斜坐不成。流霞分片片,涓滴就徐倾。

和诗:

生日寻常日,偏教逸兴生。少陵能祖显,宗武以亲名。

爱失公平准,诗催独擅情。家传《文选》重,孝薄彩衣轻。
离乱人皆瘁,分崩治不成。差欣偕骥子,涓滴且同倾。

仇注:"公在梓州,宗武在成都。至德二载,公陷贼中,有诗云'骥子好男儿,前年学语时',此时宗武约计五岁矣。其后,自乾元二年至蜀,及永泰元年去蜀,中历八年,宗武约十四岁左右矣。此诗都邑,乃指成都,其云'自从都邑语,已伴老夫名',则知作此诗,又在成都之后矣。"

仇氏将此小排律分为两截,上八句,下四句。一以家学勖宗武;一以叙生日情事。

杜公此诗,虽为名作,却曾引起诗界论议:

一、"诗是吾家事",从诗之发展实况而言,杜公祖孙之家传诗学确实冠绝当时,沾丐后世。但主观直言,则略欠谦光。

二、"已伴老夫名",乃杜公对宗武之偏爱。宗武无诗传后,知其不精于斯道。杜公对幼子爱之若命,屡见于诗,如"骥子好男儿"(《遣兴》)、"骥子最怜渠"(《得家书》)等。凡事一至偏爱,则是非无准。不然普通生日何故大做文章?催宗文树鸡栅,必无此雅兴。不过,杜公以"真"自律,以"真"待人,以"真"形诸吟咏,故能成为诗圣,诗亦臻于真善美之圣域。

六十九、听杨氏歌

佳人绝代歌,独立发皓齿。满堂惨不乐,响下清虚里。
江城带素月,况乃清夜起。老夫悲暮年,壮士泪如水。
玉杯久寂寞,金管迷宫徵。勿云听者疲,愚智心尽死。
古来杰出士,岂待一知己。吾闻昔秦青,倾侧天下耳。

和诗：

倡优古所轻，君子所不齿。少陵独揄扬，行吟相表里。
闻声逐素月，不眠正须起。歌融天地籁，耳响清泠水。
运转古今律，引商杂流徵。即兹颇自豪，知音未尽死。
自从丧乱来，人间无知己。秦青昔日歌，徒倾清夜耳。

鹤注从旧次编在大历元年。仇注："诗云'江城带素月'，知在夔州城中也。"

仇氏将诗分为三段，首四句，先叙杨氏歌声；次八句，从听者心上，摹写歌声独绝；末四句，推开作结，以见世有知音也。

《杜臆》："起句云'绝代歌'，便是定评。杨之歌甚悲，盖伤世无知音也。'响下清虚里'，赞得绝妙，隐然有振木遏云之致；况又起'素月'、'清夜'，其谁能堪？'玉杯'、'金管'，天子所用；昔明皇好乐，诸王侍臣仆御无不洞晓音律，自禄山乱后，人主忧劳，玉杯寂而金管迷，所以人不知音而听者疲也。'愚智心尽死'，苦语。杰士不待知己，愤语。较之一人知己可以不恨者，其恨更甚。'倾侧天下耳'，谓骇人听也。秦青且然，况其他乎？然公亦自发心事，非全为杨氏也。"《杜臆》之说，由表及里，深得杜公诗旨，可谓少陵知音。

此诗，杜公为杨氏之悲歌伤世无知音而发，然亦自发其心事。《杜臆》得之。杜公云："百年歌自苦，未见有知音。"伤无知音，今古同然。杜公听杨氏伤无知音之悲歌，知己为杨氏之知音而为杨氏幸；而杨氏自抒胸臆而作悲歌，未知有有心人于清夜带素月而倾听。两相阻隔，虽无中生有，然有亦同无，知音何在，虚无缥缈而已，慨何如之！

七十、咏怀古迹五首

其一

支离东北风尘际,漂泊西南天地间。
三峡楼台淹日月,五溪衣服共云山。
羯胡事主终无赖,词客哀时且未还。
庾信平生最萧瑟,暮年诗赋动江关。

其二

摇落深知宋玉悲,风流儒雅亦吾师。
怅望千秋一洒泪,萧条异代不同时。
江山故宅空文藻,云雨荒台岂梦思。
最是楚宫俱泯灭,舟人指点到今疑。

其三

群山万壑赴荆门,生长明妃尚有村。
一去紫台连朔漠,独留青冢向黄昏。
画图省识春风面,环珮空归夜月魂。
千载琵琶作胡语,分明怨恨曲中论。

其四

蜀主窥吴幸三峡,崩年亦在永安宫。
翠华想像空山里,玉殿虚无野寺中。
古庙杉松巢水鹤,岁时伏腊走村翁。
武侯祠屋常邻近,一体君臣祭祀同。

其五

诸葛大名垂宇宙,宗臣遗像肃清高。
三分割据纡筹策,万古云霄一羽毛。
伯仲之间见伊吕,指挥若定失萧曹。
运移汉祚终难复,志决身歼军务劳。

和诗:

其一

咏怀发兴支离际,古迹伤情转徙间。
托命何尝耽韵事,许身无不在江山。
怵时满眼皆荆棘,尚友前贤且往还。
萧瑟平生怜庾信,文章老境满江关。

其二

西风摇落曷须悲,道法自然自是师。
怅望千秋如一辙,萧条异代若同时。
沦翳故宅传文藻,假托荒台寄梦思。
泯灭楚宫奚足惜,浮云富贵复奚疑。

其三

由来祸福总无门,浩劫偏临僻远村。
皓齿明眸光紫禁,丹心青冢没黄昏。
汉宫难画天真貌,楚赋宁招绝塞魂?
国色入朝遭大厄,昭君幽怨莫须论。

其四

窥吴刚愎违盟约,兵溃人崩白帝宫。
一代枭雄成败里,三分鼎峙有无中。
虚浮矫饰迷贞士,怯懦骄矜惑野翁。
鱼水交情未终局,东征遗恨倩谁同!

其五

割据三分奚足道,宗延汉祚自功高。
从容肝胆光曦月,侥竞江山一羽毛。
除暴安良溯伊吕,运筹决胜仰萧曹。
七擒六出明贞操,三顾频繁亦甚劳。

此诗当是大历元年在夔州作。

《杜诗镜铨》:"此五章乃借古迹以咏怀也。庾信避难,由建康至江陵,虽非蜀地,然曾居宋玉之宅,公之漂泊类是,故借以发端。次咏宋玉以文章同调相怜,咏明妃为才高不遇寄慨。先主、武侯则有感于君臣之际焉。"此评甚佳,虽承袭《杜臆》,但有所损益,且言简意明,贯通脉络,又可补仇注之不足。

第一首,借庾信以咏己怀。上六句,写漂泊景况;末二句,思庾信而伤怀。

首联,以对仗起,撑开"东北"与"西南"数千里的遥空,展现时代与身世的概况:禄山叛起渔阳,"东北"弥漫风尘,杜公因避乱而陷贼,由长安而凤翔,贬谪华州,又弃官而走,奔逃于风尘之际,茹苦含辛,故起首用"支离"二字,以示国土割裂、身心交困之状。关辅大饥,又"因人作远游":由秦州而成都而夔州,生事艰难,亲朋阻绝,故用"漂泊"二字冠于"西南天地间"之上,与上句相对照,更显出支离而又漂泊的身影。这两句又为因果关系:西南漂泊,是由于东北风尘。顾注:"东北纯是风尘,西南尚留天地,下字皆不苟。"从"下字"着眼,亦能将诗意推进一层,惜未明言。杜公之意,盖谓沦陷区人民之苦难,更甚于己之漂泊。此与《奉先咏怀》中"生常免租税,名不隶征伐。抚迹犹酸辛,平人固骚屑",同一存心。惟此系七律,与五古的表达方法有所不同。

颔联,写淹留三峡的情景。"三峡楼台"与"五溪衣服",表现夔州风土特征:"三峡",指夔州一带;"楼台",注家多谓指杜公所寓之"西阁",其实西阁定非壮丽楼台,很可能是破旧的楼阁。因为山城是依山造屋,远望高处之屋,尽似楼台。以"三峡"托出"楼台",颇似壮观,缀以"淹日月",则顿觉神伤。此以壮景写孤栖之苦况。"五溪",指溪人杂居;"衣服",指溪人服饰之殊异,正是地方色彩,缀以"共云山",则有长处蛮荒之虑。这里的"淹"字、"共"字是诗眼,"三峡"、"楼台"、"日月"、"五溪"、"衣服"、"云山"等客观景物,全凭"淹"、"共"二字传出主观之情,呈现出孤寂杂乱的意象。

颈联,紧接上联,追溯漂泊的由来,且叹还乡之愿难遂。"羯胡"指安禄山,亦暗指侯景;"事主终无赖",指禄山之叛(亦暗连侯景之事)。"事主"二字,尚有微意:事主之羯胡无赖,亦见主之昏庸,养痈成患。"终"字暗与下文相联系,以今事引出古迹。"词客",诗人自称,亦暗引庾信,"哀时",总结上文;"且"字,唤起下句。

末联,因庾信宅而怀庾信,且借以自伤。"平生最萧瑟",应首联"支离"、"漂泊",叹庾信之遭遇坎坷,实乃夫子自道。"暮年诗赋动江关",应"词客哀时",言信之《哀江南》,亦犹己之《秋兴》、《咏怀古迹》等哀时之作,文章同调,益深伤今怀古之思。此联倒贯全诗:前六句咏怀,此二句古迹,似先咏怀而后古迹;实则咏怀之前,胸中已有古迹在。故因古迹而作咏怀,亦因咏怀而显古迹。在此诗中,古人遗迹已与己之怀抱融为一体。此时,杜公年齿已暮,流寓未还,与庾信之老境极相似,故咏怀先及之。下四首,皆依年代为先后。

第二首，因宋玉宅而怀宋玉。

首联，从宋玉之悲发兴，表示对其"风流儒雅"的崇敬，"摇落"，是从宋玉《九辩》中提出此二字以概括玉之生平，引起"宋玉悲"，中加"深知"二字，表示心之相通。"风流儒雅"，扬玉之标格与文学；"亦吾师"，崇敬之中，亦含有渊源祖述斯文己任之意。仇注："宋玉以屈原为师，杜公又以宋玉为师，故曰'亦吾师'。"此亦明其继承性。杜公对屈宋，是时时不能忘怀的：他在《送覃二判官》中云"迟迟恋屈宋，渺渺卧荆衡"，眷恋之情极挚；《秋日荆南述怀》中云"不必伊周地，皆知屈宋才"，同调之感良深；《垂白》中云"垂白冯唐老，清秋宋玉悲"，悲时之意同切。尽管感情如此深厚，但他并非单纯的好古者，而是在继承之中尚欲方其驾而劘其垒，这正是以斯文为己任的伟抱。此联按七律的规范，称之为失粘。如将一、二两句颠倒，则全合谱式。"晚节渐于诗律细"的圣手之所以使音节不谐，乃欲于拗中取峭，以表露其不平之心律。

颔联，写深知之悲。望而洒泪，恨不同时，此为流水对中之十四字格，表示感情流注之速。"怅望千秋"，言尚友之古人已不可复作，故难禁"一洒泪"；"萧条异代"，言宋玉萧条于前代，己则萧条于今代，同调而同一萧条，同心而远离异代，这比陈子昂"前不见古人"之空怀古人，尤为悲怆。故深知宋玉之悲，即所以倾吐自心之悲。

颈联，叹宋玉之故宅已亡，欣其文传后世。"江山故宅"，对其故宅的怀念。杜公对宋玉宅，时注深情："悲秋宋玉宅"（《奉汉中王手札》），是以己之悲秋，而忆及当日宋玉宅之悲秋；"宋玉归州宅，云通白帝城"（《入宅》），是怀念归州之宋玉宅，望长云而通白帝；"曾闻宋玉宅，每欲到荆州"（《送李功曹之荆州充郑侍御判官重赠》），是心仪宋玉又欲往其荆州故宅。"空文藻"，言故宅已亡，空留文藻；正因文藻犹存，故宅之名始能垂久。"云雨荒台"，本为子虚乌有之说，赖宋玉之赋以传；"岂梦思"，言宋玉《高唐赋》述怀王梦神女，盖以怀王之亡国警喻襄王，非真有此梦。李义山诗云"襄王枕上原无梦，莫枉阳台一片云"，亦即此意。杜公于此感触特深：以襄王之昏庸，尚能容宋玉托梦以讽，故忧愁忧思而作是诗。

末联，以楚宫泯灭，衬托宋玉之文藻长存。"最是"，是行文的着力点；"楚宫俱泯灭"，指楚宫与宋玉宅同归泯灭。而宋玉宅之泯灭，尚有文藻永留人间；彼楚宫之泯灭，则一无可凭；即行云雨之疑，亦因文藻之感动后人。故富贵权势，虽能炙热于一时，究难与词人争千古。昔人题严陵钓台云："严陵有钓台，光武无寸土。"感慨良深，亦同此诗意。

第三首，因昭君村而有感于昭君之遭遇。《杜臆》："昭有国色，入宫见妒；公亦国士，而入朝见嫉。正相似也，悲昭以自悲也。"极合诗旨。

首联，点出昭君村。在昭君村出现之前，先揭示出村之所在地"荆门"，又以"群山万壑"奔赴之势，以壮其气魄，显出绝代佳人出生故里之迥不寻常，这是以极大的热情与敬意写昭君村的。《诗·大雅·崧高》："崧高维岳，骏极于天。惟岳降神，生甫及申（甫侯、申伯）。"诗即祖此意，以颂昭君之生乃山川灵秀所钟。如此国色，竟被弃之于朔漠，此中含有多少珍惜！全诗之情，皆从珍惜之中生出。

颔联，伤昭君远嫁。"紫台"、"朔漠"，写自汉宫直到匈奴的空间距离；"一去"、"独留"，写自古及今的时间间隔。在这样的漫长而寥廓的时空中，却以"青冢"这个特殊形象，集中地表现昭君悲剧的全部过程："青冢"与"紫台"相对照，即明确昔为紫台之绝色，今余朔漠之孤坟。相传塞外多白草，惟昭君冢独青：生前绝色，不为人重，死后以冢之青色长留人间，此乃坚贞汉节之象征，自与苌弘之血化碧的故事并传不朽。"向黄昏"，言自朝至暮向汉而望。此种操守与感情，正与爱国诗人相吻合，故颂之极为庄重。

颈联，讽汉元帝之误人自误。"意态由来画不成"，孔子以貌取人,尚失子羽;以画取人,焉得不失昭君?既已失之,而犹欲于画图中略识其春风之面,亦属徒然;纵然夜月魂归,尤觉虚无恍惚。这是以元帝之悔,衬托昭君之色,而加深其怨,引起下文。

末联,写昭君怨恨之深远。琵琶传怨,其怨至深;千载留恨,其恨至远。而此怨恨,又分明寄于曲中,传之后世;怨恨当时之意,自在言外。全诗句句写昭君,亦句句写自己,但对自己方面未明着一字,而怨恨分明,真是大手笔。陶开虞评此诗云:"风流摇曳,杜诗之极有韵致者。"此评虽空,但颇识象外之趣。瞿佑《归田诗话》云:"诗人咏昭君者多矣,大篇短章,率叙其离愁别恨而已。惟乐天诗云:'汉使却回凭寄语,黄金何日赎蛾眉?君王若问妾颜色,莫道不如宫里时。'不言怨恨而惓惓旧主,高过人远甚。"此评甚腐,乐天诗系少年之作,其内容无足称道,诗中以黄金颜色立意,诗格甚卑。瞿氏称其"过人远甚",无非在"惓惓旧主"上。封建文人,大抵如此。瞿氏虽未明贬杜公此诗,而其"率叙离愁别恨而已"之语,当然包括杜诗在内。略为一辨,以明是非。

第四首,咏先主庙,以寄君臣相契之怀。

首联,叙蜀主刚愎自用,自取覆败。"窥吴",刺其失策;连吴抗曹,是孔明当年制胜之策,而今为报关羽之私仇竟兴师伐吴,乖悖孔明本旨,诗人于此亦深为惋惜,故作《八阵图》云:"功盖三分国,名成八阵图。江流石不转,遗恨失吞吴。""幸三峡",言其违国策而败逃,因尊其为正统,这里的"幸"与下文"崩"、"翠华"、"玉殿"等词,皆是尊蜀为正统的标志。其所以尊之为正统,旨在尊汉抗胡,但亦有以刘备衬托孔明之意。"崩年亦在永安宫",言备因败而愤死。"永安宫",指鱼复之改为永安,亦寓备之永安之愿随此次战败而与身俱灭。同时也暗示备失亮之既定国策,亦犹鱼之失水。得人则兴,失人则亡;得计则胜,失计则败,此必然之理。

颔联,言备之复汉大业,一蹶不振:当日之"翠华",仅能于空山里想象得之;当日之"玉殿",亦虚无于野寺之中。这里叹"翠华"、

"玉殿"之荒邈虚无,亦即哀其基业之颓废荒圮。

颈联,写古庙荒废情景。"古庙杉松",已至冷落;加以"巢水鹤",则尤见长期荒凉。"岁时伏腊走村翁",进一步点明庙祀之疏阔,惟岁时伏腊见一二村翁而已。顾宸谓"走村翁,见祭祀之勤",不符诗意。杜公在《上卿翁请修武侯庙》诗中云:"尚有西郊诸葛庙,卧龙无首对江濆。"其破落之状可见。遗爱在人的诸葛庙尚如此,刘备庙自不待言。

以上六句,是陪衬笔法,扬刘备是为了扬孔明,抑刘备同样是为了扬孔明:备用亮策,得以割据三分;备违亮策,终致身死祚移。

末联,赞君臣一体。此诗系怀先主庙,而于结尾庄重地提出武侯祠,用意有二:一、刘备殁于白帝城,立庙其地,武侯祠自在沔阳,因后主不允臣民之情,故成都、夔州初无武侯祠。自有祠以后(成都武侯祠为李雄称王时所建;夔州武侯祠何时始建,史无记载),百姓祭祀始盛。意谓:有孔明之策,始成蜀国之鼎立;有武侯之庙,始盛刘庙之馨香。二、"一体君臣",即《出师表》"宫中府中,俱为一体"之意,言平日抱一体之诚,千秋享一体之极。诗人向往于此,亦有愤慨于此:古之君臣,鱼水相得;今之君臣,冰炭相煎。感伤身世,怀想哲人。

第五首,因诸葛祠而怀诸葛。

首联,赞其大名之不朽。"大名",极其崇敬。《逸周书·谥法》:"是以大行受大名,细行受小名。"称其大名,即所以赞其大行。"垂宇宙",亦见高度赞扬。《淮南子·齐俗》:"往古来今谓之宙,上下四方谓之宇。"这就是说:诸葛大名,遍及六合,光耀古今。"宗臣",人所宗仰,且于其"清高"之遗像而肃然起敬。杜公于此特意推重宗臣,盖有感于古之宗臣,重之为栋梁;今之宗臣(房琯、张镐辈),视之如草芥。

颔联,赞其功业与才品。"三分割据纡筹策",应从两方面理解:从孔明的才略及其赞襄刘备复兴汉室的整体筹策来看,"三分割据"的局面,确实委屈了宏图;如从当时汉室倾颓、群雄并起来看,当曹操东征之际,刘备尽丧师旅,妻子为虏,关羽被擒,狼狈逃窜,无地容身,得孔明连吴之计,竟使一代之雄杰曹操惨败于赤壁,初奠鼎立之基。建此奇勋,古史罕有。"万古云霄一羽毛",言孔明之才品绝伦,如鸾凤高翔,云霄独步。这句在上句实写的基础上,突然腾空而起,直上扶摇,对孔明的德才勋猷,作无与比伦的颂赞。这种以虚化实法,使实体充衍而有光辉。

颈联,承上联对其勋业作出具体定论:方驾伊吕,俯视萧曹。刘克庄云:"卧龙没已千载,而有志世道者,皆以三代之佐许之。此诗侪之伊吕伯仲间,而以萧曹为不足道,此论皆自子美发之。"亦有谓杜之称许太过,若从全面考察比较,则知此论之不可刊。杜公之所以作出如此明确之定论,固由于精诚相感,然亦欲力矫陈寿贬亮之不公,更欲开导史家以成败论英雄之浅识。

末联,对孔明之大志未成,发出无限同情的哀叹。此诗结尾,就章法论,自是圆满;若就意义论,则不如《蜀相》结尾"出师未捷身先死,长使英雄泪满襟"之悲壮感人。"志决身歼",是写实,而归之于"运移汉祚",此尚承袭"天之忘我"的老调。其实孔明之志业未竟,是当时形势的必然结果。然而,杜公是借古人古事以抒怀抱,倘置身其时其境,恐亦不得不作如是观。

这五首七言律诗与《诸将五首》,皆为连章诗,除每首自成章法外,首与首之间,尚须严密组合,构成完美艺术。这两组诗,在意匠经营与艺术结撰上,均臻上乘。卢世㴶云:"杜诗《诸将》五首、《咏怀古迹》五首,此乃七言律命脉根柢。子美既竭心思,以一身之全力,为庙算运筹,为古人写照,一腔血悃,万遍水磨,不惟不可轻议,抑且不可轻读,养气涤肠,方能领略。人知有《秋兴》八首,不知尚有此十首,则杜诗之所以为杜诗,行之不著,习矣不察者,其埋没亦不少矣。"卢氏高度评价此十诗,自是确论,此深知少陵入夔后律诗之成就。至其所谓"一腔血悃,万遍水磨",尤为精辟,说透了杜公之存心与艺术造诣。

七十一、秋兴八首

其一

玉露凋伤枫树林,巫山巫峡气萧森。
江间波浪兼天涌,塞上风云接地阴。
丛菊两开他日泪,孤舟一系故园心。
寒衣处处催刀尺,白帝城高急暮砧。

其二

夔府孤城落日斜,每依北斗望京华。
听猿实下三声泪,奉使虚随八月槎。
画省香炉违伏枕,山楼粉堞隐悲笳。
请看石上藤萝月,已映洲前芦荻花。

其三

千家山郭静朝晖,日日江楼坐翠微。
信宿渔人还泛泛,清秋燕子故飞飞。
匡衡抗疏功名薄,刘向传经心事违。
同学少年多不贱,五陵衣马自轻肥。

其四

闻道长安似弈棋,百年世事不胜悲。
王侯宅第多新主,文武衣冠异昔时。
直北关山金鼓震,征西车马羽书驰。

鱼龙寂寞秋江冷,故国平居有所思。

其五

蓬莱宫阙对南山,承露金茎霄汉间。
西望瑶池降王母,东来紫气满函关。
云移雉尾开宫扇,日绕龙鳞识圣颜。
一卧沧江惊岁晚,几回青琐点朝班。

其六

瞿塘峡口曲江头,万里风烟接素秋。
花萼夹城通御气,芙蓉小苑入边愁。
珠帘绣柱围黄鹄,锦缆牙樯起白鸥。
回首可怜歌舞地,秦中自古帝王州。

其七

昆明池水汉时功,武帝旌旗在眼中。
织女机丝虚夜月,石鲸鳞甲动秋风。
波漂菰米沉云黑,露冷莲房坠粉红。
关塞极天惟鸟道,江湖满地一渔翁。

其八

昆吾御宿自逶迤,紫阁峰阴入渼陂。
红豆啄残鹦鹉粒,碧梧栖老凤凰枝。
佳人拾翠春相问,仙侣同舟晚更移。
彩笔昔曾干气象,白头吟望苦低垂。

和诗:

其一

十四五游翰墨林,未谙宦海气严森。
蓬莱献赋名初显,宰辅谋奸日乍阴。
顾我依仍迷圣阙,伊谁一一验丹心。
漂流万里饥寒迫,忍听匆忙白帝砧。

其二

世道崎岖狭且斜,何来妖魅据京华。
作奸不惜迎胡马,奉使何曾识汉槎。
国运颓唐争逐鹿,私仓盈溢喜闻笳。
伤心偶忆开天事,泪染风前片片花。

其三

往事低徊对夕晖,盛衰思绪入精微。
才看春燕衔泥过,又见秋鸿失侣飞。
丧乱已教民尽悴,安居无着意皆违。
诸公衮衮将何补?衣自轻盈马自肥。

其四

世事真如一局棋,几人得势几人悲。
纵横鱼阵冲锋际,络绎雁行坠落时。
满目沙场多寂寞,当年车马任奔驰。
俄成俄败寻常事,哀我黎民动远思。

其五

清风坦荡仰箕山,洗耳沾濡世俗间。
万念何尝源太古,一瓢高举挂玄关。

坚辞尧帝谦尊德,永葆藐姑绰约颜。
今日梦回方悔悟,错将乌合作仙班。

其六

身退功成任白头,扁舟散发五湖秋。
山光水色盈胸臆,笑语欢声涤闷愁。
把盏凌虚邀倦鹤,撑篙掠浪逐轻鸥。
始交患难终安乐,一笑轻抛万户州。

其七

少时争欲立奇功,朱紫盈朝炫眼中。
乍听黔黎歌盛世,乍惊关塞起悲风。
凶残胡虏生灵瘁,破碎山河血泪红。
万卷诗书何裨益?苍茫天地一诗翁。

其八

世路难逢一坦迤,纵横曲径古山陂。
饮河鼹鼠难盈腹,择树鹪鹩缺一枝。
祸福无端相倚伏,江山有待自推移。
风尘涕泪凝成句,许共丹心日月垂。

此组诗应于大历元年秋居夔州时作。

潘岳《秋兴赋》:"嗟秋日之可哀兮,谅无愁而不尽。"此组诗用赋题作诗题,亦变赋入律之先例。而感秋景以生情,盖与潘赋及宋玉悲秋,同一思绪。

吴见思《杜诗论文》:"秋兴者,遇秋而遭兴也,故八首写秋字意少,兴字意多。"

第一首,写峡中秋景,因秋而伤羁旅。

首联，写深秋景象。先提出最足以显示秋色的"玉露"与"枫树林"，且表现地方色彩："夔州旧楚地，最多枫树。"(《杜诗解》)加上玉露点染，正是"霜叶红于二月花"的季节，乃秋深露冷，凋伤了大好的枫树林，自然会产生摇落之感。《楚辞·招魂》："湛湛江水兮上有枫，极目千里兮伤春心。"宋玉以枫林之茂盛而伤心，此以枫林之凋伤而起兴，各有千秋。"巫山"，衬托枫林之广，巫山十二峰，该有多少枫树被凋伤。在凋伤的过程中，先是枫叶流丹，继之以"无边落木萧萧下"，此时已是"气萧森"了。"气萧森"是"露凋伤"的结果。此六字，写出满目秋意。由"巫山"连及"巫峡"，既点明环境特征，又扩大"气萧森"的范围，藉以引起下文。

颔联，极力状"气萧森"之悲壮。"江间"承"巫峡"，"塞上"承"巫山"，连成一片秋象。此联，注家在意向一致的情况下各有所会：王嗣奭云："但见巫峡江间，波浪则兼天而涌，巫山塞上，风云则接地皆阴。塞乎天地，皆萧森之气矣。"钱谦益云："江间汹涌，则上接风云；塞上阴森，则下连波浪。此所谓悲壮也。"金圣叹云："波浪兼天涌者，自下而上一片秋也；风云接地阴者，自上而下一片秋也。"顾宸云："波浪在地而曰兼天，风云在天而曰接地，极言阴晦萧森之状。"录此数家之说，加以融会，对理解此联，必益深透。于此更可见注家亦须匠心独运，惨淡经营，自成其风格。

以上四句发兴，影射时事，见丧乱凋残之象。同时从摹写秋景显出秋境，下四句从秋境转出感秋之人。

颈联，写久客漂泊境况。"丛菊"承山，"孤舟"承江。"丛菊两开"，言居夔已两见菊开，与《秋夜客舍》"南菊再逢人卧病"同意；"孤舟一系"，言漂泊无定，并非系舟一处，亦即《九日》"系舟身万里"之慨。"他日泪"，惨绝！言储今日之泪，留待他日痛定思痛时，再下丛菊之泪。《杜臆》谓"他日之泪，至今不干"，是以"他日"解作昔日，意境较浅。"故园心"，言身虽与孤舟同系，而"故园心"却时时从巴峡而穿巫峡，下襄阳而向洛阳。《杜臆》以"故园心"三字为八首之纲,自是不易之论。

末联,承"丛菊"、"故园"转到"寒衣"。秋高风厉,山城早寒,刀尺频催,暮砧声急,久客衣单,百感交集。这里的"催"、"急",是从见闻中写出,此境此情,如何能见丛菊而含泪,怅孤舟之系心!结尾特别提出公孙述的"白帝城",此为英雄割据之地,于此闻砧,捣碎了"故园心",引起了故国之思,遥唤下文。

上四句写境,下四句写人,因秋境生出秋兴,又因秋心扩大了秋境,故为八首之发端,即《诗序》之所谓"兴"。下七首皆以此首为提纲,而一切情境又皆从"故园心"生出。

第二首,写夔府暮景与怅望京华之情。

首联,写孤城由暮入夜情景。"夔府孤城",紧接上首结尾"白帝城"。"孤城"在瞿塘峡口,孤高耸立于丛山之中。同时"孤城"与"孤舟"同是心态的表现,杜公此时"老病孤舟",漂泊无依,对眼前孤标的景物,特别敏感。而孤城在落日的斜晖中,映带着江间塞上,分外萧森。这是以婉艳美化萧森之景,景愈明而情愈悲。"每依北斗望京华",钱谦益谓"此句为八首之纲骨",此与王嗣奭之说相得益彰。王氏谓"'故园心'为八诗之纲",又谓"'故园思'即'故国心',换一'国'字,见所思非家也,国也"。在第一首"故园心"与第四首"故国思"之间,有此"每依北斗望京华"之骨,更见坚实完满。"北斗"一本作"南斗",应以"北斗"为宜,京华在北,北斗且象征朝廷。"依北斗"而"望京华",包孕着无限的爱国感情:胸藏大志,无故放逐,老病殊方,明知仕途绝望,而犹眷眷于朝廷,旧注多谓"老不忘君",似应改为"老愈爱国"为妥。"每依"二字,更见深情,盖无夕而不望。表明身在夔州,心在京华。

颔联,听猿有感身世。峡中多山多猿,向晚猿声不住,此与第一首"枫树林",同为地方特色。"听猿实下三声泪",是"望京华"而不得的时刻,猿声催泪。上文是"他日泪",此处是今日泪,本欲储泪于他日,乃悲苦太甚,不能自遏,故听猿而泪下。此句妙在一

"实"字,把巴东渔人歌"猿啼三声泪沾裳"传说中的泪化为现实的泪。这句本是"听猿三声实下泪",因声律关系,故作句法倒装,且更曲折有致。"奉使虚随八月槎",以张骞奉使的故事,反照自身的苦况:张骞使大夏,寻河源,八月乘槎至天河,经年而返。张骞尚有还期,此生杳无归日,徒然虚想。这里"虚"字绝妙,与"实"字的对,表明泪是实泪,想是虚想。

颈联,又转到京华。尽管是虚想,但又不能不想。因想到"画省香炉",但又因"伏枕"而"违"。意念才动,瞬又折回。此系追思昔日供职省中,慨叹今日卧病西阁。《杜臆》谓此指朝廷授公以省郎,因病不能赴任事,恐与诗意不合。"山楼粉堞隐悲笳",是写实。"山楼",即西阁,也是杜公卧病处。正是"长安不见使人愁"(李白诗句),而"堞"对"山楼",悲笳隐动,何其凄惨!"悲笳"指兵乱,《后出塞》"悲笳数声动"可证。有以"隐"作"痛"解,似更深刻:前听猿声而堕泪,尚为自身着想多;现闻笳声而痛心,则全为国事焦虑。意谓边陲尚有战争,京华是否无恙?此亦从"望京华"而萌生的心事。

末联,是"望京华"的集中表现。孤臣万里,翘首京华,不觉落日西沉,又见藤萝月上,不见长安,良宵又度。"请看"二字,紧映"每依北斗"。杜公专心致志"望京华",乍见月上而惊讶,继又叹息时光流驶,何日得见京华?此二字唤起有力。"已映"二字传神:月上山头,久已穿过石上藤萝,映照洲前芦荻,凝神遥望,不知东山之月出。此时"望"字极其重要,望中传出多少神情!在杜集中"望"字出现过一百二十余次,多寄爱国忧民之情。他在《悲陈陶》中,"日夜更望官军至";在《忆昔》中"周宣中兴望我皇";在《送杨六判官使西番》中"兵甲望长安"。他入川以后,虽与政治隔离,但总念念不忘国事。他在《进艇》中云"北望伤神卧北窗",在《中夜》中云"斗斜人更望"。这些"望"与"望京华"之"望",同是发自爱国赤忱。而"望京华"之"望"与第八章结尾"白头吟望"之"望",前后照应,又自成章法。

第三首,写夔州朝景,且即景自伤。

首联,紧接上章晚景转写朝景。"千家山郭",言地僻人稀,"静朝晖",言秋高气清、朝晖冷静。此句突出孤城秋景之凄清,下句写自身感受。"江楼坐翠微",言楼前山绕,坐浮翠微。如此秋景,颇足宜人;冠以"日日"二字,则不免厌倦,况是他乡久客,淹留之感难任。"日日江楼",吕东莱选本作"百处江楼",颇不自然。金圣叹却以"百处"为胜,并引而庵(徐增)之说:"百处坐,非郭中有百处楼子,一一坐遍。是一座楼子百处坐也。心头有事人,东坐不是,西坐不是,前坐不是,后坐不是,坐一处不是,坐两处不是,坐不是,不坐不是,越坐越不是;此所以有'百处坐'也。"金氏引后,且加"妙甚"二字。说得支离生涩,不知妙在何处?引此以见征引版本之重要,说诗者尤应慎其所说。

颔联,因眼前渔人、燕子而感。"信宿渔人泛泛"与"清秋燕子飞飞",本是人情物性之常,着一"还"字与"故"字,即透露出"伤心人别有怀抱":见渔人之泛泛,信宿皆然,既伤孤舟漂泊,又恐老病淹留;感燕子之飞飞,行将离去,叹京都之难望,忧故园之无期。"还"、"故"二字斡旋于句中,使常景生色,诗意深沉。这是善于运用虚字的效果。

颈联,在上两联咏景的基础上,感发出心事。因忆匡衡抗疏,得以升迁;刘向传经,犹延家学。己则抗疏触怒,几遭戮辱,远不如匡衡,故曰"功名薄"。功名既薄,若能讲学于石渠,亦可聊补学术,此又有逊于刘向,故曰"心事违"。"功名薄"、"心事违",似皆自怨,词婉而意愤,较直指朝廷,尤见力量。

末联,转到"同学少年"、"五陵衣马"上,颇有浮云富贵以自慰之意。"同学少年多不贱",与"长安卿相多少年"(《乾元中寓居同谷县作歌七首》)同慨。"五陵衣马自轻肥"与"叹息当路子,干戈尚纵横。掌握有权柄,衣马自肥轻"(《太子张舍人遗织成褥段》)同一讽刺。得力全在"自轻肥"三字,而"自"字又与"还泛泛"之"还"、"故飞飞"之"故"翻倒相应,以见同学少年,五陵衣马,皆渔人燕子之俦,我虽穷困,尚不屑彼之富贵。于此可见,杜公所关心者非一己之私。

此诗上四句写秋,是夔州之秋;因秋发兴,兴在长安。《秋兴》诗题,在此得到了整饬而完满的表现。钱笺:"第三首正申秋兴名篇之意,古人所谓文之心也。"正符合诗律与诗旨。

第四首,忧叹长安迭经丧乱的时事。

首联,叹长安之由盛而衰。"闻道",遥应"望京华",望而不见,只得托之于传闻。金圣叹谓"闻道者,一则不忍言亲见,故托之耳闻;一则去国已远,不忍实说也"。本甚平易,推之过深。"长安似弈棋",指明皇奔蜀以后长安的局势。长安一破于禄山,再陷于吐蕃,失而复得,得而复失,迭为胜负,如弈棋然。"百年世事不胜悲",深悲由盛而衰之颓势:开国至今,百年之中,太平盛世,竟江河日下。杜公曾亲见"开元全盛日",也曾亲身"哭庙灰烬中",故对此尤不胜其悲。"不胜悲",引出并笼罩下四句。

颔联,慨叹时局变迁。"王侯宅第多新主",指误国之权贵如李林甫、杨国忠辈已身败名裂,而其豪华甲第,亦易新人,当时炙手可热之势,早随风烟而消散。"文武衣冠异昔时",指明皇宠任蕃将,肃、代信向中官,均委以重任,不似贞观、开元时之任人惟贤。相如林甫,将如禄山、辅国之辈,大唐帝国所以未至殒灭者,实以二三豪俊如郭子仪、李光弼等以及爱国人民浴血奋战之结果。这是杜公"不胜悲"的主要原因。由于朝政混乱、将相非人,必然招致严重外患。这就导引下联。

颈联,叹外患频仍:北寇回纥,金鼓大震;西戎吐蕃,铁骑长驱。此乃当时实况。陈廷敬之《律笺》云:"广德元年,吐蕃入寇,陷长安。二年,仆固怀恩引回纥、吐蕃入寇。又吐蕃寇醴泉、奉天,党项羌寇同州,浑(吐谷浑)、奴剌寇周至。是时西北多事,故金鼓震而羽书驰。或谓吐蕃入长安时,征天下莫至,故曰'羽书迟',非也。"此注既扼要叙述当时事,又正他本'羽书迟'之非,复杂的外寇入侵的史实,全纳入于一联之中,且与上联构成因果关系,既完善了艺术结撰,又加深了心灵深处"不胜悲"的程度。

末联,由想象回到现实,又由现实驰骋想象。"鱼龙寂寞秋江冷",从金鼓车马喧震的战地,突然收到鱼龙寂寞的秋江,掉转神速,笔力万钧。杜公此时境况之寂寞,已造其极,然犹不甘寂寞。此句注家多引《水经注》"鱼龙以秋日为夜"作解,恐系失考。"鱼龙"是偏义复词,龙冷秋江,是用《周易》"潜龙勿用"的典故。《易·乾·文言》:"初九,曰:'乾龙勿用。'何谓也?子曰:'龙德而隐者也。'不易乎世,不成乎名,遁世无闷,不见是而无闷,乐而行之,忧则违之,确乎其不可拔,潜龙也。"诗盖自以为虽不见用于世,而德操之坚贞,实如潜龙,此自负亦所以自慰。"故国平居有所思",难酬爱国之志,故有故国之思。加上"平居"二字,尤见亲切,此与"历历开元事,分明在眼前"(《历历》)同一思路。这里的"故国思"与首章"故园心"相映照,则知"故园心"已融入"故国思"。杜公之爱国形象及其思想光辉,千年如在目前。此章末句,结束本章以起下四章。

第五首,追思长安全盛,有感于今日衰微。

首联,承上"故国平居",想到长安全盛之日。上章是峡中传闻,此则平居亲见。长安宫阙甚多,独言蓬莱,以己曾于此献《三大礼赋》,得明皇激赏,故用以起兴。"蓬莱宫阙对南山",点明位置与地势,以巍峨的南山与之相对映,则不用多费笔墨,而宫阙之宏伟壮丽图景,立即呈现出来。如此宫阙,自是千门万户,金碧辉煌,若于此中取景,自是美不胜收,而何杜公偏只写"承露金茎"?"承露金茎",汉武所建。因汉武好神仙,造通天台,以金盘承云表之露,和玉屑服之,以求长生。这里以"蓬莱"、"南山"对起,以"承露金茎"直通霄汉,取景设色,皆与神仙有关。此盖影射当日之太平天子不仅极意于峻宇雕墙，穷侈极丽，而且留心神仙，酷如汉武。

颔联，写具体的神仙事。"西望瑶池降王母"，指杨妃入宫。《乐史·杨贵妃外传》："开元二十八年十月，玄宗幸温泉宫，使高力士取杨氏女于寿邸，度为道士，号太真，住内太真宫。天宝四载七月，于凤凰园册太真宫女道士杨氏为贵妃。进见之日，奏霓裳羽衣曲。"唐人诗多以王母比贵妃，杜公诗云"惜哉瑶池饮"（《同诸公登慈恩寺塔》），又云"落日留王母"（《宿昔》）。此殆讳言明皇夺寿王妃以为己妃，而以王母自瑶池而降拟之，则恰如汉武七月七日居承华殿的故事。"东来紫气满函关"，指明皇求灵符事。《旧唐书》："天宝元年，陈王府参军田同秀上言：'玄元皇帝降见于丹凤门之通衢，告赐灵符在尹喜之故宅。'上遣使就函谷故关尹喜台西发得之。"是时，明皇既得国色，又得灵符，安享太平，纵情逸乐。"王母"、"函关"，正记天宝承平盛事，而荒淫失政，自见于言外。此联在对仗上有一特点："瑶池"与"函关"本为巧对，因声律不谐，故句中参用变通之法。此亦诗律活用之范例。

颈联，记朝仪之盛。本来移开雉尾望见了皇帝，是朝仪中的例行常事。不过写此种事，颇不易见工。而在杜公笔下，自觉朝仪严整，词采缤纷。其所以能达到如此艺术效果，其因有二：一是杜公以布衣朝见，深荷主恩，没齿难忘，所谓"往时文采动人主"（《莫相疑行》）。有此欣慰的回忆，故有此佳句。二是遣词得力，用"云"、"日"烘托，增强其形象性；又用"移"、"开"、"绕"、"识"四动词旋转其间，促进其灵动性；另用"雉尾"、"龙鳞"假对，显现其真实性。

末联，才收到目前沧江卧病，迅速又回忆"青琐朝班"。笔势飞动，思绪奔腾，形成特定环境中的艺术特色。"一卧"指卧病西阁；"沧江"，即"巫峡"；"岁晚"，是秋老兼人老。"惊"字传神：杜公献赋时，年四十；任左拾遗，年四十六；此时已五十有五，故于"岁晚"，特别惊心。"几回青琐点朝班"，言立朝之短暂，且坐此移官，曷胜悲感！

此诗前六句是明皇时事;"一卧沧江"是代宗时事;"青琐朝班",肃宗时事。三朝时事,纳入一诗之内,或详或略,或先或后,运用自如,不觉叙事,但觉抒情,这是以自身历三朝之遭遇贯串其间,故能真切感人。

此诗后六句,俱用一虚字二实字于句尾,如"降王母"、"满函关"、"开宫扇"、"识圣颜"、"惊岁晚"、"点朝班",句法相似,仇注谓为"未免犯上尾迭足之病",未知文章行气之理。此诗时贯三朝,地隔万里,连用排偶,虚实相生,才能以排山倒海之势,舒卷九曲愁肠之气。且沈约八病之说,杜公明知故犯,必有其独特之价值在。特提出以明诗之变化视主旨而定,不宜拘泥一家之言。

第六首,思长安曲江,感今昔之荣悴。

首联承上章又想到长安。上章对结,同时悬挂京、夔两线,此章首句即将此两线紧接起来,并连成一片。瞿塘险地,是杜公立足处;曲江胜境,是杜公曾游处。两地悬隔万里,本难相及。而素秋季节,风烟遥接,同一萧森。一个"接"字,贯通了万里江山,连系了今昔思绪,何等笔力!而此"接"字,又是从"望京华"的"望"字中生出情丝。

颔联,感于今日之衰,因思昔日之盛:"花萼夹城",时通御气,敦睦天伦,勤心国政,海宇清和,繁荣盛世。未几何时,"芙蓉小苑",顿入边愁。"花萼夹城"、"芙蓉小苑",皆客观景物,本无多大变化;其明显变化在"通御气"、"入边愁"上面,而此又皆集于明皇一人之身。当其通御气之时,"霓旌下南苑,万物生颜色";及渔阳鼙鼓声传,花萼楼头愁绝。可见"入边愁"与"通御气",是有必然的联系。治乱顿异,哀乐乍殊,集中表现于此二句之中:正写得兴高采烈,忽以"入边愁"三字一跌,直如晴天霹雳,黑云压城。

颈联,承上联又转回盛时。"珠帘绣柱围黄鹄",写江上离宫之盛。"锦缆牙樯起白鸥",写江间画舫之多。这两句妙在以描写枝叶突出主干:珠帘绣柱若围,黄鹄之飞难出,宫殿之密可知;锦缆牙樯如织，白鸥惊起他逃，画舫之多可见。此联写得如此壮丽瑰富，正是反照衰落凄凉，并引出下联。

末联，叹满眼繁华，瞬即幻灭。"回首可怜歌舞地"，言曲江昔为歌舞之地，今一回首而失之，岂不可怜！"秦中自古帝王州"，言长安自古为帝国之都，历周、秦、西汉而至于唐，王气犹存，倘能励精图治，当可恢复旧观。此中表示深哀，又寄以厚望。

第七首，思昆明池，叹当日之胜景难睹。

首联，怀汉武之雄略。"昆明池水汉时功"，本是汉武帝凿池习水战以伐昆明，佳兵不祥，今乃颂之为"汉时功"，盖在此特定时期，非有此武功不足以御敌。"武帝旌旗在眼中"，言汉武昆明遗迹俱在，当日旌旗之盛，亦似在眼中，言外之意：明皇当日武功，不减汉武，而今弃国而逃，不能自保，逊汉武远甚。但从此诗之整体来看，则借汉言唐，乃称颂当日之强盛气象，下四句，皆铺叙盛况。

颔联，言池景之壮丽。"织女机丝虚夜月"，写织女理机丝于夜月虚光之中，这就赋予石雕的织女以感情，且有动作，栩栩如生，点化之妙，存于若隐若现之间。"石鲸鳞甲动秋风"，玉石刻成之鲸鱼，抹上一层神话色彩，则在秋风中吼动。"动秋风"，加强其吼动力量，与上句"虚夜月"动静相对，既虚灵，又生动。金圣叹谓"'织女机丝'，喻言防微杜渐之思不可不密。'石鲸鳞甲'，喻言强梁好逞之徒蠢蠢欲动。"未免穿凿。

颈联，言物产之丰饶。"波漂菰米"，是微波漂菰米而使之上浮；"露冷莲房"，是寒露损莲房而使之下落。"沉云黑"，虚拟菰米如云而沉黑；"坠粉红"，实写莲房谢粉而坠红。上下沉浮，虚实红黑，壮丽雄阔，充塞乾坤，泯然契龠，无间可伺。仅一池中景，写得如此阔大，是为了引动下文的关塞江湖。杨慎谓"织女机丝"四句是表现"荒烟野草之悲，兵戈离乱之状"，如已荒残，奚用追念？杨说颇悖诗意，亦违章法。王嗣奭云："织女鲸鱼，铺张伟丽，壮千载之观；菰米莲房，物产丰饶，溥生民之利。"此说极符当时实况，亦合追思之逻辑。

末联,昆明思罢,又回到峡中。"关塞极天惟鸟道",这与李白《蜀道难》中"黄鹄之飞尚不得过,猿猱欲度愁攀援"同一高危。风烟万里,特感素秋。身处此境,追思昔游,益觉难堪。"江湖满地一渔翁",自己漂泊生活的写照,与首章信宿泛泛之渔人相映,以见身阻鸟道,迹比渔翁,还京无期,盛况难睹。陈廷敬注:"关塞,即塞上风云。江,即江间波浪。带言湖者,地势接近,将赴荆南也。公诗'天入沧浪一钓舟'(《将赴荆南寄别李剑州》),'独把钓竿终远去'(《奉寄别马巴州》),皆以渔翁自比。"杜公此时生活,漂泊之状,颇似渔翁,实则饥寒交迫,诚渔翁之不若。此联穷极笔力,大起大跌,忽而关塞极天,忽而江湖满地。而这种笔势,乃起伏于风烟万里的秋空。在此寥廓天地中,惟关塞之鸟道,江湖一渔翁,孤独形象,凄然欲绝。昔人论唐代七律,推杜公"昆明池水"为冠,而此诗之结尾尤见工力。此以对仗作结,而起伏之幅度又如此之大,且使人全然不觉,化入神境。陈后山七律之结联,多学此法,开江西诗派之风气。

第八首,思长安渼陂,溯旧游而叹衰老。

首联,写游渼陂途中景象。"昆吾御宿",游渼陂必经之地。昆吾亭、御宿川,皆上林苑胜迹,且御宿为汉武曾宿之处,以此引起,既自然,又庄重。"自逶迤",泛写其形势,亦有过而不留之意。"紫阁峰阴",是入渼陂之前,先见光采夺目的紫阁峰,再见峰阴倒影轻漾于渼陂之中,这就美化了渼陂之境。《渼陂行》中"半陂以南纯浸山,动影裊窕冲融间",与此同一境界。

颔联,借此地特有景物以寄兴。金圣叹云:"畜鹦鹉,必以红豆饲之,先生自喻不苟食也。……凤栖梧树,终身不去,先生自喻不苟栖也。"此不以单纯写景解,能深入诗人的内心世界。此联句法甚奇。有谓此为倒装法,本是"红豆则鹦鹉啄余之粒,碧梧乃凤凰栖老之枝",如此解释,则真有鹦鹉、凤凰,未免板滞。盖举鹦鹉、凤凰以形容红豆碧梧之美，且以自喻，并非实事。《杜臆》谓"此二句所重不在鹦鹉、凤凰，非故颠倒其语，文势自应如此"。此从文势解析句法，自是精当。解诗忌太活，尤忌泥于常格以解变格之诗。

颈联，忆寻春之兴。"佳人拾翠春相问"，即《城西陂泛舟》所谓"青蛾皓齿在楼船，横笛短箫悲远天"；"仙侣同舟晚更移"，即《渼陂行》所谓"船舷暝戛云际寺，水面月出蓝田关"。"春相问"之"春"，"晚更移"之"晚"，乃反击"秋"字。"相问"、"更移"，乃暗提"兴"字。此以昔日之春兴，反引今日之秋兴。

末联，以盛衰两极作结，自然形成对仗。"彩笔昔曾干气象"，追叙平生最兴奋的时刻。张𨶹注："气象，指山水之气象。干者，言彩笔所作，气凌山水也，即指《渼陂行》及《城西陂泛舟》等篇言。"此注不确，杜公山水佳篇甚多，何止此二篇？且此事亦不足以引起晚年郑重之回忆。钱笺："公诗云：'气冲星象表，词感帝王尊。'所谓'彩笔昔曾干气象'也。"杜公当时想法，应是如此。也只有以此最感兴奋的回忆，才能统束昔日之盛，反跌出今日之衰。"白头吟望苦低垂"，陈廷敬注："此'望'字与望京华相应，既望而又低垂，并不能望矣。笔干气象，昔何其壮；头白低垂，今何其惫。诗至此，声泪俱尽，故遂终焉。"此注较为完满，且能总束八诗之意。"吟望"，毛奇龄改为"今望"以对"昔曾"，拘于对仗太过，影响诗意。"吟望"，是且吟且望，望而不能再望，惟有吟诗以遣兴，此《秋兴》之所由作。

杜公一生，是悲剧性的，他自比稷契，致君尧舜，执着追求，至死不渝。他虽仰慕巢由，也曾羡慕功成、名遂、身退的范蠡，"吾观鸱夷子，才格出寻常"（《壮游》），进而"欲学鸱夷子"（《奉酬薛十二丈见赠》），但终不能易其节。长期在冰炭煎熬中毁灭了自身。

《秋兴八首》，在杜集七律连章诗中是最多的一组，在立意、谋篇、遣词、造句以及声律之运用上，均达到最高境地。王嗣奭云："秋兴八首，以第一首起兴，而后七首俱发中怀，或承上，或起下，或互相发，或遥相应，总是一篇文字，拆去一章不得，单选一章不得。"

此虽就章法而言,但却重视了严密的整体性,这正是连章诗难能可贵之处。

《秋兴》在艺术成就上,确为杜公"思飘云物外,律中鬼神惊"(《敬赠郑谏议十韵》)之代表作。胡应麟评云"气象雄盖宇宙,法律细入毫芒,"正是此诗之特色。而王世贞却谓此诗"藻绣太过,肌肤太肥,造语牵率而情不接,结响奏合而意未调"。王氏不深于诗,而评诗又持崇汉魏而薄唐宋之偏见,其论固无足取,亦不须驳,提出以作好为怪论者戒。

七十二、承闻河北诸道节度入朝欢喜口号绝句十二首

其一

禄山作逆降天诛,更有思明亦已无。
汹汹人寰犹不定,时时战斗欲何须。

其二

社稷苍生计必安,蛮夷杂种错相干。
周宣汉武今王是,孝子忠臣后代看。

其三

喧喧道路好童谣,河北将军尽入朝。
自是乾坤王室正,却教江汉客魂销。

其四

不道诸公无表来,茫茫庶事遣人猜。

拥兵相学干戈锐,使者徒劳万里回。

其五

鸣玉锵金尽正臣,修文偃武不无人。
兴王会静妖氛气,圣寿宜过一万春。

其六

英雄见事若通神,圣哲为心小一身。
燕赵休矜出佳丽,宫闱不拟选才人。

其七

抱病江天白首郎,空山楼阁暮春光。
衣冠是日朝天子,草奏何时入帝乡。

其八

澶漫山东一百州,削成如案抱青丘。
苞茅重入归关内,王祭还供尽海头。

其九

东逾辽水北滹沱,星象风云喜共和。
紫气关临天地阔,黄金台贮俊贤多。

其十

渔阳突骑邯郸儿,酒酣并辔金鞭垂。
意气即归双阙舞,雄豪复遣五陵知。

其十一

李相将军拥蓟门,白头惟有赤心存。

竟能尽说诸侯入,知有从来天子尊。

其十二

十二年来多战场,天威已息阵堂堂。
神灵汉代中兴主,功业汾阳异姓王。

和诗:

其一

安史元凶已降诛,连根枝蔓尽锄无?
汹汹小丑觊觎惯,利欲熏心梦寐须。

其二

运筹国是万民安,彩笔何须气象干?
汉武周宣何处觅,忠臣孝子莫容看。

其三

安危祸福信童谣,割据何期诈入朝。
应是朝纲扶不正,竟教忠荩旅魂销。

其四

心不能来表纵来,此中底蕴莫须猜。
拥兵自重开天后,使者纷纷空自回。

其五

政乱谁分邪正臣?君昏无复治平人。
国将不国犹称寿,尸位希过一万春。

其六

读书万卷笔通神,难讽君王小此身。
佳丽后宫人济济,犹期燕赵贡才人。

其七

冯唐白首纵为郎,犹胜荒江泣暮光。
冠冕沐猴朝帝阙,大椁何处是家乡?

其八

统一华夷列九州,是谁割削作青丘。
苞茅入贡寻常事,德泽何当及海头。

其九

太平粉饰泪滂沱,贞观开元万类和。
矜伪竞蒙庸懦主,黄金台贮斗筲多。

其十

范阳当日好燕儿,鼙鼓声喧圣泪垂。
叛卒归来舞双阙,奸心惟有史臣知。

其十一

失纲朝政出多门,怀抱赤心只自存。
光弼功勋谁可掩,朝恩竟比帝王尊。

其十二

一纪长安作战场,庙堂焚毁共明堂。
伤心谁是中兴主,差幸汾阳异姓王。

朱注：按《史》：大历二年正月，淮南节度使李忠臣入朝。三月汴宋节度使田神功来朝。八月，凤翔等道节度使李抱玉入朝。河北入朝事，史无明文，疑公在夔州，特传闻而未实耳。

钱笺："河北诸将，归顺之后，朝廷多故，招聚安史余党各拥劲卒数万，治兵完城，自置文武将吏，不供贡赋，结子婚姻，互相表里。朝廷专事姑息，不能复制。虽名藩臣，羁縻而已。故闻其入朝，喜而作诗。首举禄山以示戒，耸动之以周宣、汉武，劝勉之以为孝子忠臣。而末二章，则选临淮、汾阳以为表仪，其立意深远如此。题曰欢喜，曰口号，实恫乎有余悲矣。"

又笺（第六首）："此诗称颂圣哲，实则讽谕代宗，当却诸道之进奉也。"

又笺（末二首）："中兴战功，首推郭、李，并受朝恩、元振谮构。郭居中自保，李以在边受疑，亦有幸不幸耳。此诗以李、郭并诵，良有深意。史臣目论，多所轩轾，不亦陋乎。"

此笺特点：一、直指藩镇跋扈，为朝廷专事姑息之结果；二、直讽代宗纳贿（大历元年十月，上生日，诸道节度使献金帛器用珍玩骏马为寿，共直缗钱二十四万），而期之以周宣、汉武；三、直书李、郭中兴战功，且以诸将入朝，归功于李，明示李、郭不宜轩轾，以正史臣之陋。钱氏以直笔称杜公，道着了杜公心事。《八哀诗·故司徒李公光弼》中云："直笔在史臣，将来洗箱篋。"正是为纯臣表心。上述诸端，后之注家虽多沿袭，然于藩镇跋扈，则不肯归责于朝廷；而讽谕代宗，在无法回护时，则婉转其词。仇注："此因其朝献而规讽君心也。"浦注："此以讽君者晓诸道也。"钱氏考当时之事，度诗人之心，而直言不讳，所以可贵。

第一首，喜河北寇平，并向入朝诸镇提出告诫。

首二句，言安史元恶并除。二句在程度上略有差别：安禄山是作逆之首，史思明是助逆之魁。禄山既毙，思明亦继之而亡。"降天诛"，颇寓微意。"天诛"有两义：一是上天对有罪者的惩罚；一是称帝王的征伐。禄山死于其子,显然非朝廷征伐,而似乎是上天惩罚的结果。也就是"多行不义必自毙"。这里暗寓侥幸取胜之意。写到思明,先之以"更有",继之以"亦已无",亦有两层意思:一是安、史皆是"天诛",而非朝廷征伐;一是禄山更有与思明之狼狈,且不免同归于尽,有逆心者,能无见此前车之覆!此盖针对藩臣拥兵自固且互相表里而发。

后二句,结合时事,以戒诸镇。"汹汹人寰",是安史之乱所造成的社会状况。安史既亡,而"犹不定",不须深究,诸镇难逃其责。末句告诫之词甚严。"时时战斗",指诸镇拥兵割据互相倾轧的事实;"欲何须",提出质问:禄山作逆,实力雄厚,长驱河洛,两京在握,僭国号为燕,自称雄武皇帝,固一代之大逆,不旋踵而自亡;思明虽继之僭称燕帝,亦瞬即消逝。诸镇能不引以为戒,忠于职守,共图匡济?

第二首,喜边境初静,劝勉君臣戮力同心。

首二句,献治安之策。先提出"社稷苍生",以示为国者,必以此为根本,也就是孟子"民为贵,社稷次之,君为轻"的思想。"计必安",言必须制定长治久安的大计。人寰汹汹,固是不安;前此之开边,后此之姑息,皆置社稷苍生于不安之境。"蛮夷杂种",指安、史之流;"错相干",指彼等之错相干犯,我社稷苍生终归安堵。此乃恨敌之深,爱国之切。这里仍须注意一个问题:杜公爱国情深,对侵犯祖国之外族,恨之入骨,然亦非一味排外,而是有明确标准。如对突厥哥舒部人哥舒翰,当其为国建立殊勋时,则极力颂扬;当其潼关失守投降后,则无情鞭挞。对汉人即使是自己的好友,也是如此。他对房琯陈陶之败,曾为其抗疏辨解,但对其"四万义军同日死",也是不予宽宥的。

后二句,讽君勉臣。"周宣汉武今王是"有三个层次:一是颂扬今王是周宣、汉武,以资耸动;二是今王尚不是周宣、汉武;三是热切希望今王即将成为周宣、汉武,以成中兴大业。"孝子忠臣",勉励诸镇；"后代看"三字尖锐而深刻：言今日之所作所为，必须经历史验证，留待后代品评，始能得出正确的结论。意思是劝其多为社稷苍生着想，多为子孙后代着想，自可建功立业，彪炳史册。

第三首，闻诸镇入朝而喜，因自伤流落。

首二句，言河北入朝，得之于道路童谣。河北将军入朝，童谣喧于道路，反映人民爱国之情。这里"好"字与"尽"字透出深意：河北将军由不入朝而至于"尽入朝"，这当是好消息，而群童竟为此而喧歌于道路，所以称之为"好童谣"。

后二句，推开一层，感慨于入朝事。"自是乾坤王室正"，有三层意思：昔日之王室不正，故诸镇不朝；今日已是"王室正"，故诸镇入朝；他日之事如何，惟有验之于他日。"正"与"政"通，《荀子·非相》："起于上，所以道于下，正令是也。"这是藉入朝事，讽劝朝廷修明政治。"却教江汉客魂销"，因入朝事引起自伤流落不能还朝之感。这两句以"自是"与"却教"为纽带，转出微意：修明政治，首在任贤，而贤者多被排斥，己亦因之而流落遐荒，因忆曾列朝班之日，益伤还朝无期。这就不能不对"王室正"引起深忧。

第四首，因入朝而惜其往日不朝。

首二句，据其迹而疑其心，且以宽容态度不咎其既往，而励其将来。"诸公无表来"，本有二心，不肯直言，用"不道"二字予以缓和，且归之于"茫茫庶事"。此非隐恶，欲以劝善。"遣人猜"三字，又严肃起来，警其过去，以正其心而诚其意。

后二句，责其以往拥兵割据，抗命朝廷。"拥兵相学干戈锐"，写尽了藩镇强梁跋扈之势；"使者徒劳万里回"，写透了朝廷姑息软弱之态。诗人之意，盖欲劝勉诸镇，既已觉悟而入朝，当思昔日抗命而愧疚，以痛改前非；同时也讽谕朝廷应乘此复兴之机，整顿朝纲，完成并巩固中兴大业。

第五首，喜其入朝，勉其共扶国运。

首二句，劝其归正而修文偃武。"鸣玉锵金"，写诸镇入朝时的庄严服饰;"尽正臣",言其归顺后,应尽为端其操行之正臣。"正臣"二字,用意甚深:昔日为逆,今日为正,不言其逆,而以正针砭其逆使之永归于正。"修文偃武",指出大乱既定后所应致力之方向;"不无人",言修文者尚少,恃武者犹多。勉之,亦怀深疑:虎兕出柙,野性难驯。

后二句,勉君臣戮力,兴邦安民。"兴王"有两层意思:一是颂代宗为兴王(《孟子》:"五百年必有王者兴。"),一是勉诸镇共兴王室。君臣一体,则"会静妖氛气"是必然之事。果能如此,则"圣寿宜过一万春"。"宜过"二字,极具深心:诸镇入朝,当为天兴圣节(代宗生日)而来,若能借祝嘏之机共襄国事,则国祚之延绵,岂可限量!

第六首,讽代宗借生日之机,大事纳贿。

首二句,赞常衮以讽代宗。"英雄见事若通神",指常衮之诤言,衮之言曰:"节度使非能男耕女织,必取之于人。敛怨求媚,不可长也。请却之!"这就明示了进奉财物之来源及其动机。如此忠谏,竟遭拒绝,故下句以"圣哲为心小一身"讽之。"圣哲为心",预防逸欲;"小一身",言不侈天下以自奉。而代宗竟纳敛怨之财,受求媚之物,国难方平,便生逸豫,诸镇入朝而受其贿,何以立威信而怀远人?

后二句,劝止诸镇勿献佳丽。"燕赵"双关:《古诗》"燕赵多佳人";诸镇之献佳丽者,多来自燕赵,故以"燕赵"代指出处与献者。"休矜出佳丽",亦即"王好竽而子鼓瑟,瑟虽工,如王不好何"之意,从旁面、侧面敲击,期收正面之效。文法上跌宕出下句"宫闱不拟选才人",代主人作答。诗人爱国心切,惟恐诸镇继献贿之后,又以佳丽陷主上于不义,而主上又易堕好货好色之深渊而不能自拔。此二句警臣讽君,实望君为尧舜,臣尽伊周。

第七首,遥闻入朝,叹难亲见。

首二句,写自身近况。"江天"与"空山楼阁",是久滞峡中居处的环境;"白首郎",自比冯唐之白首为郎,加之"抱病",则更不如冯唐。"暮春光",指时令,也有美人迟暮之感。

后二句,遥想"旌旗日暖龙蛇动,宫殿风微燕雀高"(《早朝大明宫》)的景象,亟欲呈递"草奏",以襄盛举,藉补衮阙。"衣冠是日朝天子",是入朝时的表面繁荣,而其内部却潜伏着危机:财贿之取媚,佳丽之逢恶,而肯进直言者,惟常衮一人而已。"草奏何时入帝乡",则遥遥无期。这就呈现出:抱病的白首郎,孤依楼阁,怅望江天,草奏难投,心飞京阙,忧国忧民的形象。

第八首,喜诸镇入朝,乱平贡至。

首二句,喜河北失地复归版图。"澶漫山东一百州",指广远的山东诸州,即曾经沦陷的河北一带地区。"削成如案",指华山的形势,也隐喻削平祸乱,四方安定。"抱青丘"言唐建都于此,青丘入吾怀抱(青丘,该山东而言)。诗人对于收复失地,特感欣庆:《洗兵马》中"中兴诸将收山东,捷书夜报清昼同",《闻官军收河南河北》中"剑外忽传收蓟北,初闻涕泪满衣裳"等。此时闻之而喜,自是必然。惟于昔日之逆臣,初来归顺,不无疑虑。仇注:"代宗误听仆固怀恩之说,留田承嗣等于河北,遂成藩镇跋扈之患。自此以后,幽蓟十六州,不入版图,凡六百年。公之思深虑远,亦正在此也。"此对杜公喜中含悲之心事,说得透彻。

后二句,喜贡品重来。"苞茅重入归关内",苞茅是正供,与进奉财贿、佳丽者不同。"重入",反照昔之不入;而今之"重入"已"归关内",这是"乾坤王室正"的具体表现。"王祭还供尽海头",是切望四方边境皆按常制入贡。也就是诗人所谓"炎风朔雪天王地"。

第九首,言国大才多正可共成复兴大业。

首二句,推开局面,纳入一体之中。"东逾辽水北滹沱",言东北疆域之广远。昔日之"支离东北风尘际",今已"星象风云喜共和"。"共和"言东北与关中共同呈现和平气象。仇注"共和,言一统大顺",更深刻一层。这就有针砭割据分裂之意。

后二句,切望主上圣明,贤良翊赞。"紫气关临",是用《关尹内传》的典故:关令尹喜登楼望见紫气东来,知有圣人过关。此乃称颂并期待今王为圣人。"天地阔",承"东逾辽水北滹沱",言圣人在位,必然海宇清宁。"黄金台贮俊贤多",以燕昭王故事,讽劝代宗锐意求贤。言外之意:燕王置金台以求贤,今王纳贿宫中以自奉,相形见绌,故正面称颂以促悔悟。另外,以金台求贤号召天下贤俊共翊圣朝,以成"星象风云喜共和"的统一大业。

第十首,言主将归心,则士卒效力。

首二句,写叛卒归顺后的狂喜神态。"渔阳突骑",邯郸健儿,昔为贼党,今为国用,故有"酒酣并辔金鞭垂"之荣宠。

后二句,写其雄豪意气。归顺朝廷,载歌载舞,雄豪意气,直埒五陵。此与"孝子忠臣后代看"遥相照应,亦所以开导诸道之叛卒,既已脱免恶名,自应励其晚节。

第十一首,以河北入朝,归功李光弼。

首二句,言光弼之军威及其报国赤心。"李相将军"指其身兼将相;"拥蓟门",光弼在玄、肃朝,尝加范阳节度使,又尝兼幽州大都督府长史,虽遥领其地,但威震蓟门。这就有了"说诸侯"的条件。"白头惟有赤心存",言光弼报国之忠,老而弥坚。光弼功高遭忌,畏谮不敢入朝,故有二心之疑。诗人以直笔书其"白头赤心",以正是非。

后二句,记其降叛之功。河北诸镇,自禄山叛后,各怀异心,说其入朝,颇非易事。"竟能尽说诸侯入",足见其威德服人之大;"知有从来天子尊"。足见其赤心感人之深。此诗是杜公得意之作,是诗史价值所在。惜素为注家所忽视,甚至有人怀疑"李相将军"非指光弼。钱谦益以注杜之史笔,明杜公以史笔作诗之用心,故此等笺亦为其得意之笺(钱氏自谓此等笺为"凿开鸿蒙,手洗日月")。

第十二首,以中兴功业,推崇郭子仪。

首二句,言勘乱致治。"十二年来多战场",言战乱之久,战场之多;"天威已息阵堂堂",言叛乱及入侵之强敌,均已平息。从这两句可以看出在十二年长期卫国战争中,人民作出了巨大的牺牲才获得如此战果。诗人何以归之于"天威",这是使人于"天威"之外见到人民的力量。事实上,禄山长驱,玄宗奔蜀;吐蕃进犯,代宗奔陕,如此天威,何以息强敌堂堂之阵!

后二句,言君臣相得,始能成中兴之功,连同上首并提李、郭,以为诸镇之仪表。仇注:"自天宝十四载,至大历二年,首尾十二年,其间讨安、史父子,却回纥、吐蕃,平仆固怀恩,斩周智光(华州节度使)等,皆子仪百战而后息兵。独以异姓王配中兴主,见其君臣一德,始终无间也。"子仪一生功业,略见于此,同时也可见"异姓王"对"中兴主"之作用。这里有一耐人深思的问题:劳苦功高的"异姓王",恐非黄金台所贮之俊贤;其所贮之"俊贤",无非鱼朝恩、李辅国、程元振之流,而这些"俊贤"却处心积虑陷害俊贤,连郭子仪亦几难幸免。这就提醒"中兴主"要从"异姓王"身上寻求任人惟贤之道。

这是十二首的连章绝句,以诸镇入朝为经,以十二年战乱历程为纬,阐明今昔顺逆荣辱之道,举元恶以立戒,举元勋以示范,并以周宣、汉武勉今王,以孝子忠臣勉叛将,立意深远,章法严密。这虽然在形式上是七言绝句的组合,实质上是一篇辉煌的政论文。以绝句阐述政论,亦自杜公始。明七子学杜者,专以此等诗为法,模拟其槎牙突兀,粗皮老干,但求形似,而忽视其情韵之敦厚隽永,来龙结脉之超迈深沉。

此组诗尚有一明显的特点,即十二诗之结句,除第四、第五两首外,十首皆为对结,此固杜公绝句之特色,亦排比论述之需要。

七十三、登高

风急天高猿啸哀,渚清沙白鸟飞回。
无边落木萧萧下,不尽长江滚滚来。
万里悲秋常作客,百年多病独登台。
艰难苦恨繁霜鬓,潦倒新停浊酒杯。

和诗:

举世昏昏剧可哀,乾坤一览意迟回。
兴衰治乱殊今昔,云影江声自去来。
摇落无边悲杀气,依稀何日上春台。
百年志略惟多病,止酒难堪九日杯。

此诗原系《九日五首》之一,吴若本缺一首,赵次公以《登高》一首补之。《登高》旧编成都诗内,朱注因有"猿啸"句,改入夔州。

杜公此时生计艰窘,健康日益恶化:风疾、肺病、疟疾、糖尿、耳聋等疾病缠身,心情苦闷。《登高》,就是这种贫病交加的心境在艰难时代的反映。

首联,"风急"、"天高",是急风震撼高天发出怒号的声音;"猿啸哀",点明巫峡,以高猿长啸助秋声之哀。"渚清沙白",是深秋凄清之色;"鸟飞回",是以飞鸟之影映入寒渚,增强凄清的气氛。而"回"与"哀"使猿鸟于一山一水之间起感应作用,似乎鸟之回旋飞翔,是为了猿之长啸哀鸣。这就以物性暗逗人情。

颔联,集中写秋声,并表明环境特征。"无边落木萧萧下",遥承"风急",写出"玉露凋伤枫树林"三峡深秋的景象。有谓"落"、

"下"二字犯重，主张改以"木叶"对"江流"，吹求过度。"落木"之"落"，是形容词而非动词，与动词"下"在句中各有其作用。又有谓"落"、"下"二字，表现落木之多与飘零声势之大，其实这种境界的表现，主要在于"无边"与"萧萧"加强"下"的力量。同时这种声势，更由"风急"所促成。"不尽长江滚滚来"，是从峡中实景引起回忆：诗人因严武谢世，失所凭依，不得已于永泰元年(765)率家人离开成都草堂，乘舟经渝(州)忠(州)而抵夔，是顺江东下的；现在是溯流西望，故云"滚滚来"。目前对萧萧木叶，滚滚江声，自是难禁今昔之思。这也就是"锦江春色逐人来，巫峡秋声万壑哀"荣枯的景象，又一次在脑海中显现。上联多用实字写景，此联多用虚字摹神。

此两联虽未点明登高，而实皆登高见闻之景，暗寓悲秋之情，引发下文。

颈联，登高有感，并明点登高。此联，罗大经解得较细致："万里，地遥远也。秋，时惨凄也。作客，羁旅也。常作客，久旅也。百年，暮齿也。多病，衰疾也。台，高迥处也。独登台，无亲朋也。十四字之间，含有八意，而对偶又极精确。"二句含八意，固妙；而其真正之妙，乃在于诗人主观上未尝作此安排，而客观上却能收此效果。读者初亦不知其含有八意，但觉精诚动人。

末联，感时叹病。"艰难"指时局，当然也包含自己的生计在内；"繁霜鬓"指衰老。在此艰难时局，又值艰难的暮年，纵欲匡时，力有不逮，故用"苦恨"二字以表此种矛盾痛苦的心情。"潦倒"，蹉跎失意；"浊酒杯"，本可藉以消愁，乃病肺而"新停"，有愁难消，更为愁绝。有谓此诗结句似嫌微弱，殊不知诗之前六句极飞扬震动之势，以软冷的语气收结，正合张弛之宜，且无限悲凉之意溢于言外。若结处再作峭拔，恐失之粗豪。此诗八句皆对，黄生谓"结调略须放松"，颇谙此理。

此诗为杜公七律之创格，胡应麟云："一章五十六字，如海底珊瑚,瘦劲难名,沉深莫测,而精光万丈,力量万钧。通章章法、句法、字法,前无昔人,后无来学。微有说者,是杜诗,非唐诗耳。然此自当为古今七言律第一,不必为唐人七言律第一也。"胡氏之誉,恰如其分。其"是杜诗,非唐诗"之论,尤具卓识,道出了杜公的创造性。

　　此诗有谓每句皆可剪去二字,殊非知诗者之论。五、七言律各有格局:五言律既不可随意每句加二字变为七言律;七言律亦不可轻易每句剪二字变为五言律。王维"漠漠水田飞白鹭,阴阴夏木啭黄鹂",李嘉祐剪为五言,即大逊色。此中有一流传的谬误,顺便加以纠正。李肇《国史补》及葛立方《韵语阳秋》皆谓李嘉祐诗"水田飞白鹭,夏木啭黄鹂",王维取之,衍为"漠漠水田飞白鹭,阴阴夏木啭黄鹂",遂为七言名句。按嘉祐生卒年虽不详,然可考者:天宝七载(748)举进士,肃宗时,出为鄱阳令。上元二年(761)升任台州刺史等;而王维(701—761,一作699—759)开元九年(721)举进士,上元二年(761)卒,一说乾元二年(759)卒。于此可见嘉祐举进士迟王维二十七年,而王维卒年正是嘉祐仕途得意时。从二人年齿差距看,嘉祐剪维诗是合理的,维取嘉祐诗则不可能。足见李肇与葛立方之说皆误。此虽细事,正之为宜。

七十四、又呈吴郎

　　堂前扑枣任西邻,无食无儿一妇人。
　　不为困穷宁有此,只缘恐惧转须亲。
　　即防远客虽多事,便插疏篱却甚真。
　　已诉征求贫到骨,正思戎马泪盈巾。

　　和诗:

择里偏逢扑枣邻，无儿无食一孀人。
自惭乏力争相助，谁肯编篱阻所亲。
举世荒唐兴大伪，伊余冥想护天真。
何时梦见施仁政，拂拭群黎泪满巾。

大历二年秋，杜公自夔州之瀼西迁居东屯，以瀼西草堂让吴郎居住。顾注："吴必公之姻娅，故称为郎，亲之也。"

此诗从一邻妇扑枣小事，发明诛求之惨，联想战祸之烈，正是稷契心怀。

首联，写西邻妇人的境况。"堂前扑枣任西邻"，表现诗人痌瘝一体之心。"堂前"，是诗人瀼西草堂之前；"扑枣"，是西邻妇人时来堂前窃枣；"任西邻"，是诗人对此事的态度。明是窃枣，而称为"扑枣"，不仅讳其窃，而且任其扑。这里勿小视此一"任"字，诗人瀼西草堂有果园四十亩，其枣树之多，枣实之密，可以想见。而诗人此时生活亦极艰窘，正赖以为生，居然能任人扑打，这种爱人精神真是匪夷所思。诗人之所以如此，是由于扑枣者是"无食无儿一妇人"。仇注谓此句"中含四层哀矜意，通意皆包摄于此"。这就提示出此诗的核心。

颔联，谆嘱吴郎谅其心而全其体。"不为困穷宁有此"，明妇人因困穷所迫，非为行窃之心迹以示吴郎。"此"字，讳莫如深，明其心迹，谅其行迹，惟恐人之见疑，故深为之讳。"只缘恐惧转须亲"，劝吴郎与之亲近，以解除其戒惧心理，使其照常扑枣，略补饥肠。体帖入微，而归之于正大。

颈联，告诫吴郎不应插篱引其疑虑。此联三方情流交汇，错综繁复：问题以"插篱"为中心，从暗中展示出来。吴郎初来，可能发现了邻妇扑枣，故插补疏篱；邻妇见此新来远客，不似原来主人，且见其插篱，故防范之心益切；诗人见吴郎插篱，忖度邻妇必然有所戒惧，而责吴之插篱不怜困穷。围绕插篱小事，竟将旧主、远客、邻妇的内心活动,具体而深刻地表露出来,既感其存心,又见其笔力。

末联,指出"无食无儿一妇人"困穷的原因。"征求"使其"穷到骨",正是"哀哀寡妇诛求尽"(《白帝》)。处境如此,何由得食?又向谁倾诉?"已诉",是邻妇平日向诗人诉此苦况,可见诗人是她唯一的同情者。"戎马",有两层意思:一是战争造成邻妇的无儿(此处虽未明言,但《石壕吏》中"三男邺城戍……二男新战死"可证);一是战争仍未平息,所谓"直北关山金鼓震,征西车马羽书驰"。国难未已,民困难苏。"正思",正包含这两重灾难。"泪盈巾",由同情邻妇的凄惨命运,而为天下流离失所者痛哭。以一妇人之遭遇,联系天下人,这就具有普遍意义,亦即此诗之价值。

此诗虽是告诫吴郎以恤民之道,亦所以讽谕所有剥民之官吏,时吴郎为州府司法参军,故藉此以发之。

此诗直写至性至情,语淡而意厚,气韵流逸,纯是生机,唐人无此格调。胡应麟谓"此首太粗",盖单从艺术着眼,而忽略此诗之神理。

七十五、观公孙大娘弟子舞剑器行　并序

大历二年十月十九日,夔州别驾元持宅见临颍李十二娘舞剑器,壮其蔚跂。问其所师,曰:"余公孙大娘弟子也。"开元五载,余尚童稚,记于郾城,观公孙氏舞剑器浑脱,浏漓顿挫,独出冠时。自高头宜春、梨园二伎坊内人,洎外供奉舞女,晓是舞者,圣文神武皇帝初,公孙一人而已。玉貌锦衣,况余白首。今兹弟子,亦匪盛颜。既辨其由来,知波澜莫二。抚事慷慨,聊为《剑器行》。昔者吴人张旭,善草书书帖,数常于邺县见公孙大娘舞西河剑器,自此草书长进,豪荡感激,即公孙可知矣。

昔有佳人公孙氏,一舞剑器动四方。
观者如山色沮丧,天地为之久低昂。
霍如羿射九日落,矫如群帝骖龙翔。
来如雷霆收震怒,罢如江海凝清光。
绛唇珠袖两寂寞,晚有弟子传芬芳。
临颖美人在白帝,妙舞此曲神扬扬。
与余问答既有以,感时抚事增惋伤。
先帝侍女八千人,公孙剑器初第一。
五十年间似反掌,风尘澒洞昏王室。
梨园子弟散如烟,女乐余姿映寒日。
金粟堆南木已拱,瞿唐石城草萧瑟。
玳筵急管曲复终,乐极哀来月东出。
老夫不知其所往,足茧荒山转愁疾。

和诗：

公孙大娘舞剑器,绝艺光芒射四方。
六龄郾城览胜后,头白胸次犹激昂。
一弹指顷五十载,白云苍狗任飞翔。
开元盛世赫朝日,天边日落寒夜光。
艺术亦随时汩没,纵有弟子传余芳。
临颖奔波来白帝,强作妙舞神难扬。
同是天涯沦落客,无心作乐但感伤。
大唐帝国富土境,竟成国破梦难一。
老谋忠荩尽弃捐,奸佞弹冠倾王室。
梨园歌舞逐烽烟,绛唇珠袖余秋日。
圣文神武归何处？瞿唐逐客心瑟瑟。
元持宅第壮蔚跂,舞困愁城不知出。

足茧荒山年复年,应是秦人迷罔疾。

公孙大娘,唐玄宗开元年间杰出的女舞蹈家。《明皇杂录》:"时公孙大娘能为《邻里曲》、《裴将军满堂势》及《西河剑器浑脱舞》,妍妙皆冠绝于时。"

杜诗有序者不多,此序颇有特色,兹拟加以评析,略明杜文之特色。杜诗,素为人所推重;杜文,重之者少,轻之者多,诋而毁之者,亦时有其人。似应为之一辩。

当我们把这一诗序作为审美对象时,必须首先了解作者是用怎样的方法构成其审美意象的。陈善颇得此中奥秘,他在《扪虱新话》中说:"杜以诗为文,世传为戏,然文中要自有诗,诗中要自有文,亦相生法也。文中有诗,则语句精确;诗中有文,则词调流畅。"这就指示:欣赏杜文,须从作诗造境着眼。忽于此,则易产生误解。秦观云:"杜子美长于歌诗,而无韵者几不可读。"黄庭坚云:"韩以文为诗,杜以诗为文,故不工耳。"秦、黄之论,是割裂诗文而忽视"相生法"。更有甚者,对此一则绝妙诗序,无端加以诋抑。申涵光云:"诗序太剥落,'玉貌锦衣'下,如何接'况余白首'?"这就把诗序贬低到文句不通的程度。如此误解,颇不利于对杜文之研究。试以"以诗为文"的"相生法",通观诗序,似可得其正解。

诗人衰年流寓夔州,暂得苟安,痛定思痛,是一个全面反思时期。当他在元持宅见李十二娘舞剑器,即联想公孙,又追思先帝,五十年间事,多少故国之思,身世之感,假如用普通的记叙文,非连篇累牍不能尽述。但此乃诗序,它从属于诗的主体,篇幅不宜过长。故诗人运用诗的语言,以简驭繁;创造诗的境界,曲折见意。

诗序,共四个层次组成。

第一层次仅用四十三字,点明了时间、地点、事件、眼前人物及五十年前(开元五年至大历二年正是五十年)记忆中人物,确实词约而意丰。"大历二年"与"开元五载",是纪年,补足诗中"五十年间似反掌";"十月十九日",点时令,与"乐极哀来月东出"一对照,即知其为初冬的深夜,更增萧瑟之感;"夔州别驾元持宅见临颍李十二娘舞剑器"一句,是诗的语言,它省去了主语与介词,这一十七字构成的断句,描绘出这一特定环境中的主客图。而图中人物又互为主客:元持是宅中的主人;李十二娘是表演艺术中的主人;未露面的诗人是诗世界的主人,从变动中增强流动感。"壮其蔚跂"四字,充分表现出主客的审美情态:"蔚跂",形容李氏舞艺之壮美;"壮",观赏者的美感。问答二句,表现问者有心,答者有意,在传神的问答中引出公孙大娘,落笔于现在,飞想于昔年。

第二层次用六十二字,虚摹五十年前健舞艺术之盛况。"开元五载",从断处挺起一笔,与"大历二年"作历史性的衔接,同时也推算出诗人之"童稚"为六岁,与下文"白首"一对照,即可看出时代与人生之变化。"郾城"与上文"夔州"对照,则显示空间的转移。诗人对公孙舞艺推许极高:"浏漓顿挫,独出冠时"。诗的开头八句惊奇形象的描写,即从此八字生出。"自高头"以下四句,再以盛极一时艺术时代的艺人群体来托高公孙的绝妙技艺。这里"圣文神武皇帝初"一断句插入其间,值得重视:有了这句,就化平淡的文句为雄奇的诗句,其中郁勃之气泛出波澜;有了这句,即将艺术与时政相结合,从艺术落寞,看出时代的衰微。

第三层次用三十五字,抒发"抚事慷慨,聊为《剑器行》"的情怀。这是诗序的重点,也是绝妙好词之所在。"玉貌锦衣,况余白首"二句之间,文势突然中断,虚现出昔日的"玉貌锦衣"遥对今日的"白首";而今日的"白首",乃当年的"童稚";昔日的"玉貌锦衣",却已"绛唇珠袖两寂寞"了。这种漫长的时空转变于一瞬间,给人一种逼真的艺术幻觉。这正是大手笔的艺术魅力。刘熙载在《文概》里说:"章法不难于续而难于断。……明断正取暗续也。"又说:"文之神妙,莫过于能飞。"这里从断处飞腾,所以神妙。这是以诗为文所产生的艺术效果。申涵光昧于此理,秦观、黄庭坚亦不甚了了,还是苏轼比较高明:他把杜赋中"九天之云下垂,四海之水皆立"(《朝献太清宫》)两警策文句摹化为"天外黑风吹海立,浙东飞雨过江来"(《有美堂》)两诗句,可见他深谙此中妙趣。"今兹弟子,亦匪盛颜",实对"白首",虚对"玉貌锦衣",感情交织于今昔虚实之中,益觉神情飞动。"既辨其由来"四句,辨知艺术源流,抚今思昔,慷慨成诗,写足题意。

第四层次用了四十二字,缀一闲笔,幻出清波。连贬抑诗序最甚的申涵光也不得不说"末引张颠事却有致"。有什么"致"?没有明言,可能也只是一种朦胧的感觉。要说"致",应该先是"意致"。《庄子》:"可以言论者,物之粗也;可以意致者,物之精也。"诗人于完题之后,意致张颠于笔下,以书艺衬托舞艺,使余波荡起全文之势,显现奇致。张颠因见公孙舞剑器,"自是草书长进",而至于"豪荡感激";诗人六岁时观公孙舞剑器,即感受甚深,艺术图景尚重现于五十年后的元持宅,可见"七龄思即壮,开口咏凤凰",与张颠受同一启发,故引以自况。

以上虽对诗序作了浅析,但远未尽其美。最能全面深刻理解诗序的,要推桐城方东树,他在《昭昧詹言》中说:"杜公诗境,尽于自序公孙剑器数语。学者于此求之,思过半矣。"方氏于诗序中体察出杜公的诗境,诚具卓识。我们于此求之,可以明确以下三个问题:

一、诗文"相生法"的妙用。以诗为文之文,能反照其诗境,神妙的作品,是相通而不相隔。

二、舞境、书境即诗境。试将诗人品评公孙师弟舞艺及张颠的书艺数语合而观之,则"鲸鱼掣海"的诗境仿佛呈现出来。

三、称许他人,亦有隐然自负意。"独出冠时"、"一人而已",若从诗歌而论,在开元天宝之际,合"气劘屈贾垒,目短曹刘墙"的诗人,谁足以当之。

综上所述,诗序的特色,可以归纳为八个字:序中显境,断处传神。

诗分四段：第一段八句，下三段各皆六句。

第一段，追思公孙舞艺。

上四句，言其舞艺超绝，名声远播。"昔有佳人公孙氏"，点明回忆中艺术主角——公孙氏，并许之为"佳人"，足见其才貌兼备。"一舞剑器动四方"，点明其专精剑器舞；"一舞"而"动四方"，则见其舞艺吸引力之强。"观者如山色沮丧"，言争观者之多，且皆为其舞艺神奇而惊骇。"天地为之久低昂"，有两层意思：一是言公孙舞艺创造出的艺术天地中雷转风旋、鸾回鹤顾之势；一是言观者为舞艺所感，但觉天地震动，而忘己之陶醉于艺术氛围之中。仇注"低昂，言高卑易位。"，欠妥。

下四句，承"天地为之久低昂"，细摹其神态。"霍如羿射九日落"，霍然下垂，如九日并落，言其光采纷披。"矫如群帝骖龙翔"，矫然上腾，如驾龙翔空，言其空灵飞动。"来如雷霆收震怒"，此句以《杜臆》解得较好："凡雷霆震怒，轰然之后，累累远驰，赫有余怒，故知'收'字之妙。若轰然一声，阒然而止，虽震怒不为奇也。"此言其雄健舞势，远驰而缓敛，留有余不尽之致。"罢如江海凝清光"，与上句相表里，言来之猛，罢之速。当其罢时，如江海波平，一碧万顷，而清光凝聚，水天浩渺，呈现一片静美。这就衬现出佳人舞罢后端庄静好的丰采。也止此一句，透露出雄装健舞的艺术家原是绝代佳人。

第二段，见李舞而兴感。

这段分三层："绛唇"二句为一层，伤公孙已逝，喜李氏犹传绝艺。"绛唇"指歌，"珠袖"指舞，"两寂寞"，伤歌声舞态随人而亡，不可复得。总束上段，以起下段。"晚有"句，点出李氏。在事件顺序上，是先见李氏才连及公孙；在章法上，却将追忆公孙一段提到开头，与诗序交错见意，以明主次。"传芬芳"，既推许公孙，亦赞扬李氏。"临颍"与"白帝"，点明空间转移，也可能是李氏由故乡而流落白帝。这里以"美人"称李氏，以"佳人"称公孙，可能有程度上的差别(金圣叹谓"佳人与美人、丽人不同:从上至下,从下至上,节节看去,无有不佳,曰佳人;巧笑美目,胡天胡帝,曰美人;彼此争妍,相去不远,曰丽人")。"神扬扬",言李氏不仅传师之艺,且能传艺之神。"与余"二句为一层,言因李氏而忆公孙,引起惋伤。"惋伤"之上加一"增"字,又加"感时抚事"四字,可见惋伤已不仅限于公孙师弟,而是由"抚事"进入"感时",作下文伏线。

第三段,五十年盛衰之感。

这段分三层:"先帝"二句为一层,追叙明皇时八千侍女中公孙剑器独步。这是以当时艺术繁荣衬托公孙绝技。"侍女八千人",举其佳丽者而言,亦如《长恨歌》中之"后宫佳丽三千人"。其实据唐史所载:开元天宝中,宫嫔大率四万。在万花园中而存此独艳之奇葩,殊足珍贵。此以公孙与先帝并提,即寓有"感时抚事"之意。"五十"二句为一层,概述五十年间的动乱。"似反掌",言变乱突然,由极盛而乍衰。"风尘"句,言禄山陷京,王室崩溃。这里"昏"字虽是描写烽烟笼罩王室昏暗,但亦含有指责主上昏聩致乱之意。"梨园"二句为一层,今昔盛衰之感。"梨园弟子",暗写昔日盛况,"散如烟",乍衰景象。"女乐余姿映寒日",联系公孙写艺术随时代而衰微。

第四段,从当筵哀乐之感,引起对时代的深思。

这段亦分三层:"金粟"二句为一层,写今日之衰象。"金粟"承先帝,言明皇当年之雄武,而今墓木已拱。"瞿唐"承"白帝",言己与李氏同时天涯沦落。"玳筵"二句为一层,写当筵聚散的情景。"玳筵急管",相聚之乐;"曲复终",将散之哀。"乐极"承"妙舞","哀来"承"抚事","月东出"与"罢如江海凝清光"遥映:前面明写公孙舞罢的神态;此以寒月照荒山,深化"女乐余姿映寒日"的意境。"老夫"二句为一层,着重写"哀来"。"老夫不知其所往",有三层意思:一是在元持宅观舞,为李氏妙舞所吸引而不忍离去;一是因李舞忆及公孙与先帝,有感于五十年间事,惆怅而不能自主;一是自伤漂泊,伊于胡底!"足茧荒山转愁疾",写从元持宅回西阁途中之情。"足茧荒山"言老病行迟,也表明久滞荒山足为之茧的情状。"转愁疾",承"感时抚事增惋伤"、"五十年间似反掌",引起无限愁思。"愁疾",愁之甚。此与"忧端齐终南"、"欲往城南忘城北"两结的意境颇相似。仇注:"足茧行迟,反愁太疾,临去而不忍其去也。"局限于目前,似嫌狭隘。此诗因剑器而伤往事,全为开元天宝五十年治乱兴衰而发,若结尾狭小,即不能收束全诗。

此诗系杜公晚年歌行中的杰作,论者好与白居易《琵琶行》相比较。刘克庄云:"此篇与《琵琶行》,一如壮士轩昂赴战场,一如儿女恩怨相尔汝。"此评对区分二诗之风格,极为形象真切,不似苏辙等为抬高杜之《哀江头》,却无端贬抑白之《长恨歌》。从刻画意境来看,《琵琶行》中描写琵琶弹奏一段,显系受《剑器行》中"四如"的启发,而其意境之雄健壮阔,形象之明丽俊逸,皆觉略逊一筹。

七十六、晓发公安

北城击柝复欲罢,东方明星亦不迟。
邻鸡野哭如昨日,物色生态能几时。
舟楫眇然自此去,江湖远适无前期。
出门转眄已陈迹,药饵扶吾随所之。

和诗:

世情衰歇壮心罢,启明拂晓总迟迟。
邻鸡野哭竟相伴,皇天后土此何时!
孤舟漂泊伊胡底,今朝欲适明无期。
差欣斯文犹未丧,光焰万丈照所之。
(原注:"数月憩息此县。")

黄鹤注："此大历三年冬，自公安往岳阳时作。"陆游《入蜀记》："公移居公安诗：'水烟通迳草，秋露接园葵。'而《留别太易沙门》诗：'沙村白雪仍含冻，江县红梅已放春。'则以是秋至此，暮冬始去，其曰数月憩息，盖谓此也。"

杜公自大历三年正月去夔出峡，三月至江陵，秋移居公安，冬晚又离公安赴岳州。此亦"一岁四行役"（《发同谷县》），惟境况较前尤窘，正是"飘飘何所似，天地一沙鸥"（《旅夜书怀》）。如此漂泊无依，心境自是拂逆，故以拗律以曲致情怀。

首联，写闻柝见星之感。"北城击柝"与"东方明星"，本不相属，但却有时间上联系："击柝"，是报更之声；"明星"，是报晓之象。"复欲罢"，言朝朝闻柝，今日之柝声又将停止，这就点明夜之已去，晓之将来。"亦不迟"言启明现于拂晓之东方，亦与柝声同时隐没而不肯稍迟。此联感流光之易逝。

颔联，亦见闻而有感。"邻鸡野哭如昨日"，写闻时之感。既闻"邻鸡"，又闻"野哭"，人民苦难，尽在此声中。"野哭"是战争强加于人民的灾祸的反映，所谓"野哭初闻战"（《刈稻了咏怀》）。"如昨日"，足见日日如此，尤为惨痛。"物色生态能几时"，写见时之感。仇注："物色指物，生态指人。"时值暮冬，见百物之零落，感人事之凋丧，所以发出"能几时"之叹。

此两联写晓景，点明题上"晓"字。

颈联，写题上的"发"字，也就是乘晓出发。"舟楫眇然自此去"，言乘舟而去。"去"上加"自此"，就含有一去不还之意；又加"眇然"二字，便笼上迷茫气氛。"江湖远适无前期"，言漂泊于江湖之上，不知何处是岸，何日底止？"江湖"之下，缀以"远适"与"无前期"，把漂泊江湖的生活扩展到无限空间与无限时间。可见这一"发"，不是正常出发，而是不得不发，至于发往何处，亦非计划中事。也就是从此一迷惘，发向另一迷惘。

末联，写题上"公安"，即离开公安漂泊他往。"出门转眄已陈迹"，言出门登舟回顾公安，一切均已成为陈迹（仇注："陈迹指公安之地"）。杜公晚年，处境日趋穷困，时时好作回顾。他在《大历三年春白帝城放船出瞿唐峡久居夔府将适江陵漂泊有诗凡四十韵》中曾说"转眄拂宜都"，同时又说"回首黎元病"。他之所以频频"转眄"与"回首"，是缅怀盛世、忧叹衰时的情态。"药饵扶吾随所之"，言老病漂泊的苦况，与《风急舟中伏枕书怀三十六韵奉呈湖南亲友》绝笔诗中"转蓬忧悄悄，行药病涔涔"的境况已完全相同。"药饵扶吾"，是全赖药饵维持生命，这较"多病所须惟药物"（《江村》）的病情更为沉重。"随所之"，言任其漂泊，亦即"旅泊吾道穷"（《积草岭》）之意。

此诗写漂泊公安时的心境，反照过去，预示未来，杜公晚景，于此写尽。

此是七言拗律，是杜公晚年七律创作中之变体，同样达到最高境界。王嗣奭云："七言律之变至此而极妙，亦至此而神。此老夔州以后诗，七言律无一篇不妙，真山谷所云'不烦绳削而合'者。"

金圣叹对此诗有一评语，似庄似谐，录之如下："此诗最恶不知何年一见便熟，至今每五更枕上欲觉未觉时，口中无故便诵此诗。百计禁之而转复沓至，圣叹白发，是此诗送得也。"所谓"一见便熟"，无故便诵，禁之复至，不有心之相通，焉能至此？圣叹入清后以哭庙案被杀，似杜之哭庙，有感情上的联系。所谓诗送白发，盖崇敬至极，故为诙谐语，曲致其庄严意。

七十七、登岳阳楼

昔闻洞庭水，今上岳阳楼。吴楚东南坼，乾坤日夜浮。亲朋无一字，老病有孤舟。戎马关山北，凭轩涕泗流。

和诗：

> 洞庭湖水阔，扶病岳阳楼。天共轻鸥远，身如一叶浮。
> 兵戈骚四境，风雨打孤舟。欲作归程计，酸辛老泪流。

大历三年春，杜公从夔州东下，暮冬流寓岳州（今湖南岳阳县）。诗当作于此时。

此诗分两层：上四写景，下四言情。

首联，抓住"洞庭水"分"今"、"昔"两层展开，给人以清晰的时空概念：昔日由"闻"而得知；今因"上岳阳楼"而亲见。"上岳阳楼"虽是点题，但着重是写"水"。此联与《春望》的首联同是用"偷春格"骈比撑起，其不同者，此处"洞庭"二字拗。此固受专有名词之限制，但也正是诗人拂戾心境的反映。颔联，形象地写出"洞庭水"之阔大：吴楚因之而坼分东南，乾坤因之而漂浮日夜。诗人之所以把"洞庭水"写得如此阔大，是以客观之景融入主观之情，衬出颈联的自叙。水坼东南，自有关山遥隔之感，"亲朋无一字"，即由此而生。水浮乾坤，则"老病"之"孤舟"，更显得孤独而漂泊无依。这是以大衬小法。浦起龙评得好："不阔则狭处不苦，能狭则阔处愈空。"《春夜喜雨》中之"野径云俱黑，江船火独明"，是以小衬大法，即是以"独明"之"火"衬"俱黑"之"云"。小中见大，大中见小，方显变化之妙。若此诗无颈联之狭小，则颔联之阔大，势必如"五石之瓠而无所用之"（《庄子》）。末联"戎马关山北"，一笔推开，而又紧贴颈联，既指出其原因，又丰富其内容。一时忧国忧民之情，亲朋老病之感齐涌心头，所以禁不住"涕泗"流泻。"凭轩"二字，把方才推开之笔，迅速收回到"楼"上，完成章法。写到这里，杜公的形象也就完满起来了：老病的诗人，登上高耸的岳阳楼，面对浩渺的洞庭，望关山以兴叹，念亲朋而增忧；情波随孤舟以漂荡，涕泗沿高轩而下流。这时的"涕泗"与"洞庭水"融而为一：在章法上是前后照应,在意义上是暗寓悲愁之深广。这与《自京赴奉先县咏怀五百字》"忧端齐终南,颔洞不可掇"的结尾,基本相同。所不同的是:在长安时虽不得志,尚有积极向上的情趣,有时表现出"举头向苍天,安得骑鸿鹄"(《三川观水涨二十韵》)的气概。至此孤舟漂泊,忧心沉重,不免表现出"白头吟望苦低垂"(《秋兴八首》其八)的情状。尽管如此,从全诗看来,气象还是宏放深远。李煜《虞美人》中的"问君能有几多愁,恰似一江春水向东流",盖即从此诗脱化而出。唐庚《唐子西文录》云:"尝过岳阳楼,观子美诗,不过四十字耳,其气象宏放,含蓄深远,殆与洞庭争雄,所谓富哉言乎者。太白、退之辈,率为大篇,极其笔力,终不逮也。杜诗虽小而大,余诗虽大而小。"此评颇为允当。

这首诗是杜集中五律名篇,胡应麟誉之为盛唐五律第一。研究这首名诗,尚须明确两个问题:

一、诗的艺术整体

昔人赞颂此诗,多喜拈颔联以作写景阔大之典型,且惯以孟浩然的"气蒸云梦泽,波撼岳阳城"与之相匹敌。这种比较品评,就此两联来说,自无不可。若就整体艺术来看,则此两联在各自的母体中各有其作用,而其所产生之意境亦迥然不同。"气蒸云梦泽,波撼岳阳城",是以洞庭之阔大,引出下文"欲济无舟楫"的感叹。"吴楚东南坼,乾坤日夜浮",是诗人独立于岳阳楼上,面对"坼""吴楚"而"浮""乾坤"的"洞庭水",引起身世之感,家国之忧。水愈阔而情愈悲。结处以忧时泪注入洞庭,则湖水与泪水融而为一,产生出独特的意境。若割裂而论句,则不免有损于整体艺术。王渔洋云:"元气浑沦,不可凑泊,高立云霄,纵怀身世。写洞庭只两句,雄跨今古。下只言情,方不似后人泛咏洞庭诗也。"俞犀月云:"次联是登楼所见,写得开阔;颈联是登楼所感,写得暗淡;正于开阔处见得俯仰一身,凄然欲绝。"王、俞之评,皆有见地,而皆是从整体艺术出发的。

二、两首《登岳阳楼》诗的比较

杜公在《登岳阳楼》诗的同一时期,又写了《陪裴使君登岳阳楼》。诗云:

湖阔兼云雾,楼孤属晚晴。礼加徐孺子,诗接谢宣城。
雪岸丛梅发,春泥百草生。敢违渔父问,从此更南征。

两诗相较,一为盛唐五律第一,一则无人称道,何轩轾若此?其原因在于:一是独自登楼,纵怀身世,申舒灵性,吐纳肺腑;一是陪人登楼,曲致微意,官场酬酢,言不由衷。"礼加徐孺子,诗接谢宣城",纯系客套;收处冀裴之接引,格亦甚卑。尽管黄生为之曲解:"格局庄凝,句法精炼,词旨深浑,后来人只脍炙前作耳。盖彼诗之妙易见,此诗之蕴难窥也。"亦难使人信服,更无法使后诗与前诗方驾。故凡杜集中应酬赠答之诗,多非上品,不可以其名高而曲为奉承。

七十八、朱凤行

君不见潇湘之山衡山高,山巅朱凤声嗷嗷。
侧身长顾求其曹,翅垂口噤心劳劳。
下愍百鸟在罗网,黄雀最小犹难逃。
愿分竹实及蝼蚁,尽使鸱枭相怒号。

和诗:

抬望眼朱凤衡巅立足高,天听四达众嗷嗷。
结盟求侣稷契曹,心焦岂止口舌劳。

>　　解救万命出罗网,迫使群凶无所逃。
>　　同餐竹实同起凤,喜闻鸱枭日悲号。

此诗当是大历四年漂泊潭州(治所在今湖南长沙市)时作。

这是一首七言歌行体。全诗八句,分上下两层。

上四句,伤朱凤孤栖失侣。开头用"君不见"三字把人们的视线引上衡山之巅,起势突兀,庄重地显现出朱凤的形象。潇湘之间,以衡山为最高,而朱凤又在衡山之巅,故能俯视一切。这就引起下文的"百鸟"、"黄雀"、"蝼蚁"的遭遇,同时也表示高瞻远瞩、悲天悯人的意向。"声嗷嗷",含蕴极其深广:呼同志,鸣不平,诉苦难,激斗志,尽在此嗷嗷声中。"侧身",表示惶惑不安;"长顾",表示引领顾盼的急切情绪;"求其曹",寻求政治上的同志以及在暴政凌虐下的受害者。"翅垂"、"口噤",表示遭受戕残而又有难言之隐。"心劳劳",是全诗的关键,也是一篇的主旨。上文的"嗷嗷"之声,正是这种"劳劳"之心的表达;下文的"愍"与"愿",均从此生出。这四句,刻画出凤鸣高山的声势、惶惑顾盼的身影以及无限忧戚的心态。

下四句,明确分清迫害者与被迫害者的界限。"百鸟"(包括黄雀)、"蝼蚁",同是无辜的被迫害者;"鸱枭",是凶恶的迫害者。"百鸟在罗网",说明罗网之大与受害者之众;"黄雀难逃",说明善良小民无一幸免。微小的"蝼蚁",也在受害之列,故须分与"竹实"。"犹难逃"与"分竹实",是上下文共用的:黄雀难逃,蝼蚁也难逃;分竹实及蝼蚁,当然也分及百鸟。"愍"与"愿分",表示无限同情;"尽使鸱枭相怒号",表示要与恶势力作无情的决斗。朱鹤龄评此句即"驱出六合枭鸾分"之意,道尽了诗旨。这里的"下"字,是承接上文表明朱凤侧身长顾的结果;"愍"与"愿分",是"心劳劳"的具体内容;"分竹实",是拯救斯民的具体措施。于此,可见"劳劳"之"心",在于百姓。

这首寓言诗,是杜集中最有战斗性之杰作,其致君尧舜理想之破灭,爱国忧民热血之沸腾,皆寓于此短歌之中。惜历代注家皆未得其正解。黄鹤谓为"为衡州刺史阳济讨臧玠而作",全属臆测。仇注:"自伤孤栖失志。"亦乖诗意。浦起龙云:"黄雀、蝼蚁,俱喻困征敛之贫民;鸱枭喻剥民之凶人。"但未指出"朱凤"何喻,盖亦囿于陈说。诗中既以鸟喻人,则"朱凤"之喻,必须首先解决。注家有谓为"自喻",或谓为"喻君子",皆非。诗以"潇湘"、"衡山"为背景,而"潇湘"惯与湘夫人相联系,"衡山"则又与舜有关。《舜典》:"五月南巡狩,至于衡岳。"诗人在此特定环境中写诗,必然联系其所向往之历史人物。"苍梧恨不尽,染泪在丛筼",是以舜与二妃并提,与此处"潇湘"、"衡山"并提实为一致。诗人写《朱凤行》同年所写之《望岳》,开头便写道:"南岳配朱鸟,秩礼自百王。……巡狩何寂寥,有虞今则亡。"《汉书·天文志》:"南宫朱鸟,权、衡。"《索隐》:"南宫赤帝,其精为朱鸟。"《湘中记》:"度应权衡,位值离宫,故曰衡山。"可见此"朱鸟"与虞舜相联系。再看"朱鸟"与"朱凤"之关系:"朱鸟"为二十八宿中南方七宿(井、鬼、柳、星、张、翼、轸)之总名。七宿相联呈鸟形;朱,赤色,象火,南方属火,故称朱鸟。朱鸟取象于丹鹑:井、鬼二宿为鹑首,柳、星、张三宿为鹑火,翼、轸二宿为鹑尾(参见《词源》"朱鸟"条)。又《鹖冠子》:"凤,鹑火之禽,阳之精也。"据此可证"朱鸟"即"朱凤"。而"朱鸟"既为赤帝之精,舜又曾巡狩衡山,则"朱凤"自以喻舜为宜。若用以自喻,则不免"引喻失义"。封建时代之文人,怀抱利器,往往引古哲人以自况。但有一定的限度:自比稷、契、伊、吕、萧、曹则可,自比尧、舜、禹、汤、文、武则不可。诗人博通今古,决不致冒然以赤帝之精——"朱鸟"自比。然则,既以朱凤喻舜,其意安在?根据典籍记载,舜之所以为舜,在于举贤而天下治。诗人正处于天下大乱之时,而己又如稷契挺出之才,竟被弃置于万里之外,故漂泊潇湘时,思舜之心益切。但在现实生活中却无从遭逢可以致之于尧舜之君,而国事蜩螗,民生凋敝，又非尧舜之君不足以济事。于是在无可奈何中幻想出舜之精灵，呼唤同志，拯救苍生，挽回国运。故此诗实为诗人之致君尧舜思想在冷酷的现实中一种特殊表现。此为其晚年创作中所不可忽视之名篇，然竟为人忽视。韩愈、元稹知杜甚深，对杜诗之宏观赞颂，不遗余力；而于此竟漠然若无所睹。"一卷杜诗揉欲烂"的范成大对此亦竟视而不见。精于杜诗之钱谦益仍未注意及此，惟于黄鹤之误解，责"其说迂谬"，然亦未指明"迂谬"所在。特为之说，冀欲拨浮云而见皎日。

　　这首寓言诗的价值，在于它对暴政的揭露，带有普遍性，同时也代表一切被迫害者的共同呼声。更难能可贵的是清醒地与恶势力进行决斗。早年的"朱门酒肉臭，路有冻死骨"，只不过暴露现实，此诗则从现实中清醒地认识社会症结所在，从而把感性认识上升到自觉的理性高度。诗人原来把一切希望都寄托在统治者身上，所谓"致君尧舜上，再使风俗淳"（《奉赠韦左丞丈二十二韵》）。到了贬华州掾的时候，他还依恋地说："无才日衰老，驻马望千门。"（《至德二载甫自京金光门出间道归凤翔乾元初从左拾遗移华州掾与亲故别因出此门有悲往事》）到了漂泊西南的时候，才认识到"衣冠兼盗贼"（《麂》），并对最高统治者作尖锐的讽刺："天子多恩泽，苍生转寂寥。"（《奉赠卢五丈参谋琚》）真正与剥民之凶人表示决斗，在此诗中才明朗化。诗人平生最爱凤凰，常托凤以寄意，并随着时代发展而逐步加深。在此以前，诗人仅把凤凰当作瑞鸟来歌咏；此时已经达到物化的境地与之融为一体了。他的咏凤凰，大致分为三个阶段："七龄思即壮，开口咏凤凰"，表现幼小心灵的纯洁；"图以奉至尊，凤以垂鸿猷"，表现他的中兴希望，仍寄托于统治者；此诗却将凤凰与百鸟蝼蚁列为同仇，而与鸱枭相对立，并将与之搏斗，这是何等先进思想！如此先进思想所铸成的诗篇，遭千余年之冷遇，尤为可惜之事。古代咏凤凰的诗赋甚多，孰愈乎？权举四大家以相较。屈原"独不见夫鸾凤之高翔兮，乃集大皇之野"、"凤皇翼其承旗兮,高翱翔之翼翼";贾谊"凤凰翔于千仞兮,览德辉而下之";曹植"神鸾失其俦,还从燕雀居";刘桢"凤凰集南岳,徘徊孤竹根。……岂不长勤苦,羞与黄雀群"。屈贾曹刘皆借鸾凤以发抒孤高失志之感,与杜诗相对照,高下自明。杜公曾自谓"气劘屈贾垒,目短曹刘墙"(《壮游》),良非自诩;诚所谓"文章千古事,得失寸心知"(《偶题》)。

七十九、南征

春岸桃花水,云帆枫树林。偷生长避地,适远更沾襟。
老病南征日,君恩北望心。百年歌自苦,未见有知音。

和诗:

桃源何处是,枫树易成林。适远身随梗,偷生泪满襟。
君恩伤国蠹,臣贼丧民心。歌自百年苦,谁知杜氏音?

此诗当是大历四年春潭衡间作。《陪裴使君登岳阳楼》:"敢违渔父问,从此更南征。"可证诗必作于此时。

此诗系杜公暮年的重要作品,虽是抒情短诗,但对国事、身世及诗歌创作等问题中的抑郁情怀,却作了总结性的抒发。

首联对起,并提南征的时令、地点及出发的条件。"春岸桃花水"写得春意浓郁。阳春三月,夹岸桃花,正是"青春作伴"的时节。但"桃花"下着一"水"字,便暗寓流水落花、好景不长之感。但"桃花水"又另有一层寓意,即用桃源避秦的故事,言如能顺着桃花水寻得桃源,当可暂避烽烟,怡然自乐。"云帆枫树林",言即将离此而出发。"云帆"与"桃花水",颇有相得益彰之趣,加上"枫树林",亦与"桃花"相映成色。但一想到《招魂》中"湛湛江水兮上有枫,极目千里兮伤春心",则全部景色皆顿时黯然神伤。这就是出发前的情调。

颔联,临行前的慨叹。这是用顺承法:"偷生长避地",承首句,言桃源难寻,避地无所。"偷生",语含激愤:诗人自抗疏触怒后,时恨不能以身殉职,匡济时艰。他在《羌村》中即有"晚岁迫偷生"之感。在《归梦》里更说"偷生惟一老,伐叛已三朝"。这又表明:伐叛有心,英雄空老。"长避地",言长期流离,无桃源可以避难。一个"长"字,不仅表示自身长期流离,也表明举国烽烟,无一乐土。"适远更沾襟",承次句,补足上句,逗引下句。因此地无以为生,不得不远适他处以偷生。而偷生于离乱之际,自必陨忧生忧乱之泪而沾襟。"更"字,表示无穷之忧。

颈联,写穷无以告的痛苦心情。"老病南征日",点题,并刻画出多病老翁被迫南征泪下沾襟的形象。此中包含多少痛苦:非偷生之人而偷生,已属难堪;大好的开元盛世,竟至于"长避地",尤为难堪;自比稷契的挺出之才,而至于贫病交加,流落无依,难堪至极。故有上句"适远更沾襟",下句"君恩北望心"。这里"君恩"二字,讽刺微婉而深刻:祖国之破残,民生之凋敝,忠贤之被害,以及自身老病之漂泊,皆此"君恩"所造成。这也与"天子多恩泽,苍生转寂寥"(《奉赠卢五丈参谋琚》)同意。这就剥落了"君恩"的浮华,而展示其实质。"北望心",是诗人忠厚之心。尽管"君恩"如此酷虐,而诗人总望其为尧舜,以复兴国运,保我黎民。这里的"北望",与"每依北斗望京华",同一心意。

末联,从诗歌创作的角度宣泄其内心的积闷。"百年歌自苦",言平生心力专注于诗歌创作,而此中苦况却不为人所知。诗人稷契之志未酬,致君尧舜之理想破灭,抗疏遭辱,又被贬谪,以致终生漂泊,在无可奈何中,发为吟咏。他曾说:"文章一小技,于道未为尊。"(《贻华阳柳少府》)足见他是呕心忍泪作诗人的。一个"自"

字,蕴藏着多少酸辛泪!"未见有知音",道破了世道人情。诗人早年献赋,曾以"文采动人主",同时奔走干谒,亦时邀王侯将相的礼遇,所谓"每于百寮上,猥诵佳句新"(《奉赠韦左丞丈二十二韵》),似乎知音甚多,然卒无人重用。政治上既无知音,生活上纵偶有友人资助,亦甚有限:他曾获得"故人供禄米"(《酬高使君相赠》),但又有"厚禄故人书断绝"(《狂夫》)之叹。在诗歌创作上,更是绝无知音:诗人对元结的《舂陵行》推许备至:"观乎舂陵作,欻见俊哲情;复览贼退篇,结也实国桢。"而元结对杜公却茫然不能理解,他的《箧中集》,选了七人之诗,连其弟融也被选入,却未选杜诗一首。可见他于杜诗是持有偏见的。更有甚者,杜之好友李白对杜之创作苦心,不但不能理解,反有"饭颗山头"之讥(详见拙文《论李白诗歌的时代价值》,《李白研究论丛》,巴蜀书社1978年版)。古诗:"不惜歌者苦,但伤知音稀。"司马迁云:"盖钟子期死,伯牙终身不复鼓琴。"(《报任安书》)可见知音难遇,千古同慨!

　　此诗在抒发政治与生活上的痛苦,尚能为人理解;而其在诗论上的重要性,却素为人所忽视。人们每论及杜公诗论,总是以《偶题》、《戏为六绝句》、《解闷十二首》中有关诗论部分作为论述对象,从未有人注意到《南征》是其诗论的组成部分,更未有人意识到此为诗论的立论基点。此诗系杜公生命与诗歌创作均即将结束之前所发出的不平之鸣,应是最全面、最真实的反思结果。因此,我们研究杜公诗论,必须从此基点出发,重新认识,重新作出判断:一、论诗专作:此类作品,如《戏为六绝句》、《偶题》等篇,应结合其诗歌建设加以认识。杜公创作发展规律是:继承,变革,创新,反对因循守旧,与时论格格不入。所以研究杜诗,必须以杜论杜,举杜还杜。二、应酬之作:此类作品,应从两方面考虑,1.于言外见意:如《春日怀李白》,金圣叹已发其微,谓为"针砭李侯"。2.夫子自道:如《寄高三十五书记》:"佳句法如何",《寄彭州高三十五使君适虢州岑二十七长史参三十韵》之"意惬关飞动,篇终接混茫",直如自评其诗,高岑诗尚不能造诣此境。

八十、江南逢李龟年

岐王宅里寻常见,崔九堂前几度闻。
正是江南好风景,落花时节又逢君。

和诗:

太平天子耽歌舞,百姓寻常几见闻?
五十年间多少事,繁华散尽又逢君。

大历五年,杜公漂泊湘潭一带与李龟年重逢,因有是作。江南,指今湖南省长江、湘水一带地区。

《明皇杂录》:"上素晓音律,乐工李龟年特承恩遇,其后流落江南,每遇良辰胜景,常为人歌数阕,座客闻之,莫不饮泣罢酒。"

岐王,《旧唐书》:岐王范,好学工书,雅爱文章之士,又多聚书画古迹,为时所称。开元十四年病卒。黄鹤云:"开元十四年,公十五岁,是时未有梨园弟子,当是嗣岐王珍。"钱笺:"按崔九亦以开元十四年卒,未知鹤作何解?《通鉴》:开元二年正月,置梨园弟子。"崔九,原注即殿中监崔涤,中书令湜之弟。《旧唐书》:"湜弟涤,素与玄宗款密,用为秘书监,出入禁中,与诸王侍宴,不让席座,或在宁王之上。后赐名澄,开元十四年卒。"

杜公此时漂泊湘潭,且即将谢世,李龟年时亦流落于此,同是天涯沦落人,相逢况是曾相识,故重闻其歌声,不胜今昔荣枯之感。

首二句对起,以"岐王宅里"与"崔九堂前"并列撑开,为歌手出现布置好富丽堂皇的场景,尽管没有明写歌手出现。"寻常见",言常于岐王宅里见其丰采;"几度闻",言曾多次于崔九堂前闻其歌声。这里的"见"、"闻"二字极妙,既未写明见闻的主体,亦未写明见闻的对象,故作腾挪,引人入胜。

第三句,从回忆中又回到目前,以江南明媚的春光,遥映昔日繁华的王侯宅第,暗逗下句伤春之感。末句,言春满江南,偏逢君于落花时节,抚今思昔,感世境之变迁,叹人情之聚散。在阳春烟景之中,突现此凄凉的一角,以眼前之流落境况,反照昔日之煊赫声势。结尾的"君"字,是"逢"的对象,着一"又"字,使首二句"见""闻"的对象即于此显现。但是"歌"字始终没有点明,可能是李龟年歌名满天下,他的名字便是歌的代称;也可能是诗人有意留下的空白,把读者的见闻引向更广阔、更深邃、更美妙的境界。《杜臆》对此二句解释云:"落花乃伤春时节,又得逢君,便是一好风景矣。言其歌之妙,能令愁者欢,闷者解,春之已去复回也。此亦倒插法。"作如是解,亦颇饶风致。但就诗之整体而言,似嫌不足。此诗非咏其歌,乃闻歌而感。

黄生云:"此诗与《剑器行》同意,今昔感衰之感,言外黯然欲绝。见风韵于行间,寓感慨于字里,即使龙标、供奉操笔,亦无以过。乃知公于此体,非不能为正声,直不屑耳。有目公七言绝句为别调者,亦可持此解嘲矣。"此评对杜公心事及此诗内容与形式的特色,都说得极其中肯。

八十一、逃难

五十白头翁,南北逃世难。疏布缠枯骨,奔走苦不暖。
已衰病方入,四海一涂炭。乾坤万里内,莫见容身畔。
妻孥复随我,回首共悲叹。故国莽丘墟,邻里各分散。
归路从此迷,涕尽湘江岸。

和诗：

> 五十惊成翁，销铄于国难。昔肥今枯骨，梦享饱与暖。
> 栖栖衰病身，何处不涂炭。浩浩乾坤大，容身竟无畔。
> 况复携妻孥，相对惟一叹。满眼尽丘墟，归梦总飘散。
> 身已许双峰，时时望彼岸。

仇注："大历五年，公年五十九，臧玠杀崔瓘，据州为乱。此暮年衰病，又挈妻子而逃也。曰四海，曰万里，见随地皆乱矣。"

杜公作此诗时，生命即将结束，国事、家事均不堪设想，身之漂泊，伊于胡底，亦只得听之任之。杜公此时生计，已全面陷入绝境，惟精神上尚有两条通道：

一、"身许双峰寺，门求七祖禅"，向佛门求解脱；

二、"诗是吾家事"、"诗成觉有神"、"吟诗解嗟叹"、"诗成泣鬼神"，以诗歌消除苦难，使之光耀千秋。

杜公此时，生机殆尽，此诗直似绝笔诗。注家有谓《风疾舟中伏枕书怀三十六韵奉呈湖南亲友》为绝笔；《杜臆》谓《过洞庭湖》为绝笔。其实，韩愈早已证明杜公系溺死，故其绝笔诗殊难确指。

结　语

余昔年所撰之《杜诗新话》，既已毁于浩劫，今又搜索枯肠，凑成百余篇，聊补东隅之失，藉以自慰。然余于斯道，殚数十年之精力，自亦不无所得。尝感：人皆以杜公为诗人，其实杜志在兼善，不得已而为诗，他确实是一位伟大的思想家。钱谦益颇有见于此，大事宣扬杜公之真思想，故为满清统治者之所深恶，列其注杜之名著为禁书。仇兆鳌之《杜诗详注》，极力迎合清廷之思想统治，将杜公之思想强置于儒家思想桎梏之中（包括忠君思想等），故其书显扬当时，遗误后世。不可不察！兹为一辨，不知能使杜公之思想复原否？

一、儒家思想之牢笼

唐代儒、释、道三教并重，宗教信仰比较自由，反映于学术界，呈现生动活泼、繁荣昌盛之景象，为历代王朝之所不及。如此盛况，决非一家思想之所可促成，更非一家思想之所可牢笼。当时之文士诗人无不受三家思想之影响，而亦未有皈依一家而终生不出者。"苏晋长斋绣佛前，醉中往往爱逃禅"（杜甫《饮中八仙歌》），可见不仅信教自由，而且出入亦自由。故常因时地之迁移而异其情趣：见民溺民饥，辄思兼善；遇高僧说法，欲上慈航；入玄圃道院，每期瑶草。物换情移，盖有不能自已者。故三家思想，恒杂见于一人之身，或亦包孕于一篇作品之内。李白虽以求仙访道者称，其实何尝绝缘于儒释。观其《峨眉山月歌送蜀僧晏入中京》诗，便是一幅三教同趣图。诗中描绘蜀僧晏身披峨眉山月，云游长安，会见圣主，高踞黄金师子座上，手挥白玉麈尾，大谈老氏玄玄之道。于此可见：正式皈依佛教之高僧，尚可走出山门，不远千里，拜会代表儒家思想传统之圣君，踞佛国之宝座，讲老氏之玄学，其他尚何拘束可言？李白如此，杜甫亦如此。当其裘马轻狂，喜逢道友时，则曰"亦有梁宋游，相期拾瑶草"（《赠李白》）；当其登上古寺，妙悟顿开时，则曰"白牛车远近，且欲上慈航"（《上兜率寺》）；当其进表求仕，陈述先世功业时，则曰"奉儒守官，未坠素业"（《进雕赋表》）。其实，杜公在诗赋中凡涉及于儒，皆为不平之鸣。至于"儒冠多误身"（《奉赠韦左丞丈二十二韵》）、"世儒多汩没"（《赠陈二补阙》）、"儒术诚难起"（《奉留赠集贤院崔于二学士》）、"有儒愁饿死"（《奉赠鲜于京兆二十韵》），则近于忿怒。适其大呼"儒术于我何有哉，孔丘盗跖俱尘埃"（《醉时歌》），则断然与儒决裂。综上所述，可知杜公思想受儒教影响较深，然三教交互作用，自非一教之所可垄断。后之学者,自觉或不自觉以其所受儒术之桎梏,强加于本无桎梏之杜诗,势必曲为之解,使之就范。如《冬日洛城北谒玄元皇帝庙》结尾四句"身退卑周室,经传拱汉皇。谷神如不死,养拙更何乡",乃赞扬老子高尚品德及其所传之真经,而寄以无限崇敬向往之诚。而仇氏却谓"末乃追论老子,以见渎祀之不经"。令人不解。杜公"读书破万卷",深知老氏之书之可贵:汉文得五千言之旨,致垂拱之治;明皇著五千言之义,致开元之盛,诗人素以国计民生为怀,对此惟有景仰而已。仇氏之所以如此曲解,是维护封建正统,崇儒抑道,视老学为异端。不然,为老子立庙,何以为"渎祀不经",由于正统观念作祟,连无法曲解之《朝献太清宫赋》,仇氏亦谓:"讽谕隐然,盖赋体之有典则者。"若遇语意十分明朗,万万无法曲解时,仇氏亦设计诋毁。《醉时歌》中之"儒术于我何有哉,孔丘盗跖俱尘埃",则借俞文豹之言曰:"孔子万世之师,敢呼名而侪之盗跖,有伤名教。李白、韩愈诗,皆直书圣讳,均失言也。""名教"!"圣讳"!不觉毛骨悚然!尤有甚者,对杜甫之死,亦须限制于儒家道德规范之内。仇氏《杜工部年谱》沿袭元稹《唐检校工部员外郎杜君墓系铭》:"扁舟下荆楚间,竟以寓卒,旅殡岳阳。"《年谱》后附鳌谨按:"宋人作少陵年谱,其传世者,有吕大防、蔡兴宗、鲁訔、赵子栎、黄鹤数家,明初则有单复之谱,近日则有钱谦益、朱鹤龄、顾宸诸谱。惟朱氏别异同,简净明当,可称定本。但末后一条,关于生死大事,而其时其地,皆未分明。兹仍采旧谱,以正其讹云尔。"其所谓"正讹",非正史实之讹,乃正不合儒家规范之讹。若真欲正史实之讹,当以韩愈《题杜子美坟》(见《分类千家注》本)为准。诗中指出:"一堆空土烟芜里,虚使诗人叹悲起。怨声千古寄西风,寒骨一夜沉秋水。……捉月走入千丈波,忠谏便沉汨罗底,固知天意有所存,三贤所归同一水。"分明溺死无疑。结尾仍写出:"坟空饫死已传闻,千古丑声竟谁洗。明时好古疾恶人,应以我意知终始。"以证人身份写诗作证。仇氏意欲否定韩诗,造成自相矛盾:仇氏在《题杜子美坟》后加一按语:"退之去李杜不远,捉月漂水之说,世俗浪传,正当力辟其诬,何反助之狂澜。此诗本集不载,在编诗者固已汰去矣,然其中隽拔之语,又似非后人所托,何耶?"意图否定,实则肯定。事实上,仇氏在《原序》所引"愈之言曰:屈指诗人,工部全美,笔追清风,心夺造化,'天光晴射洞庭秋,寒玉万顷清光流'",皆出自《题杜子美坟》。《原序》与《年谱》同出仇氏之手,竟大相径庭。"作伪心劳日拙",良非虚语。韩诗本无可疑,经仇氏之推究,尤为可信。《诗话总龟》载耒阳宰诗云:"诗名天宝大,骨葬耒阳空。"此空坟之证;徐介《耒阳杜工部祠堂》:"手接汨罗水,天心知所存。故教工部死,来伴大夫魂。流落同千古,风骚其一源。消凝伤往事,斜日隐颓垣。"此可加强韩诗溺死之证。"寓卒",乃元稹一人之言,与韩相较,其不足信有三:一、元出生迟于韩十二年;二、元之品德不如韩;三、元之墓志,系应杜嗣业之请而作。文人谀墓,自古而然。元稹为嗣业之祖作墓志,有所讳,有所谀,盖亦人情之常;惟歪曲史实,欺蒙存殁,实所难容。仇氏之所以独采元志,因"寓卒"是"寿终正寝",最符合儒家"善终"之道,"溺死"、"饫死",皆属非命,同为儒家正宗派之所不取。

二、忠君思想之强制

忠君思想,虽属于儒家的道德范畴,然系世衰道微之产物,所谓"国家昏乱,有忠臣"(《老子》)、"有道之君,不知忠臣"(《淮南子》)。夏之有桀,而后有龙逢;殷之有纣,而后有比干。进步儒者,对龙逢、比干并不十分赞成,而对伊尹、吕望之业绩则备极推崇。孟子曾称颂伊尹相汤及放太甲之故事,表现了儒家思想之积极因素。直至唐初,在魏征忠臣、良臣之辩中得到充分体现。儒家思想这一积极因素必然影响杜甫,"窃比稷与契"、"致君尧舜上",皆从此生出。杜甫所受于儒者,即在此积极方面。至于宋以后君权的日益强化,忠君思想随之强化而进入愚化,以至于成为愚忠。此皆与杜公思想无关。以经过愚化之忠君思想,强解光焰万丈之杜诗,其圆凿方枘,龃龉难入,固属必然;而青蝇一点,白璧成冤,实堪痛惜。兹仅就受蹂躏之名篇,稍加矫正,以明是非。《北征》,是杜公在政治上遭受重创时发愤而作,应与司马迁《报任安书》同观,方可窥见其百折不挠之心曲。而仇氏偏引苏轼评语二则:"古今诗人多矣,而惟杜子美为首,岂非以其饥寒流落,一饭未尝忘君欤?""《北征》诗识君臣大体,忠义之气,与秋色争高,可贵也。"于是《北征》被带上愚忠枷械,笼罩与秋色争高的忠义之气,精神尽丧,血肉全凋。若谓忠义之气表现在忧国忧民方面,则十分确当;若谓刀下余生,尚献赤忱于昏主,则颇为费解。试看诗一开头便充满讽刺意味。诗人忠于职守,主持正义,疏救房琯,几遭不测,至墨制放还时,仍说"顾惭恩私被"、"挥涕恋行在",无非是用反语以泄胸中之愤。御用文人之所以颠倒是非,意在迎合时君,以求腾达。间有有识之士,揭开蒙蔽,阐明真相,亦必遭邀恩干禄者之诽谤。钱谦益对《洗兵马》诗,博考历史真实,作正确笺注:"《洗兵马》,刺肃宗也。刺其不能尽子道,且不能信任父之贤臣,以致太平也。"钱氏又考诸信史锐敏指出:"……此公一生出处事君交友之大节,而后世罕有知之者,则以房琯之生平为唐史抹煞,而肃宗之逆状隐而未暴故也。"同时又指责盲目读史之文人:"唐史有隐于肃宗,归其狱于辅国,而后世读史无异辞。……何儒者之易愚也。"钱氏如此大胆恢复历史真实,并唤醒受愚化之儒,理应受到赞扬,然而却遭到无数非议。其中以清初学者潘耒攻讦最凶。潘氏以卫道者自居,对钱氏之论大加挞伐说:"《洗兵马》一诗,乃初闻恢复之报,不胜欣喜而作,宁有暗含讽刺之理?上皇初归,肃宗未失子道,岂可预探后事以责之?诗人以忠厚为本,少陵一饭不忘君,即贬谪后,终其身无一言怨怼。而钱氏乃谓其立朝之时即多隐刺之语,何浮薄致此!噫!此其所以为牧斋欤!"此已超越学术辩论范围,而进行谩骂。潘氏谩骂之后仍感不足,又别出心裁进行污蔑:"……以此推之,牧斋而秉史笔,三百年人物,枉抑必多。绛云一炬,有自来矣。"以推论横加钱氏之罪，更以绛云楼失火为钱氏论诗之恶报，愚化之深，令人捧腹。潘氏本师事顾炎武，竟与其师分道扬镳，而在康熙朝举博学鸿词，授检讨，参与纂修《明史》，官运亨通，与此一骂，不无因果关系。仇氏对此极为赏识，在《洗兵马》注中，只字不引钱氏之笺文，而大量转录潘氏之詈语，可见封建法统之严。湮没在忠义之气之中，何止《北征》与《洗兵马》？此外尚有《朱凤行》，一直为云雾所掩，从未被人重视。其实此篇寓言，系杜公致君尧舜之理想破灭，欲呼唤同志拯救在罗网中之生灵（论证详见《朱凤行》之析文）。

三、诗史美称之拘泥

《新唐书·杜甫传赞》："甫又善陈时事，律切精深，至千言不少衰，世号诗史。"从此论杜者好称杜诗为诗史，注杜者则以史衡诗，不免流为穿凿附会，有损诗之光辉。其实，杜诗之所以被誉为诗史，因其大量反映现实，有如史乘，并非其诗即史，更不可以杜诗等同唐史。自古分科，不相替代。然诗中可以有史，史中亦可以有诗，虽不可以等同，亦不可以断绝。二者之间，运用之妙，存乎作家之笔：司马迁以诗为史，成为"史家之绝唱，无韵之《离骚》"（鲁迅语）。班固以史笔为诗，其所《咏史》，"质木无文"（钟嵘《诗品》上）。杜公不仅兼迁、固之长，而且劖屈贾而短曹刘。其禀赋之超绝，学养之富厚，才思之敏捷，胸怀之宽广，经历之坎坷，皆非常人之所能及；总此诸端于一人，自是人中之杰；发而为诗，必为诗中之圣。故杜诗虽大多反映现实，但决非现实之如实反映。诗人总是站在现实世界的制高点，雄视一代，所谓"会当凌绝顶，一览众山小"。诗人往往在展示眼前情景时预示未来。《奉先咏怀》之"疑是崆峒来，恐触天柱折"，果不旋踵而安史之乱作；《寒食对月》之"牛女漫愁思，秋期犹渡河"，果于翌年八月与老妻相会；《悲青坂》之"焉得附书与我军，忍待明年莫仓卒"，果在至德二载（即作诗之明年）有香积寺之捷。诗人预见之所以如此敏锐而准确，皆自现实中来。陷贼中，"春日潜行曲江曲"（《哀江头》），显然是侦伺敌情，观察地形，准备逃脱虎口。他如《悲陈陶》中之义军同死、都人系望，《悲青坂》中之深识军机，坚忍待敌，《塞芦子》中之芦关扼险、运筹决胜，无不从侦伺观察中获得。诗人必须如此，诗圣始能如此。古希腊哲人亚里斯多德（ArisTaTeles，前384—前322）早在其所著之《诗学》中明确指出诗人之职责："不在描述已发生之事，而在描述可能发生之事，即按照可然律或必然律是可能之事。"并分明诗与史之界限："诗所描述之事多半带有普遍性，而历史所描述者，则是个别事件。所谓普遍性是指某一类型之人按照可然律或必然律，在某种场合会说些什么话，做些什么事。"杜公尽瘁于诗人之职责，创作出光焰万丈诗篇，照耀诗坛，历千载而犹新。可惜注家囿于封建成说以解诗，往往失之晦昧。如《后出塞》，是诗人为一跃马二十年之将校作传记。第五首是按照可然律写出将校逃脱恶名之爱国思想与行动。注家不察，对写作时间，一味追求史实。鲍彪谓为"天宝十四载三月壬午，安禄山及奚、契丹战于潢水，败之。故有《后出塞五首》，为出兵赴渔阳也"，仇注："今按末章，是说禄山举兵犯顺后事，当是天宝十四载冬作。"以"出兵赴渔阳"证诗之写作时间，当以鲍彪为是，然亦未知诗人作诗之旨。仇氏拘泥于"坐见幽州骑，长驱河洛昏"，只得将写作时间推迟。如此，是以诗作史料看：只能描述已发生之事，不能描绘可能发生之事。如此，则诗中之人物形象枯槁，精神嗒丧，与班固《咏史》何异！

  上述三点，实为诸注家之通病，特《杜诗详注》为尤甚。昔人以注杜为难。其所以难，实由于思路不能相通，扞格难入。坐井观天，天已非天；欲观真天，必须破井！

唐代律诗研究五题

诗歌，在我国源远流长，其风规之宏放阔大，篇什之丰腴璀璨，作家之肸蚃传承，体制之日新月异，形成皇皇诗国之泱泱大风。在长期发展演进中，唐诗奇峰突起，光焰万丈，贯通前人之脉络，昭示后世以律宗。光前裕后，历千余载而不衰。当其盛时，诗人竞爽：帝王将相、世家豪族、寒素书生、工匠、舟子、樵夫、婢妾、僧尼、隐士，靡不以诗相尚，甚至牛童、马走、老媪于诗亦都能解，以故诗产之丰，殊难统计，即以《全唐诗》所收，计诗四万八千九百余首，作者二千二百余人，亦可见其极一时之盛。

唐诗之盛，固由其时代诸多条件所促成，而其杰出成就之主要标志，则在众多诗人辛勤总结古代诗歌发展规律特别是声律学之精髓，完成律化工作，使诗歌体制得以定型，成为有唐一代之新体诗。

诗之律化，是诗歌长期发展而逐步形成。纵观诗史，自有诗以来，即潜藏律化因素。早在《击壤歌》中之"日出而作，日入而息，凿井而饮，耕田而食"，即对仗颇工。迨至《三百篇》，已出现大量骈俪诗句。如：《邶风·柏舟》"覯闵既多，受侮不少"，《小雅·伐木》"出自幽谷，迁于乔木"，《周颂·雝》"有来雝雝，至止肃肃"。以上仅为一联对句。又如：《大雅·皇矣》"临冲闲闲，崇墉言言，执讯连连，攸馘安安"，竟出现三句连对及四句连对。可见，律化与诗歌起源同步，应无疑义。至于律化成篇，构成定式，则兆自梁、陈而丕显于唐。胡震亨《唐音癸签》云："诗自风、雅、颂以降，一变有离骚，再变为西汉五言诗，三变有歌行杂体，四变为唐之律诗。"胡应麟《诗薮》云："屈、宋、唐、景，鹊起于先，故一变为汉，而古体千秋独擅。曹、刘、陆、谢，蝉连于后，故一变为唐，而近体百代攸宗。"可见，唐之律诗，在继承风雅传统经四变而成，且与"千秋独擅"之西汉五言诗方驾并驰，而为"百代攸宗"。方回在《瀛奎律髓·序》中云："文之精者为诗，诗之精者为律。"律诗既为诗之精，而律诗又为唐贤之新创，故论唐诗，必以律诗为核心。因思唐代律诗之研究，宋以后代不乏人，人不乏精辟之见，惟于其发展之轨迹及各阶段惨淡经营最关键人物之主导作用，未能加以展示，给人以清晰之整体感。兹拟以人为经，以诗与时代为纬，按演进大势划五个阶段分别顺序阐述。

一、李世民

"盛哉，太宗之烈也！其除隋之乱，比迹汤武；致治之美，庶几成康。自古功德兼隆，由汉以来未之有也。"(《新唐书·太宗本纪赞》)李世民创业之功，贞观之治，昭垂史乘，人无异词。惟于其文学特别是诗歌之成就，鲜为人道，甚至有人贬其诗为宫体诗，强之与昏庸亡国之君梁简文、陈后主、隋炀帝并列①。遍阅各种唐诗选本，世民诗从无一首入选，不能不令人惊异。试观世民之《帝京篇序》：

> 予以万几之暇，游息艺文。观列代之皇王，考当时之行事：轩、昊、舜、禹之上，信无间然矣；至于秦皇、周穆、汉武、魏明，峻宇雕墙，穷侈极丽，征税殚于宇宙，辙迹遍于天下，九州无以称其求，江海不能赡其欲，覆亡颠沛，不亦宜乎！予追踪百王之末，驰心千载之下，慷慨怀古，想彼哲人。庶以尧舜之风，荡秦汉之弊；用《咸》、《英》之曲，变烂漫之音。求之人情，不为难矣。故观文教于六经，阅武功于七德，台榭取其避燥湿，金石尚其谐神人，皆节之于中和，不系之于淫放。故沟洫

---

① 闻一多《宫体诗的自赎》："宫体诗就是宫廷的，或以宫廷为中心的艳情诗，它是有历史性的名词。所以严格的讲，宫体又当指梁简文帝为太子时的东宫及陈后主、隋炀帝、唐太宗等几个宫廷为中心的艳情诗。"

可悦,何必江海之滨乎?麟阁可玩,何必山陵之间乎?忠良可接,何必海上神仙乎?丰镐可游,何必瑶池之上乎?释实求华,以从人欲,乱于大道,君子耻之。故述《帝京篇》以明雅志云尔。

于此,可知其为政之道,在于释华求实,以尧舜之风,荡秦汉之弊;为诗之要,在于用《咸》、《英》之曲,变烂漫之音。如此雅志,发而为诗,自足炳耀千秋。宫体诗之诬,不须一辨而冰释。

世民诗现存九十九首(其中有六首一作董思恭诗。《全唐诗·小传》标明六十九首,实误),无一首古诗,全部律化,几乎每联对仗皆工,而且平仄亦基本协调。诗风雅正,脱弃梁、陈。规模宏大,无所不包。举凡自然界之天象地舆,山川鸟兽,秋月春花;人事上之文治武功,韦编坟典,律己临民,无一不形之于歌咏。大到"无为宇宙清,有美璇玑正"(《执契静三边》),小到"疏黄一鸟弄,半翠几眉开"(《春池柳》),无论大小,皆无粗疏纤弱之感,但觉风致缥缈,情韵悠扬。至其"驻跸抚田畯,回舆访牧童"(《重幸武功》)、"心随朗月高,志与秋霜洁"(《经破薛举战地》)、"人道恶高危,虚心戒淫荡;奉天竭诚敬,临民思惠养;纳善察忠谏,明科慎刑赏"(《帝京篇》),尤见品格高尚。读其诗,如登大雅之堂,闻《咸》、《英》并奏。

世民诗之所以如此高美,是由于"万几之暇,游息艺文",深谙"文章经国之大业,不朽之盛事"(曹丕语),故于大业方定,即锐意发展文化。唐代文苑之奇葩竞放,姿态万千,光掩前人,垂范后世,世民之功,岂容忽视?兹将其所作诗分类举例,以明唐代律诗各种体制之新苗,皆诞育于世民之手。

（一）五言律之成调

帝京篇十首之一

秦川雄帝宅，函谷壮皇居。绮殿千寻起，离宫百雉余。连甍遥接汉，飞观迥凌虚。云日隐层阙，风烟出绮疏。

月晦

晦魄移中律，凝暄起丽城。罩云朝盖上，穿露晓珠呈。笑树花分色，啼枝鸟合声。披襟欢眺望，极目畅春情。

秋日二首之二

爽气澄兰沼，秋风动桂林。露凝千片玉，菊散一丛金。日岫高低影，云空点缀阴。蓬瀛不可望，泉石且娱心。

三层阁上置音声

绮筵移暮景，紫阁引宵烟。隔栋歌尘合，分阶舞影连。声流三处管，响乱一重弦。不似秦楼上，吹箫空学仙。

以上四律，完全成调。胡应麟谓五律"神龙以还，卓然成调"，殊为失察。

（二）七言律之初成

七言律，杨慎取梁简文、隋王绩、温子升、陈后主四章为七言律祖，胡应麟认为"中皆杂五言，体殊不合"，胡氏提出："余遍阅六朝，

得庾子山'促柱调弦'、陈子良'我家吴会'二首,虽音节未甚谐,体实七言律也。"试看庾信《乌夜啼》:

促柱调弦非子夜,歌声舞态异前溪。御史府中何处宿?洛阳城头那得栖?弹琴蜀郡卓家女,织锦秦川窦氏妻。讵不自惊长泪落,到头啼乌恒夜啼。

陈子良《于塞北春日思归》:

我家吴会青山远,他乡关塞白云深。为许羁愁长下泪,那堪春色更伤心。惊鸟屡飞恒失侣,落花一去不归林。如何此日嗟迟暮,悲来还作白头吟。

二诗音节未谐处较多,谓为七言新变体(律化未完成者)则可,称为七言律祖,殊失体格。再看李世民《饯中书侍郎来济》:

暧暧去尘昏灞岸,飞飞轻盖指河梁。云峰衣结千重叶,雪岫花开几树妆。深悲黄鹤孤舟远,独叹青山别路长。聊将分袂沾巾泪,还用持添离席觞。

此诗"一作宋之问诗。非"。《全唐诗》编者已明示诗非宋之问作,极其正确:宋之问虽生年不可考,但史载上元二年(675)之间举进士,而来济已于龙朔二年(662)抗突厥入侵阵亡,不可能有祖饯活动。至于来济拜中书侍郎在永徽二年(651),太宗朝为中书舍人。此殆选诗者称其最高官爵(古人多有此例)。此诗已是完全成调之七言律,前四句音节全谐,后四句亦每联皆谐。在此之前,未见有如此成熟之七言律;在此之后,展卷可寻。王维《送方尊师归嵩山》:

仙官欲往九龙潭,旄节朱幡倚石龛。山压天中半天上,洞穿江底出江南。瀑布杉松常带雨,夕阳苍翠忽成岚。借问迎来双白鹤,已曾衡岳送苏耽。

　　维诗与世民诗格调全合,维诗第三句尚有"半天"二字失调,可见世民诗之时代价值。谓为七言律祖,自无疑义。

(三) 五言排律之肇始

　　五排,凡言排律,多指五排。七言排律,创自杜甫,仅存诗八首,亦不甚工,唐代作者不多,聊备一格。论及五排,尚须略溯其源:早在梁、陈时期,阴铿曾有一首格调鸿整,五音并协之《安乐宫》:

　　　　新宫实壮哉,云里望楼台。迢递翔鹍仰,联翩贺燕来。重檐寒雾宿,丹井夏莲开。砌石披新锦,雕梁画早梅。欲知安乐盛,歌管杂尘埃。

　　此十句律诗,人称为五排之祖,似觉牵强。五排定式,为三个音节单元组成亦即最短五排为十二句,此仅十句,是五排发展将成未成之状。李世民创作五排共二十四首,其中十句者八首,十二句者三首,十四句者二首,十六句者六首,十八句者一首,二十句者三首,最长一首为二十二句之《登三台言志》:

　　　　未央初壮汉,阿房昔侈秦。在危犹骋丽,居奢遂役人。岂如家四海,日宇罄朝轮。扇天裁户旧,砌地剪基新。引月擎宵桂,飘云逼曙鳞。露除光炫玉,霜阙映雕银。舞接花梁燕,歌迎鸟路尘。镜池波太液,庄苑丽宜春。作异甘泉日,停非路寝辰。念劳惭逸己,居旷返劳神。所欣成大厦,宏材伫渭滨。

此诗"岂如"以下十六句,皆五音调协,属对精工,若剪去首尾六句,即为完全合格之五排,实创始时之佳构,较之阴生,乃继承中一大发展。其格高气厚,旨远词新,自足以冒盖全唐。至于音调略有未谐,是五排与五律不同处。排律篇长,若过于工切,不免板弱;偶有拗变,反见峭拔。杜甫为排律圣手,其寓夔以后,尤精诗律。观其《夔府书怀四十韵》"不才名位晚,敢恨省郎迟"、"不必陪玄圃,超然待具茨"两联中之"不才"对"敢恨"、"不必"对"超然",皆非五律字法。而"凶兵铸农器"、"南宫载勋业"两句皆拗,盖有意于拗中求峭,变中求奇。由此可见世民之排律,实为杜甫所取法,推为排律之祖,未为不可。

世民在律诗建设中,各体俱备,且臻上乘,大启尔宇,宜乎《全唐诗·太宗小传》云:

> (帝)锐情经术,初建秦邸,即开文学馆,召名儒十八人为学士,既即位,殿左置弘文馆,悉引内学士,番宿更休。听朝之间,则与讨论典籍,杂以文咏,或日昃夜艾,未尝少怠。诗笔草隶,卓越前古。至于天文秀发,沉丽高朗,有唐三百年风雅之盛,帝实有以启之焉。

综上所述,李世民为唐代律诗奠定博厚基础。

二、杜审言

杜审言是继承李世民对唐代律诗营建之基业上加以发展,成为初唐最杰出诗人。杜甫评介乃祖之诗云"吾祖诗冠古"(《赠蜀僧闾邱师兄》),是从诗歌发展至初唐时期之历史阶段来衡量所作之新贡献,是正确之科学结论。惜后之学者昧于此理,对审言多所讥弹。《旧唐书·杜审言传》：

> 恃才謇傲，甚为时辈所嫉。乾封中，苏味道为天官侍郎，审言预选，试判讫，谓人曰："苏味道必死。"人问其故，审言曰："见吾判，即自当羞死矣。"又尝谓人曰："吾之文章，合得屈、宋为衙官；吾之书迹，合得王羲之北面。"其矜诞如此。

《新唐书·杜审言传》，在所谓"矜诞"方面，除同于旧书外，尚增添如下一段：

> 审言病甚，宋之问、武平一等候何如，答曰"甚为造化小儿相苦，尚何言？然吾在，久压公等，今且死，固大慰，但恨不见替人"云。

此后，计有功《唐诗纪事·杜审言小传》、辛文房《唐才子传·杜审言》等，皆沿袭新、旧《唐书》，以致不白之冤，历千载而犹未白。试观其对初唐律诗之经营，使各种体制皆达于规范而臻于完善之杰出贡献，当知审言之言之审，而非謇傲矜诞；更服杜甫"吾祖诗冠古"之评之确，而非阿其所好。

兹将审言在初唐律诗建设中之卓越成就分述如下：

（一）律化之发展

律化，是诗歌自身发展规律，由来已久，迨至齐、梁，沈约之《四声谱》出，声律学盛行，诗歌日趋规范。五、七言古诗先后律化定型，此种形态，既不同于汉魏古诗，又不同于唐代律诗，故世人称之为"新变体"。李世民在此基础上，加以开拓充实，出现一些合格律诗，为唐代律诗发展奠定初基。审言继承并发扬世民之余烈，对律诗体制进行全面建设，达于纯熟精美境地。他现存诗集中，虽仅有诗四十三首,但主要体制皆备:五律二十八首,七律三首,七绝三言,五排七首。此外尚有五古二首,然皆律化:《南海乱石山作》共十韵,《送和西蕃使》共六韵,只是仄韵平仄未全谐,否则,即为五排。此种全部律化现象,与世民诗集完全相同。于此,可见其对唐诗律化,卓建殊勋。

(二) 五律臻于精工宏丽

自齐梁入唐,五律由未定型而成调而精丽。谢朓《晚登三山还望京邑》全诗十四句,而对仗工整者即有八句,虽力求律化,但尚未定型,且皆仄韵。何逊《与胡兴安夜别》全诗八句,皆对仗极工,确已定型,惟未成调(即平仄未能全谐)。世民虽有四首完全定型而成调,且情词秀发,沉丽高朗,然体制未备,格调未舒。审言继之以拓建,乃臻于精工宏丽。集中五律共二十八首:正格(首句不用韵)二十四首;偏格(首句用韵)四首。四种谱式亦皆齐备:仄起不入韵式二十一首;平起不入韵式三首;仄起入韵式三首;平起入韵式一首。初唐五律之规矩准绳,概见于此。陈振孙《直斋书录解题·诗集类》有云:"唐初沈、宋以来,律诗始盛行,然未以平仄失眼为忌。审言诗虽不多,句律极严,无一失粘者。"钟惺《唐诗归》亦云:"初唐诗至必简,整矣畅矣。……必简数诗,开诗家整齐平密一派门户,在初唐实亦创作。"王夫之《姜斋诗话》又云:"近体梁、陈已有,至杜审言始叶于度。"可见,审言在初唐五律创建之功,世民而后,一人而已。

(三) 七律建成之冠时

杨慎取梁简文、隋王绩、温子升、陈后主四章为七言律祖,固非;胡应麟以庾信《乌夜啼》、陈子良《于塞北春日思归》取代杨氏律祖之说,亦非。李世民之《饯中书侍郎来济》,虽堪称七言律祖,然尚属初阶,审言既步其初阶,作《春日京中有怀》:

> 今年游寓独游秦,愁思看春不当春。上林苑里花徒发,细柳营前叶漫新。公子南桥应尽兴,将军西第几留宾!寄语洛城风景道:明年春色倍还人。

此诗首尾四句皆谐,中四句每联亦谐,与世民诗相仿佛。审言在此基础上建成正体二首:其一《守岁侍宴应制》:

> 季冬除夜接新年,帝子王孙捧御筵。宫阙星河低拂树,殿廷灯烛上熏天。弹弦奏节梅风入,对局探钩柏酒传。欲向正元歌万寿,暂留欢赏寄春前。

其二《大酺》:

> 毗陵震泽九州通,士女欢娱万国同。伐鼓撞钟惊海上,新妆袨服照江东。梅花落处疑残雪,柳叶开时任好风。火德云官逢道泰,天长日久属年丰。

此二诗,音节全谐,对仗工切,笔调隽爽,风姿端雅,标志七言律已正式进入成熟期。胡应麟谓此二诗"皆极高华雄整",又谓:"初唐无七言律,五言亦未超然。二体之妙,审言实为首倡。"可见,审言步趋世民之诗迹,意匠经营,使五、七言律由定型、定调而达于妙境。

(四) 排律巨制之绝诣

排律以长篇巨制为奇,阴铿之《安乐宫》尚未构成定式,李世民之《登三台言志》,虽远逸阴生,惟二十二句中尚有四联音节失调,对仗亦偶有欠工处,称为五排初祖尚可,未堪正始。审言继世民未竟之志业,恢宏其艺苑,大放其奇葩。观其仅有之两首五古(一为十韵,一为六韵)基本律化之现象,即可察其将五古过渡到五排之痕迹。他创作五排共七首:六韵者二首;八韵者一首;十韵者二首;二十韵者一首;四十韵者一首,皆排比铺陈,声韵合度,成为五排之典则,尤以四十韵之《和李大夫嗣真奉使存抚河东》一首,空绝前古,雄于当代。此诗(诗长,原文从略)构思结撰,从容中矩,精美绝伦。考察其要,须以杜甫在《八哀诗》中代述李邕之评语为矩矱。其云:"例及吾家诗,旷怀扫氛翳。慷慨嗣真作,咨嗟玉山桂。钟律俨高悬,鲲鲸喷迢递。"此乃通论审言之诗。"吾家诗",言其祖孙丕显丕承成就其传统诗歌家法,而为唐诗律法之楷模。"旷怀"句,言其胸襟豁达,脱弃拘束。"慷慨"句承上"旷怀",言有此豁达之胸襟,始能成此经国之佳章。"咨嗟"句,反复赞叹,称许"嗣真作"为"玉山桂"。"玉山",盖喻唐初诗坛,而"桂"秀拔其上,摇曳生姿,芬芳四溢,出乎其类,拔乎其萃。"钟律"句,誉审言诗遣词皆中律,且为排律正始之作;而钟律之俨然高悬,则可见其超轶于群伦之上而闻其时代诗声。"鲲鲸"句,可验诸诗之首联"六位乾坤动,三微历数迁"之涵盖乾坤,包孕万有;尾联"一闻歌圣道,助曲荷陶甄"之鲲鲸掣海,恣肆汪洋。这就是杜甫所追求之格局,乃祖已造其端。

(五) 七言绝句之示范

五绝源于短古,汉、魏诗中随处可见;七绝本为七言短歌之变,至唐始律化而定型,故亦属于律诗范畴。审言虽仅有七绝三首,然体格皆备:一是《赠苏绾书记》为散起对结格;二是《渡湘江》为对起对结格;三是《戏赠赵使君美人》为散起散结格。胡应麟云:"初唐五言绝,子安诸作已入妙境。七言初变梁、陈,韵度尚乏。惟杜审言《渡湘江》、《赠苏绾》二首,结皆作对,而工致天然,风味可掬。"此仅就其艺术而言,其实唐代七绝之格局已备于此。

综上诸端,可知审言在唐诗新体制建设方面,卓著勋勤,其艺术造诣,确已达到当时诗坛艺术顶峰。

三、杜甫

"至于子美,盖所谓上薄风骚,下该沈宋,言夺苏李,气吞曹刘,掩颜谢之孤高,杂徐庾之流丽,尽得古今之体势,而兼文人之所独专矣。……铺陈终始,排比声韵,大或千言,次犹数百,辞气豪迈而风调清深,属对律切而脱弃凡近。"(元稹《唐检校工部员外郎杜君墓系铭》)元稹之说,既赞颂杜诗集古今诗之大成,又标树杜律之卓绝成就,诚为不刊之论。杜甫绳其祖武,缵世民之余绪,虽擅长各体,然于律诗则殚毕生之精力,耀百世之休光。杜甫自云:"晚节渐于诗律细。"(《遣闷戏呈路十九曹长》)又云:"遣词必中律。"(《桥陵诗三十韵》)又云:"思飘云物外,律中鬼神惊。"(《敬赠郑谏议十韵》)皆自道其甘苦,所谓"文章千古事,得失寸心知"(《偶题》)。

杜甫沿风骚、汉魏、齐梁诗歌发展之轨迹进行探索,深谙穷通之理,在诗歌变革上卓著勋猷:变乐府为新声,于是有《三吏》、《三别》之歌;变古赋入今诗,于是有《北征》、《述怀》之作。而律、赋结合,化为五、七言律,乃至千言百韵之长篇,尤见其特异之艺术效果:以其能赋,故属对律切而不板弱;以其入律,故排比铺陈而不冗杂。自穷而通,舍变无由。孔子云:"知变化之道者,其知神之所为乎!"(《易·系辞上》)杜甫所谓"下笔如有神",盖不仅知变化之道,而已神乎其笔端。唐律发展至此,堂庑始大,唐诗之所以雄于诗坛者,以此!

杜甫之所以有如此光辉成就,乃由于其诚于中者,至诚;故其形于外者,如神(《中庸》:"至诚如神")。先观测其"诚于中":

首是根情:七龄,即"开口咏凤凰",歌颂象征国家祯祥之瑞鸟;度陇入蜀路过凤凰台时,要剖心沥血哺育凤雏,待其成长衔瑞图以光中兴;晚年漂泊湘潭路过衡山时,作《朱凤行》,伤朱凤之孤栖失侣,呼同志共斗鸱枭(剥民之凶人)。爱国忧民之情贯穿终始,老而弥笃。梁启超称之为"情圣"(《梁任公学术讲演集》),深得此老之心。

次是充实:甫幼年丧母,寄养于洛阳姑母家,受姑母之爱抚,深渥其教泽,且长期养病书斋,得以餍饫典籍,优游于不受时间与空间限制之文化世界,成天与圣贤豪杰、忠臣孝子、骚人雅士揖让周旋,忘形尔汝。以故在童年时代即培养成"嫉恶怀刚肠"之高尚品性与"读书破万卷"之雄厚学力。十四五岁时,已获得"斯文崔魏徒,以我似班扬"之时誉与"赋料扬雄敌,诗堪子建亲"之实学。孟子云:"充实之谓美,充实而有光辉之谓大,大而化之之谓圣,圣而不可知之之谓神。"(《孟子·尽心章》)杜甫深有得于斯。

再次是精勤:《礼·中庸》:"回之为人也,择乎中庸,得一善则拳拳服膺而弗失之矣。"杜甫正是如此。他既得爱国爱民、为诗为赋之善,勤而行之,终身匪懈。当秋风破屋时,他却"宁令吾庐独破受冻死,不忍四海赤子寒飕飕"(王安石《子美画像》)。他于诗已与生活融成一体:"愁极本凭诗遣兴"(《至后》),"遣兴莫过诗"(《可惜》),"不敢废诗篇"(《归》),"老去诗篇浑漫兴"、"语不惊人死不休"(《江上值水如海势聊短述》)。正因如此,故能达于精妙之境:"诗兴不无神"(《寄张十二山人彪三十韵》)、"毫发无遗憾,波澜独老成"(《敬赠郑谏议十韵》)。此择善服膺而得其真。

上述三者,可谓精诚之至。再考察其"形于外":

最重要之表现,发出时代之强音:其于贞观之治,则颂之云:"草昧英雄起,讴歌历数归。风尘三尺剑,社稷一戎衣。翼亮贞文德,丕承戢武威。圣图天广大,宗祀日光辉。"(《重经昭陵》)于开元盛世则云:"凤历轩辕纪,龙飞四十春。八荒开寿域,一气转洪钧。"(《上韦左相二十韵》)于天宝乍衰则云:"历历开元事,分明在眼前。无端盗贼起,忽已岁时迁。"(《历历》)写肃宗朝云:"苍生未苏息,胡马半乾坤。"(《建都十二韵》)至代宗朝,国事日非,民生益敝,即讽之云:"天子多恩泽,苍生转寂寥。"(《奉赠卢五丈参谋琚》)至绝笔诗仍云:"战血流依旧,军声动至今。"(《风疾舟中伏枕书怀》)此类诗在杜集中随处可见,字里行间,无不跳动祖国之脉搏,宣泄人民之心声。

最具体之功绩,扩大律诗之苑囿,创新律诗之体制:由于律赋结合,强化其表现之功能。举凡政治、经济、军事、文化、山川形胜、风土民情、人物传记等,皆于杜律中得到充分描述。由于变中求新,各种新制竞呈异彩:

仄律:《望岳》("岱宗夫如何")、《游龙门奉先寺》均为仄韵之律体,创此一格,以明由古体过渡到律体之迹象①。

拗律:此体为甫晚年律诗创作中之变体,以曲达其拂逆心境。其代表作为《晓发公安》,诗之拗处,四声交错,起伏蹉跌,正是此老此时心律不齐之反映。王嗣奭云:"七言律之变至此而极妙,亦至此而神。"

连章律:杜集中连章诗颇多,单就律诗而论,五律以《秦州杂诗二十首》、《陪郑广文游何将军山林十首》、《重过何氏五首》为最多之连章体。赵汸云:"凡一题而赋数首者,须首尾布置,有起有结,每章各有主意,无繁复不伦之失,乃是家数。观此十章及后五章,可见。"《秋兴八首》,为七律连章体中最多一组。王嗣奭云:"《秋兴八首》,以第一首起兴,而后七首俱发中怀,或承上,或启下,或互相发,或遥相应,总是一篇文字,拆去一章不得,单选一章不得。"此强调连章体之章法,严密其整体性。此种体,明示汉赋之变与唐律之成。

长排律:杜集总共存诗一四五八首②。近体一零五四首,其中

---

① 参见施鸿保《读杜诗说》卷一。
② 按浦起龙《读杜心解》统计。

律诗即有九一六首,占全诗之泰半。律诗之中,五、七排共一三五首,五排为一二七首。五排入蜀以前为二十七首,入蜀以后为一百首,而四十韵以上之长篇,皆入蜀后之作。居夔时有排律二十九首,较任何时期为多,并出现前所未有之百韵长律。此篇一出,夺首倡之功,收观止之效①。以白居易之才,效杜作《代书诗一百韵寄微之》,虽亦气畅词美,然其结构简易:首叙同官,中言被谴,末致怀思。乏钩挽排逗之法,无错综伸缩之奇,故昔人讥之为"直头布袋",少陵长篇,诚如胡应麟称之云"排律近体,前人未备,伐山导源,为万世模"。

观其诚于中,察其形于外,则知其合内外之道,存养省察,圣神功化,故能集诗律学之大成,建新体制之宏规,开诗世界之大观。

四、许浑

许浑生当唐祚中叶,家贫多病,苦学劳心,唐文宗太和六年(833)登进士第后,历任县令、司马、监察御史、虞部员外郎、刺史等职,阅历既深,知世事之不可为,一再弃官归隐,不欲随俗浮沉。宣宗大中四年(850)自编其所作诗五百篇,名为《丁卯集》。葛立方《韵语阳秋》云:"余读许浑诗,独爱'道直去官早,家贫为客多'之句,非亲尝者,不知其味也。《赠萧兵曹诗》云:'客道耻摇尾,皇恩宽犯鳞。''道直去官早'之实也。《将离郊园诗》云:'久贫辞国远,多病在家希。''家贫为客多'之实也。"其品格胸襟之高朗若此。韦庄《题许浑诗卷》云:"江南才子许浑诗,字字清新句句奇。十斛明珠量不尽,惠休虚作碧云词。"其诗风韵调之新奇又若此,宜乎陆游

---

① 王嗣奭《杜臆》:"唐人百韵诗,杜公首倡。"李重华《贞一斋诗说》:"五言排律,至杜集观止。"

《跋许用晦丁卯集》云:"在大中以后,亦可称为杰作。"韦氏之题,盖谓浑诗远绍齐梁(惠休鲍照并称),而新奇过之,大开晚唐诗风。陆氏跋中之"大中以后"、"亦可称为",盖有意为李商隐留席位,认为用晦与义山诗皆晚唐之杰作。高棅之《唐诗品汇》以"太和至唐末为晚唐,称为正变",正即用晦,变乃义山,二杰并峙晚唐,未可轩轾。周济《词辨》云:"北宋词多就景抒情,故珠圆玉润,四照玲珑。"此正道着浑诗风貌。可见浑诗不仅为晚唐树楷模,而且影响北宋之诗词。

许浑诗,实为唐诗史中划时代之作,撷齐梁之绮丽,蕴盛唐之高华,耀晚唐之光景,蔚为奇观。不料至元之方回撰《瀛奎律髓》,力主江西诗派,倡一祖三宗之说(一祖:杜甫;三宗:黄庭坚、陈师道、陈与义)。"其说以生硬为健笔,以粗豪为老境,以炼字为句眼"(《四库全书总目》),认为浑诗句熟格卑,贬抑殊甚。故自江西诗派雄踞诗坛以来,浑诗遂长期不为人所重视。其实,浑诗为唐代律诗发展至纯熟阶段之标识。清人田雯在《古欢堂集·杂著》中云:"诗律之熟,无如浑者。"此言极当。浑之前人,未有如浑诗之圆熟精工:即以"晚节渐于诗律细"之杜甫相较,其"筑城依白帝,转粟上青天"(《西山》),可谓甚工,然"白帝"与"青天"仅字面对,何如浑诗"残云归太华,疏雨过中条"(《秋日赴阙题潼关驿楼》)之的对而又自然?浑之后,王安石以严于诗律、精于对偶自矜,其"一水护田将绿绕,两山排闼送青来"(《书湖阴先生壁》),虽工对且有气势,何如浑诗"溪云初起日沉阁,山雨欲来风满楼"(《咸阳城东楼》)之变化深浑?安石"含风鸭绿鳞鳞起,弄日鹅黄袅袅垂"(《南浦》)之刻画工巧,何如浑诗"鱼下碧潭当镜跃,鸟还春嶂拂屏飞"(《村居》)之鲜明灵动?浑诗之所以如此精美无瑕,实唐诗演进百余年之结晶。

综上所述,许浑在唐代新体诗建设中之划时代作用,实不能等闲视之!方回评其诗"太工"、"格卑"或"形胜于神",门户之见极深。试观其所评之《岁暮自广江至新兴往复中题峡山寺》第一首诗:"夜醉晨方醒,孤吟恐失群。海蜻潮上见,江鹄雾中闻。未腊梅先实,经冬草自熏。树随山崦合,泉到石棱分。虎迹空林雨,猿声绝岭云。萧萧异乡鬓,明日共丝梦。"句句工切,字字细润,大小远近,擒纵自如,声色相宣,神采飞动,实为形神并胜之作。方氏之评,乃欲牵古人而就"江西"之范,自非平情之论。再观陈师道(江西派大宗师)《别宝讲主》诗中"咒功先服猛,戒力得扶颠"二句,语意生硬晦涩,而方回评之云:"读后山诗语简而意博,'咒功'、'戒力'四字,已深入于细;'服猛'、'扶颠',一出《礼记》,一出《论语》,抉剔为用,愈细而奇,与晚唐人专泥景物而求工者不同也。"同诗第七句"夜床鞋脚别",俗恶笨拙不堪,而方氏誉之云:"此本俗语,脚不可以无鞋,而夜寐之际,脚亦无用于鞋,此又以其胶恋执着为戒也。故后山诗,愈玩愈有味。"(均见《瀛奎律髓·梵释类》)方氏昧其心而为不公之论,难免自相矛盾:在痛抑浑诗之同时,又称"其集怀古数诗为最",并将《凌歊台》、《咸阳城东楼》、《骊山》、《登尉佗楼》、《姑苏怀古》、《金陵怀古》、《经故丁补阙郊居》等七首选入《瀛奎律髓》之《怀古类》。此七诗,自方回之门户观之,何尝不是"太工"、"格卑"或"形胜于神"? 此七诗,入方氏之选,非许子之荣,实方氏之辱。

  许浑自编之《丁卯集》中有一特殊现象:诗皆近体,无一古体(不似杜审言集中尚有趋于律化之五古二首),而近体又以五、七言律为最多。此种现象,晚唐诗人集中比比皆是,而在他之前惟于李世民集中见之。可见他是祖述世民,毕生致力于律诗创作,完成律诗发展中之时代使命。如此划时代人物与其划时代诗作,因"江西"之偏见而沉沦千载,殊堪惋惜。时至今日,理应为蒙玷之白圭刮垢磨光。不料《中国诗史》(陆侃如、冯沅君合著)与《中国文学史》(中国社会科学院文学研究所编)两部权威著作,对于许浑诗竟无一言提及。特表而出之,冀以恢复浑诗"字字清新句句奇"之原有光采及"晚唐杰作"之恰当地位。

五、李商隐

　　李商隐是律坛巨子，与李世民、杜审言、杜甫、许浑迢递承扬，构成五星联珠，通照千秋诗坛。商隐之于诗，立足于变：一变大启永明之户牖，播扬其余波；再变跨越杜甫之藩篱，自建其宫室；三变包举许浑之新奇，入朦胧之境。综此三变，铸成大业。张采田《李义山诗辨正》中云："律诗中能寓比兴，得骚人《九辨》之遗音，有唐一代，惟玉溪一人，此所以独成宗派。"此言其诗坛之地位。孙德谦《玉溪生年谱会笺序》中云："通意内之隐，索弦外之趣，高桐霏雾，识栖托之无从；衰柳斜阳，痛年芳之易晚。史公所云'好学深思，心知其意'，庶几遇之。"此言"通隐"、"索趣"之途径。葛立方《韵语阳秋》中云："咸平、景德中，钱惟演、刘筠首变诗格，而杨文公与王鼎、王绰号'江东三虎'，诗格与钱、刘亦绝相类，谓之'西昆体'。大率李义山之为丰富藻丽，不作枯瘠语，故杨文公在至道中得义山诗百余篇，至于爱慕而不能释手。公尝论义山诗，以谓包蕴密致，演绎平畅，味无穷而炙愈出，钻弥坚而酌不竭，使学者少窥其一斑，若涤肠而洗骨。是知文公之诗有得于义山者为多矣。"此言其灯传北宋，派演西昆。故于商隐诗，必须作综合研讨，而后始能摄意象于微茫，通灵犀于绵邈。商隐自云："混沌何由凿，青冥未有梯。"(《寄罗劭兴》)可见架"未有梯"之梯，上"青冥"而凿"混沌"，诚非易事。

　　商隐幼慧能文，十七岁即以文才见知于令狐楚，引为幕府巡官。文宗开成二年(837)二十五岁，得令狐绹奖誉登进士第。次年，河阳节度使王茂元赏识商隐之才，辟为掌书记，并以子妻之。茂元系牛(僧儒)、李(德裕)党争中重要成员，与令狐父子政见相忤，从此商隐便不自觉而卷入朋党倾轧之漩涡，抑郁坎坷，无以自拔，穷愁潦倒以终，年仅四十七岁。

商隐之爱情生活,亦如其政治生活之多舛。其于爱情之追求,有执着真挚一面,如:"春蚕到死丝方尽,蜡炬成灰泪始干"、"刘郎已恨蓬山远,更隔蓬山一万重"、"蓬山此去无多路,青鸟殷勤为探看"、"春心莫共花争发,一寸相思一寸灰"等诗句,婉转缠绵,语浅情深,皆流自肺腑,为无数恋人之所欲道而不能道。然亦有其庸俗一面:他曾私悦令狐家婢女锦瑟,又曾与洛中里娘名柳枝者相昵。《无题》(昨夜星辰)一诗,据赵臣瑷《山满楼唐诗七律笺》云:"此义山在王茂元家窃窥其闺人而为之。"亦有与女道士相恋之事。如此无行,惟色是务,盖世道衰微,心境怫戾有以致之。然其爱无贵贱,颇具平等观;勇于自我揭露,似有正义感。张戒《岁寒堂诗话》评商隐诗云:"咏物似琐屑,咏事似僻,而意则甚远,世但见其诗喜悦妇人,而不知为世鉴戒。"此论用意甚深。

商隐于律诗建造,亦殚毕生精力,以其超绝智慧、充实学养,融世态、身世、隐情于一体,故其诗精妙绝伦。其集中共有诗五百九十五首,其中五律一百四十八首,七律一百一十九首,排律五十一首,七绝二百零七首,五绝四十二首,古诗二十八首,而古诗又多趋于律化:《七月二十八日夜与王郑二秀才听雨后梦作》七古,纪昀批云:"通首合律,无复古诗音节。"此可觇其致力律化之一斑。在律化过程中,亦可见其祖述渊源:他上窥永明,摘其精英,中学杜甫,汲其精髓;近仿许浑,得其精工。其《安定城楼》"迢递高城百尺楼,绿杨枝外尽汀洲",显系承杜甫《登楼》"花近高楼伤客心,万方多难此登临"、许浑《咸阳城东楼》"一上高城万里愁,蒹葭杨柳似汀洲"演化而成。然着重在于变。杜甫由工而变,又由变而工:"朝罢香烟携满袖,诗成珠玉在挥毫"(《奉和贾至舍人早朝大明宫》),极工;"三顾频烦天下计,两朝开济老臣心"(《蜀相》),欠工;"珠帘绣柱围黄鹄,锦缆牙樯起白鸥"(《秋兴》),极工。许浑专一求工:"残云归太华,疏雨过中条",不仅字字的对,而且"太华"、"中条"两山名在字面上亦工对无比;"鸟下绿芜秦苑夕,蝉鸣黄叶汉宫秋",除名物、时地、动作对称天成外,颜色亦对映成趣。商隐则在变中求工,工中有变:"风标森太华,星象逼中台",仿许浑之的对;"隔座送钩春酒暖,分曹射覆蜡灯红",变浑之颜色对而以"暖"对"红";"身无彩凤双飞翼,心有灵犀一点通",破浑之圆熟而力求生硬;"永忆江湖归白发,欲回天地入扁舟"一联,整体工对,"扁舟"对"白发",是小变,"扁舟"、"白发",均是想象退隐时情事,本为一体,插入"欲回天地",是大变,而此种变复归于正,使人浑然不觉。王世懋《艺圃撷余》:"唐律由初而盛,由盛而中,由中而晚,故自必不可同。然亦有初而逗盛,盛而逗中,中而逗晚者。何则?逗者,变之渐也,非逗,故无由变。"商隐学杜而善变,故能脱胎而成大家。清人金武祥《粟香随笔》:"李义山极不似杜,而学杜者无过义山。"变而能化,故能入神。

　　商隐律诗,以无题诗成就最大,最能表现其风格。即以代表作《锦瑟》(论家多以此与《有为》、《一片》、《日射》、《摇落》、《碧城》等同为无题诗)而论,有谓为"悼亡",或谓为"为令狐家青衣锦瑟而作",亦有谓为"哀李德裕贬死崖州",众说纷纭,莫衷一是,此正是无题诗之妙造,本不可解而强为索解,实非解人。张采田云:"义山七律,往往以末句为一篇主意,掉转全篇,此玉溪创格。"观此诗末句"只是当时已惘然",尚有何说? 杜甫所谓"意惬关飞动,篇终接混茫",庄生所谓"古之人在混茫之中"(《缮性》),正是商隐殊异遭际人生之象征,神秘而超自然诗艺之写照。陆时雍《诗镜总论》:"李商隐七言律,气韵香甘。唐季得此,所谓枇杷晚翠。"正描绘出商隐在五星联珠中之殿军形象。

结　语

　　"江山代有才人出,各领风骚数十年。"上述律坛之五星联珠,系审视唐律发展实况区为五大阶段,并在各阶段中标示对律诗建设作出卓越贡献而又足以领一代风骚之关键人物,从他们承序关系中显现出有唐三百年"律中鬼神惊"之整体风貌。

唐代诗坛,有如皎洁夜空,繁星竞出,各耀光芒。代有才人,人有佳什,而何仅提出五人占领三百年之律坛?待从头说起:一、李世民以一代开国英明之主,游息艺文,故其所为诗转齐梁之绮艳,奠大唐之诗基。其同时之魏征、虞世南辈,虽亦皆能诗,然终未成器。二、杜审言继世民之后,完成律诗各种体制,厥功匪浅。其同时之四杰,沈佺期、宋之问、李峤、苏味道、崔融等,于律诗建设,皆未竟全功。三、杜甫集诗学之大成,扩大律诗之畛域,树诗律之楷式。与其并称之李白,固亦盛唐巨匠,然其诗"壮浪纵恣,摆去拘束",不擅律体,不能历杜之藩翰。同时之王、孟、高、岑、储、韦,皆各有造诣,而非律诗圣手。稍后之张籍、王建、元稹、白居易皆以新乐府闻于时。韩、柳以古文鸣,皆非律诗正宗。四、许浑承先朝之基业,潜研诗律之精微,完成律诗之必要工序,使之完全成熟。同时之杜牧,固亦大家,然其精工纯熟不及许浑,而变化入神又不及商隐,故不能领晚唐初期之风骚。五、李商隐含咀前人之英华,遁入混茫之神境,不与他人争雄,而他人亦莫之与京。

综此五美,唐律之脉络如示诸掌。

读唐诗偶笔(十则)

商君书锥指(上册)

一、唐诗之盛

唐诗之盛,光掩前朝,后之来者,难乎为继。推其致盛之因,论者多谓为当时经济、政治、文化等特定条件所促成,与夫诗歌自身传统发展之结果。语焉不详,且含疵谬。

我国自有史以来,即以诗鸣,言深衷之志趣,谱华夏之强音。其源远,其流长,其根深,其柢固,诚所谓"美哉,泱泱乎,大风也哉"! 余昔年曾与友人论诗,中有一段叙诗史发展云:

> 盘古运斤劈天地,霹雳砯訇恣厥志,荒荒诗门从此开,击壤操牛各有致。雎鸠关关送好音,黄鸟交交哀怨深,与子同袍同敌忾,节彼南山诉强淫。喜怒哀乐任挥斥,一泻巨细尽珠璧,皇皇诗国诗产丰,孔丘刀下余《三百》。伯阳振衰诗五千,古朴真醇道自然,盲瞽不得妙门入,自欺欺人弄玄虚。灵均一变骚风起,无可奈何沉江水,那堪竟有效颦人,转使真骚入靡靡。大哉汉魏立恢闳,声华风骨气峥嵘,陌上柔桑何窈窕,幽并游侠意纵横。青青河畔绵绵草,高楼明月自盈盈,冉冉无心云出岫,晶晶璞玉浑然成。瑰丽余风递江左,田园山水尚可小,大启尔宇在盛唐,日月光辉夺爝火。

观此,周秦至唐诗歌之发展概貌,如示诸掌;同时亦可体察到诗盛于唐之必然趋势。《尚书·舜典》:"诗言志,歌永言,声依永,律和声。"此舜命夔典乐所提出之标准,并要求臻于"八音克谐,无相夺伦,神人以和"之境。有虞以降,诗人代兴,秉此宗旨,惨淡经营,于形式,则四言、杂言并举,七言、五言递承;于声律,则由自然之音节,进入严饬之式程;至于立意造境,皆各言所志,融铸物象,树时代之宗风。凡此种种,皆至唐而大备,亦至唐而入神。

欲知唐诗盛况,即从兵燹之余至清而始编成之《全唐诗》观之,亦可想象其全貌:现存诗歌近五万首,唐代之社会生活皆深刻反映于字里行间。所录诗人达两千余家,帝王倡之于上,公侯将相从而和之,寒微庶族亦企以此进身,工匠、舟子、樵夫、婢妾亦多知诗,甚至神、仙、鬼、怪歌吟幽明之间,感应于有无之际,构成唐诗之整体,如此盛况,实前古所未有。而诗史长河中演进之洪波巨浪,尤呈奇观异彩。帝王之能诗者有:太宗、高宗、中宗、睿宗、玄宗、肃宗、德宗、文宗、宣宗、昭宗,尤以太宗奠丰基于贞观,且有魏征、虞世南翊亮文德;玄宗丕承丕显于开元,更有张说、张九龄羽翼斯文。至于后妃秉笔于宫闱,将帅飞翰于边塞,益添异彩。若欲考察正宗流派,唐初有四杰、四友、沈宋之并列;盛唐则有诗仙、诗佛、诗圣之鼎立,高岑之志在边疆,孟储之情怡山水。迨至元和,韩孟之奇僻,元白之新声,皆一时之杰。大历十子,"联藻文林,银黄相望,且同臭味,契分俱深"(《唐才子传》),亦见当世之风华。降及晚唐,诗风渐靡,而许浑之纯熟精工,温李之才情绮靡,亦衰世之奇葩,为昆体、花间之先导,虽属余波,殊足增色。

综上所述,再由流溯源,即知唐诗之盛,乃诗史发展之必然。试观唐前之历代,或以政令震慑,或以军威凌轹,或以诗教迷惘,或以文治欺蒙,无不阻滞时轮之前进,而心声之抑郁,尤感不平而待鸣。及于贞观,天下大治,开元继兴,国强民富,政治开明,思想自由,行无定轨,言无禁忌,朗畅情怀,春花竞放,长期胸中之沉积,若决江河,沛然莫之能御。

二、帝王诗之杰

有唐三百年风雅,帝王之诗传世者十人,要以文皇奠其基,明皇发扬而光大之,继贞观之治而呈开元之盛,诗风亦因之而丕焕,开盛唐之大观。

明皇品德学艺,多有过人之处,孝于其亲,友于兄弟。信人不疑,禄山反书至犹不置信,酿成大乱,罪在禄山。虚心好学,亲注《孝经》及《道德经》,"性英断多艺,犹知音律,善八分书"(《旧唐书·玄宗纪》)。"开元二十二年夏,上自于苑中种麦,率皇太子以下躬耕收获"(《玄宗纪》),以身作则。《惟此温泉是称愈疾岂予独受其福思与兆人共之乘暇巡游乃言其志》:"桂殿与山连,兰汤涌自然。阴崖含秀色,温谷吐潺湲。绩为蠲邪著,功因养正宣。愿言将亿兆,同此共昌延。"此言志之作,偶游温泉,即思与兆民共福,如此存心,与侈天下与自奉者固不可同日而语,而以此志发而为诗,自成大器。故明皇诗不仅为十帝诗之杰,亦且为盛唐之大家。试观《经邹鲁祭孔子而叹之》:

夫子何为者,栖栖一代中。地犹鄹氏邑,宅即鲁王宫。叹凤嗟身否,伤麟怨道穷。今看两楹奠,当与梦时同。

此诗系明皇祭孔子而作,赞叹其德盛千秋,道穷一代,首联,为孔子排除俗议,以明其道大难容于乱世。"夫子何为者",陡起一问,"栖栖一代中",以宕漾作答,使人于起伏中得其真义。《论语·宪问》:"微生亩谓孔子曰:'丘何为是栖栖者与?无乃为佞乎?'"时人竟将孔子栖栖一代之行道艰难,诬之为"佞",此联即针对此而发。为其辩诬,正所以表崇仰之情。颔联,兴吊古之叹。鄹氏之邑依旧,孔子之宅曾化为鲁王之宫。孔安国《尚书序》:"鲁共王坏孔子旧宅,以广其居,升堂闻丝竹金石之声,乃不坏宅。"诗中暗寓神话色彩,以增添穆肃氛围。而时迁世异、物是人非之感,自亦油然而生。颈联,叹孔子之身否道穷。《论语·子罕》:"夫子泣曰:'凤鸟不至,河不出图,吾已矣夫。'"《春秋》:"哀公十有四年春,西狩获麟。"《孔丛子》:"夫子泣曰:'麟也,麟出而死,吾道穷矣。'"由于孔子生非其时,故思凤而兴叹,获麟而心伤。此虽叹息孔子,但亦有隐然自豪感:假如孔子生于开元之世,必可风虎云龙,大行其道。尾联,表祭奠时情怀。《礼·檀弓》:"余(指孔子)畴昔之夜,梦坐奠于两楹之间。夫明王不兴,而天下孰能宗余?余殆将死也!盖寝疾七日而没。"此以眼前之实,遥映梦中之虚;复以梦中之虚,神化眼前之实。虚实相生,镕铸千载;运笔奇谲,寄慨遥深。与首联相映衬,则见突兀汪洋,直如长云连海岱之势。

此诗在声律运用上,尤具特色。先看诗之谱式:

平上平平上,平平入去平。去平平去入,入入上平平。去去平平上,平平去去平。平平上平去,平上去平平。

首句,用二上声继平声之后,夹于两平声之尾,使人被高亢之音唤起而追忆孔丘之平生。二句,两平声之后突用一入声煞住,又用一去声送至远方,然后复归于平,使人如见栖栖皇皇之状,如闻长吁短叹之声。三句,先用一去声送出,连二平声拖长,又以去入二声表悠远而急促之情。四句,两入两平中夹一上声,提示漫长历史中之突变。五句,两去两平之后缀一上声,表悠久之叹而至于激昂。六句,两平两去后缀一平声,表怨伤嗟叹之无有穷期。七句,中用平上颠倒,使拗中起峭,融梦境与实况于一响,表祭奠时低回景仰之情。末句,用上去插入三平之间:振起一声,联古今之圣哲;推而致远,引意绪于绵长。

此以声律加强诗歌之表达功能,倘被之管弦,感人尤深。盛唐诸公,惟摩诘能之,余皆未能企及。少陵晚年始精于斯道,所谓"晚节渐于诗律细"。可见声律学在诗歌艺术上之重要性。故明皇之诗岂徒诸帝之杰,抑且为唐代诗坛之柱石。

三、后妃诗之秀

大唐诗风横被一时，能诗者不可胜纪，上自帝王将相，下至牛童马走，无不吟之咏之，舞之蹈之。至于后宫中之后妃嫔媛，尤以诗歌相尚，或应制承欢，或骋才矜能，颇多能手，留有篇章。然以高格衡之，所可标举者盖鲜。以文德皇后德行才艺，其所作之诗，亦如其《女则》之悃愊无华。试观其《春游曲》：

上苑桃花朝日明，兰闺艳妾动春情。井上新桃偷面色，檐边嫩柳学身轻。花中来去看舞蝶，树上长短听啼莺。林下何须远借问，出众风流旧有名。

武后才华高绝，其《曳鼎歌》："羲农首出，轩昊膺期。唐虞继踵，汤禹乘时。天下光宅，海内雍熙。上玄降鉴，方建隆基。"如咸英并奏，雍容大雅，惜其所作，多出北门学士之手，《全唐诗话》云："凡太后之诗文，皆元万顷、崔融辈为之。"故置之不予论次。徐贤妃虽人称幼慧能文，辞致赡蔚，然所作诗亦甚平钝。其《长门怨》云：

旧爱柏梁台，新宠昭阳殿。守分辞芳辇，含情泣团扇。一朝歌舞荣，凤昔诗书贱。颓恩诚已矣，覆水难重荐。

诗虽强自高其格调，然意蕴不深，一览则无余韵。上官昭容虽天性韶警，诗能继乃祖之风而自成体格，惜多应制奉和之作，婉媚华丽，为梁陈宫体诗之继续，殊非唐诗之正宗。

杨贵妃诗，虽仅存七绝一首，然其艺术价值，何止独秀于宫内？

人但知"太真姿质丰艳,善歌舞,通音律,智算过人"(《旧唐书·杨妃传》),初未知其诗亦迥拔孤秀。硕果仅存《赠云容舞》(云容,妃侍儿,善为霓裳舞。妃从幸绣岭宫时,赠此诗):

> 罗袖动香香不已,红蕖裊裊秋烟里。轻云岭上乍摇风,嫩柳池边初拂水。

首先以柔软罗袖飘动香气,呈现舞姿;并以"香不已"衬出罗袖在翁葧香气中飘拂之状,直似"风吹仙袂飘飘举"。次以"红蕖"形象其美貌,并以秋烟缭绕扩展其境界。事实上,云容之舞,定在室内,不可能在野外,故秋烟即罗袖动香之香烟,亦如杜甫形容贵妃舞时之"中堂舞神仙,烟雾蒙玉质"。三句,境界突然升高;四句,又突然降落,变化神速,莫测端倪。而轻云摇风于岭上,嫩柳拂水于池边,全凭"乍"、"初"二字传递消息,使观者上下求索而入于"天地为之久低昂"之境。从整体观之,云容秾丽之美貌,远淡之丰神,轻盈之舞姿,倜傥之韵致,均历历在目,应接不暇。而豆蔻年华,技艺即如此超绝,贵妃之精妙,尤可想见。有贵妃之诗,始有云容之舞艺;有贵妃之笔,始能写妙舞之章。此诗选用《阿那曲》(唐人以仄韵绝句入乐府,谓之《阿那曲》)以上声仄韵提高声调,振起舞势。

此是咏舞名篇,可与杜甫《观公孙大娘舞剑器行》比美。若从诗艺和舞艺结合审视,杨妃乃诗人兼舞蹈艺术家,其咏舞之作,自与其舞艺同臻于上乘;杜甫固诗中之圣,其于舞仅能欣赏而已,观《剑器行》之"燿如羿射九日落,矫如群帝骖龙翔。来如雷霆收震怒,罢如江海凝清光",描写舞姿,似觉用力过大,不如《阿那曲》之自然灵妙。

杨妃之诗,不仅为宫中之秀,且可跻于大家之列。曾为明皇称为三绝之郑虔,今仅存一首《闺情》:"银钥开香阁,金台照夜灯。长征君自惯,独卧妾何曾。"持与杨妃之《阿那曲》相较,其高下工拙,不辨自明。杨妃诗之价值,沉沦千载,良可慨已。

四、最佳四绝句特色

七绝,是在唐代律诗成熟后之产物。范梈云:"绝句者,截句也,或前对,或后对,或前后皆对,或前后皆不对,总是截律之四句。是虽正变不齐,而首尾布置,亦由四句为起承转合,未尝不同条而共贯也。"绝句虽仅为律诗之半,而运笔营构,却较律诗为难。胡应麟云:"绝句之构,独主风神。"王世贞云:"七言绝句,盛唐主气。"杨载云:"绝句之法,要婉曲回环,删芜就简,句绝而意不绝,多以第三句为主,四句发之。"正因为如此,唐人好以此争奇斗巧,旗亭画壁,即是一例。创作之丰,亦过于他体,洪迈编有《唐人万首绝句》,王士禛据以作《唐人万首绝句选》,删存二百六十四家,诗八百九十五首,名作大略具备,可谓洋洋大观。在此之中,评论家独推"渭城朝雨"、"朝辞白帝"、"奉帚平明"、"黄河远上",必有其特色在,试逐一略评于次:

渭城曲

王 维

渭城朝雨浥轻尘,客舍青青柳色新。劝君更尽一杯酒,西出阳关无故人。

首二句,点明送别地点——渭城客舍,而以"朝雨浥轻尘"、"青青柳色新"描绘清新明媚之春晨,渲染送别环境中一晌贪欢之氛围,加强惜别之深度。同时渭河与灞河相通,"年年柳色,霸陵伤别"之情绪,自必涌上心头,故第三句以劝酒消愁为一章之主,第四句"西出阳关无故人",衬出"更尽一杯酒"之重要,劝酒情深,惜别神伤。

此诗以音律见长,所谓《阳关三叠》,故第三句全神贯注,首尾亦相应得力。关于三叠歌法,苏轼《东坡志林》七:"旧传阳关三叠,然今世歌者,每句再叠而已。若通一首言之,又是四叠,皆非是。或每句三唱,以应三叠之说,则丛然无复节奏……及在黄州,偶得乐天《对酒》云:'相逢且莫推辞醉,听唱阳关第四声。'注云:'第四声劝君更进一杯酒。'以此验之,若一句再叠,则此句为第五声,今为第四声,则一句不叠审矣。"

此诗对后世影响甚大,每当送别,多唱此曲侑饮,据传至三叠时无不泪下。

早发白帝城

李　白

朝辞白帝彩云间,千里江陵一日还。两岸猿声啼不住,轻舟已过万重山。

研究此诗,须先了解两个问题:一、三峡情况。"自三峡七百里中,两岸连山,略无缺处……有时朝发白帝,暮到江陵。其间千二百里,虽乘奔御风,不以疾也……常有高猿长啸,属引凄异。空谷传响,哀转久绝。"(《水经注》卷三十四)可见三峡特点:山多、水急、高猿长啸。二、诗人作诗时心境。此诗人初次出三峡时作,自幼一直局处巴蜀,一旦远游,见此奇景,少年豪迈之情,自共江流奔涌。

首句,写早发地点,全面点题;次句写暮宿地点,是早发结果,完整写出足资纪念之一日行程。三、四句又回过头来突出写一日江行之感受。四句诗自成两组：一、二句为一组，用"辞"与"还"连接千二百里及自朝至暮之时空距离；三、四为一组，用"不住"与"已过"连系由听觉转入视觉神速镜头。四句有一共同特点：句句写景，句句表情。第一句以鲜妍灿烂山城晨景，创造出喜悦气氛；第二句暗写景物，为下两句留地步，因为千里行程该有多少景物从眼前掠过，只是舟行迅速无法明辨而已。在"千里"与"一日"、"轻舟"与"万重山"对照中，在"两岸猿声"与"空谷传响"交响曲中，如见傲然一世之诗仙乘一叶扁舟从银河飞下。

此诗特色，是以粗大笔触写出奇崛之景与轻快之情。

长信秋词

王昌龄

奉帚平明金殿开，暂将团扇共徘徊。玉颜不及寒鸦色，犹带昭阳日影来。

此诗咏班婕妤失宠后冷落长信宫之幽怨情怀。首句，写奉箕帚之役于金殿之中，画出失宠后贵族宫女形象（婕妤，宫中女官，汉武帝时置。位视上卿，秩比列侯）。次句，以"团扇"与上句"奉帚"联系起来，表示由得幸至失宠过程中之复杂心情，手持"扇"、"帚""共徘徊"，今夕枯荣之感，齐上心头，暗中逗引下文。班婕妤《怨歌行》（一名《团扇歌》）："新裂齐纨素，皎洁如霜雪。裁为合欢扇，团团似明月。出入君怀袖，动摇微风发。常恐秋节至，凉飚夺炎热。弃捐箧笥中，恩情中道绝。"裁为新扇，即虑弃捐，恩情中绝，怨何如之！三、四句从空中摄取寒鸦之色曳带昭阳日影一瞬间之现象，与憔悴玉颜相映衬，伤感由深，而重点集中在"昭阳殿"上,恩怨分明。

此诗最大特色除以出色艺术表现内心世界外,其社会意义不容忽视:腐朽之统治者荒淫成性,玩弄女性,无所不用其极,此诗宣泄被压抑之宫廷妇女共同心声,而王昌龄却是积极反映此一种重要问题之先驱者。

凉州词

王之涣

> 黄河远上白云间,一片孤城万仞山。羌笛何须怨杨柳,春风不度玉门关。

此诗写征人出塞在愈走愈远之行程中引发愈来愈深之愁怨。首句,写黄河上游之地势峻极,与李白《将进酒》"黄河之水天上来"同一意境。"黄河远上",一本作"黄沙直上",则平浅无味,次句,从高挂云天远景贴近万仞高山中之一片孤城——凉州,"已去汉月远"之心情愈加沉重。末两句,着重写"玉关情"。用"羌笛"表示已经身在玉门关外,听羌笛之《折杨柳》,不胜故国之情。怨杨柳之无益,恨春风之不度,意蕴深沉,情韵悠远。

此诗价值在于典型写征人之怨,对开边政策表示强烈抗议。杨慎《升庵诗话》:"此诗言恩泽不及于边塞,所谓君门远于万里也。"《诗·小雅·采薇》:"忧心孔疚,我行不来"、"行道迟迟,莫知我哀。"可见征夫之怨,自古而然。

以上四绝句,固各有其特色。谓为绝句之冠,亦无不可;然唐人绝句之杰出者颇多,特此四绝最符合唐人七绝之规范而已。

五、边塞诗之雄

开元盛世,国强民富,政通人和,群情奋发,无不积极向上,尤以士人竞欲立功异域,以图进身,借资报国。于是诗歌创作涉及边疆军旅生活与风土民情,形成边塞诗派。在此诗派中,恒举高适、岑参为代表,而岑乃为此派之雄。陆游《跋岑嘉州集》称之为"太白、子美之后,一人而已"。

试将高、岑边塞诗各举一首以相较:

燕歌行并序

高　适

开元二十六年,客有从元戎出塞而还者,作《燕歌行》以示。适感征戍之事,因而和焉。

汉家烟尘在东北,汉将辞家破残贼。男儿本自重横行,天子非常赐颜色。摐金伐鼓下榆关,旌旗逶迤碣石间。校尉羽书飞瀚海,单于猎火照狼山。山川萧条极边土,胡骑凭陵杂风雨。战士军前半死生,美人帐下犹歌舞。大漠穷秋塞草腓,孤城落日斗兵稀。身当恩遇恒轻敌,力尽关山未解围。铁衣远戍辛勤久,玉箸应啼别离后。少妇城南欲断肠,征人蓟北空回首。边风飘飘那可度,绝域苍茫更何有。杀气三时作阵云,寒声一夜传刁斗。相看白刃血纷纷,死节从来岂顾勋。君不见沙场征战苦,至今犹忆李将军。

此诗为高适边塞诗之代表作,对于边疆普通将士忠勤勇毅卫国精神之歌颂,同时对于边防首领张守珪不惜士卒、腐化享乐、虚报军情、掩盖败绩之揭露,均有其进步意义。至于笔势雄浑,悲壮淋漓,固为此篇艺术特色;《河岳英灵集》谓其"多胸臆语,兼有气骨",亦可见之于字里行间。惟此诗系闻他人语、见他人作有所感而为之,似不若岑之边疆诗均从其亲身经历环境中流出之真切动人。

白雪歌送武判官归京

岑 参

北风卷地白草折,胡天八月即飞雪。忽如一夜春风来,千树万树梨花开。散入珠帘湿罗幕,狐裘不暖锦衾薄。将军角弓不得控,都护铁衣冷难着。瀚海阑干百丈冰,愁云惨淡万里凝。中军置酒饮归客,胡琴琵琶与羌笛。纷纷暮雪下辕门,风掣红旗冻不翻。轮台东门送君去,去时雪满天山路。山回路转不见君,雪上空留马行处。

此诗是岑参在轮台幕府雪中送人归京之作,时天宝十三载(754),任安西、北庭节度判官。

《白雪歌》,是以描写雪为中心展现边塞风情。首二句,来势猛烈,点明胡天早雪之异常景象。"忽如"二句,奇想幻出奇波,以"春风"代替"北风";以"千树万树梨花开"表现雪花飞舞,大地银装之奇景。合四句观之,阳刚阴柔之美兼备。"散入"二句,细写雪花由外入内,以及苦寒之感。"瀚海"二句,又推拓出去,写出奇寒壮丽镜头,并抹上万里愁云,为下文送别作准备。"中军"八句,写送别场景,以边庭之酒,侑以边庭乐器,送归京之人;"轮台东门"点明送别地点和归京方位;"雪满天山",以壮景壮其行色;末二句,表示一往情深。杜甫所谓"意惬关飞动,篇终接混茫",此诗结尾,足以当之。

经此比较,高下自明,边塞诗之雄,当无争议。其所以如此,乃由"参累佐戎幕,往来鞍马烽尘间十余载,极征行离别之情,城障塞堡,无不经行"、"放情山水,故常怀逸念,奇造幽致,所得往往超拔孤秀,度越长情"(均引自《唐才子传》)。

六、神仙鬼怪诗之现实意义

余幼读《全唐诗》,对神仙鬼怪之诗,惑焉不解,总以为此等诗于人何益?七十以后,复读《全唐诗》,于其奥旨始初有所悟。《中庸》:"子曰:'鬼神之为德,其盛矣乎!'"朱熹注:"程子曰:'鬼神,天地之功用,而造化之极也。'张子曰:'鬼神者,二气之良能也。'愚谓:以二气言,则鬼者阴之灵也;神者阳之灵也。以一气言,则至而伸为神,反而归者为鬼,其实一物而已。为德,犹言性情功效。"以"性情功效"四字理解神仙鬼怪之诗,则庶乎近之。兹各举一例,以明其现实意义。

铸镜歌

龙护老人

天宝三载,扬州进水心境,纵横九寸,背有盘龙,势如生动。七载,秦中大旱,叶法善用镜龙祈雨,云从之出,甘霖大沛。初铸镜时,有老人自称龙护,同一小童名玄冥至炉所。经三日失之,于炉前获素书一纸,并一歌。移炉于扬子江心,五月五日午时铸成焉。

盘龙盘龙,隐于镜中。分野有象,变化无穷。兴云吐雾,行雨生风。上清仙子,来献圣聪。

事虽奇诞,然其祈向,却上通天意,下顺民心。

谷神歌(节录)

吕洞宾

我有一腹空谷虚,言之道有又还无。言之无兮不可舍,言之有兮不可居。谷兮谷兮太玄妙,神兮神兮真大道。谷神不死玄牝门,出入绵绵道若存。修炼还须夜半子,河车般载上昆仑。

此诗阐明有无相生之哲理,提示谷神为养身之秘要。

与薛昭和婚诗

张云容

张云容,杨贵妃侍儿也。申天师与绛雪丹服之,教其死后为大棺通穴,百年后,遇生人交精气,再生,可为地仙。后死,如法葬兰昌宫。至元和末,有平陆尉金陵薛昭,以义气逸县囚谪赴海东,至三乡,夜遁去,匿兰昌宫古殿旁。见三美女至,一则云容,其二则萧凤台、刘兰翘,向为九仙媛所毒杀,同藏云容穴侧者。云容向昭备说生前事及申天师语,昭叹异。二女送酒合卺,各为歌献酬,欢洽数夕。云容倏自言,吾体已苏,昭为启椟,遂活,同归金陵。

脸花不绽几含幽,今夕阳春独换秋。我守孤灯无白日,寒云陇上更添愁。(凤台歌,送薛昭、云容酒)

幽谷啼莺整羽翰,犀沉玉冷自长叹。月华不向扃泉户,露滴松枝一夜寒。(兰翘歌,送薛昭、云容酒)

韶光不见分成尘,曾饵金丹忽有神。不意薛生携旧律,独开幽谷一枝春。(云容和)

误入宫垣漏网人,月华静洗玉阶尘。自疑飞到蓬莱顶,琼艳三枝半夜春。(薛昭和)

人鬼诗酒交欢,极饶人情味。云容复活,盖天意怜才,作合好姻缘。薛昭以义逸囚,即获善果,劝善之意良深。而云容与义人偶结良缘,岂徒天意,尤吻人情。人谁不欲妙选良偶,又谁不愿恩爱之地久天长?此皆人情之所钟,特托鬼以寄意。白居易之《长恨歌》、汤显祖之《还魂记》、洪升之《长生殿》,皆与此同一机杼。

维扬空庄四怪联句

宝应中,维扬元无有行郊野,夜值风雨大至,时兵荒后,人户多逃,入一空庄避之,雨止月出,见四人衣冠各异,吟诗递相褒赏。及明,寻堂中,惟有故杵、灯台、水桶、破铛。乃知四人即此物也。

齐纨鲁缟如霜雪,寥亮高声予所发。(故杵)

嘉宾良会清夜时,煌煌灯烛我能持。(灯台)

清冷之泉候朝汲,桑绠相牵常出入。(水桶)

爨薪贮泉相煎熬,充他口腹我为劳。(破铛)

此皆寻常事,素不为人所注意,特借四怪联句以抒发人间不平之呼声。

上述神仙鬼怪之诗，实非神仙鬼怪所作，特借以阐述宇宙人生之哲理，寓实现于神奇，以收性情功效，且辅政教之不足。若视为荒诞无稽，则失之甚远。

七、小李杜艳诗之比较

李义山与杜牧之同时，俱以文闻于时，时人称为小李杜，以别于李白与杜甫。二人相知甚深，志趣亦颇相同。义山《杜司勋牧》云："高楼风雨感斯文，短翼差池不及群。刻意伤春复伤别，人间惟有杜司勋。"又《赠司勋杜十三员外》云："杜牧司勋字牧之，清秋一首杜秋诗。前身应是梁江总，名总还曾字总持。……"观此，可知二人皆伤春之客，江总之徒。以其情艳，故所为诗，融齐梁之绮丽，呈晚照之玲珑。其人艳，其情艳，其诗尤艳，是其所同。其异维何？拟略加探讨。义山一见少女则爱慕之：曾私悦令狐楚婢女锦瑟，又曾与洛中里娘名柳枝者相暱。《无题》（昨夜星辰昨夜风）一诗，据赵臣瑗《山满楼唐诗七律笺》云："此义山在王茂元家窃窥其闺人而为之。"义山虽极好色，然以地位卑微，虽有所慕，不能骤得，只能于"私悦"、"相暱"、"窥视"之中以自求慰藉。然爱慕之情，不能自已，只得逃避现实而遁入混茫之中。义山曾云："此情可待成追忆，只是当时已惘然。"以惘然之情，发而为诗，故其诗多朦胧而难索解。《锦瑟》之争讼，其它亦可想见。即如《嫦娥》：

云母屏风烛影深，长河渐落晓星沉。嫦娥应悔偷灵药，碧海青天夜夜心。

此借嫦娥以寓意，盖专有所指，或自抒其长夜无眠之心曲。解至此即可，不必再强作通人。

义山之品性与诗风,略如上述。牧之则不然,"牧美容姿,好歌舞,风情颇张,不能自遏。时淮南称繁盛,不减京华,且多名姬绝色,牧恣心游赏……牧御史分司洛阳,时李司徒闲居,家妓为当时第一,宴朝士,以牧风宪,不敢邀。牧因遣讽李使召己,既至,曰:'闻有紫云者妙歌舞,孰是?'即赠诗曰:'华堂今日绮筵开,谁唤分司御史来。忽发狂言惊四座,两行红袖一时回。'意气闲逸,傍若无人,座客莫不称异"(《唐才子传》)。其飞扬跋扈,略无虚饰,大抵如此。其《遣怀》云:

落魄江湖载酒行,楚腰纤细掌中轻。十年一觉扬州梦,赢得青楼薄幸名。

此诗剖心示人,淋漓尽致。《苕溪渔隐丛话》云:"余尝疑此诗必有谓焉。因阅《芝田录》云:'牛奇章帅维扬,牧之在幕中,多微服逸游,公闻之,以街子数辈潜随牧之,以防不虞。后牧之以拾遗召,临别,公以纵逸为戒,牧之始犹讳之,公命取一箧,皆是街子辈报帖,云杜书记平善。乃大感服。'方知牧之此诗,言当日逸游之事耳。"

经此比较而知其异:义山晦昧,故其诗深婉细密,绮丽精工;牧之豪迈,故其诗如铜丸走坂,骏马注坡。作风虽不相同,诗致各造其极,成为晚唐双峰并峙。

小李杜之品性,固无足道,而其诗亦为人所宝,盖能见其过而内自讼,亦自可贵。张戒《岁寒堂诗话》评义山诗云:"咏物似琐屑,咏事似僻,而意则甚远,世但见其诗喜悦妇人,而不知为世鉴戒。"杜牧之将死,"乃自为墓志,悉取所为文章焚之"(《唐书本传》)。其忏悔之志甚决。故研究小李杜之艳诗不可忽视。

八、温李之独擅

温庭筠"能逐弦吹之音,为侧艳之词"(《旧唐书本传》),"侧词艳曲与李商隐齐名,时称'温、李'"(《唐才子传》)。温李虽相同之处颇多,然其所作,各有所长,异曲同工,未可一概而论。温诗不及李,而其词在当时可谓登峰造极,为花间派之巨擘。兹各举一代表作,并略加品鉴,以明其各有专擅,未可任意轩轾。

菩萨蛮

温庭筠

小山重叠金明灭,鬓云欲度香腮雪。懒起画蛾眉,弄妆梳洗迟。照花前后镜,花面交相映。新帖绣罗襦,双双金鹧鸪。

此词写独处深闺美人寂寞心境。上阕,写美人懒妆之迟疑情态。首先以榻畔围屏上画景作衬,并摄入几缕朝阳,显出金碧辉煌,创造浓丽氛围,渲染美人形象。下阕,郑重写出美人妆成后之绝代丰姿。"照花"二句,突现奇境:照花乃头上之花,化实为虚;前后镜相对,则前镜之花,映入后镜,后镜之花同样映入前镜,虚实相生,花面交映,产生奇特美感。《沧浪诗话》云:"盛唐诸人,惟在兴趣,羚羊挂角,无迹可求。故其妙处,透彻玲珑,不可凑泊。如空中之音、相中之色、水中之月、镜中之象,言有尽而意无穷。"此词妙处,正在于此。末二句,弄妆完成。"新帖"句,翻用杜甫"罗襦不复施,对君洗红妆"意,欲以新衣迎新归之人;"双双金鹧鸪",系罗襦上之绣物,取其色彩、成双与鸣声,怀人之意甚深:女为悦己者容,一举一动,寄托遐思。人但知其词藻华丽、秾艳精巧,而不知其意在言外、寄托遥深。此词亦具有承先启后之功:杜甫《丽人行》"三月三日天气新,长安水边多丽人。……"、李清照《凤凰台上忆吹箫》"香冷金猊,被翻红浪,起来慵自梳头。任宝奁尘满,日上帘钩。……",略一提示,源流自明。

锦瑟

李商隐

锦瑟无端五十弦,一弦一柱思华年。庄生晓梦迷蝴蝶,望帝春心托杜鹃。沧海月明珠有泪,蓝田日暖玉生烟。此情可待成追忆,只是当时已惘然。

此诗系李商隐晚年之作,回顾平生,自悲沦落,托比兴以成章,寄哀怨于绵邈,其造诣之深邃,结撰之精工,最足以代表其诗歌艺术之成就。首联,以"五十弦"、"思华年",似其具体;笼以"无端"二字,则思路顿迷。故颔联以"迷蝴蝶"、"托杜鹃",感华年之易逝,慨往事之难追。颈联,有伤于明珠之泪,良玉之烟,梦影前尘,邈难再得。末联,以"追忆"倒插上文,明其为追忆中事;又以"惘然"点明情境。诗至此,一切皆进入朦胧之中,现出商隐诗之真面目。韩致尧《五更诗》云:"光景旋消惆怅在,一生赢得是凄凉。"即是此意。纪昀云:"以'思华年'领起,以'此情'总承,盖始有所欢,中有所阻,故追忆之而作;中四句迷离惝恍,所谓惘然也。"此评最为允当,不少论家欲句句索解,有谓为悼亡词;有谓为为令狐家青衣所作;有谓为哀李德裕,纷纭穿凿,愈益晦昧。

温、李齐名,其代表作齐光,一为花间派之巨子,一为昆体之宗师,各有千秋。虽温之诗不如李,李亦不能为温之词,然亦无伤于专美。韩昌黎所谓"闻道有先后,术业有专攻",正可解释此种特殊现象。

九、南唐二主诗品

南唐二主(中主李璟,后主李煜)俱以词雄于词坛,诗则无闻。《全唐诗》虽存中主诗二首,后主诗十八首,然亦罕为人所称道。兹拟就此略加品评,以明其优劣,使人知所取舍。评其诗,先须知其词。

中主代表词作为《摊破浣溪沙》:"菡萏香销翠叶残,西风愁起绿波间。还与韶光共憔悴,不堪看。　　细雨梦回鸡塞远,小楼吹彻玉笙寒。多少泪珠何限恨,倚栏干。"王安石认为"细雨"、"小楼"一联,胜过"一江春水向东流"。王国维《人间词话》:"南唐中主词'菡萏香销翠叶残,西风愁起绿波间',大有众芳芜秽,美人迟暮之感。乃古今独赏其'细雨梦回鸡塞远,小楼吹彻玉笙寒',故知解人正不易得。"二王之评皆可取,此二联境界之大、感慨之深,岂可与花间派同日而语?

后主代表词作为《虞美人》:"春花秋月何时了,往事知多少。小楼昨夜又东风,故国不堪回首月明中。　　雕栏玉砌应犹在,只是朱颜改。问君能有几多愁,恰似一江春水向东流。"王国维《人间词话》:"尼采谓一切文学,余爱以血书者。后主之词,真所谓以血书者也。宋道君皇帝(徽宗)《燕山亭》词亦略似之。然道君不过自道身世之感,后主则俨有释迦、基督担荷人类罪恶之意,其大小固不同矣。"此评最为精当:融人品与词品为一体,扩展词学之苑囿,强化词艺之功能。

二主词之高美,诚无间然,惟于其诗,尚待吹求。

中主《保大五年元日大雪同大弟景遂汪王景邈齐王景逖进士李建勋中书徐铉勤政殿学士张义方登楼赋》:

珠帘高卷莫轻遮,往往相逢隔岁华。春气昨宵飘律管,东风今日放梅花。素姿好把芳姿掩,落势还同舞势斜。坐有宾朋尊有酒,可怜清味属侬家。

此为中主惟一完整之七律。首联稚拙,颔联直如街市灯联,颈联浅露无回旋之势,尾联拖沓板弱,无复振兴之象。此与《摊破浣溪沙》相较,奚啻天壤!

后主《感怀》(后主昭惠后周氏,小字娥皇,年二十九殂,后主哀苦骨立,杖而后起,每于花朝月夕,无不伤怀):

又见桐花发旧枝,一楼烟雨暮凄凄。凭阑惆怅人谁会,不觉潸然泪眼低。

层城无复见娇姿,佳节缠哀不自持。空有当年旧烟月,芙蓉城上哭蛾眉。

此乃后主悼周后之作。后主与周后情感至笃,恩义弥深,以秀发之词笔,写悼亡之篇章,自应远轶潘岳,近追元稹;不料此诗立意平庸,着笔浅率,虽触景生情,然皆常人之所能道,出自后主之手,不能不令人困惑。

稽古哲人,欲观其异,所谓"陆才如海,潘才如江"(钟嵘语);盖人之禀赋不同,其才华亦别。秦观云:"杜子美长于歌诗,而无韵者几不可读。"黄庭坚云:"韩以文为诗,杜以诗为文,故不工耳。"诗圣文宗,尚各有偏宕,二主之诗逊于词,则不难理解。

若仿钟嵘《诗品》分上、中、下三等品第法,则后主词为上品;中主词为中品;二主诗皆下品。明乎此,则对于鉴别古人作品之优劣而加以去取,似不无裨益。

十、晚唐咏史诗之创格

咏史诗,是诗史发展中之组成部分。追溯其源,始于班固,其《咏史》云:

> 三王德弥薄,惟后用肉刑。太仓令有罪,就递长安城。自恨身无子,困急独茕茕。小女痛父言,死者不可生。上书诣阙下,思古歌鸡鸣。忧心摧折裂,晨风扬激声。圣汉孝文帝,恻然感至情。百男何愦愦,不如一缇萦。

钟嵘《诗品》评曰:"东京二百载中,惟有班固《咏史》,质木无文。"又云:"孟坚才流,而老于掌故。观其《咏史》,有感叹之词。"可见班氏既开咏史之源,又从正反两面作出示范:一要文质并胜;二要从掌故中自抒所感。迨左太冲出,其《咏史》诗与其杰出之《三都赋》并称于世,且饶讽谕之致。故后之咏史者,多所取法。

咏史诗至晚唐,始大放异彩,且创为新格,作家甚多,要以胡曾、周昙为最者。《全唐诗》存胡曾诗一百六十二首,其咏史诗即为一百五十二首(《赠薛涛》一作王建诗);周昙,据《崇文总目》著录其《咏史诗》八卷,今存一百九十五首,《全唐诗》编为两卷,全为咏史之作。其结构尤具特色:开端以《吟咏》、《闲咏》二首明示组诗主旨:"历代兴亡亿万心,圣人观古贵知今。古今成败无多事,月殿花台幸一吟","考摭妍媸用破心,剪裁千古献当今。闲吟不是闲吟事,事有闲思闲要吟。"后一百九十三首分咏百余历史人物,又区别划为"唐虞门"、"三代门"、"春秋战国门"、"秦门"、"前汉门"、"后汉门"、"三国门"、"晋门"、"六朝门"、"隋门"等十门。其规模之大,格局之新,盖一空前古。

胡曾、周昙同处衰季之世,政局颓坏,经济萧条,目击时艰,益思往哲,故追述兴亡,意存劝戒。《全唐诗话》卷五:"王衍五年,宴吟无度。衍自唱韩琮《柳枝词》曰:'梁苑隋堤事已空,万条犹舞旧春风。何须思想千年事,惟见杨花入汉宫。'内侍宋光溥咏(胡)曾诗曰:'吴王恃霸弃雄才,贪向姑苏醉绿醅。不觉钱塘江上月,一宵西送越兵来。'衍怒罢宴。"可见咏史诗之功能。周昙之《夷齐》云:"让国由衷义亦乖,不知天命匹夫才。将除暴虐诚能阻,何异崎岖助纣来。"对冲决传统之旧观念,不无功效。

胡曾、周昙之咏史诗,以数量与格局取胜,固有其时代之价值;然其艺术表现功能,总觉未臻于上乘。试观周昙在"秦门"中表现"秦法烦苛霸业隳",用四首诗历数暴政亡国,感觉平钝。章碣《焚书坑》:"竹帛烟销帝业虚,关河空锁祖龙居。坑灰未冷山东乱,刘项原来不读书。"历史事实,地理形势,历历在目,结尾讽刺辛辣,余味无穷。再看胡曾之《赤壁》:"烈火西焚魏帝旗,周郎开国虎争时。交兵不假挥长剑,已挫英雄百万师。"重复历史,无足称道。杜牧之:"折戟沉沙铁未销,自将磨洗认前朝。东风不与周郎便,铜雀春深锁二乔。"着笔于史实之外,寄意于史实之中,腾挪跌宕,摇曳生姿,充分表现其个性与时代性,所以可贵,与胡诗实不可同日而语。

咏史诗,自班固肇始,至于晚唐,约八百年间,咏史之作,曷可胜纪,而胡曾、周昙专攻于此,且云:"后生可畏,焉知来者之不如今也。"(《论语·子罕》)故后世常以"后来居上"奖励新进。走笔至此,不觉连类比物而及于《古史诗鍼》(《文学遗产增刊》第十五辑)。

《古史诗鍼》,是戴名世(1653—1713)以诗咏史之杰作。共诗一百十首,亦全为七言绝句,每首冠以四字标题,别具一格。所咏之史,始于"逐鹿始战",终于"郑氏抗节",纵贯数千年,举凡祸国殃民、欺世盗名之邪慝,皆持衡秉鉴而针刺之;而于卫国爱民、匡扶世运之雄杰,则皆珍惜敬仰而咏叹之。试观其《古史诗鍼自序》:

史者，有所为而作也。传愚民之统而怪诞兴，趋当时之势而阿谀作，守一家之囿而是非倒，寄隐衷之怨而曲直蒙。必也破统、离势、毁囿、销怨，而史朕乃萌。余幼读史，未尝阙疑；长涉世味，渐察其微。始知史者，私也。私之所及，史尚何存？作《古史诗鍼》，非敢根治膏肓之病，将以待夫来者知余志焉。

化史为诗，诗以言志，亦咏史诗中之珍品，特提出以丰富其内涵。

附　录

从军乐古诗选

一、白马篇

曹子建

　　白马饰金羁,连翩西北驰。借问谁家子,幽并游侠儿。少小去乡邑,扬声沙漠垂。宿昔秉良弓,楛矢何参差。控弦破左的,右发摧月支。仰手接飞猱,俯身散马蹄。狡捷过猴猿,勇剽若豹螭。边城多警急,胡虏数迁移。羽檄从北来,厉马登高堤。长驱蹈匈奴,左顾陵鲜卑。弃身锋刃端,性命安可怀?父母且不顾,何言子与妻!名编壮士籍,不得中顾私。捐躯赴国难,视死忽如归!

二、赠丁仪王粲

曹子建

　　从军度函谷,驱马过西京。山岑高无极,泾渭扬浊清。壮哉帝王居,佳丽殊百城。员阙出浮云,承露槩泰清。皇佐扬天惠,四海无交兵。权家虽爱胜,全国为令名。君子在末位,能不歌德声。丁生怨在朝,王子欢自营。欢怨非贞则,中和诚可经。

三、赠秀才入军两首

嵇叔夜

良马既闲,丽服有晖。左揽繁弱,右接忘归。风驰电逝,蹑景追飞。凌厉中原,顾盼生姿。

携我好仇,载我轻车。南凌长阜,北厉清渠。仰落惊鸿,俯引渊鱼。盘于游田,其乐只且。

四、从军诗五首

王仲宣

一

从军有苦乐,但问所从谁。所从神且武,焉得久劳师。相公征关右,赫怒震天威。一举灭獯虏,再举服羌夷。西收边地贼,忽若俯拾遗。陈赏越丘山,酒肉踰川坻。军中多饫饶,人马皆溢肥。徒行兼乘还,空出有余资。拓地三千里,往速造如飞。歌舞入邺城,所愿获无违。昼日处大朝,日暮薄言归。外参时明政,内不废家私。禽兽惮为牺,良苗实已挥。不能效沮溺,相随把锄犂。熟览夫子诗,信知所言非。

二

凉风厉秋节,司典告详刑。我君顺时发,桓桓东南征。泛舟盖长川,陈卒被隰埛。征夫怀亲戚,谁能无恋情。拊衿倚舟樯,眷眷思邺城。哀彼东山人,喟然感鹤鸣。日月不安处,谁人获常宁。昔人从公旦,一徂辄三龄。今我神武师,暂往必速平。弃余亲睦恩,输力竭忠贞。惧无一夫用,报我素餐诚。夙夜自佇惕,思逝若抽萦。将秉先登羽,岂敢听金声。

三

从军征遐路,讨彼东南夷。方舟顺广川,薄暮未安坻。白日半西山,桑梓有余晖。蟋蟀夹岸鸣,孤鸟翩翩飞。征夫心多怀,凄怆令吾悲。下船登高防,草露沾我衣。回身赴床寝,此愁当告谁。身服干戈事,岂得念所私。即戎有授命,兹理不可违。

四

朝发邺都桥,暮济白马津。逍遥河堤上,左右望我军。连舫踰万艘,带甲千万人。率彼东南路,将定一举勋。筹策运帷幄,一由我圣君。恨我无时谋,譬诸具官臣。鞠躬中坚内,微画无所陈。许历为完士,一言犹败秦。我有素餐责,诚愧伐檀人。虽无铅刀用,庶几奋薄身。

五

悠悠涉荒路,靡靡我心愁。四望无烟火,但见林与丘。城郭生榛棘,蹊径无所由。灌蒲竟广泽,葭苇夹长流。日夕凉风发,翩翩漂吾舟。寒蝉在树鸣,鹳鹄摩天游。客子多悲伤,泪下不可收。朝入谯郡界,旷然消人忧。鸡鸣达四境,黍稷盈原畴。馆宅充廛里,士女满庄馗。自非贤圣国,谁能享斯休?诗人美乐土,虽客犹愿留。

五、咏霍将军北伐诗

虞子阳

拥旄为汉将,汗马出长城。长城地势险,万里与云平。凉秋八九月,房骑入幽并。飞狐白日晚,瀚海愁阴生。羽书时断绝,刁斗昼夜惊。乘墉挥宝剑,蔽日引高旌。云屯七萃士,鱼丽六郡兵。胡笳关下思,羌笛陇头鸣。骨都先自詟,日逐次亡精。玉门罢斥候,甲第始修营。位登万庾积,功立百行成。天长地自久,人道有亏盈。未穷激楚乐,已见高台倾。当令麟阁上,千载有雄名!

六、赠五官中郎将

刘公干

昔我从元后,整驾至南乡。过彼丰沛都,与君共翱翔。四节相推斥,季冬风且凉。众宾会广坐,明灯熺炎光。清歌制妙声,万舞在中堂。金罍含甘醴,羽觞行无方。长夜忘归来,聊且为太康。四牡向路驰,欢悦诚未央。

七、木兰辞

木　兰(一作无名氏)

唧唧复唧唧,木兰当户织。不闻机杼声,唯闻女叹息。问女何所思,问女何所忆。女亦无所思,女亦无所忆。昨夜见军帖,可汗大点兵,军书十二卷,卷卷有爷名。阿爷无大儿,木兰无长兄,愿为市鞍马,从此替爷征。东市买骏马,西市买鞍鞯,南市买辔头,北市买长鞭。朝辞爷娘去,暮宿黄河边,不闻爷娘唤女声,但闻黄河流水鸣溅溅。旦辞黄河去,暮至黑水头,不闻爷娘唤女声,但闻燕山胡骑鸣啾啾。万里赴戎机,关山度若飞。朔气传金柝,寒光照铁衣。将军百战死,壮士十年归。归来见天子,天子坐明堂。策勋十二转,赏赐百千强。可汗问所欲,木兰不用尚书郎,愿借明驼千里足,送儿还故乡。爷娘闻女来,出郭相扶将;阿姊闻妹来,当户理红妆;小弟闻姊来,磨刀霍霍向猪羊。开我东阁门,坐我西阁床,脱我战时袍,着我旧时裳。当窗理云鬓,对镜贴花黄。出门看火伴,火伴皆惊忙:同行十二年,不知木兰是女郎。雄兔脚扑朔,雌兔眼迷离;双兔傍地走,安能辨我是雄雌。

八、前出塞

杜子美

挽弓当挽强,用箭当用长。射人先射马,擒贼先擒王。杀人亦有限,立国自有疆。苟能制侵陵,岂在多杀伤。

单于寇我垒,百里风尘昏。雄剑四五动,彼军为我奔。虏其名王归,系颈授辕门。潜身备行列,一胜何足论。

从军十年余,能无分寸功。众人贵苟得,欲语羞雷同。中原有斗争,况在狄与戎。丈夫四方志,安可辞困穷。

九、后出塞

杜子美

男儿生世间,及壮当封侯。战伐有功业,焉能守旧丘。召募赴蓟门,军动不可留。千金装马鞭,百金装刀头。闾里送我行,亲戚拥道周。斑白居上列,酒酣进庶羞。少年别有赠,含笑看吴钩。

十、走马川行奉送封大夫出师西征

岑 参

君不见走马川行雪海边,平沙莽莽黄入天。轮台九月风夜吼,一川碎石大如斗,随风满地石乱走。匈奴草黄马正肥,金山西见烟尘飞,汉家大将西出师。将军金甲夜不脱,半夜军行戈相拨,风头如刀面如割。马毛带雪汗气蒸,五花连钱旋作冰,幕中草檄砚水凝。虏骑闻之应胆慑,料知短兵不敢接,军师西门伫献捷。

十一、轮台塞奉送封大夫出师西征

岑 参

轮台城头夜吹角,轮台城北旄头落。羽书昨夜过渠黎,单于已在金山西。戍楼西望烟尘黑,汉兵屯在轮台北。上将拥旄西出征,平明吹笛大军行。四边伐鼓雪海涌,三军大呼阴山动。虏塞兵气连云屯,战场白骨缠草根。剑河风急雪片阔,沙口石冻马蹄脱。亚相勤王甘苦辛,誓将报主静边尘。古来青史谁不见,今见功名胜古人。

十二、老将行

王摩诘

少年十五二十时,步行夺得胡马骑。射杀中山白额虎,肯数邺下黄须儿!一身转战三千里,一剑曾当百万师。汉兵奋迅如霹雳,虏骑崩腾畏蒺藜。卫青不败由天幸,李广无功缘数奇。自从弃置便衰朽,世事蹉跎成白首。昔时飞箭全无目,今日垂杨生左肘。路旁时卖故侯瓜,门前学种先生柳。苍茫古木连穷巷,寥落寒山对虚牖。誓令疏勒出飞泉,不似颍川空使酒。贺兰山下阵如云,羽檄交驰日夕闻。节使三河募年少,诏书五道出将军。试拂铁衣如雪色,聊持宝剑动星文。愿得燕弓射大将,耻令越甲鸣吾军。莫嫌旧日云中守,犹堪一战取功勋。

十三、将军行

陆放翁

将军入奏平燕策,持笏榻前亲指画。天山热海在目中,下殿即日名烜赫。驰出都门雪初霁,直过黄河冰未坼。绣旗方掠桑乾渡,羽檄已入金台陌。勇士如鹰健欲飞,虏王似兔何劳搦。戎服押俘献庙社,正衙第赏颁诏册。端门赐酺天下庆,御觞尚恨沧溟迮。从来文吏喜相轻,聊遣濡毫书竹帛。

十四、出塞曲

陆放翁

佩刀一刺山为开,壮士大呼城为摧。三军甲马不知数,但见动地银山来。长戈逐虎祁连北,马前曳来血丹臆。却回射雁鸭绿江,箭飞雁起连云黑。清泉茂草下程时,野帐牛酒争淋漓。不学京都贵公子,唾壶麈尾事儿嬉。

十五、和陆明府赠将军重出塞

陈子昂

忽闻天上将,关塞重横行。始返楼兰国,还向朔方城。黄金装战马,白羽集神兵。星月开天阵,山川列地营。晚风吹画角,春色耀飞旌。宁知班定远,犹是一书生。

十六、塞北

沈佺期

胡骑犯边埃,风从丑上来。五原烽火急,六郡羽书催。冰壮飞狐冷,霜浓候雁衰。将军朝授钺,战士夜衔枚。紫塞金河里,葱山铁勒隈。莲花秋剑发,桂叶晓旗开。秘略三军动,妖氛白战摧。何言投笔去,终作勒铭回。

十七、从军行

杨　炯

烽火照西京,心中自不平。牙璋辞凤阙,铁骑绕龙城。雪暗凋旗画,风多杂鼓声。宁为百夫长,胜作一书生。

十八、送赵都督赴代州

王摩诘

天官动将星,汉上柳条青。万里鸣刁斗,三军出井陉。忘身辞凤阙,报国取龙庭。岂学书生辈,窗间老一经。

十九、送翁灵舒游边

徐道晖

孤剑色磨青,深谋秘鬼灵。离山春值雪,忧国夜观星。奏凯边人悦,翻营战地腥。期君归幕下,何石可书名。

二十、塞外书事

许　棠

征路出穷边,孤吟傍戍烟。河光深荡塞,碛色迥连天。残日沉雕外,惊蓬到马前。空怀钓鱼所,未定卜归年。

二一、入塞曲

耿沣

将军带十围,重锦制戎衣。猿臂销弓力,虬须长剑威。首登平乐宴,新破大宛归。楼上姝姬笑,门前问客稀。暮烽玄兔急,秋草紫骝肥。未奉君王诏,高槐昼掩扉。

二二、泾州观元戎出师

戎昱

寒日征西将,萧萧万马丛。吹笳覆楼雪,祝纛满旗风。遮虏黄云断,烧羌白草空。金铙肃天外,玉帐静霜中。朔野长城闭,河源旧路通。卫青师自老,魏绛赏何功。枪垒依沙迥,辕门压塞雄。燕然如可勒,万里愿从公。

二三、送李将军赴定州

郎士元

双旌汉飞将,万里授横戈。春色临边尽,黄云出塞多。鼓鼙悲绝漠,烽戍隔长河。莫断阴山路,天骄已请和。

二四、奉陪封大夫宴得征字时封公兼鸿胪卿

岑 参

西边虏尽平,何处更专征。幕下人无事,军中政已成。座参殊俗语,乐杂异方声。醉里东楼月,偏能照列卿。

二五、杂诗

卢 象

家居五原上,征战是平生。独负山西勇,谁当塞下名。死生辽海战,雨雪蓟门行。诸将封侯尽,论功独不成。

二六、赠王将军

贾浪仙

宿卫炉烟近,除书墨未干。马曾金镞中,身有宝刀瘢。父子同时捷,君王画阵看。何当为外帅,白日出长安。

二七、赠塞上王太尉

僧惠崇

飞将是嫖姚,行营已近辽。河冰坚度马,塞雪密藏雕。败虏残旗在,全军列帐遥。传呼更号令,今夜取天骄。

二八、塞上赠王太尉

僧宇昭

嫖姚立大勋,万里绝妖氛。马放降来地,雕闲战后云。月侵孤垒没,烧彻远芜分。不惯为边客,宵笳懒欲闻。

二九、征西将

张司业

黄沙北风起,半夜又翻营。战马雪中宿,探人冰上行。深山旗未展,阴碛鼓无声。几道征西将,同收碎叶城。

三十、渔阳将

张司业

塞深沙草白,都护领燕兵。放火烧奚帐,分旗筑汉城。下营看岭势,寻雪觉人行。更向桑干北,擒生问碛名。

三十一、赠梁州张都督

崔颢

闻君为汉将,虏骑不南侵。出碛清沙漠,还家拜羽林。风霜臣节苦,岁月主恩深。为语西河使,余知报国心。

三二、边游

项　斯

古镇门前去,长安路在东。天寒明堠火,日晚裂旗风。塞馆皆无事,儒装亦有弓。防秋故乡卒,暂喜语音同。

三三、尹学士自濠梁移倅秦州

宋　祁

于役三年远,论兵两鬓斑。不辞征虏辟,要作破羌还。楯墨磨原熟,兜烽报未闲。浮舠背淮服,盘马入秦关。遂阁雠书笔,仍余聚米山。忆君他夕恨,遥向陇云间。

三四、少将

李义山

族亚齐安陆,风高汉武威。烟波别墅醉,花月后门归。青海闻传箭,天山报合围。一朝携剑起,上马即如飞。

三五、游边上

王正美

佩剑游边地,胡风卷败莎。雕饥窥坏冢,马渴嗅冰河。塞阔人烟绝,春深霰雪多。蕃戎如画看,散骑立高坡。

三六、和袁郎中破贼后军行过剡中山水谨上太尉

刘长卿

剡路除荆棘,王师罢鼓鼙。农归沧海畔,围解赤城西。赦罪春阳发,收兵太白低。远峰来马首,横笛入猿啼。兰渚催新幄,桃源识故蹊。已闻开阁待,谁许卧东溪。

三七、小出塞曲

陆放翁

全师出雁塞,百战运龙韬。金络洮州马,珠装夏国刀。度沙风破肉,攻垒雪平壕。明日受降处,甲齐熊耳高。

三八、望蓟门

祖　咏

燕台一去客心惊,笳鼓喧喧汉将营。万里寒光生积雪,三边曙色动危旌。沙场烽火侵胡月,海畔云山拥蓟城。少小虽非投笔吏,论功还欲请长缨。

三九、出塞作

王摩诘

居延城外猎天骄,白草连山野火烧。暮云空碛时驱马,秋日平原好射雕。护羌校尉朝乘障,破虏将军夜渡辽。玉靶角弓珠勒马,汉家将赐霍嫖姚。

四十、赠索暹将军

王　建

浑身著箭瘢犹在,万槊千刀总过来。轮剑直冲生马队,抽旗旋踏死人堆。闻休斗战心还痒,见说烟尘眼即开。泪滴先皇阶下土,南衙班里趁朝回。

四一、老将

韩　偓

折枪黄马倦尘埃,掩耳凶徒怕疾雷。雪密酒酣偷号去,月明衣冷斫营回。行驱貔虎披金甲,立听笙歌掷玉杯。坐久不须轻矍铄,至今双臂硬弓开。

四二、献淮宁军节度使李相公

刘长卿

建牙吹角不闻喧，三十登坛众所尊。家散万金酬士死，身留一剑答君恩。渔阳老将多回席，鲁国诸生半在门。白马翩翩春草细，郊原西去猎平原。

四三、送李仆射赴镇凤翔

张司业

由来勋业属英雄，兄弟连营列位同。先入贼城擒首恶，尽封筦库让元功。旌幢独继家声外，竹帛新添国史中。天子新收秦陇地，故教移镇古扶风。

四四、偶吟遣怀

向文简

昔为宰辅居黄阁，今作元戎控夏台。万里苍黔渐受赐，一方清晏有何才。紫宸杳杳弥年别，红旆翩翩映日开。将相官荣如我少，不须频献手中杯。

四五、飞将

胡文恭

曾从嫖姚立战功,胡雏犹畏紫髯翁。雕戈夜统千庐卫,缇骑秋畋五柞宫。后殿拜恩金印重,北堂开宴玉壶空。从来敌国威名大,麾下多称黑矟公。

四六、次韵元厚之平戎献捷

王荆公

朝廷今日四夷功,先以招怀后殪戎。胡地马牛归陇底,汉人烟火起湟中。投戈更讲诸儒艺,免胄争趋上将风。文武佐时惭吉甫,宣王征伐自肤公。

四七、和蔡副枢贺平戎庆捷

王荆公

城郭名王据两陲,军前一日送降旗。羌兵自此无传箭,汉甲如今不解累。幕府上功联旧伐,朝廷称庆具新仪。国家道泰西戎喙,还见诗人咏串夷。

四八、依韵和元厚之内翰平羌

王岐公

诏收新土凤林东,四百余年陷犬戎。葱岭自横秦塞上,金城还落汉图中。轻裘坐啸无余粟,解发来庭有旧风。零雨未濛音已捷,不劳归旅咏周公。

四九、依韵和蔡枢密岷洮恢复部迎降

王岐公

河湟形胜厌西陲,忽觉连营列汉旗。天子坐筹星两两,将军解佩印累累。称觞列殿传新曲,衔璧名王按旧仪。江汉一篇犹未美,周宣方事伐淮夷。

五十、闻种谔米脂川大捷

王岐公

神兵十万忽乘秋,西碛妖氛一夕收。匹马不嘶榆塞外,长城自越玉关头。君王别绘凌烟阁,将帅今轻定远侯。莫道无人能报国,红旗行去取凉州。

五一、哥舒歌

金昌绪

北斗七星高,哥舒夜带刀。至今窥牧马,不敢过临洮。

五二、塞下曲四首

卢 纶

鹫翎金仆姑,燕尾绣蝥弧。独立扬新令,千营共一呼。

林暗草惊风,将军夜引弓。平明寻白羽,没在石棱中。

月黑雁飞高,单于夜遁逃。欲将轻骑逐,大雪满弓刀。

野幕敞琼筵,羌戎贺劳旋。醉和金甲舞,雷鼓动山川。

五三、军城早秋

严 武

昨夜秋风入汉关,朔云边月满西山。更催飞将追骄虏,莫遣沙场匹马还。

五四、从军行三首

王昌龄

青海长云暗雪山,孤城遥望玉门关。黄沙百战穿金甲,不破楼兰终不还。

秦时明月汉时关,万里长征人未还。但使龙城飞将在,不教胡马度阴山。

大漠风尘日色昏,红旗半卷出辕门。前军夜战洮河北,已报生擒吐谷浑。

一炉诗钞

余髫龄即有诗癖,自八岁所缀诗,向七十年矣,约数千篇,虽迭遭散佚,尚有数百篇在。一九四五年,曾选辑三百篇名为《抗建新咏》刊公社会。今手边已无存书,遂检零星存稿,择其有时代特征及能表个人心志者,釐为一卷,名曰《一炉诗钞》,取诗中"一炉今古托吾生"之意,附诸论文选之后,以饷同好,借收教益。

读杜子美集(一九二四年)

万卷书撑腹,一枝笔有神。相逢诗世界,千载益情亲。

观龙舟

谁把龙舟棹?传言吊屈原。旁观争挂彩,竞渡鼓声喧。

我我歌(一九三六年)

我自何处来?来自茫茫情海波涛冲突之曲隈。我在何处住?

住在浩浩太空雨露滋润之慈怀。逢人都相识,到老无猜疑,人去我亦去,去去复回回。我之本体本为一元之太极,化学方式纵能析物成为电子亿万颗,亦难析我本体作支离。我固自称为我,人亦以我自称之,可知我体全部必合全人类而无疑。所谓大我与小我,此我之复体独体命名得其宜。独体躯壳中:乃我之一部与物之一部所结合;躯壳外同类之人人,亦各有我之一部与物之一部而组成。我非我而我,人有我之因,人人与我我,相对以得名。人无不自幼至老爱其我,我实含有爱意在其中。我也我固我,我及我之同;人亦我其我,更我我之躬。混合分解无非我,独体之我互爱勿交冲!躯壳乃物一部非我有,举凡我我事业纵蹈白刃而纵容。不使大我损毫末,健全小我大我自成功。永保我我之正义,弘扬大同世界之雄风。

恨歌行(一九三七年)

九月十八长驱东北敌蹄骄,七月七日卢沟桥又马萧萧。六年血仇深于海,倒翻海底恨难消。凝眸望断南来雁,嗷嗷声里关河陷,可怜毛血满平芜,瘦影寒光心俱幻。举身拔地一高呼,惊起芦丛鹭与凫,何日长缨入吾手?贺兰踏破驾长车!

哀南京

六朝天险地,天下第一城,龙蟠复虎踞,何图暴力倾?北五省既陷,沪上旗帜更,凶焰日迫蹙,枢轴转西京,守将弃甲走,神土沦沧瀛。一江白水赤,两岸鬼悲鸣,天寒风雪紧,痛马怕闻钲,大野哀鸿迹,空林乱鸦声,凄凄今日事,黯黯昔时情。尽人有妻子,亦有父与兄,流离同浩劫,相顾泪纵横,一步一回首,无以计前程,天地一何窄?生死此时轻。巍巍紫金山,惨惨空自擎,悠悠长江水,犹向石头萦。

去无家

去无家,思故乡。寇盗汹汹势正狂,转徙前途亦渺茫,白云东西任风翔,子规声声愁断肠。间关险阻迹苍黄,水有噬人之魍魉,陆有张爪之虎狼。天乎地乎何时了?幻耶真耶徒自伤!去无家,永相望。

长江行

浩浩乎万里江流,西来巴蜀到海漫悠悠。懿欤神禹功,疏凿何多谋?四千余年沾泽惠,两岸土沃人烟稠,风帆来往共飞鸟,渔翁渡头狎白鸥。忽然吴淞口破碎,风云惨淡鬼泣声啾啾。上有盘空蔽日之铁鸟,下有艨艟满载之貔貅,土为焦兮水为赭,膏液涂原尸成丘。岛夷何骄淫?夺我昆山复江阴,进跨武汉更窥蜀,梦想突兀直西侵。守土将士一时豪,怒气上冲竖发毛,风霜冻馁无昼夜,雨淋没膝卧深壕,同袍共历铁石志、雪霜操。大江之滨滨水坚壁垒,使人对此心忉忉!生命存亡等毫末,但求国保不求活,有恨何须诉苍穹,杀敌消恨始英雄。问谁能如此?若非热血沸腾,胡为乎泥中!壮烈勇武而精忠,义愤所激,气贯长虹,身虽委沟壑,天地鉴深衷。千秋血史,碧凝太空。巍巍华夏,泱泱大风,眼开一片景,人在百花丛。长江之波,终荡尔妖氛,长歌一曲大江东。

庚辰元旦偶聚晓舲藤窝获秋山红树图一幅赋此报之

高人槃礴托藤窝,佳觑元辰喜若何!百尺苍崖呈爽气,数株红树漾秋波。迷离景色千山静,指点烟霞一望多。风雨珍藏稀世物,卧游时欲寄清歌。

孤凤(一九三九年)

孤凤高梧杂雀鸦,翘翘毛羽暴朝霞。德衰谁识狂歌意,身否宁成久系瓜!奋翮常期千里上,属怀应在九天涯。风云黯淡迷前路,倦眼昏昏日又斜。

谢方槃君先生赐书长帧

公为我挥毫,云烟荡茧纸。持此悬座隅,天地齐一指。

孙闻园先生出示吴挚甫先生手抄时文因题一绝

直绍昌黎百代宗,冀州文笔敌千钟。蝇头小技诚余事,剑气由来郁作龙。

集句和孙闻老磨字韵（一九四〇年）

此中精气不轻磨（陈蜕），碧玉楼高梦若何（黄节）？药性不谙缘病少（林尚仁），诗清都为饮茶多（徐玑）。苦心亦有孟东野（元好问），聚米空思马伏波（陈瑚）。西蜀地形天下险（杜甫），几时听奏凯旋歌（赵翼）？

昼长无事看南华经倦入幻境

举头却看破青天，凤鸟翱翔击九千。神御长风游宇宙，心收浩气入诗篇。万山叠叠群蝼蚁，六合茫茫一钓船。信步无何乡里去，惠庄携手弄云烟。

过浮渡

日暮行经浮渡旁，山光晃漾映湖光。轻舠欸乃穿芦苇，白鸟双双送夕阳。

八音歌呈六叔父辑堂先生（一九四〇年）

金声玉振仰大成，石尤风起断人行。丝来线去多缠绕，竹林意气总纵横。匏瓜久系无人食，土梗夜斗也悲鸣。革心自见真面目，木鸡养到孰敢争！

咏怀拟山谷二十八宿歌

角巾旷达栖林丘,亢身焉用卓九州?氐羌庭享来有周,房杜今不运奇谋。心君省事万事休,尾展成屏奋翅游。箕颍隐遁钦许由,斗极拱向笑孔丘。牛山濯濯总由牛,女奴烧酒可解忧。虚船来往等白鸥,危微精一付谁收。室白人清岂无俦?壁经底事苦搜求?奎蹄曲隈濡须留,娄维鞭策牛马愁。胃府何必纳珍馐,昴精不望降吾头。毕方衔火鲸吞舟,觜竖夜鸣怅鸱鸺。参夷宁教懼悔尤,井蛙反自轻骅骝。鬼躁既现复鬼幽,柳生肘上混风流。星槎去国无张侯,张皇那得看吴钩!翼翼壮士转壑沟,轸念三边更悠悠。

盘中鸡

细君怜我作客久,入膳盘飧沾雏鸡。我口虽云美,我眉转觉低,天生物,本来齐,我独四体不勤谷不辨,徒贪口腹林谷自幽栖。豺虎纵横犹未已,万国扬旆喧鼓鼙,可怜白骨填沟壑,爷娘不闻娇儿啼,壮士奋身卫疆场,苦饥那得充藿藜?此时不能掷笔荷戈遥追去国班定远,自应坚壁御房手封函谷关口一丸泥。吁嗟乎!鸡也纪德名标五,祖生闻之夜起舞,如何无辜遭屠夷,丑类偏能逃网罟。白云扬,白水长,俯仰又教诗发狂,是非忧乐总难忘。

桂生翯不远百里来问学临行赋诗勖之

剥啄排门入,维时秋已高。一轮正皜皜,百里亦劳劳。求学如饥渴，深情似漆胶。何欣风雨际，尚有雪霜操！常觉无今古，更期起俊髦。敢言轻史汉，聊为讲庄骚。欲挽地维绝，将撑天地牢。试铅欺贾马，论道鄙萧曹。此去排群议，自能鸣九皋。他人如见问，道我兴犹豪。

石溪先哲诗选题词

茫茫六合内，怪雨袭惊霆。得失一朝过，文章千载馨。兰陵垂懿范，浮渡郁精灵。代有才人出，歌乎山鸟听。纤云任舒卷，清咏最玲玲。风雅南阳集，波涛北溟经。事功宏坠绪，刃刃发新硎。鲜若花浮叶，明如天系星。国风欣炳焕，家学溯渊渟。高调心诚羡，低吟手不停。胸怀旷海岳，甥馆愧门庭。云翼难谐俗，山鹉岂肯宁？非非纷是是，色色幻形形。隐鹄迷沧海，巨钟撞寸筳。颠危思己任，沉醉为谁醒？无术筹前箸，长呼立晚汀。杯邀孤月伴，身引万峰屏。林谷聊全性，柴门暂掩肩。碧梧栖老凤，绿竹养修翎。谦隘随夷惠，浊清分渭泾。两家同此趣，亦足慰飘零。

赠魏曙东世伯

晨星寥落伤耆旧，父执惟公老不衰。头白尤为弹铗客，眼青分与故人儿。长鲸跋扈鳞翻浪，短袖回旋笑脱颐。拔擢深惭期望意，低回今昔动幽思。

丁剑铭世伯挽词

先严挚友数公先,属纩犹将胜事传。一代勋猷戎马健,两家世好雪霜坚。相逢大别终成别,一去龙眠自在眠。凝望白云联辔起,九天风雨黯三边。

史恕卿先生挽词

风飘笑语入云中,浩劫谁堪丧此翁。壮岁赞襄驱异族,衰年泽惠及哀鸿。丹心应照千秋史,黄土终埋一世雄。遗爱难忘门倒屣,抚琴惟有对苍穹!

立煌(一九四一年)

立煌障大别,豫鄂皖边疆,游击屯兵地,谁敢肆猖狂?元辰宴平乐,士女倾壶觞,梨园奏笙管,台上艳新妆。前锋忽告警,形色顿凄凉。又传疏散令,纷扰互惊惶。车毁马自逸,脂粉弃路旁,贵贱无差别,一步一呼娘,不见珠万斛,只有泪千行。我亦罹此劫,人丛负行装,徒然抛秃笔,御侮苦无方。忧思正凝集,报到寇来急,险巇松子关,四围山巉岌,直冲无忌惮,百里夜深入。炮声如砯雷,池鱼受殃及,大火光烛天,残破谁收拾?见之摧心肝,闻者泪痕湿。六载大经纶,谷帛如云屯,讵知仓卒际,万有化为尘!昔日歌且舞,今也吟与呻;昔日粉黛侣,今也捧心颦,饥冻消肌肉,风霜摧朱唇。此情殊堪悯,转觉发微噱。盛衰固应运,似幻若为真。俭朴贫致富,骄奢富亦贫,高明鬼所瞯,宁能怨大钧？是以知机者,出处如神通,我姑归故里,团团叙天伦,前途多荆棘,去去复问津。

过鹅毛岭

夜深鹅毛岭,生命鹅毛轻。一去二十里,劫火照人行。

过冤枉岭

行到冤枉岭,同是冤枉人。祸虽非自召,屈亦无由申。

路逢方意瑰先生

我方出东门,见公两无语。摇手情难宣,颔首心相与。

哭三女龙生(壬午腊月十一日)

龙眠生女号龙生,意态天真莫可言。挽母啼饥情姁姁,见爷绕膝笑盈盈。欢愉忘却儿为女,梨栗分过姊与兄。病倒一宵竟不起,可怜临绝尚回睛。

女母怀中顿觉寒,盈眶热泪不曾干。声音已杳嗟何及,襁褓犹存未忍看。白地三年朝露幻,青山一片夕阳残。荒烟蔓草迷终古,馈食坟前有阿干。

和难老长律四章（一九四四年）

论文把酒两忘年，物外烟霞醉欲眠。血肉难逃天演例，林泉犹寄地行仙。歌吟兴激神相契，得失心知妙不传。迂阔任凭青白眼，朝朝书案百家编。

阳春草木艳奇光，高调吟成孰敢当！神薄云霄干气象，酒冲丰采发诗肠。沧桑幻影形难定，翰墨真香臭不妨。老去弄珠犹落落，优游杖履在胶庠。

未立年华也学颠，弹冠宁直一文钱！白云低压波涛险，青眼高歌宿昔缘。风荡吟魂林谷里，醉邀明月酒杯前。佯狂李白成何补？将养天机博浩然。

茫茫岁月几回更，奇气难消一剑横。飘泊是谁更是我？零丁无弟复无兄。何欣藻鉴传高义，顿跃龙门博盛名。雅欲随公扶大雅，五声和谐八风平。

古意

昔也陈子昂，托兴善为言：青蝇一相点，白璧遂成冤。而我谓璧色，白固胜白雪，白雪终成泥，白璧污可洁。青蝇徒自扰，一点笑英哲。

拟太白三五七言

好风鲜，好日妍。树树彩云曳；声声杜宇传。一见一听肠一断,三春三月意三迁。

追和先王父希白公遗诗(并序)

先王父平生著述甚富,歌咏尤豪。惟迭遭丧乱,遗帙荡然,滋可痛已。偶检残编,得公手书团扇《和高参军登汴梁鼓楼感怀八律》之四。诗曰:"飒飒西风听鼓挝,楼头反挂赤城霞。多情雁过云排岫,无事官清吏放衙。晓露葩含九月菊,斜阳秋获万人家。一声长笛思黄鹤,犹记江城五月花。""伯业原同江上舟,兴亡何必问从头?寄怀北魏兼南宋,怕说梁城改汴州。铜雀台空遗址古,玉津园剩断桥秋。楸枰一局成千载,荻苇芦花动客愁。""男儿不作信天翁,豪宕都归气节中。名士逢人无白眼,英雄知己有苍穹。侯嬴纵老夷门令,司马偏留大汉宫。七步才夸魏公子,羡他曹植少儿童。""盘空云鸟一肩齐,扰攘烟沙两足低。霜雁北嘶三万里,淮流东锁短长堤。茂陵秋雨相如渴,皖国春风杜宇啼。谯鼓声声惊客散,夕阳回首画楼西。"捧读之余,如获至宝,是知文章之不泯,殆有数存焉。谨追和以志其幸云。

连年惯听鼓鼙挝,丰狱沉埋气作霞。衮衮天机翻海水,悠悠人事付蜂衙。琴书朝夕荒三径,鸥鹭沉浮共一家。故籍闲搜欣祖泽,纵横老笔映奇花。

风月浩然一叶舟,当年齐鲁说从头。不堪牢落三千界,仍欲匡扶二百州。豪兴每将诗度日,大功未遂发先秋。归田晚景情犹昨,遗调吟翻万斛愁。

老来直似紫髯翁,笑貌而今想象中。久振高风传丙舍,追怀遗爱颂苍穹。苦心应寄千秋史,陋巷惟留一亩宫。回首挽须问字日,空期绳武作终童。

厕身敢与时贤齐,昔也眉扬今觉低。一望春深红杏叶,万般愁系绿杨堤。心惊物候年年意,莺逐风光旦旦啼。绝调私惭难续和,苍茫凭眺夕阳西。

寄潘季野先生

方姚吴马俱黄土,亦领风骚数百年。最喜荆榛迎雨化,能令鸥鹭逐风旋。龙眠山水新诗遍,皖国文章老笔先。歌凤狂生徒自诩,心情难为俗人宣。

偶感

宗唐宗宋起纷争,入主出奴失鉴衡。两耳厌闻蛙两部,一炉今古托吾生。

端阳

谁云此日是佳期?湘累沉沦湘水时。三楚应无容足处,千秋空尔废人思。丛祠尚可移秦祚,隆准偏能启汉基。事业卷舒齐掌握,彭咸往迹岂堪师?

答内子疏瀹焚香诗(并序)

焚香祈神,瀹之素性也。余尝讥其迷信,伊作焚香诗解之:"贪残不是赖神功,大道遑分西与东?一瓣香凭心一片,空知为色色为空。"余得诗颇有感于衷,成古风一章,用广其意。

氤氲一瓣香,袅袅神之旁,神乃土木偶,空尔扬芬芳。纵然有灵爽,式凭殊微茫。纷纷大宇内,短短复长长,爱憎理难一,希冀亦无常。天地有常态,终古赫元黄。岂伊畏寒暑,遽为辍炎凉?神若应人祷,得无太匆忙!私行小恩惠,违天大不详。卿心亦云达,借此镇诪张。物竞天所择,而我图自强,万事一枢轴,旋转手中央。念兹矫吾首,浩气包大荒。

老妇叹

徙倚陇亩间,驾言写我忧。路逢一老妪,剌剌语不休。自云夫死后,长子应签抽。三年音信绝,倚间空悠悠。差欣次子健,今又隔明幽。痛哭嗟命薄,抽刀欲断头,转念媳新寡,有儿岁方周,去者虽永诀,存者且淹留,含泪强相伴,五亩共锄耰。谁知重重厄,天地似张罘!盗忽劫两媳,携之窜荒陬。可怜乳下孙,朝夕为挽搂,即此混岁月,身外更何求。无求宁不逸,饥寒迫人愁,频年历凶歉,衣食已难赒,官费多且急;如火复如流,三日号拆屋,五日呼驱牛,屋庐拆已尽,田园成荒丘,老身竟何辜,丁此百愆尤!我闻心悽恻,慰语强和柔:大地半如此,媪何独咿呦!否极占泰来,厥疾或可瘳,毁家纾国难,自古昭良猷。好育膝下孙,安心度春秋。老媪闻我言,双泪颇难收。跙踣各分散,惟闻声啾啾。写忧翻懊恼,此心孰与侔!

有所感戏呈十叔父

公诚顾陆丹青手,写骨描神落笔成。乡吏催钱连夜急,可能画出打门声?

荒江爱国歌(并序)

扫帚沟镇,位于长江岸,介乎枞阳、汤家沟两镇之间。自安庆沦陷后,敌艇不时登陆骚扰,并饬组伪保甲,先散户口食盐,引诱乡愚;继则俘虏绅耆,焚荡庐舍,市民虽迭遭惨杀,终不移不屈。感民族性之犹存,惜其事之不显也,乃缀句以歌之。

扫帚沟旁民族血,扬子江头英雄魄,魄动石尤江浪回,血凝成石化为碧。忆昔二十八年春,江浮敌艇如浮鳞,舣岸跨马窜廛市,逢人欲杀怒且嗔,鸡鸭牛豚任烹割,田园禾黍没荆榛。一去一来呈闪电,鹰瞵虎视何狌狌!旋复怀柔施暗箭,以华制华战养战,饬令组织伪保甲,群奸簧鼓竭吹煽,连船满载户口盐,钩饵愚顽动贪恋。柔化宁化铁石坚?俘虏焚荡心不变。鬼篆朝朝添姓名,毒计春阳照飞霰。噫吁嘻!屹立荒江爱国儿,草莽埋没竟谁知?碧血忠魂亘万古,终若云天赫朝曦!

脱破袴

怪煞布谷儿,劝人脱破袴。沧海扬洪波,脱袴哪可度?况复连年迫苦饥,债主剥尽穷人衣!

闻枞阳寇退喜书长句

报道枞阳绝敌踪,初闻戚戚转惊惊。归来白鹤伤今昔(东郊有白鹤峰),掩映青云任淡浓(市区有青云阁酒楼)。更喜鄂西乘大胜,会连华北挫顽锋。群姦失势依何处?试看吾曹剑气冲!

问答

细君为我言,囊中空已久,新诗落笔成,换得一钱否?况今异昔时,生灵遭阳九,铁骑踏山河,焉能斗室守?姬昌久不作,空学渭川叟,腐儒信高洁,何若颜之厚?即此钓功名,恶知其非有?闻言无所答,一笑掩吾口!

血泪

汹汹寇又至,大举窜穷乡。我军英且勇,蓄锐避锋芒。吾友李承祖,坐受池鱼殃,鞭箠关木索,系颈至枞阳。群姦恣谑浪,寸寸断肝肠。逃归为我语,血泪满衣裳。

赠别李承祖

未别还愁别,临分遽忍分?离情结落日,行迹任浮云。作客应怜客,送君翻怨君。何为偏识我?搅得思纷纷!

效阮步兵一日复一日用昌黎韵

一日复一日,一朝复一朝,去来今弹指,左券看谁操?蛙咬虽杂沓,号钟自高调。大道昭星日,岂屑割烹要?藐姑一万物,不溺亦不焦。逐鹿鹿何在?朱幩幻镳镳。何如乘风去,振奋抟扶摇。笑他斥鷃侣,抢地夸飞跳。我姑摄我性,操我祖之瓢,渴饮天池水,兴来歌且谣。一日复一日,一朝复一朝。

大别山怪虎

大别山怪虎,一雄而多雌,负嵎营深窟,欲奠百年基。供食一何备?鹿豕兔熊罴。雄者一何猛?狂吼动蛟螭。群雄一何媚?燕婉互怡怡。岁恒四娩息,子姓蕃以滋。山中食不足,于焉散四陲,张牙复舞爪,浩荡任所之。经过恣奔突,生物靡孑遗!此事惊人魄,传自游侠儿。

天道和于右任先生韵

天道却从天网漏,道衰盗道盗何多!武夫徒试青萍剑,文士空吟白雪歌。出处浮沉宁有恨?古今兴废亦无佗。崎岖世路经过惯,一叶扁舟九曲河。

哭四女夏珍(癸未七月二十八日)

　　纵观天地间,万事须臾耳,若非旷士怀,焉知变灭理?四女儿夏珍,百日一弹指。玄鸟来儿生,玄鸟去而死,青青陇上禾,而与相终始,声音及笑貌,飞烟逐逝水。回首去年冬,雪瘗尔三姊;七月皜皜阳,送尔黄泉里。南北两孤坟,荒烟迷荆杞。母已号失声,涨乳淋不止,二姊随长兄,牵衣互依倚。我心尚非蓬,洞彻《齐物》旨:莫大于秋毫,莫寿于殇子。浑沌归浑沌,死生胡悲喜。放声作长歌,歌声动邻里。

秋日有怀马茂元兄

　　西风有来信,万窍奏笙歌。碧梧翠竹馆(马通伯先生书室名),此日意如何?

酬王霭吾先生

　　舒城伏虎寺,南阳卧龙岗。古今两殊绝,人海浩茫茫。

寄光铁夫马后文两兄

　　一年悭一面,两地劳相思。云碧西风紧,诗囊应添诗。

寄王甸平兄

大江隔南北，君能忆我无？欲凭南去雁，为问北来鱼。

赠李泽网先生

懿欤司马迁，史笔千秋传，江河流滚滚，日月亘中天。李君旷世情，坠绪欲恢宏，泊然营所好，卓尔殚其精。君实凤凰髓，千载阿与唯。我窥风雅遗，敝帚珍且喜。学术异门庭，彻论掌常抵，见我气如虹，许我诗为史。奖励岂敢当，矫首望八荒，金风嘶铁马，碧血泼沙场，偶歌乱离什，一字泣千行，章甫适于越，大树笑荒唐。知者犹眷眷，兰蕙托同芳。感此怀先哲，俯仰意苍茫。

题柳阴一女孤舟行

春江平涨渌如油，江柳垂丝似织愁。棹得孤舟何处系？三篙锦浪自悠悠。

雄雌

雄雌竹帛轻黄老，磨涅磷缁笑白坚。矫首问天天不语，山浮云霭水流烟。

和孙闻老

大盗多头日,斯文一线时。眼中残破局,囊里乱离诗,迂阔甘人弃,安闲只自知。名山怀古道,千里此心期。

哭宏章弟

时危成大节,天岂惜苍生?枕藉一抔土,荒凉万岁名。月移花萼影,风紧鹡鸰声。腐肉填狐腹,招魂傍祖茔。长空孤鸟过,秋水大江横。指日消奇愤,乾坤生死盟。

贺新婚

花光人面深深夜,月色帘钩叠叠痕。情海风光谁识得?欢心浸透两无言。

题戏鸿堂法帖

雪泥横眼底,物理费寻思。堂圮洞庭后,碑移天柱时。云龙神宛在,天马意何之?冷落临池畔,空怀百代师。

题陈逸周兄万卷阁

昔日君家楼藏万卷书,今也楼倾阁起搜集万卷之残余,俯仰今昔意,搔首一踟蹰。寰海风涛动地起,繁华满眼成丘墟。当年悔与蠹为侣,空抛心力误迂儒。将掷三寸管,挺起七尺躯,掘开四海之海口,冲洗人世之蔑污!君固书生亦健者,书中意味竟何如?

夜闻日本投降(一九四五年)

八载流离惯,尘襟一夕开。光阴愁里过,胜利梦中来。东海降涛卷,西风血债摧。疮痍犹满目,歌罢有余哀!

和平歌

物类系以鸣?理与欲交争。争端肇戾气,于焉群以倾。扶群息争伊谁宰?无息而息溯至诚。喜怒哀乐发中节,气质之中和以生,和既呈于外,戾气荡然平。世界宪章欲奠和平础,岂非戾气激发之呼声!饥易为食渴易饮,重轻终必律权衡。从兹直补疮痍迹,肃清胸腔之甲兵。天高高而云烂烂,风淡淡而水盈盈,日月明明以递耀,草木欣欣以向荣,老老幼幼壮以用,学者力学耕者耕,兽群于山鱼戏水,稻花香送鸟鸣嘤。万殊同一体,动静浑忘情。理得理兮欲解欲,和且平兮诚自成。

春望

西南山滴翠,东北水流丹。春色秦城暗,风光汉塞寒。宪章资傀儡,协约伏波澜。底蕴谁能识?乾坤借一观。

春感

久蛰荒城里,逢春未觉春。寒光犹照骨,冷意正凌人!薪米家家叹,妻儿个个嗔。身轻羡飞鸟,来往自天真。

视力

视力久模糊,玄黄眼底铺。世迁疑旧有,心定识新无。泛泛五湖水,昂昂千里途。万殊何所适?珍惜此顽躯。

感时

频年经变乱,万事总伤神。入世空忧世,藏身却累身。模糊看跳荡,梦寐忆沉沦。天下乌乎定?虔诚问路人!

对菊有感

卷帘人正瘦,盆菊正安排。且喜葩初放,翻愁蕊尽开。峥嵘虽爽目,憔悴亦关怀。独立窥窗外,寒风扑面来!

久客

久客初归日,江山物态殊。相逢疑梦见,访旧一惊呼!天地诚刍狗,功名付海凫。差欣方寸地,尘垢本来无。

竹林宴

千里征尘落襟袖,江山眼底送纵横。归来几度星霜易,谈宴连朝日月明。清酒一尊邀竹色,离情万缕付诗声。可堪南北云飞急,旧路犹须着意行。

围棋吟

谈兵纸上气何雄!世事盈虚一局中。络绎雁行飞黑白,纵横鱼阵突西东。手和玉子敲心韵,身似沙场攫战功。闲倚烂柯浑不觉,苍生犹自说流风。

将离合肥留别李陈二公

登门三载半,几欲化为龙。裘带承恩永,词章蕴兴浓。千秋怀将略,一代识文宗。芳草天涯路,云山几万重!

登紫金山

一代江山列眼前,双眉横锁劫余烟。明陵冷落孙陵坏,惨淡中华数百年。

中秋夜饮

玄武湖光浮几席,紫金山色落杯盘。团圞共饮中秋月,水底连天彻肺肝。

观翠洲菊花会题册

玄武湖秋景色清,台传音乐菊连城。可堪人面花光里,一寸柔肠万缕情。

春雨

湖外青山湖内天,春风花柳雨丝绵,长堤小草无心绿,翠带明珠着意圆。画舫自横三埠水,秾华平涨五洲烟。潆洄岛屿浮鸥鹭,多少闲情到眼前。

环中别墅新题

赁宅得环中,风光着眼轻:桑麻话淡泊,藜藿省经营。新燕当头语,群雏缭脚行,飞岚铺榻绿,虚月卧窗明,华实嬉儿女,诗书见性情,山屏体自健,湖饮虑能清。天地心同立,鹭鸥人与盟。百千会意处,无一是功名。

用伯阳意慰问卢冀野先生(一九四八年)

闲居披大褐,亦耄亦婴儿。病病宁同病?知知若不知。从来忘宠辱,安用辨雄雌?抱一根 天地,绵绵靡尽期。

答疏植桤、张柏龄先生来访不遇

深居端的怕人寻,故遣湖山作带襟。只在此中谁识得?渔郎放艇证初心。

过阵亡将士碑有感

杀敌从来不顾头,成仁奚用一碑留?伤心标帜招新鬼,白骨成丘尚未收!

失眠

八面秋声起,睡乡路险巇。豁然通眛眛,倏尔结痴痴。彻夜双开眼,盈腔百所思。一天星数尽,曙色入窗迟。

奉和高一涵先生雪中红杏大作

城春着意枝头闹,融曳银花镜入莺。润柳情天飘旧绪,斗梅心地度新寒。流香幽邃来唐苑,作色轻盈映鲁坛。诗老独标红杏格,超然风致雪中看。

题高一涵先生金城集

文章雄一代,五十始为诗。天地纵横笔,山川动静姿。鸾皇刷羽后,韶濩入声时。盥漱金城集,浑忘肉味滋。

拙著《抗建新咏》藏中央图书馆历火劫犹存感赋一绝

　　咸阳一火千秋劫,隔代重温气欲温。着意抚摩疑是梦,非非啼笑了无痕。

题钱田间先生遗墨(并序)

　　田间先生配,吾六世祖女也,遗墨盖传自夫人手。光绪庚寅,先王父希白公出此册,昔凡、至父二公为之题跋。忽忽六十年,不禁沧桑之感。恐其久而埋没,乃请高一涵、胡小石、卢冀野三先生缀诗语其后,萃古今名笔一卷,后先辉映,绚烂于无穷也。

　　抚循陈迹空弹指,历历难忘六十年。三世见闻家国恨,一编断续古今缘。苍茫草泽归神物,憔悴京华感逝川。展卷风檐照颜色,举头吾欲向青天!

偕茂元兄夜饮后湖览胜楼

　　六朝烟景落尊前(借吴至父句),人在高楼月在天。一醉玉山横碧落,双飘珠唾泻银川。

题方孝远先生诗册

诗意蓄清和,含灵贮象多。辽天云出岫,瀛海水无波。入境浑忘尔,迷津唤奈何?千年鲍谢笔,一似刃新磨。

题光明甫先生《论文诗说》

一代江山撑瘦骨,千秋风雅耸孤肩。爬梳剔抉成诗说,绚烂奇文三十篇。

中唐分界溯源流,创论精湛孰与俦?识得穷通明正变,严于一字直春秋。

诗道难言今有说,文章得失岂心知?遗山粗犷渔洋狭,百战词坛揭大旗!

凌云老笔更纵横,百岁人怀万岁情,多少是非纷草莽,一炉今古托吾生。

答茂元兄

君头斑白发,我颊欲华鬓。窃窥明镜背,仿佛立双姝。

念儿在唐山铁道学院桥隧系读书诗以勖之

科学高峰万丈高,崎岖道路亦迢迢。何当双轨通银汉,架起横空一座桥。

自题《新道德经》

新经草罢已忘言,但觉心通天地根。满耳嚻音何损益,太玄周易自依存。

访金陵凤凰台

晨兴独访凤凰台,神凤无踪人凤来。眼底江山原锦绣,风前花草自尘埃。竹林惟剩嗣宗墓,杏坞空传太白杯。犹喜好诗真不泯,三山二水证仙才。

答友人

道大古难容,栖栖来去踪。风云盘大鹗,江海伏飞龙。八转乾坤律,一翻今古宗。穷通谁识得,遥忆抚孤松。

天地存知遇,诗文见性情。那堪温旧梦,犹欲缔新盟。左海波涛险,东山烟雾横。一阳生尺素,万里照心旌。

以诗代书寄茂元兄(并序)

时君著《古诗十九首探索》出版,而余所著《诗词备课笔记》亦将问世。

古诗十九首,探索发微词。记否尝新约?金陵送别时。
小作将刊世,君知应解颐。诗坛相映照,安敢蓄其私?

柳下

披襟仰手揽飞絮,不忍轻随流水去。纵是缤纷雪满头,风前一晌和春住。

大中桥上

古堞虚浮桥下影,远山飞扑塔尖岚。凭栏望绿垂杨岸,春讯秦淮我独谙。

春晴玄武湖泛舟

明镜新开落影清,一湖山色半湖城。人浮蛱蝶穿花过,篙逐蜻蜓点水轻。

乘舟登燕子矶

江花激越石矶扬,遥望真如一燕翔。踞顶振衣天地阔,临流濯足水云长。

登清凉山

长江一线点帆鸦,六合群峰隐隐斜。二水三山飞白鹭,城中烟树万人家。

登金山浮屠

纵身直上白云巅,七级浮屠脚底悬。近处江流天地外,远方山色槛栏边。

北固楼

楼上香氛浮海气,亭前古石卧江云。窗含帆影鸦边过,树挂钟声天外闻。

焦山

山浮倩影水浮天,人物风情画里旋。蹴踏江花开万里,贪欢一晌傲焦先。

梅花岭

缓步振衣拜墓堂,英雄碧血铸维扬。千秋袍笏梅花岭,不用梅开四季香。

瘦西湖泛舟

纤腰瘦影衬清秋,夹岸疏柳拂客头。泛泛银河飘玉带,桥穿廿四月同舟。

平山堂

高步登堂一望平,江峰淮岫槛前横。若非来此开双眼,到了扬州不尽情。

栖霞秋兴

晨兴乘兴便乘车,破雾东迎晓日斜。一去石城三十里,满山红树是栖霞。

金风玉露染秋山,彩练横空落彩斑。初日高林停古岭,千年石佛亦红颜。

紫峰缥缈出云霞,岩窟中穿彩线斜。蹑足曾巅腾石浪,一重浪拂一重花。

十月十日

双十生还日,凄凉锁在门。窗窥遗像在,杖倚宿愁翻。无母雏连至,见爷泪互吞。三年惊隔世,恩怨向谁论!

余编著《中华民族正气歌》脱稿因题长句

小鲁何须登泰岱,鸿毛借重此编中。学瘖低咏池凝碧,扶杖沉吟笔落红。攀结前贤关痛痒,流传后世认穷通。中华正气歌声永,一片丹心万古同。

为亡妻疏瀹谱《望江南》百阕志哀衷集成册因题绝句

断弦断腿断肠声,百阕哀歌万古情。词与潘元堪伯仲,迂痴应许笑庄生。

念儿译著《小径流》将成喜作

译著将成日,诗词造诣深。皋兰游子意,白下老人心。佳趣扶衰病,芳音动远吟。中华民族气,浩荡一披襟。

茂元兄念余穷为向出版界接洽卖文事宜情至可感酬以八绝句

人间何事最难寻？流水高山会此心。风义触情沾涕泪，牵来往事动幽吟。

双桂楼高文圣地，青春诗酒换生平。碧梧翠竹深深翳，母氏分恩嫂氏羹。

黄甲教班两少年，风云叱咤并双肩。难忘酬酢吟长句，换字调声锦瑟边。

浉津君主学风刊，每索俚词助浅澜。丑陋不嫌登上格，昔何容易此何难！

白下过从趣事生，两儿相斗两翁情。几回辣面行宫畔，相对丹颜滚水晶。

初展文旌赴上京，夜深灯火扣门声。相期千古文章事，十载云泥负旧盟。

贫病相寻白发侵，谋生计拙累君深。当年何必曾相识，曲曲肠回寸寸心。

摩天云翼每徘徊，顾侣垂怜唤草莱。余勇贾来添气象，扪心犹觉未成灰。

问茂元病

秋高凉籁发，君子病如何？近霭凝眉岫，遥空送眼波。每闻窗外鹊，欲听枕边歌。岂止怜同调，临风寄意多。

初见外孙庆成亲为佩玉并书此诗

孙生才七日,两眼若明星。英气藏眉宇,和光满户庭。老怀开襁褓,亲手佩珑玲。玉作长生证,诗当百岁铭。

闻茂元病起喜作

炎夏沾医榻,严冬病起时。梅枝摇腊讯,文笔吐春姿。翡翠兰苕集,鲸鱼海浪披。繁华争艳绝,正代说唐诗(时君之《说唐诗》连载《新民晚报·繁花》上,因病中断,正待赓续)。

喜雨

江淮河汉地,好雨润如油。红湿花云重,青荧柳雾稠。秾华春海阔,锦浪麦畴柔。农事乘时发,长鞭竞叱牛。

秦淮初夏闲步

秦淮好水自绵延,流向城郊灌稻田。正是秧针绣绿野,黄鹂声里鹭翩跹。
蚕眠茧起响缫车,又是分秧又绩麻。三麦丰登新雨后,纷纷劈拍打连枷。
青牛黄犊满田畴,无数鸡豚绕宅流。更喜鹅群联鸭队,白毛红掌绿波浮。

黄梅初熟红榴小,菜圃瓜畦过雨香。无意青山随杖底,有心绿树合村旁。

题四时乐画册

晴川芳草袅烟菁,渲染歌吟寄远情。烂漫韶华烂漫去,花枝吹折乱莺声。

纸上风光醉欲眠,云峰晃漾五湖天。吟声又伴蝉声起,谁是人间第一仙!

金风铁马动关山,独有骚人一味闲。最爱枫林向晚叶,谁为点染似花颜?

朔风飘霰自霏霏,银海光摇却卷帷。画得图来吟得句,不教鸿爪弄非非!

题《唐宋名家词选》

白衣卿相踵相随,曲度心声绝世姿。最是一江春水起,千秋同拜李王旗。

题杜工部李后主合图

平生嗜好无三种,工部诗篇后主词。故遣画师图二妙,萧条异代合同时。

晨启东窗日照西墙子美画像有感

晨启东窗邀晓日,为吾诗友曝穷寒。交情千载怜同调,相对无言意未阑。

南窗

才绿南窗枣树芽,东墙杨柳又吹花。春情故故撩诗兴,拾句何须手八叉。

为总儿获得书法亚军喜作

杜甫九龄才学字,此儿同岁见峥嵘。小拳搦得春风住,大笔能追天马行。细写难分金缕线,粗毫欲撼石头城。全区四十中心校,百六十人第二名。

亭林赞(并序)

顾亭林一生实践其"天下兴亡,匹夫有责"之爱国名论,深以屈膝媚敌、苟且偷生为耻,曾在《精卫》诗中指出:"君不见西山衔木众鸟多,鹊来燕去自成窠。"晚年躬耕长白山,讲学著书,抗节不渝。

天下兴亡任,艰难一匹夫。清风寒凛冽,汉土血模糊。肝胆明曦月,江山老鬓须。试看群燕鹊,到底有窠无?

长白山前种,中华爱国苗。凌霜撑骨干,带雨长枝条。花气融成海,民风汇作潮。忠魂应不泯,含笑看前朝。

千里马(并序)

民族英雄俞大猷,在抗倭中转战五十余年,克敌卫国,功勋卓著。兹当其诞生四百六十周年,偶读其《观千里马或令于甬道试行》:"笑将龙种骋中庭,捷巧何施缓步行。待看流沙遥万里,须臾踏破古丰城。"爱国激情,感人至深。诗中之千里马,盖用以自喻,谨用此为题,叠其原韵成诗二首以赞之。

耸身振鬣起中庭,万里须臾任意性。百战沙场驱海盗,轻蹄踏处是长城。

风霜汗血洒边庭,五十余年见志行。何止的卢夸一跃,千秋功绩说龙城。

红楼赞四首

先生一觉红楼梦,写出红楼几断肠。字字看来都是血,十年辛苦不寻常(借雪芹诗二句)。

深心健笔塑形成,多少情人栩栩生。双玉莹莹泥淖里,无边恨海意纵横。

满眼繁华随逝水,琼楼玉宇冷冰冰。潇湘焚稿王孙去,一化天仙一化僧。

自从红学闹闺门,儿女私情分外温。不系赤绳能比翼,何须待月枉销魂。

初佩老花眼镜（一九六三年十一月十八日）

双钩牵两耳，高架鼻中梁。笼罩生花眼，平添伏案光。蝇头分字迹，凤藻起词章。佩镜窥明镜，真吾底事藏？

甲辰清明

岁岁访花宫，年年人不同。冢中应朽骨，世上此衰翁。杖湿清明泪，心迷黯淡风。从前多少事，春梦逐秋鸿。

修坟

一抔风雨里，剥落对斜晖。隔冢人天永，当年痛痒依。植茅铺地毯，买土补坟衣。冷暖谁能识，心知万事非。

携小儿女游灵谷寺

携雏曳杖觅春光，信步何心入道场。寺倚灵声山有谷，塔凌古砌殿无梁。云齐九级扶摇上，脚踏千峰指点忙。奚暇登临兴感慨，眼前景物要商量。

丁宜民丈来访赋此酬之

古心古貌古稀年,八载重逢着意怜。顾我难逃天演例,钦公直似地行仙。一杯清茗浮青眼,几卷残诗话夙缘。此去皖江如有问,栖栖左杖石城边。

读房陟园先生《浮渡山房诗存》

一卷乡情动所思,回环展诵陟园诗。方姚吴马余波里,忍听峨冰撒手辞!

师驻人间生早故(公与先叔轩堂为师生谊),竹林冷落廿余年。可堪手泽均灰烬(先叔所著王渔洋《古诗选评注》痛遭火劫),读到斯篇益惘然(公集中有和先叔诗一首)。

尝为诗人嗟短命,吾桐多老近期颐。至今犹剩双园在,汉水菱湖并世姿。

闻园松柏陟园芝,差拟凌寒与慎宜。同是龙眠灵秀物,信今传后复奚疑。

题《晦庐遗稿》(并序)

李相钰先生来访,以所裒集其尊翁遗稿之初印本见赠,属为点勘,将重付梓,读罢因题长句。

掀髯纵目锁双眉,治世经纶乱世师。桃李根蟠心地血,江山命托性天诗。宋唐泯合元无意,儒佛因缘岂有期。读罢斯编编外觅,流离何止一毫遗。

光明甫先生挽词

珠玑藏箧泽犹新,咳唾随风迹已陈。说创中唐诗畛域(公著《论文诗说》从中唐分界),文臻老境骨嶙峋。尝因论律争分寸(公谓律至李义山而始精,余谓义山仅得杜诗之一体),益觉忘年共笑颦。苦忆方山空有约(公曾约访南京南郊方山方望溪先生墓,余以时方酷暑,力劝改期而罢,竟成遗憾),江天怅望一沾巾。

和闻老十二绝句兼述近况

憔悴金陵感逝川,坐观红紫万千千。肢残偶丧门罗雀,梦寐何曾到眼前。

抱病闲居越五年,蠹鱼生活未情迁。中华正气书成后,问世无由退稿先(拙著《中华民族正气歌》寄中华书局,迨查明身份后,即退回原稿)。

扶筇闲望九天衢,立命惟余一卷书。子美集开诗世界(借王禹偁句),成都老屋见真吾(凡有关杜甫诗著作皆寄成都杜甫草堂保存)。

到骨穷寒意自如,笑他弹铗食求鱼。小园花树欣欣意,指点榛芜命子锄。

妻亡剩有七儿女,工读差欣各自强。供养及时堪半饱,群雏瘦面有时光。

衣能蔽体不需裘,盛世羞嗟志未酬。江汉绵绵椿荫水,欲呼黄鹤赋登楼。

长林岂少一枝栖,千古恨成失口时。健羡少陵能卖药,苦牵儿累却难为。

举步随身倩杖扶,容衰肌损骨撑肤。蹒跚纵惹群儿笑,买菜还须入市衢。

心有灵犀化作桥,如依杖侧伴嬉遨。楚天汉水风光好,都要新诗不用骚。

灼灼心花永不摧,一番风雨一番开。吟诗度日玑珠落,不尽长江滚滚来(借少陵句)。

强扶衰白拜君嘉(借东坡句),望外深情分外加。满纸春光陶醉也,殷殷属意在中华。

名山诗老思弥新,八五还赓八百春。落笔纵横光气象,拈来一字亦千钧。

宜丈游清凉山归饷以绿阴摇日地生波佳句诗以志之

秦淮春正好,芳躅踏新歌。拾句天留缝,移筇地起波。清风陈叶少,凉籁古楼多。一笑掀髯处,悠然山气摩。

和茂元病中杂诗原韵

倚杖看云烟,闲居傲六年。已忘七尺累,一任四时迁。开落枝头蕊,去来江上船。随缘同俯仰,何日不陶然。

亦知文是障,转觉爱吾痴。得句呼曹杜,忘形唾许支。长吟朝气满,高卧夕阳迟。谁识闲中趣,从容谢盛时。

小园凤仙花开与枣花相映生趣喜而有诗

儿女移栽好儿女（凤仙一名好儿女花），绿丛鹦嘴吐红尖。昂昂骧首凌丹穴，矫矫翔翎向碧天。多事洒膏求倒影，何心染指故调弦。托腮闲倚南窗枣，相对花开不妒妍。

诗人节和小岩兄见赠绝句

今朝又是诗人节，日日诗熏两鬓秋。欲把离骚抛却去，烟波浩渺大江流。

宜丈来金陵吟诗论道获益良多于其将别赠之以诗

诗人元有道，咳唾洒真因。拾句能摇日（公有"绿阴摇日地生波"名句），临江总问春（公有"问春隔江树"之句，尤妙绝）。欲教地气暖，常驻岁华新。开示迷津去（公以《开示录》见示），飘然自在身。

小岩兄购赠新鞋感赋奉酬（并序）

某日余适外出，归见案上新鞋，惊问弱女，始知为小岩兄之馈。诗文之交，竟着此相，初怪其俗；而其来去飘忽，又疑其为仙。抚鞋冥索，顿有所悟：盖鳏鳏相怜、忧贫惜才之意，皆寓于无言之中。感而有作,其有不湿透青衫者耶?

案上出新鞋,疑从天外来。乍看浮俗气,细察蕴灵胎。丧偶怜孤侣,忧贫惜薄才。四行难尽泪,对泼老鳏腮。

题念儿编著之《桥渡设计》

江淮河汉任纵横,桥渡精心设计成。桃李薪传无尽火,一年一度出金城。

宜丈自庐山寄示纪游多首作此以答

钟山收拾入庐山,白鹿青崖意自闲。遥寄此中真面目,闭门相对亦开颜。

宜丈谓陟老八八高龄往事犹历历能数惟近事则昏然无绪诗纪其异

往事清新近事昏,此中妙趣颇难论。庄生齐物空文藻,一任忘怀众妙门。

施乐渠先生赐和鱼韵奖掖备至叠韵奉酬

千金一赋笑相如,久系匏瓜任索居。樗岂有心逃斧凿?匏因无用落江湖。欲传薪火非传世,羞钓功名学钓鱼。多谢汉阳诗老意,相嘘正气起新图。

立秋夜忆亡妻

白昼炎犹赫,黄昏气转和,幽窗凉籁发,孤枕夜声多。砌下虫迎节,林间叶噪柯。花神应未寐,此夕意如何?

五十初度

倏忽知非日,踟蹰未是身。再将五十载,炼此百年人。闭户容思过,前途不问津。幸余心皎洁,未染一纤尘。

中秋携总结两小儿闲步莫愁湖遂于胜棋楼前摄影留念戏题绝句

闲从楼外看高楼,一局楸枰笑莫愁。依膝两儿能缀句,偶留鸿爪亦风流。

两爱歌呈闻园诗老

生平怀两爱,爱诗爱老寿。久视人寰中,咳唾洒琼玖。懿欤古老彭,高明识刍狗。道通天地根,命同天地久。诗成五千言,恢恢包九有。函关盈紫气,龙飞流沙走。何以贻他人?生生有食母。

狂歌笑孔丘，栖栖骨已朽。短短七十年，无诗垂厥后。抡斧竟删诗，妄矣颜之厚。酷爱杜少陵，诗篇光北斗。未谙养生术，悲哉五十九。颇爱陆放翁，豪情诗万首。何为八十六，撒手归丘阜？余子何足道，寒螿鸣幽牖。诗坛久陵夷，灵秀钟郢叟。优游珞珈山，锦囊日系肘。脱略觅诗材，闲邀老诗友。不学李青莲，不作陶五柳。江山融怀抱，葩经不离口。诗兴滚滚来，助兴不需酒。新事铸新风，新诗成反手。脱口道真情，爱憎分尧纣。青春方八五，神旺能长守。奚用歌九如，作福自天受。欣逢今老彭，自豪伸巨拇。长吟两爱歌，心声动龙吼。遥遥望名山，步趋冀能耦！

答宜丈（并序）

宜丈以古稀之年，任《桐城县志》稿本四十万字工楷抄胥之役，斯亦奇矣；而孤本流传，桐风远播，功于乡邦文献，岂浅鲜哉！八千分币之报酬，殆仅敬老之意云。

古稀能任抄胥役，孤本宏扬桐邑风。蠹穴残生偏爱老，蝇头度日欲还童。八千分币辛勤意，五十余年刺绣工。闻说此中能养性，果然倒亦见奇功。

奉题闻园诗老诗集一百四十韵（并序）

闻园诗老，先君子之师也。尽瘁教育四十余年，桃李满天下，安徽教育界咸尊为泰斗。平生好诗，涉猎百家，不屑依傍；自写其真，不事雕饰，以故诗产丰腴而多美也。年七十入郢就养，优游多暇，诗思日新，体魄弥健，今虽八五高龄，犹能登临赋咏，徜徉自乐，十五年来,积诗千五百余首,名为《新楚水吟》,嘱为题序。余与诗老唱酬之谊,已二十余年,相知极深,固不能无一言,书长歌以报之。

诗从何处来?笙竽万窍发灵胎;诗从何处见?日月云水共徘徊;诗魂善感发,兴观群怨结春台;诗道颇难说,试为知音说一回:盘古运斤劈天地,霹雳砯訇恣厥志,荒荒诗门从此开,击壤操牛各有致,雎鸠关关送好音,黄鸟交交哀怨深,与子同袍同敌忾,节彼南山诉强淫。喜怒哀乐任挥斥,一泻巨细尽珠璧,皇皇诗国诗产丰,孔丘刀下余三百。伯阳振衰诗五千,古朴真醇道自然,盲瞽不得妙门入,自欺欺人弄虚玄。灵均一变骚风起,无可奈何沉江水,那堪竟有效颦人,转使真骚入靡靡。大哉汉魏立恢闳,声华风骨意峥嵘,陌上柔桑何窈窕,幽并游侠气纵横,青青河畔绵绵草,高楼明月自盈盈,冉冉无心云出岫,晶晶璞玉浑然成。瑰丽余风递江左,田园山水尚小可,大启尔宇在盛唐,日月光辉夺爝火。云霞蒸,又上乘,千古独步杜少陵,读破万卷气飞腾,剖心沥血洒诗域,周天彩翩孕中兴,惜其渐于诗律细,苦吟短折泰山崩。中晚人多袭其短,饾饤獭祭亦矜能。宋之苏陆固云豪,尤以放翁不着胶,拂逆难酬爱国志,长歌掬泪酹滔滔,以故诗产虽称稔,天年未许共诗高。元明以降问诗灵,凌晨屈指数残星,纵有凤鸾思远翥,无情风雨摧孤翎。今有郢中一诗翁,万千红紫笑东风,吟成楚水空前史,无限风情铸化工。翁年今已八十五,一轮红日正当中,脱口成诗不计数,篇篇都颂国兴隆。诗翁故里在龙眠,幼怀壮志欲摩天,追随新学期国运,扶危济困耸双肩,粪土功名重道义,清风横被倾时贤,一心一培护爱国种,锐意作育四十年,鸡鸣斗转勤作息,肝胆炽热火能传,圆凿方枘龃龉入,涅而愈白钻弥坚,饭蔬饮水乐自在,身教言教两都全,八皖桃李满天下,争仰泰斗着先鞭,古稀之年更豪放,正在珞珈山就养,故国前光气象鲜,事事应偿夙愿望,策杖流趣百花丛,江山磅礴心同壮,欣将故我映新吾,勤学潜修日向上,晴川芳草助诗情,新诗洋溢神尤旺。忆昔诗翁兴学桑梓时,先君昆仲曾蒙雨露滋,渊源惠及我,髫龀即心仪,长而亲炙在黄甲,翁为校长我为师,爱才如爱命,一见便称奇,从此步趋每将诗度日,二十余年忘年交谊见于诗。翁爱我久渥,翁诗我最知,为翁一评述,翁当颔首而解颐:翁诗如翁人,一见性情真,根真苗自善,华实美而纯。翁曾出入今古百千家,撑腹书卷何止有五车!风骚涉汉魏,含英复咀华;六朝一睨视,扬弃雕虫技。不慕桃花源,到处都有好田园;不屑李佯狂,骑鲸捉月何渺茫;不作杜苦吟,破屋秋风苦雨侵;笑看苏东坡,颓然醉卧大江歌;颇叹陆务观,孤村僵卧豪气涣,遥企楚灵均,真心爱国爱人民;契禽古老聃,能诗能寿地天参。丹心直通古诗友,心声流泻千万首;或如日观峰上之苍松,迎风挥洒岱宗容;或如峭壁嶙岣之怪石,奇险之中见朴质;或如万丈长鲸掣碧海,一望汪洋腾异彩;或如万顷黄葵向日倾,光芒直射万里程。亦有翡翠集兰苕,亦有芙蓉出水娇,亦有幽兰在空谷,亦有清泠动修竹。间有泛泛无舵艎,杂有横吹信口腔。有友评为金沙江,三字确论信无双。金字当头金最多,驱沙亦可镇颓波,江王百谷百汇和,蛟龙鱼鳖并收罗。山溪之水清如许,岂可与江同日语?小大之域分在此,如翁之诗真善美。孟实(朱光潜字,为翁之弟子)评翁诗:胸正眸子瞭,刚峻含婀娜,古拙见深杳,不矜一字奇,不斗一韵巧,意到笔自随,磊磊抒怀抱。此评允为知音侣,与我所言正相补,顾我所言更天真,不假铅华与刀斧,尽我所知尽欲言,酬答知音和心吐。笔阵飞,为翁挥,东风吹送浴春晖,诗虽瘦硬意却肥,僭厕群英汇芳菲,高山流水互忘机。孰云知音稀?孰云诗道非?古今新旧共诗旗,旷荡吟诗愿无违,遥遥江汉仰清徽,八千大椿自巍巍,诗成临寄尚依依。

久雨小园野菊独放

绵密经时雨,群芳次第收。惟余野菊艳,独占小园幽。桃李三春梦,风霜九月秋。荣枯浮色相,一任眼前流。

抱抱歌(并序)

念儿近有女友,以假期是否回家见问,难于作答。戏作《抱抱歌》,以寄矛盾心情云。

人生各有抱,抱抱无尽期。我幼在母抱,及长抱其妻,俄而抱儿女,今还抱幼儿。幼儿日日长,瞬将与我齐,儿大抱其抱,竟将老父遗。老父何所抱?床头一卷诗。

闻园诗老得余百四十韵长歌赋诗鸣谢并抄录拙作多首广为传播依韵奉酬

珞珈诗味日新尝,悦口娱心肺腑香。聊作长鸣酬伯乐,赢来丰句亿思光(张融字思光,《诗品》称其"捷疾丰饶")。一枝未许鷦鷯寄,大海宁凭偃鼠量?到处逢人称下里,长安虽远义难忘。

徐半农先生见余所题闻老《新楚水吟》长歌百四十韵许为冠冕并示五律步韵答意

草草歌长调,邀来绝妙诗。云腾天马健,波掣海鲸奇。清胜庾开府,雄追杜拾遗。文章宁有价,得失共心知。

《晦庐遗稿》重编竣事有感(并序)

李君相珏以其尊翁光炯先生遗稿重编事见属,念其意诚,为之点勘修饰,整理编次。至于取舍大计,悉从其愿。编成,李君自作重记,竟将微劳书入,颇有所感,书此志之。

晦庐有好女,属纂乃翁书。取舍都从愿,榛芜略作梳。运斤惭手拙,作色入时无?退避容三舍,毫芒岂敢居!

瞻园偶步(并序)

南京城南之瞻园,为明中山王徐达故邸。园多假山,峰峦洞壑,奇峭清幽。登绝顶,眺钟山,步回廊,照清水,颇饶逸趣。

连苑俨然山,瞻园信步闲。清流飞石窟,紫气涨天颜。径曲岩千叠,廊回水一湾。欲呼徐氏燕,知否换人间?

题李相珏先生《读屈赋随笔》

渊源承博厚,屈赋见精神:爱国文人祖,微言绝代珍。椒兰明出处,横从判新陈。一卷芬芳远,深藏转觉謦。

神游南岳吟寿闻园诗老八秩晋六诞辰

廿四福地真清绝,畴昔闻之遐想结,忽然春到老龙飞,一夜芳心逐云辙。七十二峰脚底撑,三十八泉映月明,九向九背千里雁,一开一合万丈鲸。雷池风穴鸣天籁,祝融之君来相迎:亲率山灵万千千,欢呼八六地行仙,紫盖前张朱陵曳,白马随身翠鹿牵。头角峥嵘冠朝日,晓霞掩映芙蓉鲜。左携天柱右灵芝,拱见寿星作礼仪。一扶天柱飞步履,一服灵芝绰约姿,蹴踏石廪跨石囷,仙灵方药如采薪,信手拈来成满载,一方一药识别真。堪笑当年刘骥之,空入名山不知津。步上百尺紫金台,遥见负暄人徘徊。路闻李泌读书声,宗炳琴音答向平。又逢懒残烧大芋,欲贡寿星又却步,曾唊泌也误功名,此物寿星宁一顾?相邀月馆饮露坛,甘露芳盈玛瑙寒。招仙观里联羽袂,同来斟酌共清欢。宛委登临大石裂,中有奇文勒玉玦:上书寿星真姓名,八千春秋绵瓜瓞。山回路转云密根,缤纷径入桃花源,黄发丹颜争问讯,乞入孙公锦绣园。相随同陟祝融峰,主人款待意从容,振臂一呼天地应,三山四岳会芳踪。一时风掣云飞动,车如流水马如龙。四镬水气顿郁律,六钟齐响协黄钟。群雁盘空排寿字,万凤翱翔绕仙笮。琼浆倾泻如飞瀑,八十六回颂八六,八方六合无穷期,恰似金轮转玉轴。重华后至舞卿云,神禹伴诵千秋文。冉冉瑶池降王母,输将蟠桃献郢叟,每献一桃寿一千,千桃万桃历时久。群仙祝嘏正追攀,忽报紫气来函关,护拥寿星卷宾从,瞬息同归珞珈山,纷入三区三三号,寿星中座大开颜。维时四月十二日,大张寿筵列班班,仙凡错杂饮寿酒,群仙醉饱不愿还,声称同恋人间好,长倚寿星驻人间。我亦同游同饮酒,觉时枕席情尤厚,何以报之诗万篇,每逢寿诞晋一首。

菜市遇雨总儿送伞护归

蹒跚纡菜市,急雨落云衢。无伞遮残体,有儿念老夫。扶持撑骨瘦,熨帖入心腴。小小通人事,欢余转觉迂。

南窗

闲倚南窗引望长,四时佳兴共流光。云来云去心神稳,花落花开气味芳。天道何尝分用舍,人生自有一行藏。多情最爱群群雀,不远千山绕户旁。

玄武湖荷花盛开买舟沿十里长堤绕湖而行

乘凉缓步下台城,俯仰湖天一鉴明。薄雾盈盈花气重,扁舟漾漾柳风轻。浮沉人影连鸥影,远近荷声识雨声。十里长堤串馨逸,五洲寥阔任纵横。

动物园杂感五绝句

耽耽犹欲啸雄风,豢养脂膏积肉隆。牙爪伸张时一试,似忘身在铁笼中。

雕鹗鹰鹮笼意深,耸身作势忆山林。相看相惜盘空翅,同是天涯沦落禽。

群群麋鹿自天真,城市山林一样驯。身在围中浑不觉,呦呦似欲款嘉宾。

嘈嘈切切噪樊笼,百鸟风情大抵同。惟有相思殊众态,属怀偏向白头翁。

群猴作态共儿嬉,儿戏群猴猴戏儿。谁是主人谁是客?苍苍造物本无私。

咏古银杏(并序)

报载:山东莒县城西浮来山之宝林寺中有银杏一株,高七丈余,荫铺一亩,围近五丈,八人合抱。据史已有三千余年,春秋鲁莒两君曾会于此。古碑有诗云:大树龙盘会鲁侯,烟云如盖笼浮丘。形分瓣瓣莲花座,质比层层螺髻头。古树呈祥,喜赋一律。

已历三千岁,撑天绿正肥。直垂一亩荫,横合八人围。华实含今古,荣枯证是非。宝林连海岱,瑞气漾春晖。

秋深寒重炯儿搜箱得其母遗衣二件交淝宁二女衣之因有是作

人亡欣得物，秋至苦搜箱。称身自有女，含意久无娘。荒坟山月冷，孤枕夜思长。抚迹遥天望，鸿飞万里霜。

仿太白笔调酬闻园诗老

弃我去者昨日之日逐逝川。迎我来者今日之日多新鲜。珞珈一老古无有，唾余之物特垂怜。欲为鹪鹩谋一寄，费尽翰墨万千千，嘘云出岫迎朝日，又复时分杖头钱。天高地厚那比得？怅望人海心茫然！掣笔吟诗书成史，千秋佳话信流传。

外姑与外舅于一年内相继谢世闻讯怆恻书此志之

怜才配我首开梅，梅落惟余子七枚。犹向外家望梨栗，那堪内脏若崩颓。旧时面目全非矣，新局安排忍去哉？恩义追思何补益，书成诗史示将来。

闻园诗老招游武汉以儿女累未能应命赋此致谢

暮暮朝朝望楚天，武昌鱼美久垂涎。招游还唤春风伴，践约难将俗累捐。无母雏依爷膝下，有情梦绕鹤楼前。诗酬盛意遥心领，欢会名山总有年。

闻园诗老垂注贱状赋此奉答

幼殒蓼莪涕，老矜废且残。情难陈李密，书已报任安。空望长林绿，徒余寸地丹。不因有一老，此调向谁弹！

孙徐二老赐和总儿七律一章许为奇童步韵奉酬

翁爱顽童童敬翁，奇翁一品便奇童。双龙嘘起三春色，小苑时连五彩虹。人寿年丰心坦荡，天新花好月玲珑。儿名初是缘江总，未料争强薄孔融（总儿诗中有"了了何甘作孔融"之句）。

春游莫愁湖

卢家少妇抹秾妆，深锁愁心强笑忙。古往今来浑不觉，一湖春水照兴亡。

登玄武湖览胜楼

和风扶杖踏天梯，览胜楼头一望低。三面青山来郭北，半环古堞锁湖西。云浮画舫千重锦，春绣芳情十里堤。不是那边余虎豹，此中何啻武陵溪！

奉酬徐半老为总儿书大字帖一本

昔我学书伤草草,老大徒惜书中宝。教子无方唤奈何,狂童烦索汉东老。此老健笔直凌云,挥毫落纸彩缤纷,溯源颜柳欧苏上,方驾却攀王右军。狂童欣得兰亭贴,汉东云气凝眉睫。朝朝玩索墨盈池,雄心欲补时艺缺。我为奇事发高歌,换来珍品不须鹅。翰林佳话空前古,云情滚滚决长河。

登紫金山骆驼峰

高卧驼峰紫气撑,扶筇拾级踏松声。九层塔影沉灵谷,万里江流带古城。迤逦青山三面合,葱茏绿野两边平。前朝空剩双陵在,寂寞黄鹂隔叶鸣。

题宜兴善卷洞

善卷先生真善卷,退藏密处自悠然。四分奇洞元无意,一笑神机别有天。怪石峥嵘明特操,清泉缥缈泛虚船。游人争说江南胜,谁识斯人道不传?

大暑乍雨得凉

伏枕逃炎暑,梦回乍觉凉。簟生秋意重,檐滴雷珠忙。淡虑风梳柳,消疴花散香。小窗容寄傲,高卧是羲皇。

得失歌

众人贵苟得,诗人甘常失。得也若春华,失也乃秋实,春华炫一时,秋实活万国。求得形劳劳,安失心逸逸。塞翁真聪明,祸福知倚伏;子房逃元勋,永与长松赤;董家万岁城,旋踵脐燃烛。浩荡东流川,千秋谁能逆!志弱骨能强,知白常守黑,不愿辨雄雌,自能忘宠辱,一得何须矜,一失未足惜。曩失一诗囊,今竟自来复。得失两无心,此心照今昔,举手何所求,乾坤不盈掬。

李猿老挽词

无边秋水咽长天,猿鹤依稀化野烟。一代肝肠凝紫气,千年诗酒忆青莲。论交心契悭良晤,拍案神通结异缘(拙作《神游南岳吟》猿老曾拍案称奇)。正待名山欢会日,那堪琴断一声弦。

重游金陵凤凰台(并序)

丁未九月,重游凤台荒址,与十年前来游时迥异。阮籍墓已坏,残碑击碎,遍沾矢溺。台上新起之学校,亦竟破落不堪。低回俯仰,不胜文章扫地之感。幸有炯、总、结三儿同来,又颇有欣欣向荣之意。

倚杖荒台六代秋,重临一转十年眸。三山二水云烟袅,古冢残碑矢溺稠。才起新黉惊破落,惯经陈迹感沉浮。差欣雏凤峥嵘意,举翩真堪八极周。

枕上观启明

独占晓天仰启明,偏怜开眼五更情。摇风筛柳勾诗急,越苑钻窗坠枕轻。绝代丰神思太白,满腔精气化长庚。春花秋月寻常事,一点通心万古盟。

瞻仰中山铜像有感

先生立业自千秋,留此金身翻百忧。不是人心未全泯,群儿打砸一时休。

花朝上梅花山

花朝乘兴赏春梅,万萼凝枝未忍开。谁识怕愁贪睡意,依依香径独徘徊。

观宝公卧碑

三绝诗书画,千年汇一碑(碑上吴道子画宝公像,李白作赞,颜真卿书,后有赵子昂题跋,虽为清初摹刻,神貌犹存)。斯人皆已朽,留此竟何为?久历沧桑变,静观岁月移。劝君休叹息,见惯便无奇。

悼程孟林兄

他乡闻噩耗,千里吊诗魂。沦落名山业,峥嵘绝代恩。新交当世少,故友几人存？欲证金陵会,惟呼抱润孙（当日会饮于孟林家之诗友,惟余与马茂元兄存耳。茂元,马抱润通伯先生之长孙）。

春谒明孝陵

惯看虎卧伴龙眠,冷落明陵六百年。盖世谟猷存破阙,几番风雨杂荒烟。无心碧草侵阶上,多事红梅点墓前。百啭黄鹂谁解得？八朝春色共凄然。

总儿为宜老抄补诗韵缺页宜老赠以纸笔并奖之以诗赋此奉酬

奖掖值千金,一枝报好音。毫芒孺子意,博厚老人心。气味元深契,风情耐细吟。缅怀三世谊,绵历去来今。

闻宜老练太极拳

谁说廉颇老,朝朝武艺专。云飞拳欲动,身定地难旋。吐纳丹田气,低昂赤县天。壮心诚未已,春色正无边。

随佛宜二老及小岩兄同游小九华山

天下几闲人,相邀踏锦茵。徘徊三藏塔,呼吸五洲春。考古碑文坏,寻幽意境纯。何当倚山石,茅屋结芳邻。

戏赠徐半农诗老(并序)

偶读吴县惠士奇《易说》,知其晚年号半农,适与徐公之名巧合,戏书绝句以赠。

古今天下几分农?半属江东半汉东。说《易》人尝推惠氏,论诗吾独美徐公。

题北窗陋室诗存

欲唤吟魂起国魂,北窗陋室两诗存。欣看坠绪微茫外,一抹云天几彩痕。

苜蓿园会(并序)

诸友会于苜蓿园谢伯阳之家,欢味无穷,此中真趣,俗人不知也。仲尼曰:"未若贫而乐。"又曰:"乐以忘忧,不知老之将至。"殆为我辈言之。

旧谊新知共一杯，名园苜蓿巧安排。个中真趣忘言处，灵谷松声至此回。

殷孟伦先生来访赠之以诗

诗会蓉城喜对床，香橙频惠润枯肠。尝疑今见古人少，却在青羊遇伯阳。

几度金陵几度香，令君偏喜坐寒房。严冬桃李花争发，嘘出春风作育忙。

题程千帆先生《古诗今选》

八代兼唐宋，泱泱大国风。峥嵘《文选》后，旖旎《水经》中。好古渔洋老，崇今惜抱翁。何如合成璧，辉映大江东。

题苏茂邦先生诗集（并序）

茂邦先生以《雪鸿萍踪》见示，反复吟诵，既美其同东坡之才，更感其同东坡之遇，因书一绝，附诸卷末。

诗书画外且能歌，四绝才华竟若何？东去大江东去也，黄州还有一东坡。

题单人耘先生《一勺吟》

微茫诗道向谁论？旷代高人安乐村。不与巢由争美誉,亦轻禹稷好空言。无端每对浮云笑,有作宁期后世存？新集新编新展诵,欲从胜境觅根源。

题方任安先生《求索诗词》

一卷新诗道性情,龙眠灵秀此中生。方姚义理传薪火,唐宋风云见里程。蝶影依稀浮梦境,江流浩荡共心声。最难获得相知乐,青眼高歌望皖城。

题宁女像集

十年落拓泥涂里,回首还余万种愁。留得去来身外影,闲时翻检认从头。

为诸孙命名

长孙申
延申远祖许由根,羞向人间说怨恩。待到学成一回首,命名始意寄乾坤。

仲孙持

名持又复字天衡,八百春秋见至平。试看峥嵘周晬照,挺身握柱地天撑。

季孙玄

名玄字太玄,众妙摄云烟。宇宙星球事,争来掌上旋。

湿女生子请名以新命之

欲以新名变姓陈,从兹瑞气长精神。他年学振中华日,陈固维新新更新。

匡亚明校长谈诗朱雀楼即席赋赠

危局曾将硬骨撑,不知老至气峥嵘。论诗每教诗坛服,说理能令理学明。身历沧桑茹世味,心通今古惜人情。欣聆一席迎春话,朱雀楼头共太平(楼在太平公园)。

酬周本淳兄惠赠新校《唐音癸签》

清江书至最清心,惠我唐音抵万金。遁叟不妨多散佚,蹇斋正喜苦搜寻。临风倚杖撑天地,揽月凭栏照古今。触痒每教怀二妙,为酬知己一狂吟。

鲍明炜贾平年二公春节来访

论古知人赞叔牙,怀才难遇说长沙。而今鲍贾偏联辔,满载春风过我家。

观昆剧李太白与杨贵妃喜作并书赠张继青姚继焜贤伉俪

又见杨妃李白来,新春联袂步春台。风情一入昆腔里,多少名花锦上开。

偶题(并序)

壬戌春,程千帆先生书王闿运《湘绮楼绝句》与总儿论诗,盖诗之通灵有如此者。余阅之,颇有感于为诗之道,因步湘绮元韵书于卷末。

少时积篑老为山,绝顶登临未解鞍。远近高低雄一视,个中滋味总艰难。

茂元兄近丧耦诗以慰之

丧耦怜潘岳,何期眼共枯。蓬瀛双懿范,江海两鳏夫。兰桂阶前盛,魂灵枕上孤。且将身置外,晚景亦堪娱。

书赠林桐儒学棣

往事何从觅怨恩? 龙眠犹幸有神墩。故人老健知神健,厚谊推尊见道尊。未觉衰残肩海岳,欲将肝胆照乾坤。羡君易足心常乐,啸傲林泉伴子孙。

萧兵先生惠示楚辞长恨歌神游之微观分析大作因题一绝

神游世界入微观,观到微时又觉宽。因识须弥真面目,却从芥子腹中看。

题刘富学棣纪念册(并序)

刘富雅爱杜诗,曾选余之杜诗课,其毕业论文,即以少陵七绝在盛唐诗歌中之地位为题,详加论证,殊见胆识。杜公有知,当感知音。偶成绝句,书于纪念册。

少陵绝句世间轻,独许还为树一旌。早料知音千载后,当年应悔赋《南征》(杜公《南征》诗中有"百年歌自苦,未见有知音")。

题吴锦才学棣纪念册(并序)

锦才,才华富赡,诗笔灵秀,曾选余之杜诗课,并接替宋新桂社长所创建之江东诗社,发动诗友,吟咏交欢,使冷落诗坛,颇有复兴气象。于其将别,书此以赠。

江东社结杜公坛,今古诗心一片丹。照向前程光更满,送君未觉别离难。

李白逝世千二百二十年纪念诗寄江油

采石望江油,巴山点点秋。千年生死地,一斗鬼神愁。身为文章累,名因浩劫留。怀才何必遇,历久见沉浮。

题朱延辉先生《敝帚集》

未曾谋面意先通,江上波涛海上风。敝帚有缘容细赏,清词无句不精工。肯将今古分高下,论到宋唐孰去从？欲把一炉镕百代,复归朴处认鸿濛。

赠杨从周学棣(并序)

从周,平湖人也。听余桐城文派讲座,即从余学诗,并选修余之杜诗课,因感桐城曾及于阳湖,今将入于平湖矣。作诗以赠,寄厚望焉。

阳湖又喜到平湖,回首龙眠德不孤。刮目青矜忧坠绪,烛天白发竦残躯。文章未觉方姚远,诗赋宁甘李杜殊。呼唤江山助磅礴,春风万里护鸊雏。

生日

百劫欣犹在,千年可自期。放怀消旧迹,把酒吐新诗。肺腑融河岳,桂兰奕叶枝。文章真有待,春日正迟迟。

和于北山兄生字韵

老圃黄花笔上生,长吟灯下夜三更。邀来窗外盈盈色,送去心头缕缕声。失侣孤鸿天远处,得形双影月多情。浮云有迹元无迹,一笑豪华六代城。

杜甫研究学会夔州诗讨论会祝词

老杜诗篇万口存,千秋毁誉在夔门。晦翁不解涪翁意,孔氏宁殊佛氏根?三峡百牢封梦影,双峰七祖寄吟魂。遥知锦里年年会,应向真诠仔细论!

奉酬刘开扬先生惠赠《柿叶楼存稿》

西蜀青天柿叶楼,杜文大管见千秋(稿中有《杜文窥管》)。玉山高并双神岫,锦水长浮一野鸥(杜公有"白鸥没浩荡,万里谁能驯"之句)。契翁交情金石镂,渊源诗派古今流。春风夔府群言会,自是先生在上头(先生为该会会长)。

寄李国瑜先生

别后难排别绪牵,梦魂时落锦江边。慈容常伴祥云绕,丽句还同绣柱连(杜公有"珠帘绣柱围黄鹄"句)。此日风流夔府会,当筵斟酌杜陵篇。千年毁誉今能定,一抹浮翳玉垒鲜。

答陈玉清先生

春申书至抵千金,索字真教汗欲淋。俯仰龙蛇惊上下,高低手眼任浮沉。一台二妙分筋肉,六草三真合古今。我本此中门外客,且择秃笔报知音。

答青海叶元章先生(并序)

元章近示春日即事绝句十二首,中有"吾家代有占春笔,二百年间十卷诗",此诚文学史中所罕有。作七律一章志佩。

二百年间十卷诗，绵延家学见于兹。审言子美才三代，嬴政杨坚只两移。富贵文章千载上，丰姿俊彩九天涯。思君又读君新作，老眼朦胧亦解颐。

茹经老人百二十周年诞辰寄怀

茹经堂内昔茹经，驽质尝分眼底青。大衍年华浮梦影，古稀荒落炸仪型。文章命脉通霄壤，肝胆灵光照渭泾。神物到头埋不住，一逢际遇吐芳馨。

奉谢史光化学棣邀饮

秀山深曲处，高蹈有心人。肝胆烘云暖，诗词见性真。新风梳白发，旧爱及青春。最喜郇厨美，今朝味更醇。

读杜诗六绝句

白发青衫硬骨头，万钧诗笔压千秋。可曾沥尽丹心血，彩翮依稀十二楼。

髫龀开篇咏凤凰，出游翰墨列班扬。气劘屈贾曹刘短，掣海鲸鱼碧浪长。

心血灌开诗世界，盛唐光焰晚中唐。宋元以降罗宗匠，一脉渊源各擅场。

潦倒乾坤发浩歌，万方多难意如何？洗兵力挽天河破，一泻孤舟入汨罗。

生同太白并双肩,死共灵均汇一渊。诗化长江流锦绣,千年万里溉良田。

厚今薄古见精神,不与齐梁作后尘。一代江山民涕泪,都缘诗史共传真。

论杜诗六绝句(《戏为六绝句》元韵)

独向齐梁取老成,春华秋实玉山横。流传赋动江关意,漂泊西南证此生。

少陵最重当时体,泥古因循事便休。滚滚长河流不息,溯源万派总由流。

汉魏光前气骨高,卢王差可近风骚。是谁识得诗人意,笺自虞山出众曹。

兰苕翡翠数群公,掣海摩天百代雄。漫道前言真是戏,精微诗论此篇中。

古人曾亦是今人,肸蚃相承必有邻。气盛自劚千载垒,文衰宁步六朝尘?

存真裁伪复何疑,祖述先谁欲问谁?玉振金声寥亮处,多师还拜杜陵师。

读杜诗六绝句

杜陵诗卷映丹心,吐纳芳馨潄古今。欲酿菁英成醴液,先登泰岱宴高林(开篇讲《望岳》)。

承先启后后为先,试看新开自在天。一代江山一风雅,春来放眼万枝鲜。

歌行脱古变新声,元白高扬杜氏旌。从此诗人关世运,兴观群怨寄苍生。

律化齐梁递入唐,群山万谷汇汪洋。开天盛世新兴体,惨淡经营仰草堂。

百韵长篇百代宗,少陵心血起奇峰。夔门诗自禅门出,高峡猿啼古寺钟。

古国文明日日新,此中妙艺亦通神。更欣学士多珍重,未许他人乱我真。

酬王明孝兄

一日劳三顾,千金未易酬。新缘随水逝,古道足风流。用舍凭谁定,文章每自羞。苍天真爱老,斗室最低楼。

江油李白研究学会成立大会祝词

李杜诗篇北斗悬,论功先得说青莲。摩天巨刃齐梁外,荡俗长风汉魏前。碧海涛翻鲸跋扈,琼楼瑞蔼凤翩跹。清平调隔千年后,池馆江油议论鲜。

黄鹤楼新咏

仙踪梦影白云边,黄鹤归来几海田。瑞绕重楼新日月,春催三镇旧山川。东西胜友芳情汇,今古文人彩笔联。崔颢题诗劳怅望,荣枯迢递忆千年。

应金陵老年大学之聘为老人讲课

老人宣讲老人听,雪自盈头眼自青。每至天花纷坠处,满堂欢笑尽通灵。

蝴蝶吟四首应上海蝶苑集锦展览会而作

庄生梦
《齐物论》:庄周梦为蝴蝶,栩栩然蝴蝶也,自喻适志欤,不知周也;俄而觉,则蘧蘧然周也。不知周之梦为蝴蝶欤,蝴蝶之梦为周欤,周与蝴蝶,则必有分矣。此之谓物化。

一梦醒来觅旧痕,蘧蘧栩栩入玄门。谁知惝恍千年后,倩影芳魂沪上存。

滕王图
《酉阳杂俎》:滕王元婴工画蛱蝶。王建宫词:搨得滕王蛱蝶图。

争搨滕王蛱蝶图,联翩宫女笑相呼。料知锦苑春申畔,千里香飘满旧都。

明皇戏
《开元遗事》:明皇春宴宫中,使妃嫔各插艳花,帝亲捉粉蝶放之,随蝶所止幸之。谓之蝶幸。

香翅去来足重轻,明皇一捉更分明。可怜多少佳人眼,不望龙鳞望蝶情。

施槃第

《悬笥琐录》：吴郡施槃尝作蝶诗："莫怪东风多落魄，三春应作探花郎。"至明英宗正统己未，果状元及第。

三春试看探花郎，金粉轻扬上玉堂。今日此君欣有主，安家立苑播芬芳。

答王气中先生（并序）

气老参加桐城文会，并游览浮渡、天柱，且有佳章，归即见饷，成五律二首以答。

初临浮渡麓，杖履曳灵云。浴意天池上，游心寺塔群。低回弘智墓，默诵望溪文。一阁双瞻外，书声处处闻。

峥嵘天柱下，矍铄老人星。嘘气生云海，吟诗起岳灵。桐城文会盛，皖国物华馨。牛斗光重见，回眸七十龄。

酬于北山兄惠贻其所著《陆游年谱》

月轮隐隐北山来，晓霞向脸两边开。惊喜相迎疑务观，《陆游年谱》抱满怀。蓦然一觉眼朦胧，一树梅花一放翁。放翁北山在何许？山阴淮阴一线通。忽报清江有书至，眼前真现梦中事。大著在手透心欢，交深忘却拜嘉赐。君善著书我善读，悦目娱心春生腹。考证论述入精微，何止光耀山阴陆。曾闻费氏察边陲，不见他书见此轴（费孝通视察新疆时独见《陆游年谱》）。文章有神传八方,岂用舟楫与轮辐?读罢欢深且自豪,我辈岁月尚遥遥。闲倚灵椿闭把盏,斟酌玉液泻风骚。兴来偶触文字癖,闭户颇觉一身高。仿佛北山排闼入,袖中间气盈陋室。相期行健共天长,开怀笑把千年笔。

答周本淳兄惠赠《唐人绝句类选》

类选新编谁作古,泖津雅客蹇斋中。诗人笺注诗生色,上下千年一脉通。

酬王文龙先生(并序)

文龙以所撰评罗隐诗讽刺艺术大文见示,探微发隐,堪称佳作。

甲乙诗篇托讽情,赖君妙笔妙尤生。岂因白鹭明清操(罗隐《甲乙集·鹭鸶》"不要向人夸素白,也知常有羡鱼心"),肯藉黄河报太平(隐诗:"三千年后知谁在,何必劳君报太平")。仕路艰辛何处隐,文场落拓废名横(罗氏原名横,十举进士不第,改名为隐)。今朝重理千年绪,喜结荣枯异代盟。

书赠王慰先学棣(并序)

慰先曾选修余之杜诗课,当时但知其学业成绩甚佳,后见其书法篆刻之精,益叹其多才多美。于其从政将别之际,书此以赠。

偶逢诗世界，八载益相亲。金石铭心永，龙蛇托性真。青云欣鬻翮，白首笑伤麟。小别一城里，欢情自在新。

侯镜昶先生挽词

萍踪飘泊偶相逢，才结文缘又转蓬。欲挽青云酬壮志，肯将白眼及衰翁？同编小册名犹并，独去余杭约已空（君最后一次离宁，向余告别，并约于春暖派专车接余至杭大讲学）。知命年华偏绝命（君时年方五十二岁），举头挥泪问苍穹！

王长发先生索书赋此以报

俊逸鲍参军（借子美句），得君愈不群（君之硕士论文系鲍照研究）。奇思飞白雪，妙手揽青云。毁誉千秋事，平亭一代文。老残承索字，书此正欣欣。

于北山兄挽词

卅载相知一旦抛，痛于周易细观爻。平时枉顾谈忘倦，前月临门臂未交。待吐玑珠何处觅，若成诗赋待谁敲？惟将遗著频频读，梦里山川载酒肴（君生前尝有载酒肴出游之约，卒未能践，悲夫）。

寿上海苏局仙先生百岁晋七诞辰

识局地行仙,苏髯诗赋传。百年才晋七,上寿应为千。笔落海潮涌,心存星象悬。迟生三十载,吟咏共婵娟。

题仙兰室(并序)

念儿研究之书室,又时时辅导谨、申二孙之课业,寄来彩照,怡然自得。观其架上有书,尚有仙人掌、兰苕两盆景,颇饶雅趣,因以"仙兰"名其室,并题绝句,以示花香固好、书味尤长之意云。

是谁满室播芬芳,仙掌兰苕细细商。架上群书争踊跃,暗输香味试深长。

题师为公先生诗集

寒山漠漠虚钟韵,未待西风便忆乡。水载峰峦云共逸,今逢翰墨古同香。半开杜集诗情永,一去吴门别绪长。遥想灵岩灵气外,梦窗窗梦灼新光。

谢邀赏梅

寻芳闻在暗香楼,适值招邀疾未瘳。人不赏梅梅自赏,食无求饱饱何求。偷春未肯随春态,媚世偏标傲世侪。还是诗人妆点罢,遂教千载说风流。

谢安庆章起先生惠赠宁夏枸杞子

万里传珍药,情丝似个长。未曾谋面目,何幸托衷肠。结友难嵇阮,论诗拟杜黄。一杯销百病(陆放翁"雪霁茅堂钟磬清,晨斋枸杞一杯羹"),相对两康强。

谢周本淳兄惠赠所校之《唐才子传》

大唐才子蹇斋书,校正分明字字珠。一卷才成连数卷,旧逋未了索新逋。淮阴山水钟灵笔,江左风流共泛凫。最喜文星光照耀,不因兔逐月轮孤。

书赠谢伯阳先生

相交时浅谊偏深,化得凡心入道心。著作等身惊曲伯,衰残寄意赖诗针。闲谈不及人间世,静坐羞听濮上音。此去广陵传绝响,临江北望鸟归林。

书喜二首(并序)

纽约四海诗社聘余为名誉顾问,并征集诗词编入《全球当代诗词选集》,欣海宇之清平,感诗心之契翕,喜赋五律二章以报。

何必曾相识,灵通天地宽。聘书洋外至,文运锦中看。四海皆兄弟,千秋一肺肝。雕虫宁小技,彩笔挽飞澜。

全球同一集,四海共文明。莺暖家家树,鸿传户户情。雨余山色秀,风定縠纹平。牛女销愁思,和声伴织耕。

怀疏植桤先生

先德遗珍赖以存(植桤编印《石溪先德诗选》),亡妻题咏喜重温(书前有亡妻疏瀹题二绝句)。凤凰天外余精髓,蝴蝶梦中认旧痕。知己文章洋内外(纽约四海诗社聘余为名誉顾问),忘怀得丧佛乾坤(余自患心病即虔诚诵佛)。诗丝每系银鹰翼,夹雪鲜瓜馈小村(植桤馈我西瓜,时值大雪,余寓大同新村)。

桐城诗词学会祝词

龙眠山水钟灵秀,名世文章历历传。每念旧游情悱恻,欣看新进笔腾骞。云霄毛羽光今日,方戴刘姚忆往年。久客江南时北望,诗心犹喜共诗篇。

奉题《梅香诗选》

伉俪联吟世所珍,齐眉七秩共经纶。寒梅高品融诗品,香草精醇入笔醇。海上风光神奕奕,意中人事梦频频。开函双璧明肝胆,万里传情分外亲。

敬题《晦轩芜稿》(并序)

植棺先生天性纯孝,于苍黄转徙中,对其先尊人之《晦轩芜稿》保存完好,六十年代初精心付梓,海内外名流争相传诵,求书者络绎不绝。兹又将重版,嘱为题词,谨缀俚句以志景仰。

浮渡多奇士,边山仰道标。晦轩通昧昧,芜稿示昭昭。入世心香逸,成诗意象遥。吟坛争脍炙,倾耳待闻韶。

奉题张白翎先生《一唱百和集》

一唱惊人百和成,温柔敦厚寄深情。风骚汉魏皆陈迹,唐宋明清亦旧盟。肝胆乾坤凝血性,江山今古托诗旌。遥提笔写通灵意,隔海闻韶耳欲明。

笑梅先生惠赠眼镜光度正合书此志异

自怜怜我眼昏花,明镜横梁日月加。泰岱秋毫争巨细,最难光度两无差。

酬黄汉文兄(并序)

汉文兄对拙著《杜诗名篇新析》作诗奖饰,诗曰:"杜陵诗思继风骚,碧海骑鲸道力高。千载始明朱凤意,抉微汰伪冠群曹。"步韵奉酬。

杜陵诗卷屈平骚,杜氏旌旗百代高。朱凤玄机初识得,先生道破共求曹。

悼马茂元兄

老来惯冀幻为真,痴信天留久病人。霹雳一声悲好友,文章四海失斯人。忍看晚照楼头晚,空忆春申江上春。五十年前多少事,那堪点点化为尘!

答潘家麟先生(并序)

顷接潘老和章,以许丁卯相比,因忆晦翁以桥名其所作诗,潘老以岁名其唱酬集,古今同气,感而有诗。

今古双丁卯,桥名共岁扬。优游同好恶,淡泊一行藏。吴楚山川胜,金焦钟磬香。闲居清梦逸,未觉市声忙。

奉题植桤先生《还乡吟》

白首还乡倍觉亲,心声成调更真醇。卅年涕泪陪欢笑,百岁光阴半苦辛。旭日菁华昭海岳,神州气象见经纶。先生挥洒凌云笔,多少离人耳目新。

酬三石村人(并序)

洪桥先生对拙著《杜诗名篇新析》作诗赞扬,载于《影剧之声报》,赋此致意。

登山临水感知音,心自相通不用琴。拜领揄扬惭悚外,一言何止值千金。

杨云海学棣索书即席赋赠

久别乍逢梦里天,万千往事逐飞烟。欢谈顿觉流光转,满座弦歌尽少年。

浮山题句

地灵人杰自天生,真隐藏名博大名。无可忠坟存正气,望溪游记郁精英。肯同泰岱争高下,常与白云共减明(据方望溪《再至浮山记》载,白云与浮山相距三十里)。闻道八方纷览胜,慎将消息泄都城。

瞻仰无可大师墓

流芳忠骨隐浮山,浩气充盈海宇间。削发逃名悲故国,剖心沥血染新颜。著书见性千秋仰,砥节摩云九折艰。三百年华一回首,墓前伫立剩坚顽。

答卞孝萱先生(并序)

孝萱先生主编《中国文学史大词典·唐五代卷》,约余撰杜诗十条,草草报命,竟邀高品,诗以报之。

杜诗十解邀高品,藻鉴持衡特有情。独学空期追往哲,相知恨晚误平生。大唐五代光词典,博识多能仰主盟。偶得滥竽容末席,几分愧恧几分荣。

桐城诗词学会聘余为顾问诗以报之

聘书千里过江来,顾问荣名愧薄才。欲耸衰肩迎重荷,每吟俚句费清裁。龙眠旧雨云烟散,虎踞新知岁月催。不有诸公襄盛业,何由天宇共昭回。

酬于志斌编辑

人生难得是知音,信至如闻一曲琴。老氏诗灵光北斗,黄山书社铸南金(黄山书社允为出版《老子诗学宇宙》)。玄玄众妙开门户,静静无言阅古今。遥对逍遥津畔望,新情旧梦共浮沉。

枞阳诗词学会成立志庆

枞阳诗派海峰开,三百年来气更恢。学会新成才济济,更无奇士在蒿莱。
枞川回望绣成堆,跌宕湖山自剪裁。枫叶芦花秋雨夜,锦心明月射蛟台。

杜甫研究学会成立十周年大会专函邀余赴会因病以诗辞谢兼致遥祝之意

十年文劫十年偿,杜施旌旗分外光。锦里秋高天爽朗,草堂会盛气飞扬。皇皇诗国声华远,浩浩江流意趣长。多病招邀虚眷注,望羊遥祝度心香。

访成都武侯祠

孔明神化已千年,论到功名亦可怜。五丈原头精力尽,分崩天下此为先。

自古怀才多不遇,借他人酒强浇愁。邀来玄德成三顾,鱼水交欢志似酬。

薛涛井

蓉城儒雅亦风流,古迹真同山水留。未料薛涛还有井,诗词绝妙共千秋。

乘轮船过三峡

旭日临江一望通,船穿三峡识西东(《水经注》所谓"自三峡七百里,两岸连山,略无缺处,自非亭午夜分,不见曦月",不符实况)。群猿绝迹无声息,今古风情变易中。

遥望神女峰

神女依稀一望中,当年助禹立奇功。高唐文赋千秋笔,绝艳惊才万代风。

登秦皇陵

秦皇一统息纷争,未冷坑灰乱又生。万世王基一抔土,踏青陵顶望长城。

秦陵兵马俑

祖龙未死常虞死,地下陈兵作鬼雄。雨打风吹恩怨尽,但将遗迹说西东。

华清池

华清池上尚华清,遥想杨妃当日情。出浴娇生千载后(华清池挂有杨妃出浴图),明皇未始不英明。

过延秋门

延秋门上白乌呼,盛世开天一旦无。今日我来闲骋目,长安大道任驰驱。

登慈恩寺塔

扶筇举步踏云根,跨御高标七宿扪。多谢魏王能建树,慈恩塔上忆慈恩。

过咸阳

车过咸阳不见宫,当年逐鹿论雌雄。萧郎三月无情火,孺子何知唱大风。

过阿房宫废墟

阿房宫阙亘长云,渭水东流过客群。但怨繁华都不见,未知杜牧有奇文。

昭陵

远轶前王压后雄,万邦争仰大唐风。五陵裘马今何在?历代兴亡一望中。

昭陵博物馆观出土陶俑

昭陵馆内列群珍,出土千年色彩新。试看秦皇兵马俑,始知后起胜前尘。

乾陵

　　阴阳易位本寻常，难得乾陵有女皇。更喜大碑无一字，任人千载自评量。

沉香亭

　　李杨亭北倚阑干，赢得游人带笑看。解释穷通无限事，岂因今昔异悲欢。

勤政务本楼

　　金殿成尘剩石基，当年勤政费寻思。三郎本是明天子，争奈渔阳举逆旗。

花萼相辉楼

　　花粤辉光照古今，鹡鸰鸾凤总相寻。可怜楼外杨妃笛，犹恼明皇孝友心。

兴庆宫

南内西宫野草深,龙池春水照秋心。长生殿里杨妃在,只是寒侵翡翠衾。

过华岳

日照莲峰花欲燃,洗头玉女晓妆鲜。车窗正在留连处,滚滚飞轮过洞天。

遥望太华中条有感于许浑残云疏雨句

太华中条望入神,残云疏雨句犹新。晦翁诗格谁能匹,恼煞江西社里人。

故宫博物院

明清两代故宫存,多少遗珍泯怨恩。但听有人叹观止,千秋成毁莫须论。

卧佛寺

卧佛金身重万钧（铜佛重十万八千斤），觉时无有不成尘。怪他千载今犹在，应是空空幻作真。

碧云寺中山纪念堂

忘身北上为时艰，日暗星沉国泪潸。暮鼓晨钟晨暮意，碧云千古护中山。

颐和园

颐和园里且颐和，智慧海滨智慧多。最是排云开寿域，昆明湖水漾春波。

天坛

人皇犹自敬天皇，斋戒临坛致祭忙。若是此心无所畏，情波入海总汪洋。

景山槐(明思宗自缢处)

劳心焦虑欲天回,日下江河势已颓。国破家亡空缢死,游人犹仰一株槐。

遥望岱宗

岱宗遥望同丘垤,未觉神州独此尊。造化钟灵人杰在,名山圣哲两依存。

访孔林

千里驱车访孔林,红羊未泯证初心。试看尊贬兴亡迹,大道昭昭贯古今。

访孔庙大成殿

夫子栖栖一代中,千秋犹仰大成风。咸阳广殿今何在?坑尽儒生道不穷。

访孔府

府第宏开百代尊,尼山余泽至今存。行人历数凶人事,犹剩当年斧锯痕。

校友会约往无锡瞻仰茹经堂因体气不佳未能随行诗以寄意

忆昔茹经日,新堂古意深。驽材荒十驾,直尺枉千寻。每惜垂云翅,空余悦道心。群贤瞻仰盛,遥望寄微吟。

跌后偶书

跌翁今又跌,遍体任鳞伤。落马摔车惯(一九四六年春落马,一九七八年夏在公共汽车上被人挤跌,均死而复生),读书作字忙(跌后卧床,即读书自遣,且为人题诗)。心存天地外,气贯斗牛旁。物换星移速,悠然接混茫。

答长孙女谨

甄选伊人品德耽,才华略次貌为三。应同建树千秋业,轨接张衡寿比聃。

答金康祥先生(并序)

金君与丁务滋、方任安同学,忽有书来,言及一九四六年夏包河偶遇而未交谈,事甚奇异,因有是诗。

西风忽送好音来,四十四年首一回。肩已相摩情亦及,心犹未照口难开。包公河畔留双影,皖国诗坛汇众才。且喜神交千里外,晚晴共享胜蓬莱。

悼唐圭璋先生

昔于冀野(卢前)读新章,五十余年万事忙。学术相邻神尔汝(先生专宋词,余攻唐诗),儿曹传讯意芬芳(小儿辈每与先生学术交往,先生辄传讯垂问。)一生醇朴声华远,四照玲珑翰墨光。归去可携全宋集?依稀桐梦总难忘。

答周之城先生

毓秀钟灵济济英,词章竞爽众心倾。年华已共冯唐老,绵薄聊为诸葛青。古调能歌今世美,新词偏引故乡情。感怀思旧赋难续,怅望江天一笛横。

南湖四老来访赋此奉酬

商皓光临日,连余四百春。同为湖内客,共惜劫余身。晚景晴方好,闲居趣更醇。优游文史馆,最足养天真。

村居回忆

村居旷放快平生,满眼桑麻自在荣。墙外浮岚飞杖影,门前大野祝鸡声。谢公山水陶公趣,摩诘丹青子美情。十载羁縻离别去,偶然回首记前盟。

赠姚美良先生(并序)

姚君为香港南源永芳集团公司董事长,为纪念黄遵宪先生举办国际书画展,邀余参加开幕式,因病未赴约,以小诗致意。

人境庐诗造化工,全球同气仰宗风。试看书画峥嵘展,永远流芳艺术宫。

答《桐城诗词》编辑部

龙眠古树复春芳,翰墨姻缘久愈香。竞爽时贤纷彩笔,沉绵潜德发幽光。重将唐宋千回把,更引周秦百氏量。窃喜吾桐文苑盛,放歌天地亦低昂。

悼周一展先生

生前最爱杜陵诗,下问频频不计时。宿舍相邻情亦密,论文破的意何疑。丹心已为英才瘁,白发还催落照移。禀性温恭应寿考,方过花甲竟长辞!

贺湖北黄梅万古流诗社成立

风骚犹忆古蕲州,今见新坛万古流。浩荡云天骞羽翮,光辉海岳照春秋。黄梅山下清音远,赤壁矶头皓月留。我欲溯洄从啸傲,隋珠和璧不胜收。

答永嘉吴胜波先生

数载神交契翕深,丹霞山色共丹心。梦连象浦千波幻,笔起龙湫万古吟。江左文章惭老朽,永嘉风雅递清音。海天东望情何限,初日春林一曲琴。

答谢旅台诸友好为拙著题咏

不见立公四十年,题端健笔忆从前。况兼名咏词华美,便令樗材金玉镌。客地梅花开笑靥,故山春色满心田。即兹把玩娱朝夕,千载知音共一编。

答《枞阳诗词》三首

　　一卷诗词展诵周,枞川胜境上心头。峥嵘白鹤峰巅足,摇漾莲花池上舟。
　　翡翠兰苕音婉转,鲸鱼碧海气恢宏。雄篇丽句同千古,荟萃斯编结异盟。
　　诗派渊源溯晚明,方钱并世揭诗旌。刘吴相继宏风雅(方密之、钱田间、刘海峰、吴挚甫为枞阳诗派大宗师),诞育今朝济济英。

杨大年诋杜为村夫子有感

　　是谁诋杜村夫子,愧我未能作大年。昆体千秋撑一帜,草堂万卷压双肩。不因唐宋分门户,欲溯周秦接后先。七十流光诗世界,个中甘苦意涓涓。

云林纪念堂题词(并序)

　　倪瓒,字元镇,号云林,善画山水,自成风格,与黄公望、王蒙、吴镇并称元末四大家。工诗能书,敦品好善,为世所重。今其后裔为筹建纪念堂征诗,因有是作。

　　太湖放艇入云林,举踵振衣锡惠岑。山水灵钟三绝笔,乾坤义重四知金。新开堂构追玄德,普济间阁仰赤心。遗泽岂徒光艺苑,清芬遥挹一长吟。

奉和刁抱石先生元韵

清名旭日照高林,何幸辽天惠好音。相识未曾心已契,放怀今古放声吟。

题炯儿《金陵名胜印谱》(并序)

炯儿自幼酷嗜篆刻,果以其印谱问世,宿愿已偿,至堪欣慰。惟须自强不息,以艺心照艺术而光艺坛。

成名宿愿果成名,陟彼高冈望远程。艺术精微穿溟涬,试持心镜照飞旌!

题总儿《杜诗学发微》

杜密从何觅,杜诗学发微。千秋撑瘦骨,一卷耀春晖。今古成知己,江山共研几。姑苏曾夜话,此愿已无违。

题总儿《宋诗史》

大部宋诗史,开荒第一编。疏通宏坠绪,脱略小时贤。断简虽容蠹,戾天总是鸢。苏黄见应笑,知己后千年。

题结儿《汉代文学思想史》

大汉天声万国惊,文风郁郁政风成。爬梳剔抉镕斯史,一卷新书孰与京!

结儿在南京大学讲授古典文学
颇受学生欢迎喜书一绝

讲席生涯四代传,而今气象更新鲜。春风苏皖连齐鲁(祖与父两代均在齐鲁讲学多年,余与结儿则执教于苏皖),不钓虚名种福田。

为总结两儿著作日丰喜作(并序)

总儿所著之《宋诗史》已问世,现又撰《唐诗史》;结儿在出版《汉代文学思想史》之后,正准备撰写《宋代文学思想史》。兄弟二人对唐宋交错研究,亦别饶趣味,书此志之。

宋唐交错起文旌,花萼楼台日月明。千古风骚谁领得?先看笔阵拥奇兵。

自书《一炉诗钞》后

一炉安置久,能否一炉镕?今古新陈杂,殷周唐宋宗。欲寻天外径,惟见蕊中蜂。遥问成都客,巫山十二峰!

后　记

　　是在 2015 年的时候，适逢许永璋先生诞辰 100 周年，就有了编一本书的想法。先生既是诗人，又是学者，他的一生既践行了孟子所言的"大丈夫"人格，又作诗千首，继往开来，发扬杜诗精神。无论多么伟大的历史，都由一个个鲜活的、个体的人组成。华夏民族之所以数千年以来都能屹立于世界的东方，就在于民族精神的延续。不是每一个人都有创造历史的机遇，可是总有一些可钦、可敬、可爱的人，他们在日常的生活中，无论面对何种环境，都以往圣贤哲之教为立身之本，用自己的人格魅力，使身边的人坚定延续中华文化的信心。在我的心目中，许永璋先生正是这样的人。先生无论著述还是作诗，都有一种大格局在，无疑这就是顶天立地的"伟丈夫"应该拥有的境界！

　　本书的编撰，得到了许结教授及其家人的大力支持。在本书编撰过程中，华侨大学文学院研究生樊晶晖、李俊达，本科生夏雪莹、吴清颖，对稿件做了初步的整理，文学院教师黄立一博士是许总教授的高徒，对《杜诗新话》进行了校读，在此对他们的辛勤付出表示感谢！